KB191199

포기할 자유

Freedom to give up

책 수익금은 제3세계 어린이들에게 학교를 지어주고 꿈과 희망의 마중물로 사용됩니다.

아마존북스

포기할 자유

초판 1쇄 인쇄 2025년 4월 25일
초판 6쇄 발행 2025년 5월 15일

지은이 이재구
펴낸이 최화숙
편집인 유창언
펴낸곳 아마존북스

등록번호 제1994-000059호
출판등록 1994. 06. 09

주소 서울시 마포구 성미산로2길 33(서교동), 202호
전화 02-335-7353~4 | 팩스 02-325-4305
이메일 pub95@hanmail.net/pub95@naver.com

ISBN 978-89-5775-335-4 03810

값 18,500원

* 아마존북스는 도서출판 집사재의 임프린트입니다.

책머리에

바람은 방향 없이 부는 것

코흘리개 시절 축구 선수와 작가가 꿈이었다. 글을 써야 한다는 마음은 늘 가지고 있었다. 그러나 밥벌이에 쫓겨서 글을 쓴다는 두려움에 엄두를 내지 못했다. 그렇게 육체는 시들어 가고 정신은 나약해져 갔다.

글 한 줄 남기지 못하고 생을 끝낼 것 같아서 마음이 타 들어갔다. 글을 쓰고자 했으나 글을 써서 책을 만들면 그 책이 쓰레기를 양산할까 하는 두려움이 앞섰다. 소설 속에 나오는 형구처럼 벼랑 끝에 내몰리는 상황이 현실이 되었다. 아침에 눈을 뜨는 것이 두려운 시간이 반복되었다.

무엇인가 탈출구가 필요했다. 징그럽게 뜨거운 여름날 무턱대고 책상에 앉았다. 내 핏줄에 각인된 글들이 요동치듯 쏟아져 나왔다. 신내림받는 무당처럼 죽음을 앞둔 폐병쟁이처럼 뜨겁고 차가운 호흡을 토해 내며 몸뚱이로 어둠을 밀고 나갔다. 이 소설을 쓰는 동안 숱하게 눈물을 삼켰다. 운명과 숙명 앞에 나약하게 쓰러지고 저항하고, 죽음으로 대항한 소설 속의 인물들은 누군가의 자화상이고 가족이다.

인간은 좌절이자 희망이다. 그 좌절을 디딤돌 삼아 희망을 노래하고 싶다. 부르지 못한 노래가 아름다운 것처럼 아직 불러야 할 노래가 있다는 것에 희망을 가져본다.

바람은 방향 없이 부는 것
진흙탕 물은 시간이 흐르면 스스로 맑아지는 것
한 움큼 빛을 거두어 처마 끝에 걸어 둔다.

세계화는 인간을 목표가 아닌 도구화로 만들어 버렸다. 정신은 물질에 종속된 지 오래다. 물질은 돈으로 치환된다. 자연스럽게 돈 중심주의 사회가 되었다. 돈은 사랑과 우애 그리고 신뢰와 가족마저 삼켜버린 블랙홀이 되었다. 이 블랙홀에서 우리는 다 같이 탈출해야 한다. 대한민국은 OECD 자살률 1위로 하루에 40여 명이 자살하는 이 처참한 현실에서 벗어나야 한다.

자유 없는 정의는 무가치한 것처럼, 사랑과 우애 그리고 신뢰 없는 인간관계는 분쟁과 대립을 불러온다. 카인이 동생 아벨을 살해한 것은 질투와 시기심이다. 그 본질은 자신의 욕망과 탐욕 그리고 집착을 절제하지 못한 결과다. 수탈적 자본주의가 발달할수록 필연적으로 인간은 이기주의자가 될 가능성이 높다. 개인주의는 존중받아야 되겠지만, 극단적 이기주의는 궁극적으로는 자신을 파멸시키고 공동체에 큰 생채기를 남긴다.

인생은 사는 것이 아니고 살아내는 것이라고 한다. 남은 인생을 잘 살아내야 한다. 그래서 상처받고, 소외되고, 단절된 이웃들에게 따뜻한 손을 내밀 수 있어야 한다. 피붙이라는 이유로 가족이라는 핑계로 우리는 서로에게 상처를 주고 반성과 사과도 하지 않는 일이 일상이 되었다. 가까운 사람들에게 우리는 더 상처받는다. 가까운 사람들에게 상처받은 많은 사람들이 희망의 언저리에서 서성대고 있다. 가까이 있는 사람들에게 우리는 더욱 따뜻한 사람이 되어야 한다.

소설 속에 '석유병'으로 상징되는 인간의 탐욕과 화석연료를 기반한 인류 문명은 이대로는 지속될 수 없다. 서양의 문명과 종교를 맹신하는 이 세상을 호흡하는 것이 점점 거칠어지고 있다.

후천개벽의 세상을 열어야 한다. 만유일체(萬有一體), 동체대비(同體大悲), 대동(大同) 세상이 열려야 한다. 예수가 '내가 아버지 안에, 너희가 내 안에, 내가 너희 안에 있는 것'(요14:20)이라고 하신 것은 우주 만물은 유기적으로 연결된 한 생명체라고 말씀하신 것이다.

당신이 있으므로 내가 존재한다. 이러할진데 형제와 친구 그리고 이웃을 말해서 무엇하겠는가? 나보다는 너, 너보다는 우리, 우리보다는 인류를 생각하는 세상을 열어야 한다. 시지프스가 그랬듯이 우리도 끊임없이 바위를 굴려 올려야 한다.

이 소설이 절망의 강을 건너는 작은 돛단배가 될 수 있기를 희망해 본다.

노을이 아름다운 영종도 진관재에서

이재구

차례

2부 탐욕의 늪

1부
몰락과 유랑

석유병

신작로 한복판에 됫병이 우두커니 서 있었다. 병에는 석유가 반쯤 들어 있었다. 삼복의 태양은 석유를 달궜다. 형에게 가위바위보해서 진 형구가 병을 들고 가다가 길에 두고 가 버린 것이다. 석유는 형남과 형구가 아이스께끼를 팔아서 산 것이었다. 정확히 말하면 형남이 아이스께끼를 팔아서 산 석유였다.

빡빡머리에 눈꼬리가 찢어지고, 팬티처럼 몸에 딱 붙은 반바지를 입은 형구는 가슴팍에 닿는 네모진 아이스께끼 통을 끌고 거리로 나섰다. "아이스께끼 사려~!"라고 소리를 질러야 하는데 소리가 나오질 않았다. 형남은 아이스께끼 통을 들고 오래전에 형구의 반대 방향으로 사라졌다. 한참을 지나서 형구는 입안으로 기어드는 목소리로 "아이스께끼"라고 소리를 질렀지만, 그 목소리는 입안에서 잠기고 말았다.

아버지는 아들들이 아이스께끼 장사를 하겠다고 했을 때 못 들은 척 외면했다. 보리 한 톨도 빌릴 곳이 없고, 앙상한 뼈만 남은 많은 자식들을 먹여 살릴 능력이 부족한 상준은 돈벌이에 나서겠다는 어린 자식들을 말릴 기운이 없었다.

아이스께끼를 하나도 팔지 못하고 형구는 아이스께끼 통에 걸터앉아서 고개를 떨구고 하염없이 형을 기다렸다. 형구의 뱃속에서 꼬르륵 소리가 나고, 등골에 땀이 흘러서 아이스께끼 통 위에 떨어졌다. 입안은 타 들어갔지만, 아이스께끼를 먹을 수가 없었다. 형구는 아이스께끼 통에 들어 있는 얼음을 먹었다. 조금 시간이 지나자 아랫배가 아프기 시작했다. 아이스께끼 통 뒤에 쪼그려 앉아 물똥을 쌌다.

혀는 마른 장작처럼 바짝 말라 목구멍 속으로 빨려 들어가고 있었다. 형구는 아이스께끼 통을 열었다 닫기를 반복했다. 누런 종이에 싸인 아이스께끼를 입술로 핥고 종이에 다시 넣어도 표시 날 것 같지 않았다. 형구는 좌우를 살피고 아이스께끼 통을 조심해서 열었다. 그리고 누런 종이에 싸여 있는 아이스께끼를 꺼내서 한 입 빨았다. 입안을 적시는 시원하고 다디단 아이스께끼를 처음 맛본 형구의 혀는 개다리 춤을 추는 것처럼 흐느적거렸다. 형구는 주변을 살피고 한 번 빨아 먹은 아이스께끼를 종이에 싸서 통에 넣었다. 형구는 처음 맛본 아이스께끼의 신기한 맛으로 형을 기다리는 것도 잊었다. 한번 빨았던 아이스께끼를 꺼내서 윗부분을 조금 떼어 내어 씹었다.

이빨 사이에 끼일 정도로 작은 조각이었지만, 혀 위에 녹는 아이스께끼는 표현하기 힘든 유혹이었다. 형구는 아이스께끼 숫자를 세어 보았다. 스무 개 남짓 되었다. 형구는 자신도 모르게 아이스께끼를 먹고 있었다. 입안에 퍼지는 시원하고 달콤한 맛에 온몸이 경련하는 듯

했다.

어느새 형구는 아이스께끼 통에 걸터앉아 깜빡 잠이 들었다. 누군가 형구를 흔들었다.

"야, 꼬마야. 아이스께끼 하나 줘!"

또래 아이가 오 원짜리 지폐를 흔들면서 형구를 깨웠다. 형구는 헐레벌떡 일어나서 아이스께끼를 꺼내 주었다. 꼬마는 형구를 흘긋 훑어보고 자랑스럽게 아이스께끼를 오도독 씹어 먹었다.

형남은 목재로 만들어진 아이스께끼 통을 어깨에 지고 끌며 골목길을 다니며 소리를 질렀다.

"아이스께끼 사려~."

혓바닥을 내밀고 헐떡이는 누렁이들만 간간이 보일 뿐 거리에는 인기척이 없었다. 반나절 동안 골목길을 헤집고 다녔지만, 아이스께끼를 한 개도 팔지 못했다. 빡빡머리에 장딴지까지 올라온 해진 바지를 입은 형남은 피골이 상접했다. 물도 먹지 못한 형남의 입에서는 단내가 풀풀 쏟아졌다.

형남은 몸뚱이에 아이스께끼 통을 붙들어 매고 그늘을 찾았다. 오륙십 보 떨어진 큰 나무 그늘 밑 평상에서 어른들이 장기를 두고 있는 모습이 보였다. 형남은 나무 쪽을 향해서 본능에 따라 걸어갔다.

낡은 삼베옷을 입고 장기를 구경하던 노인이 형남에게 물었다.

"몇 살이냐?"

"열한 살요."

노인이 무심히 형남을 바라보았다.

"많이 팔았니?"

"하~, 하나도 못 팔았어유."

노인은 아무 말없이 누런 바가지에 담겨 있는 물을 형남에게 건넸다. 노인이 자신보다 대여섯 살 젊어 보이는, 장기를 두고 있는 사람에게 말했다.

"오 씨, 우리 아이스께끼 내기 장기 둘까?"

하관이 빠르게 빠지고 눈꼬리가 찢어진 오 씨가 얼굴에 웃음을 가득 담고 대답했다.

"좋지유!"

"몇 개 내기할까?"

노인이 혼잣말처럼 말했다. 박 씨가 노인을 쳐다보지도 않고 말했다.

"형님 맞수 두자는 거유?"

"구경하는 사람들도 하나씩 주어야지, 한 열 개 내기하세."

그 소리를 듣고 평상에 자고 있던 아이들이 벌떡 일어났다.

"해방 때도 이렇게 더웠지…."

노인은 말하면서 연신 부채질을 했다.

"동생, 아이스께끼를 먹어 가면서 장기를 두면 좋겠네!"

"알아서 허유."

상대도 맞장구를 쳤다. 노인은 자신이 주인처럼 아이스께끼 통을 열고 아이스께끼를 꺼내서 평상 주변에 있는 사람들에게 하나씩 나누어 주었다. 자다 말고 아이스께끼를 받은 아이들은 허리를 연신 굽신거렸다. 노인의 행동이 너무 자연스러워 형남은 이상하지 않았다. 스무 개 남짓한 시선이 장기판 말들의 움직임에 따라서 바쁘게 움직였다. 느긋하게 아이스께끼를 입에 물고 장기를 두던 노인이 형남을 보고는 선심 쓴다는 듯 말했다.

"너도 먹어."

형남은 얼떨결에 아이스께끼를 받았다. 형남은 작년 이맘때쯤 돗자리 장사를 하는 어머니를 따라 장에 왔다가 어머니가 사 준 아이스께끼를 먹어본 적이 있었다. 어머니가 아이스께끼 사 먹었다는 소리를 형제들에게 하지 말라고 해서 지금까지 비밀로 간직하고 있다.

노인과 사내 사이에서 '장군', '멍군' 소리가 몇 번 오갔다. 노인의 목소리는 점잖았는데, 상대 오 씨의 목소리는 잠시 전보다 좀 더 거칠었다. 뭔가 잘 풀리지 않는 모양이었다. 장군, 멍군이 두어 번 더 오갔다. 오 씨가 벌떡 일어나더니 발로 장기판을 걷어차 버렸다. 구경꾼들의 시선이 일제히 오 씨와 노인에게 쏠렸다. 노인이 평상에서 멀리 떨어져 나간 장기판을 들더니 오 씨의 면상을 향해서 던졌다. 오 씨가 허리를 숙여서 장기판을 피하더니, 다짜고짜 노인에게 달려들어 멱살을 잡고 소리쳤다.

"이 상놈의 새끼야, 아이스께끼 먹고 나서 내기 장기 두자고 할 때부터 수상혔어. 니놈이 내기를 안 헐 때는 나에게 지고 내기를 헐 때마다 이기는 건 뭔 조화여! 중복 때도 니놈이 막걸리 내기 장기 두자고 혀서 내가 졌어. 그래서 막걸리를 냈는데 또!"

오 씨에게 멱살을 잡힌 노인은 캑캑 숨을 헐떡이며, 뭐라고 소리를 냈다. 무슨 소린지 알아들을 수가 없었다. 오 씨는 힘없이 쪼그라드는 노인의 멱살을 풀었다.

"에이, 재수 없어. 곧 뒈져도 그만일 이런 지푸라기 같은 노인네와 내가 싸워서 뭐 혀."

오 씨는 아이스께끼 값은 알아서 하라는 말을 남겨 놓고는 자리를 떴다. 구경하던 사람들도 삼베 바지에 방구 빠지듯 흔적도 없이 사라지고, 평상에는 노인과 형남만 덩그러니 남았다. 노인이 삼베 저고리 안주머니에서 봉초를 꺼내서 돌돌 말아서 성냥불을 붙였다.

형남은 아이스께끼 값을 누구에게 받아야 하나 걱정스런 눈빛으로 노인을 바라보았다. 노인은 담배 연기를 길게 내뿜고 나서 혼잣말로 "이제 오 씨 저놈 털어먹기도 글렀네" 하고 낄낄거렸다. 노인이 형남을 한참 바라보다가 말했다.

"가진 돈이 없으니 예서 기다리고 있거라. 내가 집에 가서 돈을 가져오마."

노인은 팔봉산이 보이는 산비탈을 향해서 걸어갔다. 형남은 노인이 돈을 떼먹을까 걱정이 돼서 따라나섰다. 아이스께끼 통을 짊어지고 따라가는 것이 쉽지 않았다. 형남은 무성한 옥수수밭에 아이스께끼 통을 숨겨두고 노인이 가 버린 방향으로 무조건 달렸다.

한참을 달리는데 저 앞에서 노인이 산 비탈길을 걸어 내려오고 있었다. 형남이 뜨거운 호흡을 토해 내며 노인 앞에 서자, 노인이 말했다.

"이놈아, 아이스께끼 통은 어디 두고 헉헉대는겨!"

"아이스께낏 값…."

형남이 소리를 쳤다. 노인이 쥐어박듯이 말했다.

"이런 맹랑한 놈!"

그러고서는 고리춤에서 꼬깃꼬깃한 십 원짜리 지폐 몇 장을 꺼내어 형남이 앞에 내밀었다.

"할멈하고 손자 놈들 주게 아이스께끼 몇 개 더…."

노인이 앞장서서 걸었다. 형남은 옥수수밭에 숨겨 놓은 아이스께끼 통을 열고 노인에게 아이스께끼를 건넸다.

가벼워진 아이스께끼 통을 들고 걷기는 한결 수월했다. 형남은 아이스께끼 공장에 와서 나머지 아이스께끼를 반납했다. 3원에 받아서 5원씩 팔아서 30원 정도의 이익이 남았다. 생애 처음으로 만져보는 큰돈이었다. 형남은 돈을 몇 번이고 세어 보았다.

이때까지도 형남은 형구를 까맣게 잊고 있었다. 형을 기다리다 지친 형구가 자신의 몸뚱아리보다 큰 아이스께끼 통을 끌고 공장을 향해서 오고 있었다. 형남을 보자 형구는, "형~" 하면서 눈물을 쏟았다. 형남은 형구의 아이스께끼 통을 반납했다. 아이스께끼 공장 주인이 아이스께끼가 하나 부족하다고 3원을 내야 한다고 했다. 형구는 구해달라는 눈빛으로 형을 쳐다보았다. 형남은 아무런 말도 없이 공장 주인에게 5원짜리 하나를 내밀고 2원을 받았다.

그리고 고마워하는 눈빛으로 자신을 쳐다보는 동생의 아구창을 갈겼다. 형구는 아무 소리도 못 하고 얼얼한 빰을 만지면서 형을 쳐다보았다. 그 모습을 지켜보던 아이스께끼 공장 직원이 한마디 했다.

"내가 너희들은 너무 어려서 안 된다고 했지…. 그런데 졸졸 따라다니면서 귀찮게 해서 해보라고 한 것인데…."

그리고는 바쁜 걸음으로 사라졌다. 형남은 형구에게 따라오라는 소리도 않고 혼자서 걸어갔다. 형구는 주머니에 있는 5원짜리 지폐를 생각하며 멀찌감치 형의 그림자를 쫓았다.

평산댁이 집에 곤로를 사 온 날은 집에 경사가 난 듯했다. 정부의 산림녹화 정책으로 누구도 함부로 산에 들어가거나 나무를 할 수가 없던 시절이었다. 그러나 경사 분위기는 며칠 가지 못했다. 난로에 넣을 석유를 살 돈이 없었다.

형남은 평산댁이 석유 걱정하는 소리를 듣고 처음 번 돈으로 석유를 사기로 했다. 시커먼 드럼통에 있는 석유를 덜어서 됫병에 담아서 파는 점포는 허름한 창고 같았다. 형남은 형구에게 5원을 내놓으라고 했다. 30원어치 석유는 됫병 절반쯤 주었다. 형남은 형구에게 석유병을 들라고 했다. 형구는 아무 소리도 못 하고 석유병을 들었다.

집까지는 십오 리 길이었다. 삼복의 낮은 길었다. 비위생적인 얼음을 먹고 설사까지 한 9살 형구가 미끈거리는 석유병을 들고 십 오리 길을 걷는 것은 힘에 부치는 일이었다. 형구가 땀을 삐질삐질 흘리며 됫병을 안고 걸었지만, 얼마 못 가서 형에게 들어 달라고 했다.

형남은 차갑게 말했다.

"내가 번 돈으로 석유를 샀잖아. 들고 가는 것은 네가 해야지."

시무룩한 얼굴로 석유병을 들고 가던 형구가 더 이상 못 들고 가겠다고 재차 말했다.

"그럼, 가위바위보하자!"

형남이 말했다. 둘이서 가위바위보를 했다. 형구가 졌다. 십 리 정도 석유병을 들고 온 형구가 형을 찾았지만 보이지 않았다. 더위와 기갈에 기진한 형구는 더 이상 석유병을 들고 갈 힘이 없었다. 형구는 비틀거리며 집을 향해 걷다가 그늘 밑에서 5원짜리 지폐를 만지작거리는 형을 보았다.

"석유병은 어디 두고 오는 거야"

형남이 소리를 질렀다. 형구는 대답을 안 했다. 형남은 형구의 손을 끌고 오던 길을 되돌아갔다. 길에서 석유병을 발견한 형남은 형구를 향해 소리쳤다.

"안 들고 가면 가만두지 않을 거야."

형구는 돌을 들어서 형남을 향해서 힘없이 던졌다. 형구가 던진 돌이 큰 돌에 맞고 튕기면서 석유병에 맞았다. 석유병 중간 부분이 깨져 버렸다. 형남과 형구는 서로 마주 보았다. 형남이 석유를 주워 담으려고 길바닥에 흘러내리는 석유를 손으로 쓸었다. 형구도 덩달아 반은 남은 됫병에 석유를 주워 담으려고 안간힘을 다했다. 깨진 날카로운 병 조각에 손을 베어서 둘의 손에서 붉은 피가 뚝뚝 떨어졌다. 형남은 피가 떨어지는 손바닥으로 형구의 빰을 세차게 갈겼다. 형구는 형남의 장딴지를 부여잡고 몸부림쳤다. 석유가 묻은 그들의 손바닥에서 시뻘건 피는 멈추지 않았다.

구류

"비켜요, 비켜!"

삐걱거리는 짐발이자전거에 산처럼 물건을 쌓은 배달부가 오일장처럼 사람들이 붐비는 동대문 이스턴 호텔 뒷골목을 지나가면서 연신 고함을 질렀다. 자전거가 지나가는 골목길에는 플라스틱 그릇, 화장품, 장난감, 학용품 등 온갖 싸구려 잡화가 골목을 가득 메우고 있었다. 아침 일찍부터 그 골목 한편에 큰 가방을 든 사람들이 줄을 서 있었다. 대부분 남루한 옷차림에 허기진 눈빛들이 줄 서 있는 점포의 노란 자물통에 쏠려 있었다.

더디게 시간이 흐르고 나서 점포 주인으로 보이는 사내가 노란 자물쇠를 열었다. 점포 안에는 천자문, 가죽 지갑, 빗, 양말, 허리띠, 본드, 영어 회화책 등 만물상처럼 없는 것 빼고는 다 있었다. 줄 서 있던 사람들이 각자 자신 있게 팔 수 있는 상품을 챙겨서 주인이 지정해 준 박스에 담았다. 주인이 박스에 담긴 상품의 품목과 수량을 확인한 후

공책에 적었다. 그러고 나서 줄 서 있던 사람들이 박스에 담겼던 물건을 주섬주섬 가방에 옮겨 담아서 어깨에 둘러메고 각자의 방향을 잡아서 사라졌다.

머리를 장발로 어깨 위까지 내린 다부진 체구의 형구는 영어 회화책을 담았다. 14살에 무작정 상경한 형구는 요꼬 공장 시다, 건축 현장 날품팔이, 중국집 그릇 닦기, 노점상, 구두 닦기 등을 전전했다.

형구가 버스 속 잡상인을 시작한 것은 버스에서 장사하는 사람을 우연히 따라나서면서 시작되었다. 버스 안 장사꾼은 시간에 구애받지 않고 돈벌이를 할 수 있다고 권했다.

"승객 여러분 안녕하십니까. 저는 우리나라에서 알아주는 국제출판사 홍보사원 이형구입니다. 이제 대한민국도 국제화 시대에 맞게 국민들이 영어 회화를 잘해야 합니다. 전두환 대통령 각하께서도 이제 영어를 잘하는 나라를 만들겠다고 하셨습니다. 저는 누구나 영어 회화를 배울 수 있는 영어 회화책을 PR하려고 나왔습니다.

이 책은 우리나라에서 영어 회화 최고 전문가이신 S대 박유식 교수님께서 감수하신 책입니다. ABCD를 몰라도 남녀노소 누구나 할 수 있도록 영어를 한글로 표기한 책입니다. 한글만 알면 누구나 공부할 수 있는 영어 회화책입니다. 책 사이즈도 주머니와 핸드백에 넣기 좋습니다. 전철 안에서도 공부하기 좋은 사이즈입니다.

이 책의 정가는 4천 원입니다. 딱! 일주일간의 홍보 기간만 절반 가격인 2천 원을 받겠습니다. 그럼, 제가 오늘 2천 원을 다 받느냐. 물론 받아야지요. 그래야 저도 먹고살지요."

승객들은 형구의 말에 여기저기서 킥킥거렸다.

"아! 저기 신사분 벌써 책을 달라고 하십니다. 잠깐만 기다려 주세요."

"………."

"이 책을 팔면 제가 수당을 받습니다. 오늘은 멋진 승객분들이 많이 계셔서 특별히 제 수당을 포기하고 단돈 천 원만 받겠습니다. 천 원에 영어 회화책을 사서 공부하시면 팔자를 고칠 수 있는 절호의 기회입니다. 이 좋은 기회를 놓치지 마세요. 장이면 장마다 오는 기회가 아닙니다. 제가 이 전철에서 내리면 사고 싶어도 못 사는 책입니다. …… 네네 고맙습니다. 놓고 가시는 물건 없이 잘들 가십시오."

형구가 장사를 시작하고 얼마 안 되어 입담 좋은 꾼으로 소문이 났다. 잡화를 팔 때는 "자! 날이면 날마다 오는 것이 아닙니다."로 시작하는 형구의 입담은 밥벌이에 지친 승객들에게 웃음을 주었다. 형구는 낮에는 버스에서 장사하고, 밤에는 신설동에 있는 검정고시 학원에 다녔다. 잠자리와 먹는 것이 불규칙해서 흔들리는 버스 안의 장사는 생각보다 체력적으로 힘들었다. 형구는 수업 시간에 졸기 일쑤였고, 버스를 잘못 골라 탈 경우 수업 시간에 늦어 돌아갈 수가 없었다.

버스 안 장사는 운수가 좋은 날은 몇만 원도 벌었다. 그러나 대부분은 하루 벌어서 그날그날을 버텨야 했다. 전철은 상대적으로 장사하기가 좋았다. 그러나 전철 안에서 장사하다가 공안에게 잡히면 3~5일간 구류를 살아야 했다. 전철 안에서 장사하다 보면 어느 역 부근에 공안들이 많고 몇 시쯤에 공안들이 없다는 것을 알게 된다. 형구도 몇 차례 공안에게 잡히면서 이런 정보들을 알게 되었다.

군대 간 형님을 면회 가는 목돈을 벌려고 형구는 공안을 피하면서 전철에서 열심히 장사했다. 그날은 영어 회화책을 팔고 있었다. 정의

롭고 국제적인 대한민국을 만들겠다는 전두환 정권이 영어 회화에 대해서 대대적으로 홍보하고 있었다. 영어 문장에 한글로 표기한 영어 회화책은 승객들에게 인기가 좋았다. 전철 한 칸에서 선전하면 5~6권 정도가 팔렸다. 6백 원에 사 와서 천 원에 팔았다. 선전 한 번에 2천 원 정도를 버는 좋은 돈벌이였다. 하루에 100권을 파는 날도 있었다. 노무자 하루 일당이 5천 원 내외일 때였다.

그러나 공안들이 사복을 입고 잡상인을 잡기 때문에 항상 긴장해야 했다. 공안에게 잡히면 책을 주거나 용돈을 찔러주면 훈방해 주는 경우도 있었다. 그날 장사를 거의 마무리할 즈음에 형구는 공안에게 잡혔다. 공안에게 군대 간 형 면회를 가야 한다고 눈물을 흘리며 사정했지만, 원칙적으로 처리해야 한다고 하면서 구로구 경찰서로 형구 건을 이첩했다.

경찰의 일제 단속에 걸린 노점상, 야바위꾼, 노숙자, 포주 등 밑바닥 인생들이 쏟아내는 비릿한 땀 냄새와 발꼬랑내가 유치장에 진동했다. 벌겋게 눈이 충혈된 경찰관이 하품을 하면서 유치장에 잡혀 온 잡범들을 한 명씩 호명하여 유치장 밖으로 불러냈다.

경찰관은 간단하게 죄명과 신상을 기록하고 가지고 있는 소지품을 보관하게 했다. 형구도 소지품을 보관하는데 꽤 큰돈이 책 담은 가방에서 나오자 경찰관이 형구를 쏘아보다가 소리쳤다.

"이 돈은 어디서 났지?"

의심의 눈초리로 쳐다보았다. 경찰관은 연락할 곳이 있으면 연락해서 소지품을 찾아가게 해도 좋다고 말했다. 유치장 안에서 삼삼오오 모여서 이야기했다. 몸이 비대하고 울긋불긋한 넥타이를 한 잡범은 큰소리로 내가 이래 봬도 역마차 카바레 영업부장이라고 하면서 좌중을 제압하고 있었다. 형구는 벽에 몸을 기댄 채 눈을 감았다. 영업부장은 조금 있으면 카바레 사장이 자신을 빼낼 것이라고 하면서 거드름을 피웠다.

썩은 생선 냄새가 진동하는 포구처럼 요란하던 유치장이 조용해지자, 하나둘 팔베개하고 쓰러졌다. 그때 술에 만취한 취객이 경찰에게 두 팔이 뒤로 꺾인 채 조사과 사무실로 들어왔다. 그는 도망간 마누라를 찾아내라고 고래고래 소리를 질렀다. 취객은 유치장에 들어와서도 고함을 멈추지 않았다. 어렵게 잠든 사람들이 눈을 비비며 일어나면서 취객을 향해 갖은 욕설을 퍼부었다. 포주가 말했다.

"네 마누라, 내 업소에서 영업 중이야."

그렇지만 취객은 알아듣지 못했다. 영업부장이 왜 마누라가 도망갔느냐고 물었다. 취객은 눈을 껌뻑이며 집 판 돈을 전부 가지고 어떤 놈하고 튀었다고 하면서 엉엉 울기 시작했다. 취객은 콧물 눈물을 흘리며 한참을 울더니 '픽'하고 쓰러졌다.

흐릿한 유치장 백열전구가 깜박거릴 때 유치장 문이 열리면서 영업부장을 부르는 소리가 들렸다. 새벽에 굴비 엮인 듯 잡범들이 포승줄에 묶여 유치장 밖에 대기하고 있던 경찰 버스에 올랐다. 형구는 약식 재판으로 구류 3일을 받았다.

형구의 큰형 형일은 형구와 같이 전철에서 장사를 하고 있었다. 형일은 어디에서 소식을 들었는지 면회를 왔다. 형구가 형일에게 소지품을 찾아서 잘 보관해 달라고 부탁했다. 형일이 알았다고 했다. 구류 3일을 살고 나온 형구는 형을 찾았지만, 형일은 나타나지 않았다.

삼겹살

형구는 마장동 터미널에서 화천 가는 새벽 버스에 몸을 실었다. 주머니에는 왕복 차비를 제외하면 한 끼 식사비 정도가 있었다. 입석표를 끊은 형구는 버스가 흔들릴 때마다 함께 흔들렸다. 차창 밖으로 보이는 수확이 끝난 벌판에 마른 바람이 가득했다.

두 시간 정도 지나서 형구는 의자에 앉았다. 옆자리에는 짙은 화장을 해서 나이를 가늠하기 힘든 여자가 쩝쩝 소리 내며 껌을 씹으면서 앉아 있었다. 여자는 아무런 감흥도 없이 차장 밖을 응시하고 있었다.

화천 터미널에서 내리자, 늦가을의 거친 바람이 지붕만 있는 터미널을 휩쓸고 지나갔다. 형구는 서둘러 형이 복무하는 부대로 향했다.

부대 위병소 옆에 있는 면회대기소에는 군인들 가족들로 보이는 사람들과 애인으로 보이는 여자들로 북적였다. 형구는 면회신청서를 작성하고 면회대기소에서 형을 기다렸다. 면회객들 모두 자식들과 애인을 앞세우고 떠났지만, 형남은 나타나지 않았다.

초조하게 기다리던 형구는 위병에게 형남은 왜 나오지 않느냐고 따지듯 물었다. 위병이 국방색 자석 전화기를 돌려서 사무실과 통화를 했다. 위병은 이형남 상병은 수색 나갔다 지금에야 돌아왔다고 했다. 그리고 조금 있으면 나올 것이라 했다. 해는 이미 중천을 지나고 있었다. 아침도 먹지 못하고 흔들리는 버스에서 시달린 형구는 몹시 지쳐 보였다. 형구는 면회대기소 의자에 앉아서 깜빡 잠이 들었다.

얼마나 시간이 흘렀는지 모르지만, 누군가 형구를 흔들어 깨웠다. 눈을 뜨자 검게 탄 얼굴에 베레모를 쓴 병사가 장승처럼 서 있었다. 형구는 와락 병사를 껴안았다. 위병이 그 모습을 부러운 듯 쳐다보았다. 조금은 쑥스러운 표정으로 형구는 형을 안았던 팔을 풀었다. 둘은 위병소가 보이지 않는 곳에 도달해서야 눈을 마주 보고 씩 웃었다.

토요일 화천 시내는 면회객들로 붐볐다. 이곳저곳 식당을 기웃거리던 형구는 허름한 식당으로 들어갔다. 형남은 아무 말도 없이 뒤따랐다. 띄엄띄엄 녹슨 둥근 불화로 판이 몇 개 놓인 식당은 점심시간이 지나서인지 손님이 없었다. 양파를 까던 노인이 인사도 없이 주방으로 들어가면서 뭘 먹을 거냐고 물었다. 형구는 형의 의견도 묻지 않고 삼겹살 2인분과 소주 한 병을 주문했다. 식당 벽면에 붙어 있는 메뉴판에는 삼겹살, 해장국, 콩나물국밥, 백반 등 서너 가지 메뉴가 전부였다. 형구가 형남 앞에 놓인 소주잔에 소주를 아무 말없이 따랐다. 그리고 자기 잔에 소주를 따르려 하자 형남이 병을 뺏듯이 가져가서 형구 잔에 술을 따랐다. 둘은 소주잔을 부딪치고 아무 말없이 입을 벌리고 소주를 쏟았다. 형남은 자신의 잔에 소주를 따라서 연거푸 비웠다. 형구는 아무 말없이 그런 형을 묵묵히 바라보았다.

"아버지 어머니는 어떻게 지내시니."

형남이 물었다. 그제야 노인이 반찬 몇 가지를 내놓았다. 형구는 형남이 입대하자, 형남과 함께 살던 방을 빼내어 어디론가 가 버린 어머니를 생각했다.

"그저 그렇지 뭐…."

그러면서 눈을 내리깔았다. 형구는 방위를 받아야 하는데 엉덩이를 붙일 곳이 없었다. 형남은 더 이상 묻지 않았다.

"군대 생활은 어때?"

빈속에 소주 한 잔이 형구의 정신을 흔드는 듯했다. 형남은 다시 말했다.

"그저 그렇지 뭐."

다시 소주잔을 비웠다. 노인이 삼겹살을 식탁에 놓으면서 혼잣말처럼 말했다.

"둘이 많이 닮았네."

"제 동생입니다. 잘 생겼지요."

"둘 다 인물들이 좋네. 내가 식당을 40년 동안 하지만 동생이 혼자 면회 온 건 처음 보는 것 같구만. 상추와 반찬은 얼마든지 더 먹어도 돼."

그러고는 파리채를 들고 주방으로 사라졌다. 삼겹살이 불판 위에서 노근노근 구워졌다. 삼겹살 익는 고소한 냄새가 좁은 식당에 가득했다. 형제는 삼겹살에 된장을 듬뿍 발라서 상추에 싸서 먹었다. 형구는 두서너 점을 먹고 젓가락을 놓았다. 형남은 그런 형구를 쳐다보았다. 형구는 형이 늦게 온다고 해서 점심을 먹었다고 했다. 형구의 주머니에는 삼겹살 2인분과 소주 몇 병 값이 전부였다. 아침도 거른 형구의 입에는 군침이 돌았다. 술기운이 어느 정도 돌자, 형남이 말문을 떼었다.

"형님은?"

"모르겠어."

경찰서에서 보관했던 돈을 가지고 사라진 형일을 생각하면서 형구는 힘없이 말했다. 삼겹살을 거의 다 먹어 갈 즈음 형남은 물었다.

"고기 더 시킬까?"

형구는 난감한 표정을 지었다.

"나 돈이 없어. 실은 큰형이…. 아냐, 미안해."

"소주는 더 시켜도 되니?"

형구가 메뉴판에 적혀 있는 금액을 힐끗 보았다.

"응, 우리 한 병만 더 먹자."

형제는 별 대화 없이 소주잔을 들었다. 형남이가 약간 휘청하는 듯하더니 술잔을 바닥에 내동댕이쳤다.

"아! 이 더러운…."

신음처럼 토해 냈다. 술잔 깨지는 소리에 화들짝 놀란 노인이 주방 쪽에서 뛰어나왔다.

"이게 무슨 일이여?"

노인은 자주 겪는 일처럼 더 이상 말없이 깨진 술잔을 빗자루로 쓸었다. 형남이 벌떡 일어나더니 갑자기 노래를 시작했다.

"사나이로 태어나서 할 일도 많다만…."

형구도 일어나서 열중쉬어 자세로 오른손을 힘차게 아래위로 흔들었다. 노래가 끝나갈 무렵 노인이 보기 참 좋다고 하면서 말했다.

"나도 형제가 여럿이 있었는데 전쟁 통에 죽고, 사고로 죽고, 이제 나 혼자 남아서 형제들이 사무치게 보고 싶네."

형제는 어깨동무하고 식당을 나왔다. 노인이 형제의 뒷모습에 대고 말했다.

"지금처럼 죽을 때까지 지내야 돼."

형제는 뒤돌아섰다.

"걱정하지 마세요. 우리는 형제이자 동집니다."

형남이 돌아서서 노인에게 거수경례를 했다. 형구는 그런 형을 자랑스럽게 쳐다보았다.

"형, 나 이제 가야 해."

형남이 형구를 바라보면서 불만스러운 목소리로 말했다.

"이 개새끼야, 군대 생활 2년 만에 처음 오는 면회인데 벌써 가려고 하는 거야."

형구는 여관비가 없었다. 둘은 딱히 갈 곳이 없었다. 형구는 차비로 남겨 놓은 돈으로 구멍가게에서 이동막걸리 두 통을 샀다. 그리고 햇빛에 바래서 여인숙이라는 간판에 'ㄴ'이 사라진 여인숙으로 들어갔다. 몸이 비대한 50대 주인이 인사도 없이 2천5백 원이라고 했다.

형구가 주인에게 조심스레 말했다.

"돈이 없는데 주민등록증 맡기고 하루 신세를 지면 안 될까요."

주인이 형구를 아래위로 훑어보더니 재수 없다는 눈빛을 하고 방문을 꽝 소리가 나게 닫았다. 뒤에서 지켜보던 형남이 몸을 비틀거리면서 방문을 활짝 열었다.

"아줌마 제가 내일모레면 육군 병장입니다. 장군 위에 병장된단 말입니다. 제가 군번 맡길 테니 하루 신세 좀 집시다. 술을 먹다 보니 돈이 떨어져서 그렇습니다."

주인이 딱하다는 눈빛으로 형제를 쳐다보다가 "잠깐 기다려 봐"

하고, 방에 누워 있던 남자에게 뭐라고 수군거렸다.

"돈은 언제 줄 건데?"

형구가 나서서 힘없는 목소리로 말했다.

"내일 서울 가서 보내드릴게요."

"돈 떼먹는 사람들이 많아서 믿을 수가 있어야지."

혼잣말을 하면서 주인은 형제를 구석방으로 안내했다. 그리고 형남이 내미는 군번 목걸이를 낚아채듯 챙겼다.

방에는 여름용 홑이불이 네모반듯하게 개어져 있고, 베개도 풀 먹인 것처럼 깨끗했다. 형남은 이불에 등을 기대고 누웠다. 곰팡이 자국이 있는 벽에 기대앉은 형구는 몸이 휘청거렸다.

"어머니 아버지가 따로 사신 지가 몇 년 됐더라."

형구에게 물은 것도 아니고 안 물은 것도 아닌 것처럼 형남이 중얼거렸다.

"막내 형민이 5살 무렵 때부터니까 벌써 10년은 된 듯한데."

형구도 넋두리처럼 말했다.

"왜 그렇게 사실까? 형 나 버스 안 장사 그만하려고."

형남이 말했다.

"형구야 힘들지? 조금만 더 버텨라. 제대 얼마 안 남았어."

"너는 모를 거야! 나는 기억이 뚜렷해! 그날 불꽃이 추월산보다 높게 타올랐지. 도깨비불이 불쑥불쑥 나타나기도 하고, 우두둑 쾅! 쾅! 쾅! 벼락 치는 소리가 나면서…. 그런데 이상한 것은 그 누구도 불을 끄려고 하지 않는 거야. 동네 사람들이 마실 나온 듯 불구경만 했고, 할아버지는 타 버리는 정미소 앞에서 술을 드시고, 끝내 아버지의 모습은 보이지도 않았어! 어머니는 동네 사람들에게 나락이라도 끄집어내 달라고 사정했지만, 그 누구도 움직이지 않았지. 동네 사람들이 쑥덕이며 하는 소리가 지금도 귓가에 맴돌아. 도깨비불이 천벌을 내린 것이라고."

형구는 이 말을 듣지 못하고 벽에 기대어 잠이 들었다. 반쯤 감긴 형남이 눈에서 눈물이 흘렀다.

첫사랑

미경은 키가 크고 둥근 얼굴형에 눈빛이 맑은 여자였다. 초등학교를 졸업할 때 총독부에서 내려온 상을 탈 정도로 똑똑했다. 친정아버지가 여자 주제에 글씨를 깨우쳤으면 됐다고 중학교를 보내지 않았다. 미경은 학교 선생님이 되는 것이 꿈이었다. 일본인이었던 미경의 담임 선생도 친정아버지를 몇 차례 찾아와 미경은 꼭 공부시키라고 설득했다. 그러나 공자님을 신줏단지처럼 모시던 친정아버지는 요지부동이었다. 덕분에 미경의 공부는 거기서 그치고 말았다.

미경은 신랑감의 얼굴도 보지 못하고 시집을 갔다. 아버지가 정해 준 신랑이었다. 양반 집안이고 정미소를 하는 부잣집이라는 소리만 귓등으로 들었다. 들려오는 소식은 온통 남편의 집안 이야기들뿐이었고, 신랑감에 대한 소리는 아무것도 듣지 못했다. 첫날밤이 되어서야 미경은 한 이불을 덮고 잘 이의 얼굴을 확인했다. 그는 만취 상태였고, 이미 첫닭이 울고 난 시간이었다. 그는 두루마기도 벗지 않고, 그대로 자리에 누웠다. 미경은 족두리를 쓴 채 뜬눈으로 밤을 밝혔다.

시집온 지 삼 일째 되던 날 빨래터에서 만난 사람들이 미경에게 물었다.

"별일 없지?"

미경은 아무런 대답도 할 수 없었다. 그들은 마치 별일이 있기를 바라는 듯한 눈치였다. 미경은 커다란 대바구니에 가득한 빨랫감을 머리에 이고, 동네 사람들의 시선이 닿지 않는 그곳에서 빨래했다. 정미소 일꾼들의 빨래는 묵은 때가 소가죽처럼 질겼다. 미경은 시집온 첫날부터 시집 식구들이 자신에게 무엇인가를 숨기고 있다는 것을 본능적으로 알았다.

신방에 놓여 있는 원앙 자개농이 새것이었다. 아무리 부잣집이래도, 저런 혼수품을 시댁에서 준비하는 법은 없었다. 미경은 신랑에게 이유를 물었다. 신랑은 몰랐느냐는 눈빛으로 미경을 쳐다보았다. 그는 한 번 결혼했던 남자였다. 미경은 이런 사실을 말해주지도 않고 시집을 보낸 친정 부모를 원망했다. 시댁은 대들보가 한 아름이나 되는 큰 기와집이었다. 사당과 서당은 별채로 독립된 구조였다. 집은 크지만, 지붕에는 잡초가 무성했다. 군청에 다녔다는 신랑은 허우대가 장대하고 코도 우뚝하고 인물이 좋았다. 특히 짙은 눈썹과 우수에 젖은 눈빛이 강렬했다. 그런데 결혼했던 남자였다니….

신랑은 첫날밤도 치르지 않았는데, 새벽녘에 들어오거나 들어오지 않았다. 보름이 지난 후 시어머니가 미경을 불렀다.

"네 신랑이 저래 봬도, 죽은 사람을 한 해 동안 지극정성으로 돌봤어. 오만 가지 약을 썼는데도, 시름시름 앓다가 죽는 바람에. 하여튼, 그 사람이 죽고 나서부터 저놈이 정신을 놓았어. 조금만 참아라. 곧 돌아올 거야."

시어머니의 조부가 진사 벼슬을 해서 진사댁이라고 불리고 있었다. 시어머니는 늪지처럼 깊은 한숨을 내쉬었다. 미경은 그 한숨으로 알 수 있었다. 곧 돌아올 거라는 말은 시어머니의 바람일 뿐이라는 것을. 미경은 야무진 입술을 꼭 씹으며 눈물을 훔쳤다.

상준은 술병을 들고, 밤이면 백운산에 있는 묘지를 자주 찾았다. 건넛마을에 살고 있던 영단을 상준은 열일곱 살 대보름 불놀이 때 처음 보았다. 대보름에는 공동묘지가 있는 벌판에서 마을 대항으로 불싸움을 했다. 열여섯 나이에 벌써 단오 씨름판에 면 대표로 선발될 정도로 덩치가 크고 힘이 좋았던 상준은 불이 붙은 관솔과 솔방울이 담긴 깡통을 힘차게 돌려서 건넛마을 사람들을 향해 던졌다. 보름달을 향하던 깡통에서 별똥별처럼 꼬리를 물고 불이 쏟아졌다. 허공에서 쏟아지는 불을 피하다가 사람이 뒤로 넘어지는 것이 흐릿하게 보였다. 상준은 고함을 지르면서 건넛마을 쪽으로 뛰었다. 건넛마을 사람들이 오륙십 보 거리에 있는 큰 바위 뒤로 물러섰다. 상준은 넘어진 사람을 향해 뛰었다.

헌데, 그 사람은 울고 있었다. 여자였다. 상준이 다가가자 일어서려고 했던 그녀는 일어나지 못했다. 상준이 손을 내밀었지만, 그녀는 상준의 손을 잡지 못하고 우물쭈물했다. 상준은 어찌할 줄을 몰랐다. 길게 늘어뜨린 댕기 머리, 흰 저고리에 검정치마. 그림자밖에 보이지 않는데도 왠지 가슴이 쿵쾅거렸다.

"아, 다리가…."

여자가 작은 목소리로 신음했다. 상준은 머뭇거리다가 여자에게 다시 손을 내밀었다. 여자도 손을 내밀었다. 일어선 여자는 걷지를 못했다. 상준은 여자에게 등을 내밀었다. 여자가 최대한 몸을 움츠리며 상준의 등에 몸을 실었다. 여자는 손을 가슴 위로 한 채 상준의 등판에 버티고 있었다.

건넛마을 사람들이 송진 먹인 횃불을 들고 몰려오는 것이 보였다. 상준은 여자를 매단 채 대보름달을 향해 뛰었다. 여자는 새털처럼 가벼웠다. 상준이 풀쩍 뛰자, 여자가 소리를 지르며 손으로 상준의 목을 감았다. 상준의 등에 뭉클한 것이 닿았다. 여자의 댕기가 출렁거리면서 상준의 얼굴을 스쳤다. 상준은 달빛이 가장 잘 내리는 커다란 묘지의 상석에 여자를 내려놓고 자기 마을을 향해 뛰었다. 창포 감은 여자의 머리 향이 여전히 상준의 인중께에 맴돌고 있는 듯했다.

불꽃놀이가 있은 며칠 후 상준은 무턱대고 건넛마을을 향했다. 얼굴도 제대로 보지 못한 여자를 찾기 위해…. 상준은 지난 대보름 밤에 다리 다친 여자 집이 어디냐고 동네 사람에게 물었다. 마을 가장자리에 작은 초가집을 가리켰다. 여자의 어머니는 울상을 하면서 상준을 막아섰다. 상준과 그 여자의 어머니가 가벼운 실랑이를 하는 중에 방문이 살포시 열리면서 여자의 얼굴이 슬쩍 나왔다. 여자는 눈으로 어머니에게 말을 하고 문을 닫았다. 창백한 안색에 코끝이 뚜렷하고 입술이 유독 붉었다. 머릿결은 흑단처럼 빛났다. 한 송이 흰 백합 같은 여자는 어머니와 둘이 살고 있었다. 여자와 그 어머니가 상준 집을 찾아온 것은 달포가 지나서였다. 여자의 손에는 정종 한 병이 들려 있고 그 어머니는 암탉을 들고 있었다. 여자의 어머니는 상준 어머니에게 수없이 고개를 숙였다. 상준은 이 사실을 몰랐다.

상준은 서당 훈장을 하는 아버지에게 한학을 수학하고 있었다. 상준은 사서삼경을 암기할 정도로 총명했다. 상준의 아버지는 그런 큰

아들이 자랑스러웠다. 상준이 가문을 크게 일으킬 것이라고 기대했다. 그런데 대보름 이후부터 상준은 경을 읽다가 가끔 정신을 놓았다. 그럴 때마다 상준의 아버지는 상준을 나무랐고, 때로는 종아리에서 피가 나도록 회초리를 쳤다.

상준은 밤이면 그 여자의 집 주변을 가거나, 그도 아니면 그 여자를 내려놓았던 묘지 상석으로 향했다. 그날은 아름드리나무가 뿌리째 뽑힐 정도로 바람이 심하게 불었고 마른천둥이 치는 날이었다. 상준은 그날 역시 여자의 집 앞을 배회하다가 빨래를 걷는 그녀의 어머니와 눈이 마주쳤다.

"아이고 도련님이 여기는 웬일이래요? 바람이 찹니다. 어서 방으로 드세요."

상준은 바람에 시선을 던지고 성큼성큼 방으로 들어갔다. 반짇고리를 앞에 놓고 수를 놓고 있던 그녀가 어찌할 줄을 모르면서 상준에게 아랫목 자리를 비켜줬다. 방은 좁고 옹색했다. 그녀가 상준의 시선을 피할 구석이 하나도 없는 곳이었다. 상준은 그래서 더 좋았다. 그날 상준은 그녀가 홍영단이고, 자신과 동갑이라는 것을 알았다. 그날 이후 상준은 그녀의 집을 자주 찾았다. 모녀는 상준이 집에 오면 식혜와 곶감 등을 내주면서 극진히 대접했다.

소담한 눈이 내리던 날, 그날도 영단의 집을 찾은 상준에게, 영단은 어머니가 집에 안 계신다며 방문을 열어주지 않았다. 상준은 낡았지만, 기름칠해서 반들거리는 마루에 걸터앉았다. 시선은 한지를 바른 방문을 향했다. 상준의 요동치는 마음과 달리, 마루 위에 내리는 흰 눈은 고요하기만 했다. 소복이 쌓인 눈 위에 손가락으로 한시를 짓던 상준은 방문을 두 손으로 잡아당겼다.

그 순간, 문이 너무 쉽게 열리면서 상준이 마당으로 떨어져 나갔다. 문 옆에서 쪼그리고 앉았던 영단도 눈 쌓인 마당으로 튕겨 나왔다. 처음 본 그날처럼 마당에 엎어진 그녀는 고개를 숙인 채 손을 상준에게 뻗었다. 흰 조개처럼 빛나는 그녀의 손은 뜨거웠고 땀으로 젖어 있었다. 상준은 그녀의 손을 움켜잡았다. 아, 놀란 건지 아픈 건지 모를 감탄사가 흘러나왔다. 그 소리에 상준은 대보름날 맡았던 창포 향을 느꼈다. 상준은 그녀의 머리를 감싸고 입맞춤하였다. 바닥을 짚은 손이며, 젖은 머리칼이 얼어붙었지만, 영단과 닿은 곳은 불에 댄 듯 뜨거웠다. 벚꽃처럼 날리는 눈발 사이로 대보름달을 향해 던졌던 불꽃이 타오르고 있었다.

일본은 패전 위기에 몰리고 있었다. 그럴수록 일본은 내선일체를 더욱 강화하고 창씨개명을 강요했다. 그리고 전쟁 물자를 확보하기 위해서 혈안이었다. 마을에는 쇠붙이는 한 톨도 남아 있지 않았다. 심지어는 농기구의 쇠붙이도 쓸어 갔다. 이 씨 집성촌에서 성씨개명을 하지 않은 것은 상준의 부친 우민이 유일했다. 외부를 출입할 때는 꼭 두루마리 한복을 입었다. 우민은 창씨개명을 하느니 목을 매겠다고 공공연히 말하고 다녔다.

일본 순사들은 우민을 요시찰 인물로 지목했다. 순사들은 우민을 수시로 협박했지만, 눈빛이 형형하고 상투를 틀고 수염을 기른 우민은 요지부동이었다. 상준을 일본인들이 운영하는 학교에 보내지 않고 서당에서 자신이 직접 가르친 것도 우민의 반일 사상 때문이었다. 우민은 이시영 형제들의 독립운동에 은밀히 독립자금을 보내고 있었다.

상준의 모친 진사댁은 순사들이 올 때마다 적지 않은 돈을 찔러주었다. 진사댁은 돈과 거리를 두는 우민을 대신해서 집안 살림을 책임지고 있었다. 진사댁은 현실적인 사고를 했다. 진사댁은 창씨개명하지 않으면 상준을 당장 징집하겠다는 순사들이 두려웠다. 진사댁은 수시로 남편에게 창씨개명할 것을 요구했다. 우민도 종손 상준이 징집되는 것이 두렵지 않은 건 아니었다. 하루에도 수십 번씩 창씨개명을 요구하는 처의 요구에 지쳐갔다. 그래서 결국 창씨개명을 하겠다고 했다.

우민이 선택한 성씨는 일본 말로 똥이라는 쿳쏘였다. '제기랄, 빌어먹을'이라는 뜻도 있었다. 일본 순사들은 일본을 멸시하는 우민을 그냥 두고 볼 수가 없었다. 진사댁은 육감적으로 상준을 일본인들이 그냥 두지 않을 것이라는 걸 느꼈다. 상준은 수시로 만주로 떠나겠다고 했지만, 우민과 진사댁은 집안의 혈통을 이어야 할 상준을 보낼 수가 없었다. 진사댁은 상준을 영단의 집에서 숨어 있으라고 했다.

상준을 영단의 집으로 보내고 삼 일도 되지 않아서 밤에 일본 순사와 헌병이 집에 들이닥쳤다. 헌병들은 군홧발로 온 집안을 뒤집었다. 천장을 대검으로 쑤시고, 마루 밑까지 파헤쳤다. 상준을 찾지 못하자 우민을 잡아갔다. 우민은 상준이 절로 공부하러 갔는데 어느 절로 갔는지 언제 올지 모른다고 했다. 열흘간 똑같은 말만 되풀이하고 우민이 헌병대에서 풀려났다. 헌병들은 우민을 풀어 주면서 만약 한 달 안에 상준을 찾아오지 않으면 우민의 15살 둘째 아들을 징집하겠다고 협박했다. 그리고 그동안은 여론을 의식해 우민을 대접해 왔지만, 앞으로는 결코 봐주는 일이 없을 것이라고 윽박질렀다.

상준은 영단의 집 헛간에 숨어 지냈다. 칠흑 같은 밤에 영단의 집에 스며든 상준의 존재는 귀신도 몰랐다. 헌병들과 순사들이 상준의 일가친척 집 등을 수시로 급습했지만, 영단의 집은 염두에 두지도 못했다. 상준은 헛간에서 낮에는 책을 보거나 잠을 자고 밤에는 산을 오르고 동이 트기 전에 영단의 집으로 스며들었다. 영단의 모친은 상준의 집에 일꾼으로 일하러 가서 상준 집안 소식을 물어왔다. 짙푸른 보리가 파도처럼 물결칠 때 영단의 집에 숨어든 상준은 영단의 집을 떠나서 노령산맥을 타고 내장산과 백양사를 몇 차례 다녀왔다. 내장산을 다녀올 때마다 상준의 손에는 산꽃과 귀한 약초가 가득했다. 영단은 이때부터 몸이 쇠약해지고 있었다. 상준은 영단의 집에 숨어 있는 동안 결코 무례한 행동을 하지 않았다. 영단의 이름을 부르는 일도 없었고, 식사 때도 겸상하지 않았다. 철저하게 타인처럼 행동했다.

보리밭이 황금빛으로 익어 가고 있었다. 그리고 달빛이 휘영청 밝은 날이었다. 누군가 헛간 앞에서 낮은 목소리로 도련님이라고 불렀다. 상준은 처음에는 허깨비 소리를 들은 줄 알았다. 상준은 헛간 문틈 사이로 실루엣처럼 비치는 영단의 치마저고리를 보는 순간 숨이 멎는 것 같았다. 그동안 억눌러 왔던 감정과 욕정이 온몸을 타고 흘러내렸다. 상준이 헛간 문을 열었다. 영단이 수줍은 듯이 말했다.

"달빛이 너무 고와서…."

상준은 모든 감각이 마비된 듯 달빛에 우두커니 서서 영단을 바라보았다. 영단은 대보름 불꽃놀이 하던 밤 그 옷차림 그대로였다. 댕기머리에 댕기도 똑같은 것이었다. 상준은 손을 내밀었다. 영단이 그 손을 잡았다. 사위(四圍)는 태고의 적막처럼 고요했고, 달빛은 산천을 감싸고 있었다.

영단의 집을 벗어나자 바람이 황금으로 물든 보리밭을 흔들었다. 둘은 손을 잡고 그 황금 들녘을 하염없이 걸었다. 상준이 보리밭으로 영단을 이끌었다. 그리고 영단을 보리밭에 뉘었다. 둘은 누워서 보름달을 쳐다보았다. 별들이 쏟아지고 있었다. 상준은 영단의 윗저고리 매듭을 풀었다. 영단은 상준의 등을 힘껏 끌어안았다. 상준이 영단의 치마를 풀어서 보리밭 위에 펼치고 영단을 살포시 안아서 그 위에 눕혔다. 달빛에 드러난 영단의 몸은 은어처럼 빛났다. 달빛이 부서지고, 황금 들녘이 거칠게 출렁거렸다.

화재

“이놈아, 어디 혼처가 없어서 지지리도 가난한 과붓집 폐병쟁이냐? 내 눈에 흙이 들어가도 안 된다. 집안이 망하는 꼴을 보겠다는 것이냐. 조상님들 보기 부끄러운 줄 알아라.”

처음 영단과 결혼하겠다고 나섰을 때, 우민은 어른 팔뚝만 한 작대기로 상준을 다짜고짜 팼다. 결혼식에도 우민은 나타나지 않았다. 집안 어른들도 상준 부부의 폐백을 받지 않았다. 이미 영단의 뱃속에 상준의 핏줄이 자라고 있었다. 진사댁은 이 사실을 영단 모친에게 들어서 알고 있었다. 그래서 그녀의 결단으로 강행한 혼사였다. 화촉을 밝히는 초에 불을 붙이는 영단 어머니 손은 삭풍에 흔들리는 버드나무처럼 흔들렸다.

결혼한 뒤 상준은 군청에서 굳이 자전거를 타고 집에 와 점심을 먹었다. 퇴근하면 뒤도 돌아보지 않고 집으로 향했다. 그의 자전거에는 항상 한약이 실려 있었다. 영단의 얼굴은 시간이 갈수록 더욱 창백해졌고, 어느 순간부터 각혈하기 시작했다. 영단이 흰 수건에 검붉은 피를 토하면 상준은 그것을 손수 빨았다. 그 와중에도 영단의 배는 소리 없이 올챙이배처럼 튀어 올랐다.

상준은 흔하지 않은 자동차를 불러서 영단을 싣고 병원과 한의원을 찾아다녔다. 양의사, 한의사들은 모두 고개를 저었다. 이미 결핵균이 온몸에 퍼진 상태고 치료 약이 없다고 했다. 그리고 영단을 집에 두면 식구들 모두 위험하다고 요양병원으로 입원시켜야 한다고 했다. 상준은 일본행을 결심했다. 미군이 일본에서 군정을 실시하고 있는데, 미군 부대에 폐결핵 치료제가 있다는 소문을 들었기 때문이다.

진사댁은 상준의 사랑을 동정했다. 죽음을 앞둔 며느리가 부럽기까지 했다. 자신은 우민에게 제대로 된 사랑을 받아 보지 못한 듯했다. 우민은 어려운 선비이며, 상전이었다. 진사댁은 일본으로 출발하는 상준에게 노잣돈을 두둑이 주면서 꼭 치료제를 구해 오라고 신신당부했다. 혈통을 이을 손이 영단의 배 속에 들어 있었다.

부산에 도착한 상준은 관부연락선이 해방과 함께 중단되었다는 사실을 모르고 있었다. 일본과는 단교가 된 상태였다. 일본에 가려면 일본에 가려는 사람들이 함께 어선을 빌려서 밀항하는 방법 말고는 없었다. 상준은 부산항 근처 여인숙에서 여러 날을 묵었다.

밀항을 주선하는 사람들에게 돈을 주고 배를 기다렸다. 파도가 거칠게 치던 밤에 열 명 남짓의 사람들이 일본 밀항선에 올랐다. 배는 거친 밤바다를 헤치고 동틀 무렵 시모노세키항에 도착했다. 그곳에도 밀항을 주선하는 사람들이 있어서 아무런 제지도 받지 않고 땅에 발을 디딜 수가 있었다.

상준은 군청 동료들에게 정보를 수집했다. 그래서 도쿄에서 약

60Km 떨어진 자마 지역에 일본육군사관학교를 접수한 미군들이 가장 많이 주둔하고 있다는 사실을 알고 있었다. 상준은 일본어에 유창했지만, 영어는 한마디도 하지 못했다. 자마 지역은 일본인들보다 미국 군인들이 훨씬 많았다. 자마 미군캠프 주변에는 일본의 창부들이 들끓고 있었다. 상준은 보름 이상을 창부들의 집 근처 판자로 지은 방에서 생활했다. 그리고 미군들이 자주 찾는 술집을 밤마다 찾아다녔다. 술집 여자들에게 폐결핵 약을 구해 주면 웃돈을 주겠다고 약간의 돈을 주었다.

드디어 미군 병사가 상준을 보자는 연락을 해왔다. 미군은 상준 또래 거구의 흑인이었다. 흰 이빨을 드러내며 미군은 병에 든 흰 알약을 흔들면서 영어로 씨부렁거렸다. 술집 아가씨가 폐결핵 특효약인데 미국에서도 구하기 어려운 약이라고 했다. 상준은 그 알약 하나를 볼 수 있겠느냐고 물었다. 미군이 알약 병을 열고 한 알을 상준에게 주었다. 상준은 그 알약을 씹어 보았다. 영단을 치료하면서 각종 양약과 한약을 먼저 먹어본 경험이 많은 상준은 항생제 맛을 알고 있었다. 아주 독한 쓴맛이 났다. 약은 항생제가 맞는 것 같았다. 상준은 얼마냐고 물었다. 흑인은 논 한 마지기 값을 불렀다. 상준은 그런 돈은 없다고 했다. 흑인이 허름한 옷차림에 이국 생활로 지친 상준을 뚫어지게 쳐다보더니 가격을 절반으로 내렸다. 상준이 고개를 젓자 다시 절반으로 내렸다. 상준은 다섯 병을 구할 수 있느냐고 물었다. 다음 날 흑인 병사가 항생제 다섯 병을 들고 나타났다. 상준은 그것을 구입했다. 흑인은 콧노래를 부르며 통역한 일본 창부와 팔짱을 끼고 사라졌다.

상준이 집에 도착한 것은 집을 떠나고 나서 한 달이 조금 넘은 시간이 흐른 뒤였다. 누워서 상준을 바라보는 영단의 눈은 별빛처럼 빛나고 있었다. 그리고 눈물이 흐르고 있었다. 진사댁은 영단이 여러 차례 위기를 넘겼다고 했다. 아무래도 영단이 며칠 못 갈 것 같고 너를 기다린 것 같다고 했다. 그리고 이틀 후 영단은 상준이 구해온 약을 먹어 보지도 못한 채, 피를 한 요강 토하고 상준의 품에서 죽었다. 영단이 죽던 날 휘영청 대보름달이 눈이 시리게 푸른빛을 쏟아냈다.

그 빛은 눈으로 덮인 산천을 잔인하게 흔들고 있었다. 상준은 혼자서 영단의 시체를 지게에 지고 달빛을 길잡이 삼아 백운산으로 향했다. 삼동에 얼어붙은 땅은 쉽게 열리지 않았다. 상준은 손바닥에서 피가 나는 것도 모르게 땅을 두들겼다. 여명이 기지개를 켤 무렵 삼베로 둘둘 말은 영단이 누울 만한 구덩이가 만들어졌다. 상준이 영단을 안고 눈 위에서 뒹굴던 날처럼, 목화솜 같은 눈이 내리기 시작했다. 상준은 그 구덩이에 영단의 시체를 끌어안고 들어갔다. 구덩이 위에 흰 눈발이 쌓여 갔다. 숲에서 짝을 찾는 고라니의 울부짖는 소리가 울려 퍼지고 있었다. 구덩이 속에서 상준은 아버지에게 배운 시경을 읊어 보려 했다. 하지만 머릿속에 떠오르는 생각은 아무것도 없었다. 그저 이대로 눈에 파묻혀 영단의 옆에서 죽고 싶었다.

꿈인지 생시인지 분간할 수 없는 시간은 속절없이 지나갔다. 구덩이는 찬바람을 막아 주었다. 어머니의 자궁처럼 아늑했고, 영단의 품속처럼 따뜻했다. 목이 타는 듯해서 눈을 떴지만, 밤인지 낮인지 구분할 수 없었다. 한참 만에야 상준은 뻣뻣하게 굳은 몸을 구덩이 밖으로 밀어냈다. 그리고 자신의 겉저고리와 준비한 자기 머리털 그리고 영단과 배 속의 아이를 함께 묻었다.

* * *

상준은 그날 이후 폭음을 자주 하고 일절 말을 하지 않았다. 폭음하고 나면 아무나 붙잡고 시비를 걸었고, 얼굴이 성한 날이 없었다. 사표도 내지 않았지만, 군청도 가지 않았다. 상준의 마음을 잡으려고 진사댁은 논밭을 팔아서 상준에게 큰 정미소를 차려 주었다. 그리고 집안 조카뻘 촌수가 되는 춘희에게 상준이 말이라도 할 수 있도록 설득해 달라고 부탁했다.

춘희는 고등학교 문턱을 밟은 현대적인 여성이었다. 시집온 지 사흘 만에 과부가 된 이후로 시장에서 주막을 하고 있었다. 상준과는 10촌도 넘는 먼 촌수의 부인이었다. 상준은 춘희의 죽은 남편과는 동갑내기 친구로 친하게 지냈다. 춘희의 남편은 토끼몰이를 하다가 어이없게도 낭떠러지에서 떨어져 죽었다. 상준은 춘희의 외모에서 영단의 모습을 보았다. 주막의 문턱이 닳도록 드나들며 술을 마시던 상준은 춘희와 술잔을 기울이다가 넘지 말아야 할 선을 넘어 버렸다. 춘희는 상준이 주막을 들르지 않는 날이면, 삼거리까지 나와서 하릴없이 걸었다. 상준은 술에 취하면 춘희를 영단이라 부르면서 어린애처럼 울었다. 상준의 주머니는 정미소에서 나오는 돈으로 늘 넉넉했다. 춘희는 상준에게 죽은 남편에 대해서 자주 물었다. 남편을 묻는 것이 아니고 상준에 대해서 묻는 것이었다. 춘희와 상준의 관계는 금세 장터에 퍼졌다. 종갓집 종손인 상준이 춘희와 붙어먹는다는 소문은 진사댁 귀에도 들어갔다. 반가의 씨족 마을에서 있을 수 없는 일이었다. 진사댁은 서둘러 논 아홉 마지기를 팔아, 그 돈을 들고 춘희를 찾아갔다.

"조카! 내 다 알고 왔네! 이 돈 가지고 지금 당장 마을 떠나게. 아니면 내가 칼을 물고 죽는 꼴을 보던지."

진사댁은 신문지로 싼 돈 보따리 옆에 시퍼렇게 날이 선 칼을 함께 올려 두었다. 춘희는 자신이 더 이상 이 마을에서 살 수 없다는 것을 알았다. 그녀는 순순히 떠나겠다고 했다. 그리고 뒷일을 부탁한다고 했다. 그녀는 돈을 챙기지 않았다. 며칠 후 옷가지 몇 개를 챙겨서 떠나는 춘희에게 진사댁은 멀리 가서 다시는 나타나지 말라고 했다. 그리고 돈뭉치를 억지로 춘희에게 안겼으나 그녀는 끝내 그것을 놓고 떠났다.

춘희까지 사라지자, 상준은 다시 산발하고 다녔다. 이번에는 노름판이었다. 노름을 해서 돈을 따면 그날로 술을 다 먹었다. 돈을 잃으면 싸워서 뺏었다. 그러다 가끔은 지서에 잡혀가기도 했다. 상준의 집안을 잘 아는 지서장은 그를 몇 번이나 풀어 주었다. 그럴 때마다 진사댁은 돈을 싸 들고 지서를 찾아갔다. 진사댁이 지극정성으로 불공을 드리고 새벽에 물을 떠 놓고 천지신명께도 빌었지만, 상준의 만행은 더욱 심해졌다.

그러던 어느 날, 집안에 순경들이 들이닥쳤다. 상준이 제 분을 못 이기고 노름판에서 사람을 때린 것이다. 그날은 운이 나쁘게도 맞은 사람의 갈비뼈가 여러 대 부러졌다. 진사댁은 급하게 상준을 절로 피신시켰다. 그는 절에서도 술을 찾았다. 주지는 상준 부친과 오랜 교분이 있었다. 그는 총명했던 상준을 기억하고 있었다. 주지는 상준을 혼내는 대신, 술과 고기로 상준을 여러 날 대접했다. 가끔은 상준과 아무 말없이 술잔을 기울이기도 했다. 상준은 주지의 이런 태도에 감복했는지 행자승을 자처했다. 그리고 금강경을 비롯한 난해한 불교 경전을 읽어 나갔다. 이렇게 2년을 보내자 상준의 눈빛이 옛날처럼 투명하고 맑아졌다. 상준은 머리를 깎겠다고 했지만, 주지는 허락하지 않았다. 상준이 종갓집 종손이라는 사실을 알고 있는 주지로서 다른 선택의 여지가 없었다.

절에서 내려온 상준을 보고, 부친은 급하게 장가를 보내야 한다고 했다. 그는 종갓집 장손으로서 대를 빨리 잇지 않는 것은 조상들에게 불경스러운 일이라고 했다. 아마 상준이 불교에 빠져 스님이 되겠다고 할까 봐 걱정된 모양이었다. 상준의 부친은 일방적으로 신부를 골랐고 혼삿날을 잡았다. 영단과 결혼할 때와 달리 그는 적극적이었다. 정작 당사자인 상준은 결혼할 준비가 되어 있지 않았다. 아니 결혼하고 싶지 않았다. 그러나 부친의 뜻을 거역할 용기가 없었다.

상준은 도망가고 싶었다. 그런데 마침 춘희에게서 수년 만에 연락이 왔다. 춘희는 가까운 타읍에서 다방을 하고 있었다. 춘희는 상준의 얼굴 한번 보는 것 말고는 아무것도 바라는 것이 없다고 했다. 미경과 혼사 전날도 상준은 다방에 있다가 잔칫상에 객처럼 나타났다. 상준은 미경이 마음에 들지 않는 것은 아니었다. 사실, 미경에 대해 잘 알지 못했다. 그는 그저 춘희의 다방에 있는 것이 편하고 좋았다. 하지만 상준은 춘희와 밤을 함께 보내지는 않았다. 대신 미경에게도 마음을 주지 않았다. 미경에게 상준은 자주 친정에 가 있으라고 했다. 그의 마음은 여전히 흔들렸다. 상준의 마음이 나부끼는 와중에도 미경은 제 역할을 착실히 해 나갔다.

그녀는 시부모의 바람대로 자식도 여럿 낳고 정미소 운영도 당차게 해 나갔다. 상준이 돈을 달라고 하면 원하는 금액보다 더 주었다. 노름판에서 돈이 떨어져 사람을 보내면 자루에 돈을 담아 보냈다. 미경이 이럴수록 상준은 춘희의 다방을 찾고, 영단의 묘지를 찾는 일이

잦아졌다. 상준과 춘희의 관계를 우민만 모르고 있었다. 진사댁은 혼자서는 어떻게 해볼 도리가 없다는 것을 알고, 남편에게 지난 일들을 전했다. 그 소리를 들은 우민은 이를 갈았고 얼굴에 붉은 심줄이 동시에 튀어 올랐으며, 눈동자는 초점을 잃었다. 상준의 아버지는 사흘 동안 식음을 전폐했다. 그리고 일어나서 마을 회의를 소집했다. 동네 사람들이 상준의 집으로 모여들었다.

마당에 꿇어앉은 상준을 바라보며 그의 아버지가 소리를 질렀다.

"내가 자식을 잘못 가르쳐 가문에 먹칠했소. 저놈이 상피를 붙어먹은 제 자식이오. 멍석말이해서 마을에서 추방해 주시오."

그 말이 떨어지기 무섭게 그동안 상준의 술주정과 폭력에 당해 온 사람들이 멍석에 상준을 돌돌 말았다. 그리고 상준 아버지와 함께 보리타작하듯 멍석에 매질했다. 상준은 이대로 죽기를 원했다. 그날 이후 마을과 읍내에서 상준의 그림자는 보이지 않았다.

* * *

시집온 뒤, 미경은 마을에서 평산댁이라고 불렸다. 평산댁은 어린 자식들을 데리고 정미소를 키워 나갔다. 그리고 시부모를 지극정성으로 봉양했다. 시아버지는 흐트러지는 자세 없이 서당에서 책만 읽었다. 그러나 가끔은 술에 대취해서 저년이 집안에 들어오고 나서 큰놈이 저렇게 됐다고 평산댁에게 폐병쟁이라며 욕을 했다. 술에 취한 우민은 영단의 그림자를 지우지 못하고 있었다. 그러고선 저놈의 정미소가 없어져야 큰놈이 돌아올 것이라고 했다.

평산댁은 진사댁과 관계가 좋았다. 진사댁은 상준의 노름 밑천으로 팔았던 많은 전답을 다시 사들였다. 집안에 활기가 돌기 시작했다. 평산댁은 바닷가 소도시에서 숨어 사는 상준과 연락하고 있었다. 그 소도시로 시집을 간 상준의 6촌이 살고 있었다. 그 해는 대풍년이 들었다. 정미소에는 정미해야 하는 나락이 천장에 닿을 정도로 가득했다. 정미소에 붙어 있는 커다란 창고에도 나락이 산을 이루고 있었다. 평산댁의 마음 씀씀이에 십 리 떨어진 마을에서도 나락을 평산댁의 정미소로 보내왔다. 평산댁은 이번 가을을 마지막으로 정미소를 팔아 상준을 찾아가려고 했다. 평산댁은 남편의 기이한 여러 행동들을 이해할 수 없었지만, 상준을 안쓰럽게 생각했다. 무엇보다도 그의 선이 굵은 행동과 다르게 우수에 젖은 눈빛을 좋아했다.

시아버지는 술병을 앞에 놓고 대취해 있었다. 그리고 저놈의 정미소를 불태워 버린다고 반복적으로 소리를 질렀다. 얼마 후 정말 정미소 쪽 하늘에서 불꽃이 치솟아 올랐다. 정미소 안에는 경유가 가득 담긴 드럼통이 여러 개 있었다. 불꽃은 불가사리처럼 사방으로 뻗어나갔다. 그러다 드럼통에 불이 붙자, 땅이 무너지는 소리를 내면서 하늘로 솟구쳐 불을 토해 냈다. 토해 낸 불은 마을을 태울 듯이 겨울바람을 타고 날아다녔다. 순식간에 벌어진 일이었다. 동네 사람들이 평산댁을 부르며, 급하게 대문을 두드렸다.

"불이야, 불이야! 정미소에 불났네!"

평산댁은 잠결에 꿈인가 했다. 옷도 제대로 챙기지 못하고 정미소 쪽으로 뛰었다. 정미소는 기름과 나락을 태우는 매캐한 연기와 화염에 휩싸여 있었다. 창고도 불이 붙어서 나락이 타들어 가고 있었다. 마을 사람들이 정미소로 몰려들었다. 정미소를 지키는 머슴의 모습은 보이지 않았다. 불타는 정미소 앞에서 시아버지는 술병을 들고 비틀거리고 있었다.

"집안이 망했어. 장손이 멍석말이를 당했는데, 이놈의 정미소가…. 조상들이 벌을 내린 거야. 이년아, 이 폐병쟁이년!"

평산댁은 그 어떤 소리도 귀에 들어오지 않았다. 오직 나락을 꺼내야 한다는 일념뿐이었다. 입안이 마른 논처럼 타들어 가고 혀는 뱀의 꼬리처럼 감겨들었다.

"나락…. 나락…!"

평산댁은 주문처럼 나락을 외더니 혼절했다. 마을 사람 몇 명이 아직 타지 않은 창고 방향에서 나락을 꺼내려고 했다. 그 와중에도 시아버지는 소리를 질렀다.

"조상들이 벌을 내린 거야. 나락은 우리의 목숨이네. 죽음은 또 다른 잉태야. 다들 경거망동하지 마. 도깨비불로 벌을 내린 것이야!"

시아버지는 마지막 선비로 주자학의 대가로 원동까지 이름이 높았다. 마을 사람 그 누구도 그의 말을 거역할 수 없었다. 하지만 그날은 달랐다. 그 혼돈과 광기의 아수라에도 몰래 나락을 빼돌리는 사람들이 있었다. 평산댁이 정신을 차렸을 때, 나락을 맡겼던 농부들이 몰려와 평산댁을 닦달했다. 논 100마지 값도 넘는 큰돈을 평산댁은 감당할 수가 없었다.

진사댁은 손주들과 함께 며느리를 피신시켰다. 열두 살 큰딸 형숙은 형구를 업고, 둘째 딸 열 살 형미는 돌 지난 막네 딸 형경을 업고, 형일과 형남은 그릇과 수저를 들게 하고, 종종걸음으로 앞장세웠다. 냄비와 수저와 옷가지 몇 개를 머리에 이고 지고, 평산댁은 그믐달이 비추는 샛길로 마을을 등졌다. 그 길은 평산댁이 수십 년 동안 돌아갈 수 없는 길이었다. 마을 앞에 있던 정미소에서 칠흑 같은 밤을 뚫고 나락이 검붉은 빛을 내며 숯처럼 오래오래 타고 있었다. 바람결에 쓸려오는 나락 타는 냄새를 평산댁은 평생 가슴에 멍울처럼 걸고 살았다.

유랑

평산댁은 돗자리를 곡식으로 바꾼 자루를 머리에 이고, 고갯길을 마른 땀을 흘리며 올라섰다.

'아, 내가 올라섰구나. 내가 이 길을 못 올라오면 자식들이 굶어 죽는다. 사내자식 다섯 놈 중에서 한 놈이라도 성공하겠지. 기필코 성공시킬 거야. 다시 정미소도 하고 빚도 갚고….'

이런 다짐을 수없이 반복하면서 끝도 없이 이어진 고갯길을 넘어서곤 했다.

평산댁은 시골을 돌면서 시절에 맞는 보따리 장사를 했다. 봄에는 돗자리, 여름에는 삼베, 가을에는 동백기름과 동동구루무, 겨울에는 양단과 털장갑을 팔았다. 물건 구경하기도 힘든 구석진 촌으로 갈수록 장사가 잘됐다. 구석진 촌은 버스도 다니지 않았다. 며칠씩 걸어서 목적했던 마을에 도착해야 했다. 그 마을 과수댁에서 들일을 도와주고 숙식을 해결하고 장사를 할 수밖에 없었다. 며칠씩 장사를 하고 집에 돌아오면 상준은 화냥년이라고 욕설을 했다. 고향에서 삽질 한번 해본 적 없는 상준은 경제적으로 무능했다.

상준은 가족들의 생계와 자식들 뒷바라지로 어쩔 수 없이 외박할 수밖에 없는 처지의 평산댁을 의심했다. 상준은 자신이 의처증에 시달리는 것을 본인도 알고 있었다. 평산댁을 때리고 나서 그 상처에 빨간 약을 발라주는 것도 남편이었다. 평산댁은 그런 상준을 이해하려고 무던히 노력했고 참았다.

자식들을 주렁주렁 달고 평산댁은 군산 항구에 도착했다. 장항으로 가는 배를 타야 했다. 초겨울의 바닷바람은 어린 자식들이 버티기에는 너무 매서웠다. 바람이 강해서 배가 뜰 수가 없다고 했다. 평산댁은 자식들을 바람도 막아 주지 못하는 손바닥만 한 여객터미널에 두고, 선창가 집들을 찾아가서 하룻저녁 신세를 질 수 있겠느냐고 사정하고 다녔다. 스무 집도 더 찾아가서 딱한 사정을 말했다. 선창에서 한참 벗어나서 노파가 혼자 살고 있는 쓰러져 갈 듯한 초가집 광을 내주었다. 평산댁이 핏덩이 같은 어린 자식 여섯을 줄줄이 달고 나타나자, 혀를 찼다. 그리고 이 추위에 어떻게 이 어린 것들을 데리고 길을 나섰냐고 하면서 하나뿐인 방으로 들어가라고 했다. 그리고 물을 데워서 우선 이것이라도 마시며 추위를 녹이라고 했다.

얼마 후 노파는 생선 대가리를 푹 삶은 커다란 양은 냄비와 김이 모락모락 나는 보리밥을 양푼에 가득 담아서 내놨다. 자식들은 대가리를 부딪치며 보리밥을 맛있게 먹었다. 서너 명이 겨우 다리를 뻗을 수 있는 방이었지만, 어린 자식들은 포개져서 잠이 들었다. 평산댁은 노파에게 자신이 시집올 때 가지고 왔던 수놓은 손수건을 건네며, 신세 잊지 않겠다고 인사를 했다.

다음 날 새벽, 노파가 눈가를 적시며 배 타는 데까지 어린 것들을 데려다주었다. 그리고 배가 보이지 않을 때까지 선창에 서서 노파는 손을 흔들었다. 평산댁은 태어나서 처음으로 배를 타보는 것이었다. 배는 거센 파도에 심하게 요동을 쳤다. 자식들과 평산댁은 심하게 배 멀미를 했다. 장항에서 버스를 타고, 걷고 하면서 사흘 만에 서태면에 도착한 평산댁은 이글거리는 태양빛에 던져진 배춧잎 같았다.

평산댁이 남편을 만났을 때, 남편은 산발을 하고 무릎이 찢어진 삼베 홑바지에 겨우 살을 가리는 윗저고리를 입고 있었다. 그리고 끊임없이 마른기침을 해댔다. 자신의 몸을 추스를 틈도 없이 바짝 늙어 버린 상준을 바라보는 평산댁은 형용할 수 없는 설움이 밀려왔다. 자식들도 상준을 첫눈에 알아보지를 못할 정도였다. 평산댁은 상준에게 죽든 살든 서울로 가자고 했지만 씨족 마을에서 종손으로 우대받던 상준은 도회지 행을 망설였다.

평산댁은 결혼하면서 가져온 패물을 팔았다. 그 돈으로 식구들이 엉덩이를 붙일 수 있는 두 칸 방을 얻고, 남편의 옷을 샀다. 형숙과 형미, 그리고 형일은 모든 것이 바뀐 것을 알았지만, 그 나머지 자식들은 상황을 알지 못했다. 평산댁은 어린 자식들을 모아 놓고 정미소가 불난 것을 설명했다. 자식들은 평산댁의 설명을 귓등으로 들으며, 식구들이 몇 년 만에 만난 것이 즐거운 듯 남편의 무릎에 앉거나 어깨에 매달렸다.

우선 자식들의 목구멍에 밥을 넣어야 했다. 평산댁은 남편의 등을 떠밀어 염전에 날품팔이를 하게 했다. 그러나 남편은 반나절도 못하고 쫓겨 오기 일쑤였다. 반가의 종손이라는 허울 덕분에 어려서부터 올림을 받아 왔고, 군청에서 펜대를 돌리던 남편은 육체적인 노동을 견디지 못했다. 육체적인 노동보다도 누군가에게 지시받아서 하는 일을 견뎌 내지 못했다. 남편은 고향 어딘가에 자신을 묻어 버리고 껍데기만 남아 있었다.

평산댁은 시장 모퉁이에 점방을 월세로 얻었다. 큰딸 형숙에게 국화빵을 구워서 팔게 했다. 빵을 팔고 남는 밀가루 반죽으로 죽을 쑤면 반죽이 힘이 없어서 풀죽이 되었다. 그 죽을 양재기에 담아서 식구들이 둘러앉아 먹었다.

평산댁은 먹고 살 길을 찾다가 서태 시장 한쪽에서 돗자리 장사를 시작했다. 평산댁의 장사 수완으로 장사가 잘되자, 전부터 장사하던 장돌뱅이들이 어디서 굴러먹던 거렁뱅이가 우리들 장사를 망치냐고 평산댁을 쫓아냈다. 그 길로 평산댁은 보따리 장사 길로 들어섰다.

평산댁은 밤마다 빚쟁이들에게 쫓기는 악몽에 시달렸다. 화염에 휩싸인 정미소의 발동기가 "치익~, 치익~, 치익 두두두~" 하는 소리가 끊임없이 울려오는 밤에는, 그 소리를 멈추기 위해서 냉수를 온몸에 뒤집어썼다.

자식들은 장맛비에 풀 자라듯 쑥쑥 자랐다. 남편은 어려서 어깨너머로 배운 돗자리 만드는 일을 시작했다. 자식들이 공부를 잘했다. 특히 둘째 형남은 전교 일, 이등을 다투었다. 자식들이 나란히 학교 가는 모습을 보면서 평산댁과 남편은 새로운 희망을 품었다. 남편도 자식들을 성공시켜서 고향에 돌아가고자 하는 일념은 평산댁과 다르지 않았다. 그런데 아직도 고치지 못한 건 의처증이었다. 남편의 의처증은 전보다 더욱 심해졌고, 술만 먹으면 폭력이 일상화되었다.

자식들이 커나가자, 평산댁은 서태면의 변두리에 피난민 부부가 직접 지어서 튼실한 초가집을 거저 얻다시피 구입했다. 이 집은 북녘을 그리워하는 피난민이 북쪽을 향해서 지은 집이었다. 집에는 방이 네 개가 있고 부엌도 두 개가 있었다. 마당 한쪽에는 샘이 있었다. 그 샘에서 도르래로 물을 퍼 올려서 여름철에 등목을 하면 뼈가 시릴 정도로 시원했다.

그리고 소작을 부쳐 먹는 세 마지기 밭이 딸려 있었다. 살림이라고 할 것도 없는 가재도구를 정리하고 남편과 함께 열심히 살아 보자고 약속했다. 남편이 어디선가 씨돼지를 얻어다가 부지런히 키웠다. 그리고 그 씨돼지가 새끼를 여덟 마리를 낳았다. 자식들과 남편은 새끼 돼지를 방안까지 데리고 왔다. 돼지 새끼들이 무럭무럭 크고 있을 무렵, 코흘리개 시절부터 정미소 일꾼들 밥을 해주는 일을 도왔고 동생들을 보살피던 큰딸 형숙이 돈 많이 벌어 오겠다는 편지 한 통을 써 놓고 사라졌다. 평산댁이 보따리 행상을 할 수 있었던 것도 이재에 밝은 형숙에게 살림을 맡길 수 있었기 때문에 가능했다. 평산댁에게 큰 의지가 되었던 큰딸의 부재는 팔 하나가 싹둑 떨어져 나가는 아픔이었다.

"숙아, 숙아~!"

큰딸을 부르며 몇 날 며칠 서태면 소재지를 찾아 헤맨 평산댁은 그만 자리에 눕고 말았다. 평산댁은 숨이 턱밑에서 멈추었다가 허파 속으로 내려앉기를 끊임없이 반복했다. 물도 먹지 못하는데, 식은땀이 온몸을 타고 흘렀다. 남편은 동의보감을 읽은 기억을 되살려 풀뿌리를 캐다 달여 주었지만, 차도가 없었다. 평산댁은 죽기를 소원했으나, 어린 자식들이 아가리를 벌리고 있어서 죽을 수도 없었다. 평산댁이 달포를 앓자, 새끼들의 얼굴에 황달 기운이 돌았다. 평산댁은 비틀거리는 몸뚱이를 질질 끌며 장삿길을 나서야 했다. 곡식 한 톨 얻을 수 있는 피붙이 하나 없는 타관 객지의 아픔이 뼈마디 깊이 파고들었다.

남편은 마을의 김 씨에게 농사를 배웠다. 김 씨는 까막눈이었지만, 새벽부터 별이 보일 때까지 밭에 붙어 있어서 농사는 항상 풍년이었고, 살림도 넉넉했다. 김 씨에게 가끔 편지가 오거나 편지를 써야 할 경우, 남편을 불렀다. 남편이 펜대에 잉크를 찍어서 한지에 한자로 편지를 써내려 가면, 김 씨는 남편을 경이의 눈빛으로 바라보았다. 김 씨로 인해서 남편이 한학에 조예가 깊다고 마을에 소문이 났다.

그 이후 마을에 상가가 생기면 남편은 만장을 써주고 상주가 챙겨준 제사 음식과 술병을 가지고 집에 들어왔다. 그 음식을 앞에 놓고 자식들을 불러 모았다. 그리고 자식들에게 주자십회(朱子十悔)의 불효부모사후회(不孝父母死後悔), 소불근학노후회(少不勤學老後悔)와 삼강오륜의 부부유별(夫婦有別)을 강조했다. 어린 자식들이 알아듣는 것과 관계없이 몇 시간씩 한시와 동몽선습을 가르쳤다. 자식들이 꾸벅꾸벅 졸면 술잔을 방바닥에 내던지며 호통을 쳤다.

"이놈의 새끼들아, 내가 누군 줄 모르느냐? 내가 영의정을 지낸 백사 문충 이항복 선생 가문의 장손이야. 너희들 증조께서 운명하셨을 때는 성재 이시영 초대 부통령께서 직접 장례를 집전하셨고, 비문을 써주셨어. 너희들도 그 핏줄을 물려받은 거야. 네 놈들 중에 도백(道伯)이라도 한 놈 나와야 내가 환고향을 할 수 있거늘, 알아들었느냐?"

"………."

"맹자의 어머님께서 맹자를 가르칠 때 맹모단기(孟母斷機)라는 가르침을 주셨지. 공부를 중간에 중단하면 베를 짜다 베를 잘라 버린 것과 같다고 했어. 그러니 공부를 꾸준히 해야 한다."

남편은 자신의 가문과 지식을 알아줄 사람이 필요했다. 꽃을 좋아한 평산댁은 행상을 하면서 각종 화초의 씨앗과 뿌리를 얻어서 남편과 함께 집 마당에 꽃밭을 만들었다. 남편은 유독 흰 백합을 좋아해서 백합이 만개하면 그 앞에서 몇 시간씩 앉아 실성한 사람처럼 중얼거렸다. 평산댁은 그런 남편이 죽은 영단을 생각한다고 측은하게 생각했다. 남편은 상갓집 만장 써 줄 때를 제외하고는 마을 사람 그 누구와도 어울리지 못했다. 어울리지 못한 것이 아니고, 본인이 어울리려고 하지를 않았다.

남편의 한학 깊이를 이해해 줄 사람이 필요했지만, 그 누구도 남편의 실력을 알려고 하지 않았다. 남편이 동네 사람들과 술잔을 기울이다 한시를 읊으면 알아듣지 못하는 동네 사람들이 어디서 빌어먹던 놈이 먹물 냄새를 풍기느냐고 구박하기 일쑤였다.

평산댁 집에서 백 보 남짓 떨어진 집에서 화재가 났었다. 낮술을 먹고 잠들었던 남편은 불이 난 줄 몰라서 불을 끄러 가지 못했다. 그런데 남편이 집에 있으면서도 불 끄러 오지 않았다고 동네 사람들이 남편을 동네에서 쫓아낸다고 들고 일어났다. 남편이 상황을 설명했지만, 동네 인심은 더욱 사나워졌다. 동네 사람들은 자신들과 다른 남편을 받아들이려고 하지 않았다. 평산댁이 집집마다 찾아다니고 나서야 잠잠해졌다. 평산댁은 그런 남편이 원망스러웠다.

남편은 밭에 특용작물인 고추, 참외, 수박 등을 심었다. 남편이 작물을 심고는 금년에는 반드시 성공해서 밑천 삼아 도회지로 이사 간다고 떠벌렸다. 자식들은 초등학교 들어가기 전부터 새벽노동에 시달려야 했다. 학교에서 돌아와서도 숨 돌릴 틈이 없었다. 밤 10시까지 돗자리를 만들어야 했다. 방학에도 한 달에 한두 번 쉴 수 있었다. 이렇게 하지 않고서는 땅 한 평 없는 집구석에서 밥을 해결할 수도, 교육을 시킬 수도 없었다. 상준도 밤낮으로 일했다.

자식들이 일을 조금만 소홀히 하면 상준은 매를 들거나 심하게 혼냈다. 이런 상황이다 보니, 자식들은 자주 가출하거나 집에서 쫓겨났다. 셋째 아들 형구는 어려서부터 축구를 잘했다. 펠레 같은 축구 선수가 꿈이었다. 그런데 일을 해야 해서 축구할 시간도 연습할 틈도 없었다.

형구는 집에서 쫓겨나면 집 앞에 있는 인삼밭 그늘막에 가마니와 볏짚을 깔아 덮고 잠자리를 해결했다. 겨울에도 의외로 따뜻한 잠자리였다. 밥은 가족들이 모두 잠든 사이 담을 넘어가서 밥만 들고 나와서 해결했지만, 굶는 날이 많았다. 너무 배가 고플 때는 인삼을 뽑아서 어기적어기적 씹어 먹으면서 버텼다. 그리고 축구를 했다. 형구는 배를 곯아도 집에서 노동에 시달리는 것보다 쫓겨나서 자유롭게 축구하는 것이 좋았다. 그리고 굶어 죽을 정도가 되면 집에 들어갔다. 형구가 집에 들어가면 상준은 죽지 않을 정도로 형구를 두들겨 팼다.

온 가족이 매달린 고추밭은 고추가 익기도 전에 마르거나 떨어졌고, 수박과 참외는 넝쿨만 무성했다. 농사에 실패하면 남편은 하늘을 원망했고, 평산댁과 자식들에게 화풀이했다.

오뚝한 콧날에 짙은 눈썹 그리고 갸름한 얼굴의 장남 형일은 고향에서 여덟 살까지 종손으로 귀한 대접을 받았다. 급격한 집안의 몰락을 형일은 받아들이지 못했고, 말수가 적었다. 형일은 손재주가 뛰어났고 책을 좋아했지만, 공부를 뛰어나게 잘하지는 못했다. 남편은 형일이 동생들보다 공부도 못하고 씩씩하지도 못하다고 자주 매질을 했다. 시험 성적이 좋지 않으면, 밥을 굶기거나 간장 하나를 놓고 다른 상에서 형일 혼자 밥을 먹게 했다.

평산댁은 장사를 끝내고 집에 들어올 때는 썬베이, 호떡 등을 사 와서 자식들에게 나누어 주었다. 별도로 남겨두었다가 키만 장대처럼 크고 몸이 약한 형남을 챙겼다. 형일이 고등학교 시험에서 좋은 성적으로 합격했다고 마을 사람들이 부러워했지만, 상준은 형일의 시험 성적을 신통치 않게 생각했다. 상준은 눈에 띄게 형일에게 집착했다. 17살이 된 형일은 상준에게 반항하기 시작했다. 씩씩하고 공부도 잘하는 형구는 상준에게 귀여움을 받았다. 형일은 형구를 이유도 없이 초주검이 되도록 구타하고 가출했다.

장남이 가출하자 상준은 평산댁에게 장사도 못 나가게 하고 매달렸다. 평산댁 옷이 조금이라도 밝은색이 들어간 것이 있으면, 시퍼렇게 날이 선 낫으로 찢어서 불을 질렀다. 그리고 술에서 깨면 평산댁의 시선을 피했다. 남편은 자식들을 강하게 키운다고 겨울에 옷을 벗겨서 문밖에 세워 놓기도 하고, 새끼로 손발을 묶어 놓고 패기도 했다. 형남은 상준이 술에 취해서 손찌검하자, 아버지에게 욕을 하고 주먹질했다. 힘이 달리는 형남은 몽둥이로 상준을 패고 '이 집에는 다시는 돌아오지 않겠다'고 하면서 집을 뛰쳐나갔다.

형남의 뒤를 따라서 평산댁도 집을 나왔다. 어린 자식들이 눈에 밟히기는 했지만, 집을 뒤로하며 평산댁은 어떻게든 형남을 끝까지 가르치겠다고 다짐했다.

평산댁은 초등학교를 졸업한 형구에게 집안에 큰 대들보가 하나 있으면 된다. 내가 너까지 가르치기에는 힘에 벅차다. 그리고 장사하면서 알게 된 양계장 집에 새끼 머슴으로 밀어 넣었다. 형미는 홍성 부잣집에 식모살이로 보냈다. 평산댁은 행상하면서 알게 된 친구 집에서 형남을 하숙하게 했다.

형남은 평산댁의 바람대로 항상 전교에서 앞자리를 다투었다. 그런데 형남이 무리하게 공부해서 폐결핵에 걸렸다. 형남이 폐결핵에 걸리자, 평산댁은 수시로 정미소 불꽃이 자신을 삼키는 꿈을 꾸었다. 평산댁은 형남을 휴학시키고 바다가 내려다보이는 절간에 보내고, 폐결핵에 좋다는 음식을 싸 들고 수시로 절간을 향했다. 그리고 대웅전 마룻바닥이 젖을 정도로 절을 올렸다.

형구는 어둠에 휩싸인 논을 가로질러 무조건 낮에 멀리 보아 둔 큰길 쪽으로 뛰었다. 눈이 무릎까지 푹푹 빠지는 논에 몇 번을 뒹굴었는지 모르면서…. 형구는 양계장 집에 새끼 머슴으로 들어가는 첫날 흰쌀밥에 계란찜이 나오는 밥상을 받고 동생들을 생각하고 눈물을 흘렸다. 둘째 날부터 자신의 키보다 큰 지게를 지고 나무를 해야 했다. 밤에는 양계장 백열등 밑에서 계란을 광주리에 담았다. 새벽에 일어나서 소여물을 쑤어야 했다. 낮에는 닭똥을 치우고 계란을 소, 중, 대로 구분했다.

열흘 정도 머슴살이를 한 형구는 도망을 가기로 했다. 신작로까지 뛰어온 형구는 논에 있는 볏짚단에서 밤을 보내고 새벽에 집을 향했다. 하루를 꼬박 걸어서 집에 도착했지만, 집안에는 인기척이 없었다.

겨울 초입으로 들어서던 날 죽었는지 살았는지 수년간 소식이 없던 형숙이 큰 가방을 두 개 들고 집에 나타났다. 초가지붕이었던 집은 푸른색 천막을 뒤집어쓰고 있었다. 담벼락 한쪽은 쓰러졌고, 방은 빗

물이 흐른 자국이 추상화처럼 벽을 채웠고, 매캐한 곰팡이 냄새가 진동했다. 부엌에 덩그러니 놓여 있는 찬장에는 간장과 소금 그리고 쥐똥이 가득했다.

형숙은 부모가 별거하는 줄을 몰랐다. 형호와 형민은 형숙을 낯설게 쳐다보기만 했다. 형숙도 머리를 빡빡 밀고 발목이 허옇게 드러난 바지를 입은 어린 동생들이 낯설기도 했지만, 동생들을 꼭 안았다. 이빨이 듬성듬성 빠졌고 백발이 되어 버린 상준은 큰딸의 등장을 코울음으로 반겼다. 호랑이처럼 무섭던 아버지가 이렇게 빠르게 변해 버린 현실이 형숙은 받아들여지지 않았다.

형숙은 커다란 가마솥에 물을 데워 상준에게 목욕하라고 했다. 그리고 상준의 등목을 해 드렸다. 가지고 온 새 옷도 내드렸다. 동생들은 형숙이 들고 온 가방에서 과자를 꺼내 먹으면서 즐거워했다.

형숙은 서태면을 수소문해서 평산댁을 찾았다. 평산댁은 형숙을 보자마자 부여잡고 통곡했다.

"이년아, 나는 네가 죽은 줄 알았어. 이 지독한 년아, 나는 단 하루도 너를 잊은 적이 없었어. 그런데 칠팔 년 동안 소식 한 줄 보내지 않는 네년이 사람이냐, 짐승이냐?"

형숙도 평산댁의 치마폭에 얼굴을 묻고 통곡했다.

간간이 집에 양식을 보내고 발걸음을 끊고 살아가던 평산댁은 형숙의 간곡한 사정으로 집으로 향했다. 형민과 형호가 평산댁의 품을 파고들었다. 몇 년 만에 평산댁을 맞이한 남편은 말 한마디 하지 않았다. 형숙이 사 온 술에 얼큰해진 남편은 이 집에서 쫓겨나게 생겼다고 했다.

정부에서 부재 지주들에게 땅을 팔게 했는데, 우리가 부쳐 먹는 땅을 내후년까지 사지 않으면 어쩔 수 없이 다른 사람에게 팔아야 한다고 동네 이장이 말했다고 했다. 평산댁은 처음 듣는 소리였다. 여명이 창호에 희미하게 비출 때까지 평산댁은 큰딸과 지난 일을 이야기했다. 이야기마다 눈물바다를 이루면서….

다음 날 평산댁은 큰딸을 앞세우고 이장을 찾아갔다. 이장은 반갑게 맞이했다. 평산댁은 이장에게 명절이면 김 또는 과일을 보내면서 어린 자식들에게 관심을 가져 달라고 부탁해 왔다. 이장은 정부의 조치로 땅을 부쳐 먹는 소작농들이 땅을 헐값에 살 수 있는 좋은 기회라고 꼭 땅을 사라고 했다. 동네에서 몇 사람도 소작을 하다가 땅을 사서 부자가 됐다고 하면서…. 평산댁은 형남의 뒷바라지와 어린 자식들 양식 대기도 힘에 부쳤다. 집으로 돌아온 평산댁이 딸에게 조심스럽게 운을 띄웠다.

"숙아 혹시 땅을 살 돈 좀 있니!"

"제가 무슨 돈이 있겠어요."

"그래 아니다. 답답해서 해본 소리야."

사흘 만에 서울을 향하는 형숙이 말했다.

"어머니 사실 저 남편이 있어요. 새끼도 있고요."

"네 궁둥이를 보고 처녀 궁둥이가 아닌 것을 알았어. 그런데 차마 묻지를 못했지. 그래 신랑은 뭘 하는 사람이냐?"

"주물 공장에서 일하던 사람인데요. 지금은 다른 일을 찾고 있어요. 참 성실하고 온순해요. 술도 못 먹어요. 아버지 반대 같은 사람이라 동거를 시작했어요. 어머니 죄송해요."

"알았어. 내가 서울을 갈 테니 그때 보도록 하자."

"아버지에게 말씀하지 마세요. 맞아 죽을지도 몰라서요…."

"제가 서울 가서 땅 살 돈에 대해서 알아볼게요."

"그래, 말이라도 고맙구나. 다른 집 딸들은 공장 다녀서 동생들 뒷바라지하던데…. 아니다. 그냥 해본 소리다. 너나 잘 살아라!"

형숙은 평산댁의 시선을 피했다. 그리고 계절이 한 번 바뀌고 형숙이 부모님께 땅을 사드리겠다고 통장을 가지고 평산댁 앞에 나타났다.

"제가 남편 만나기 전에 모아둔 돈입니다."

통장을 평산댁에게 내놨다.

평산댁이 형숙의 등을 토닥이며 눈물을 흘렸다.

"엄마, 그만 우세요. 제가 7~8년 동안 연락도 안 드리고, 단 한 번도 찾아보지도 못하고, 동생들 뒷바라지도 안 했는데요…."

평산댁이 형숙의 손을 잡고 집으로 향했다. 평산댁의 발걸음은 하늘을 나는 것처럼 가벼웠다. 그리고 큰딸이 땅을 사준다고 이장을 비롯한 동네 사람들에게 집에서 막걸리를 대접했다. 함께 있던 상준이 오늘은 마음껏 마시자고 이 빠진 입을 벌리고 호탕하게 웃었다. 동네 사람들이 효녀 중에 효녀 났다고 하면서 자신들의 일처럼 즐거워하며 형숙을 칭찬했다.

"이승만 정권 때 친일파들과 대지주들의 땅을 유상 몰수해서 농민들에게 거의 공짜로 살 수 있도록 해준 적이 있지. 이번에 특별법으로 우리 같은 두더지들에게 땅을 헐값에 사게 해준 나라님에게도 박수 칩시다."

이장의 말이 떨어지자마자 동네 사람들이 일제히 손뼉을 쳤다. 형숙은 제가 그동안 큰 불효를 해서 자식 된 도리를 한 것이라고 하면서도 연신 즐거운 표정으로 술과 안주를 날랐다.

부정(父情)

형경이 12살 형호가 9살이고 형민이 5살, 형은이 4살 때, 평산댁은 형남과 집을 떠났다. 상준은 평산댁을 찾는다고 자주 집을 비웠다. 부모가 없는 방안엔 곰팡이 썩은 막걸리 냄새가 진동했다. 형경과 형호는 엄마가 보고 싶다고 우는 동생들을 밤마다 달래야 했다. 상준은 어린 새끼들만 남은 집에 마음을 두지 못했다.

평산댁이 집을 나가고 한 달도 지나지 않아서, 형은이 아침에 이불 속에서 죽음으로 발견되었다. 죽기 전날 저녁에 누워서 먹은 삶은 고구마가 기도를 막아서 죽었다. 상준은 죽은 딸을 거적때기에 둘둘 말아서 어디엔가 묻고 돌아왔다. 어린 형호의 눈에 비친 상준은 몰라보게 기가 꺾여 있었다. 상준은 머리와 수염도 잘 깎지 않았다. 수염과 머리가 길게 자라면 가위로 아무렇게나 잘랐다. 작은 방엔 조상들의 위패를 모셔 놨다. 상준은 그 위패 앞에서 새벽마다 물을 떠 놓고 오랫동안 절을 하거나 앉아 있었다. 새벽부터 밤늦게까지 돗자리를 짜던 것도 멈추었다.

그래도 그는 마지막 도리인 것처럼 아이들 학교는 빼먹지 않고 보냈다. 비가 세차게 오는 날이면, 상준은 비료 부대로 만든 비옷을 가지고 학교 앞에서 형호를 기다렸다. 눈보라가 심한 날은 학교까지 데려다주기도 했다. 형경은 집안일로 어쩔 수 없이 학교를 밥 먹듯 빠졌다.

형민이 초등학교에 입학하는 날은 진눈깨비가 내리는 으스스하게 추운 날씨였다. 십 리 떨어진 초등학교에 상준이 형민을 데리고 갔다. 그날 서태 읍내에 유일하게 하나 있던 중국집에서 형호와 형민에게 짜장면을 사 주기도 했다. 그 짜장면 집은 2층으로 되어 있었다. 기름으로 음식을 볶는 향기가 코끝에 가득했고, 형호와 형민의 입안에 군침이 고였다. 양푼만 한 그릇에 기름기가 흐르는 굵은 면발의 검은 짜장면이 나왔다. 형호와 형민은 짜장면을 어떻게 먹는지 몰랐다. 상준은 짜장을 젓가락으로 휘이휘이 저어 주었다. 입안에 퍼지는 짜장면은 설날만 먹는 떡국보다 열 배는 맛이 있었다. 형호와 형민이 급하게 짜장면을 먹자, 상준이 천천히 먹으라고 하면서 자식들의 머리를 쓰다듬고는 입가에 묻어 있는 짜장면을 손으로 닦아 주었다. 상준과 자식들은 짜장면을 먹으면서 연신 눈을 마주치며 웃었다.

그날, 진눈깨비가 내리는 길을 삼부자가 뜀박질도 하고, 업고 가기 가위바위보도 하면서 마냥 행복하게, 쓰러져 가는 집으로 돌아왔다. 처음 먹어 본 그날의 짜장면 맛과 행복했던 시간을 형호와 형민은 십수 년이 지나도 잊을 수 없었다.

상준은 술에 취하면 가출한 자식들의 이름을 하나하나 불렀다. 그리고 유리가 깨져서 종이로 땜질해서 벽에 걸린 낡은 액자 속의 빛바랜 사진을 어루만지기도 했다. 자식들의 졸업식 앨범을 펼쳐 놓고 자식들의 사진을 보물찾기하듯 찾기도 했다. 그리고 깊은 밤까지 하염없이 울었다. 상준은 몰라보게 흰 머리가 늘었고, 이가 빠져나갔다. 필터도 없는 새마을 담배를 입에 물고 빨면 볼이 함몰되어서 합죽이 노인이 되었다. 다른 자식들에게는 도시락도 싸주지 못했지만, 형호와 형민의 도시락은 보리밥에 쌀 몇 톨 섞어서 싸주었다.

명절이 되어도 상준 집 쪽에서는 까치 한 마리 울지 않았다. 상준은 명절이 되면 집을 깨끗이 청소하고 마당까지 불을 밝혔다. 그리고 밤늦게까지 마당을 자주 내다보았다. 그래도 형구는 명절이면 빠지지 않고 집을 찾는 유일한 자식이었다. 형구의 손에는 상준의 담배와 술 그리고 동생들의 신발과 옷이 들려 있었다. 상준은 어린 나이부터 혼자서 객지를 떠도는 형구가 불쌍하고 가련했다. 그러나 자신이 해줄 수 있는 것이 아무것도 없었다. 형구는 명절날 집에 올 때도 계절이 지난 옷을 입고 오는 경우가 대부분이었다.

상준은 형구가 대견하고 감사했지만, 입 밖으로 나오는 표현은 박하기만 했다.

"뭘 이런 걸 사와?"

그 한마디에 형구는 머쓱한 듯 웃는 것으로 대답을 대신했다. 형호와 형민은 초등학교 내내 상준으로부터 천자문과 동몽선습을 배웠다. 그리고 바둑과 장기를 배워서 상준과 자주 두었다. 초가지붕을 새로 할 돈이 없어서 천막으로 지붕을 덮었다. 상준이 무너지는 것처럼 집은 서서히 무너지고 늙어갔다.

평산댁은 형호와 형민의 학교 앞 구멍가게에 돈을 맡겨 놓고 자식들이 먹고 싶은 것을 먹을 수 있도록 했다. 그리고 밤늦게 집 대문 앞에 곡식을 놓고 갔다. 동네 사람들은 형호와 형민을 불쌍하게 여겼다. 그러나 형호는 생활이 어렵거나 힘들다고 생각하지는 않았다. 형호와 형민에게는 평산댁도 있었고, 형구도 있었다. 게다가 상준은 남은 두 자식에게만은 다정한 아버지였다.

형호는 상준이 무섭지 않았다. 상준은 형호와 형민에게는 자상한 아버지였다. 상준은 형경은 딸이라고 무시하기 일쑤였다. 상준은 다른 자식들에게처럼 형호와 형민에게는 공부를 강요하지도 않았다. 머리가 조금만 크면 집을 뛰쳐나간 다른 자식들처럼 형호와 형민이 집을 뛰쳐나갈까 하는 두려움 때문이었다.

형호는 마을 사람들이 잔치를 하고 떡이나 과일을 가져오면 상준이 먼저 먹을 수 있도록 손을 대지 않았다. 상준이 장에 가서 늦게까지 오지 않는 날이면, 형호와 형민이는 손수레를 끌고 상준을 마중 나갔다. 읍내에 도착할 때까지 신작로 가에 있는 왕대포 집을 빠짐없이 살펴 나갔다. 술에 곤드래가 된 상준은 길가에서 잠이 들어 있거나 대포집에 있었다.

술집에 있는 경우에는 형호와 형민을 기다렸다는 듯이 상준은 두 팔로 자식들을 꼭 껴안았다. 그리고 주머니에서 담뱃가루가 잔뜩 묻은 호떡을 꺼내 주었다. 담뱃가루를 하나하나 떼어 내고 형호와 형민은 맛있게 호떡을 먹었다. 그런 모습을 상준은 물끄러미 쳐다보았다. 형호는 술에 취한 상준을 손수레에 싣고 자갈밭 같은 신작로 길을 갔다. 손수레에서 상준은 "으악새 슬피 우니 가을인가요" 하며 노래를 불렀다. 그리고 노래가 끝나면 콧물 눈물이 범벅이 되어 서글프게 흐느꼈다.

때로는 형호에게 이렇게 말하곤 했다.

"너희들 집안은 뼈대 있는 가문이야. 너희들이 가문을 일으켜야 한다."

형호는 단 한 번도 상준에게 아니라고 대답하지 않았다. 달빛이 가득한 날은 손수레를 끌고 가는 것이 어렵지 않았지만, 달빛도 없는 날은 어린 형호와 형민에게는 벅찬 일이었다. 상준이 술에 취하지 않았을 때는 형호와 형민을 손수레에 싣고 가면서 웃고 떠들기도 했다. 그런 날은 달빛이 손수레를 쫓아오면서 길을 밝혀 주었다.

세월이 흘러 형호가 중학생이 되었다. 형호는 공부를 잘했다. 형호는 학교에서 모범상을 받았다. 형민도 공부를 잘하고 씩씩했다. 평산댁은 하교 시간에 형호 학교 정문 앞에서 기다렸다가 형민을 불러내서 옷도 사주고 시장 장터에서 국밥도 사주었다.

"너희 아버지는 불쌍한 사람이야. 아버지를 잘 모셔야 한다."

평산댁은 어린 자식들에게 신신당부했다. 상준은 어느 날 형일의 징집영장을 들고 형일을 찾아야 한다고 했다. 상준이 군청에 근무할 당시 병사계에 근무해서 병역 기피가 얼마나 무거운 죄인지 잘 알고 있었다. 그러나 형일은 가출하고 나서 단 한 번도 집을 찾아오거나 연락을 한 적이 없었다. 상준은 어렵게 평산댁의 언니에게 연락해서 상준이 고향 부근 대도시에 있다는 소식을 들었다. 상준은 형일이 어디에 사는지도 모르면서 그 대도시로 떠났다. 그리고 그 대도시에 있는 점포와 술집을 무작정 뒤지고 다녔다. 그리고 그 도시의 가장 번화한 거리에서 징집영장이 나온 이형일을 찾는다는 글씨를 백지에 크게 써서 서 있기도 했다. 지나가는 사람들은 그런 상준을 가련한 눈빛으로 쳐다보았다.

보름 이상 형일을 찾아 헤맨 끝에 상준은 극적으로 형일의 소식을 들었다. 형일이 다방에서 주방장으로 일을 하고 있다는 소식을 지나가던 행인이 알려 주었다. 상준은 그 다방의 위치를 행인에게 자세히 물었다. 그리고 형일과 어떤 사이냐고 물었다. 그 행인은 30대 초반으로 보였고, 형일과는 조금 아는 정도라고 하고 사라졌다. 상준은 행인이 알려 준 다방을 찾았다.

짙은 화장을 한 다방 주인으로 보이는 중년의 여성은 상준의 몰골을 보고 구걸하러 온 사람인 줄 알고 차갑게 소리 질렀다.

"첫 손님도 못 받았는데 재수 없게시리, 썩 꺼지지 못해요?"

상준이 한 걸음 더 다가서며 물었다.

"형일이 이곳에서 일하요?"

그 여자는 눈알을 상준에게 돌리며 누구냐고 물었다.

"형일이 아비되는 사람이요."

말이 끝나기도 전에 그녀가 퉁명스럽게 말했다.

"없어요. 얼마 전에 그만두고 나갔어라. 어디로 갔는지도 모르겄고…."

상준은 그 소리를 듣자마자 자리에 털썩 주저앉았다. 다방을 나와서도 비틀거렸다. 그 모습이 안쓰러웠는지 힘없이 발을 옮기는 상준의 푹 꺼진 등판에 대고 다방 주인이 소리쳤다.

"다방에서 일하던 애들은 다 거기서 거기여라. 다른 다방에서 일할 수도 있으니 함 찾아봐요!"

상준이 돌아보자, 쫙쫙 소리가 나게 껌을 씹던 다방 주인은 혹시라도 형일에게 연락이 오면 군대 영장이 나왔다고 알려 주겠다고 했다. 상준이 여자에게 여러 번 고개를 숙였다. 상준은 하루에 한 끼를 먹거나 물로 배를 채우며 이슬을 피할 수 있는 곳에서 잠을 잤다. 상준은 그 도시의 모든 다방을 다 뒤졌지만, 형일을 찾지는 못했다. 여비가 다 떨어져 가고 있었다. 형일을 찾는 것을 포기하고 지푸라기 잡는 심정으로 처음 갔던 다방을 다시 찾아갔다.

다방 주인 여자는 전과 달리 상준을 반갑게 맞이했다. 그녀는 형일이 가끔 자신의 다방을 찾는다고 했다. 그러면서 상준이 목욕만 하고 오면 이 다방에서 형일을 기다릴 수 있게 하겠다고 했다. 상준은 목욕할 돈이 없었다. 다방 주인에게 사정을 말하자, 여주인은 혀를 끌끌 차며 상준에게 만 원을 주었다. 상준은 그 돈으로 요기를 하고 목욕을 했다. 상준은 그 다방에서 꼬박 이틀을 기다렸다.

귀에 익은 목소리가 졸고 있는 상준의 귀에 들렸다. 형일의 목소리였다. 상준은 본능적으로 의자에서 벌떡 일어났다. 그리고 외쳤다.

"형일아!"

형일이 고개를 돌려서 상준을 보았다. 그리고 형일이 밖으로 뛰쳐나갔다. 상준도 따라 뛰쳐나갔다. 뒤도 돌아보지 않고 뛰어가는 형일 뒤 꼭지에 대고 소리쳤다.

"군대 영장이 나왔어. 군대는 꼭 가야 해."

상준은 크게 소리를 지르면서 굵은 눈물방울을 떨구었다.

9회 말 투아웃 풀카운트

전두환 정권의 3S 정책으로 야구가 국민 스포츠로 자리를 잡아 가고 있었다. 형구는 돈을 벌어서 집안을 일으키겠다는 일념으로 낮에는 호떡 장사를 하고 밤에는 포장마차를 했다. 포장마차의 상호는 흰 천에 낙서처럼 써진 '9회 말 투아웃 풀카운트'였다.

형구의 포장마차는 인적이 뜸한 골목길에 있었다. 포장마차를 끝내면 팔다 남은 김밥을 스티로폼으로 만들어진 상자에 담았다. 여관 골목을 다니면서 그 김밥을 팔았다.

"따끈따끈한 김밥 왔어요. 김밥 사려~~."

팔지 못한 김밥은 형구와 형남의 식사가 되었다.

형구는 신새벽에 일어나서 호떡 반죽을 하고 포장마차 재료와 안줏거리를 준비했다. 포장마차는 리어커 보관소에 맡겼다가 다시 찾아와야 했다. 포장마차를 하다가 단속에 걸리면 과태료를 물어야 했고, 포장마차를 압수당하기도 했다. 압수당한 포장마차를 찾아오려면 포장마차를 안 하겠다는 각서를 쓰고 과태료를 내고 찾아와야 했다.

형구의 포장마차는 파리만 날리는 날이 많았다. 좋은 목에는 터줏대감들이 자리 잡고 있었고, 초짜들이 비집고 들어갈 틈이 없었다. 다부진 형구는 텃세를 부리는 사람들과 정면 대결을 선택했다.

아가씨들이 문 앞에서 호객하는 술집들과 포장마차들이 늘어선 골목길로 형구의 포장마차가 들어섰다. '춘자의 전성시대', '물망초', '파도' 같은 상호 밑에 붉은 꼬마전구가 대롱대롱 매달린 등불 아래서 아가씨들이 지나가는 취객들을 상대로 호객행위를 하고 있었다. 형구는 꼼장어, 꼬막, 해삼, 멍게, 참새구이, 돼지구이, 김밥 그리고 잔술로 파는 정종과 됫병 소주를 꺼내 놓고 장사 준비를 했다. 연탄불도 자글자글 적당히 타오르고 있었다.

"이 어린놈이 여기가 어디라고…. 좋은 말로 할 때 당장 꺼져!"

'9회 말 투아웃 풀카운트' 상호를 떼어 내면서 떡대가 쩍 벌어진 사내가 소리를 질렀다. 형구가 말했다.

"형님, 같이 먹고 삽시다."

형구가 수십 번을 연습한 말을 영화 대사처럼 뱉었다. 떡대가 정종병을 들어 나발을 불며 말했다.

"언제부터 내가 니 형님이냐? 허허…."

겁은 났지만, 형구도 지지 않았다.

"돈은 내실 거지요?"

"뭐, 돈을? 하~하~, 하룻강아지 범 무서운 줄 모른다더니. 이 새끼야, 내가 누군 줄 알아? 내가 이놈아, 불독이야. 소문도 못 들었니? 두 번 말하지 않겠어. 당장 꺼져라!"

겁은 났지만, 형구는 기어들려는 소리를 끄집어내어 버텼다.

"이 땅이 당신 겁니까?"

"이놈이 말로는 안 되겠네."

포장마차에 차려진 닭똥집을 길바닥에 내던지며 불독이 소리를 질렀다. 행인들과 술집 아가씨들이 흥미로운 눈빛으로 형구와 불독을 쳐다보았다. 불독과 함께 나타난 터줏대감들이 형구의 포장마차를 끌었다. 형구가 포장마차에 매달려서 버텼지만, 포장마차는 질질 끌려가고 있었다. 형구가 끌려가는 포장마차 앞에 대자로 누워 버렸다. 불독은 형구를 개의치 않고, 포장마차를 계속 끌고 가라고 소리를 질렀다. 포장마차는 형구의 다리를 뭉개고 지나갔다. 형구는 다리를 절룩거리며 포장마차를 따라갔다. 불독과 일행들이 포장마차를 한적한 곳까지 끌고 가서 소리치고 자리를 떴다.

"오늘은 이쯤에서 끝내지만, 다시 나타나면 뼈도 못 추리는 줄 알아!"

형구는 그날 일을 형님에게 말했다. 군에서 제대한 형님은 채석장에서 돌 나르는 일을 하고 있었다. 형구와 형님이 3일 후 다시 술집 골목에 나타났다.

"까짓거 좀 버텨 보지 뭐."

"그러자. 죽기 아님 까무러치는 거지, 뭐."

형구의 말에 형님이 받아쳤다. 불독이 나타날 것이라 예상했지만, 그날은 나타나지 않았다. 형구와 형님은 불독이 언제 나타날지 걱정하면서 장사를 시작했다. 형구는 그날 두둑한 매상을 올렸다. 다음 날도 형구와 형님은 포장마차를 끌고 술집 골목을 향했다. 불독이 일행 서넛과 술집 골목 입구에서 손에 쇠파이프를 들고 버티고 있었다.

불독은 아무런 말도 없이 쇠파이프로 형구의 포장마차를 때려 부쳤다. 형구와 형남이 손을 쓸 틈도 없었다. 불독은 길바닥에 가래침을 뱉으면서 오늘은 포장마차지만, 다시 나타나면 너희들 몸뚱이가 저렇게 될 거라고 하면서 사라졌다. 형구와 형남은 길바닥에서 꾸물꾸물거리는 해삼과 반쯤 탄 연탄, 그리고 찌그러진 돈통을 포장마차에 쓸어 담았다. 그런 형제의 모습을 행인들이 측은한 눈빛으로 쳐다보았다.

형남과 형구가 자취하고 있는 월세방에 잊을 만하면 얼굴을 내미는 형일이 그날 나타났다. 자초지종을 들은 형일은 동생들에게 무조건 자신을 따라오라고 했다. 형일은 술집 골목에 있는 '난초'라는 집으로 동생들을 데리고 들어갔다.

그 술집의 주인은 건달이었다. 형일이 다방 주방장을 하면서 알게 된 사람이었다. 형일이 자초지종을 그 사람에게 말하고 도움을 요청했다. 그는 이야기를 다 듣기도 전에 도울 수 없다고 했다. 불독은 자신의 직계 후배고, 이 골목에는 불문율이 있다고 했다. 형일이 한숨을 푹푹 내쉬면서 동생들을 바라보았다. 형구가 형일과 형남을 바라보며 걱정 끼쳐서 미안하다고 하면서 먼저 자리에서 일어났다.

형구는 일주일 후 포장마차를 끌고 다시 술집 골목을 향했다. 형구가 포장마차를 길가에 받쳐 놓자마자, 불독이 우락부락한 사내들을 데리고 나타났다.

"이 새끼는 말로 해서 되는 놈이 아니네."

불독이 말하는 소리가 떨어지기도 전에 사내들이 포장마차를 뒤집어엎었다. 이때 어디선가 형남이 등장했다. 형남은 아무 소리도 하지 않고 불독에게 다가가서 불독의 낭심을 걷어찼다. 불독이 길에 뒹굴면서 사람 살리라고 골목길이 흔들릴 정도로 비명을 질렀다.

뒤집힌 포장마차를 등진 형구와 형남이 앞으로 사람들이 몰려들었다. 형남의 발밑에 불독이 대자로 뻗어 있었다. 형남이 구경꾼들에게 소리를 질렀다.

"이 땅은 누구 것도 아니야. 만약 우리 장사를 방해하는 놈이 있으면 끝장을 내겠다."

군대에서 제대한 지 얼마 안 되는 형남의 눈에서 살기가 번뜩였다. 형구가 앞으로 나서서 땅을 연신 쾅쾅 구르면서 불독 일행들을 쳐다보면서 을러댔다. 사내들은 살기 어린 형남과 맞서지 못하고 서로 얼굴만 쳐다보며 눈알을 굴리다가 불독을 둘러업고 곧장 사라졌다.

그날 이후 형구는 그 골목에서 포장마차를 계속했고, 불독과 형님 동생 하면서 지내게 되었다. 형일은 가끔씩 친구들을 몰고 와서 형구의 포장마차에서 술을 마시고, 형구의 동의도 없이 돈통에서 돈을 꺼내 가기도 했다.

형일은 친구들과 골목길을 쓸고 지나가면서 내 동생 잘 봐달라고 골목길 사람들에게 인사를 했다. 술집 아가씨들이 젊은 사람이 포장마차를 한다고 호구 손님들을 끌고 와서 바가지를 씌우고 매상을 올려 주었다.

술집 아가씨 중에 구회 말 투아웃에 와서 안주를 만들고 설거지도 하고 소리 없이 사라지는 백치미가 흐르는 아가씨가 있었다. 형구가 말을 시켜도 말을 하지 않았다. 형구는 그 아가씨가 궁금해서 다른 아가씨에게 물었다. 술집에 온 지가 얼마 안 됐고, 소문에는 부잣집 딸인데 아버지가 갑자기 죽고 집안이 망해서 이 골목까지 흘러 들어왔다고 했다.

한 달쯤 후였다. 장사를 파할 시간에 구회 말 투아웃 천을 걷고 들어온 손님이 있었다. 그녀였다. 얼굴에 붉은 기운이 흐르고 걸음이 흔들리고 있었다. 그녀가 말했다.

"오늘은 손님으로 온 겁니다. 여기 꼼장어 하고 정종 두 잔 주세요. 오늘 제가 쏩니다. 같이 한잔합시다."

형구도 아가씨 정체가 궁금하던 차에 정종 잔을 들었다. 침묵이 흐르고 아가씨가 정종 잔을 비우고 잔을 탁자에 내던지듯 내려놓고, 형구를 보고 말했다.

"아저씨 김밥 장사도 하시죠. 전 못 속여요. 제가 전에 아저씨 김밥을 산 적이 있어요. 기억나세요?"

형구는 눈을 크게 뜨고 아가씨를 쳐다보았다. 아가씨는 혀가 약간 꼬인 발음으로 한 잔 더 달라고 했다. 형구가 정종 됫병을 들어서 잔이 넘치도록 부었다.

"아저씨 참 부지런히 사시네요. 포장마차하고 김밥 장사도 하고 뭣 때문에 그렇게 살아요?"

형구는 아무 말도 하지 않고 술을 마셨다.

"저는요, 아저씨처럼 열심히 사는 사람이 좋던데. 아저씨는 제가 술집 여자라 싫죠?"

그리고 포장마차에 얼굴을 묻고 엉엉 울었다. 형구는 포장마차 밖을 내다보다가 연탄불 위에 놓여 있는 노란 양푼에 오뎅 국물을 휘적휘적 저었다. 얼마나 시간이 흘렀을까? 그 아가씨와 함께 일하는 아가씨들이 형구에게 연신 미안하다고 하면서 그 아가씨를 부축해서 데리고 갔다.

다음 날도 그 아가씨가 형구의 포장마차를 찾았다. 손님들은 아가씨에게 주문했고, 아가씨는 당연히 해야 할 일을 하는 것처럼 안주를 요리했다. 형구에게 다른 포장마차에서 다들 하는 안주 말고, 낙지볶음 요리를 해서 팔면 잘 팔릴 것이라고 제안을 한 것도 그 아가씨였다.

그날 이후 형구는 낙지 요리를 추가했고, 9회 말 투아웃 낙지볶음이 맛있다고 소문이 나서 많은 술집에서 주문이 들어왔다.

"나 세 번째 일요일은 쉬는데…."

아가씨는 혼잣말처럼 중얼거렸다. 형구가 말을 받았다.

"나도 쉴까?"

"우리 영화 보러 갈까요?"

홍당무가 된 얼굴로 형구를 쳐다보았다.

형구와 아가씨는 세 번째 일요일 날 해질 무렵 단성사 극장 앞에서 만났다. 아가씨는 청바지에 붉은 티셔츠를 입고 있었다. 형구는 아가씨를 알아보지 못할 뻔했다. 진한 입술 화장에 치마를 입고 있던 모습만 보다가 청바지를 입은 아가씨는 전혀 다른 사람이었다. 아가씨는 갸름한 얼굴에 쌍꺼풀 눈에 코와 입술이 보기 좋게 자리 잡고 있었다. 아가씨가 닥터 지바고 영화 입장권을 끊었다. 전쟁 영화였지만 스토리가 무엇인지 형구는 알 수 없었다. 영화관 의자에 앉자마자, 아가씨가 형구의 손을 잡았다. 형구의 모든 신경은 손에 집중되었다.

영화가 끝나고 둘은 창경궁 담벽을 걸었다. 손을 꼭 잡고 둘은 대학로까지 걸어갔다. 그리고 2층에 있는 양식집으로 들어갔다. 양식당 안에는 중앙에 놓인 피아노에서 조용한 클래식 음악이 흘러나오고 있었다. 창가 쪽으로 앉은 둘에게 웨이터가 금테를 두른 검은 가죽으로 만들어진 메뉴판을 놓고 사라졌다. 형구가 메뉴를 보면서 한참을 망설이자, 아가씨가 살며시 메뉴판을 가져가서 주문했다. 커다란 함박스테이크가 형구 앞에 놓였다. 형구는 이 음식을 어떻게 먹어야 하는

지 몰랐다. 아가씨가 칼을 들어서 스테이크를 잘랐다. 형구도 따라서 잘랐다. 웨이터가 술은 필요 없느냐고 물었다. 아가씨가 포도주를 주문했다. 형구가 얼핏 본 포도주 가격은 만만치 않은 가격이었다. 형구는 주머니 돈을 생각했다. 아가씨가 형구의 마음을 읽은 것처럼, 오늘은 자기가 쏜다고 했다. 형구는 자신의 마음을 들킨 것이 부끄러워서 고개를 숙이고 함박스테이크를 부지런히 먹었다.

아가씨는 22살 오소화였다. 남쪽에서 큰 어선을 하던 아버지가 배와 함께 태풍 속으로 사라지고 나서 가세가 급격히 기울었다고 했다. 소화는 고등학교에 다니다 그만두고 가발 공장에 다녔는데, 사장이 월급을 몇 개월 미루더니 도망가고, 그 뒤로 다방 레지로 생활하다가 술집까지 오게 되었다고 담담하게 말했다. 포도주를 한 병 더 시키고 소화가 형구의 눈을 마주 보더니 눈시울을 적시며 웃었다.

"우리 연애하는 거 맞죠? 형구 씨, 우습지, 술집 여자가?"

형구는 튀어 오르는 것처럼 빠르게 계산대에 가서 돈을 내고 잔돈도 받지 않고 계단을 빠르게 내려왔다. 아가씨가 뛰다시피 빠른 걸음으로 형구를 따라잡고 팔짱을 꼈다.

"형구 씨, 오늘은 내가 쏜다 했는데 왜 그랬어?"

"아냐, 그 정돈 있었어. 밥은 내가 사야지."

"형구 씨, 귀찮게 하지 않을게. 오늘만 멋지게…."

"술집 여자 소리 다시는 하지 마."

소화가 팔짱을 풀고 형구 앞에서 뒷걸음을 걸으며 형구의 양손을 잡다가 형구를 와락 끌어안았다. 지나가는 행인들이 둘을 힐끗힐끗 쳐다보았다. 둘은 종로에 있는 광장시장 골목으로 들어갔다. 점포가 대부분 문을 닫고 식당과 선술집만 문을 열고 있었다. 시장 통로 한가운데는 순댓집, 곱창집, 닭발 전문집 등이 장사를 하고 있었다. 형구는 소화에게 묻지도 않고 순댓집 의자에 앉아서 순대 한 접시와 소주 두 병을 시켰다. 술잔이 몇 순배 돌고 형구가 소화에게 말했다.

"소화가 포장마차에 와서 함께 있으면 마음이 포근하고, 부부였으면 좋겠다는 생각을 자주 했어."

소화도 똑같은 생각을 했다고 하면서 고개를 뒤로 확 꺾으면서 소주를 입에 털어 넣었다. 그날 형구는 만취가 되어 새벽에 자취방으로 돌아왔다. 술을 잘 안 하는 형구가 술이 만취가 된 것이 무슨 문제가 있는지 형남은 걱정하면서 잠자리에 들었다.

다음 날 형남이 무슨 일로 그렇게 술을 인사불성이 되게 마셨느냐고 형구에게 물었다. 형구가 한참 뜸을 들이다가 소화 이야기를 했다. 형남이 소리쳤다.

"야! 미친 자식아, 어디 여자가 없어서 술집 여자를…."

"형, 나 소화 좋아한다고!"

그 한마디를 하고 고개를 푹 숙이고 아무 말도 하지 못했다.

그날 밤 형남은 소화가 일하는 물망초를 찾아가서 소화를 불러냈다. 그리고 내 동생을 다시 만나면 그냥 두지 않겠다고 으름장을 놓았다. 그 밤 이후로 그 골목에서 소화를 볼 수 없었다.

형구는 술집 골목이 정비되기 전까지 그 골목에서 포장마차를 해서 얼마간의 종잣돈을 마련할 수가 있었다.

유학

서울에서 가장 오래전에 지어진 마포구에 있는 아파트는 재개발을 앞두고 바람에 흔들리며 버티고 있었다. 회색 도시 뒷골목을 부평초처럼 떠도는 형구의 형제들이 그 아파트에 모여들었다. 형구가 월세로 얻은 아파트였다. 대학을 졸업한 형남이 유학을 가게 되어서 환송하는 자리였다.

거실에 펼쳐진 모서리가 성한 곳이 없는 교자상 위에는 노르스름하게 잘 익은 씨암탉 두 마리가 떡 버티고 있었다. 형남이 좋아하는 홍어회와 돼지 갈비찜도 푸짐하게 놓여 있었다. 술이 몇 순배 돌고 상다리를 두들기는 노랫소리가 흥겨웠다.

명절에도 함께 모이지 못하는 형제들은 모처럼 형제애를 확인하면서 미국 유학을 떠나는 형남을 자랑스럽게 쳐다보았다. 재수하는 형호와 고등학생 형민의 얼굴은 흥분과 기대감으로 상기되어 있었다. 형호가 감사의 말을 했다.

"형님들 감사합니다. 형님들이 이렇게 멋진 모습을 보이시니까, 동생들도 열심히 공부하고 있습니다. 형님들께 큰절을 올리겠습니다."

형남과 형구에게 큰절을 올렸다. 그리고 형들의 술잔에 술을 따랐다. 형남이 "형제들의 성공을 위하여…." 하면서 잔을 높이 들었다. 형제들이 잔을 마주치며 술잔을 비웠다. 형구가 한마디 했다.

"형민이도 서울로 전학시켜야 되겠어. 조만간 서울로 전학 올 생각하고 더 열심히 공부해라."

형경이 눈물을 글썽이면서 말했다.

"부모님과 형제 모두가 다 있었으면 얼마나 좋았을까요?"

형구가 형경의 어깨를 토닥거리자 흐느꼈다. 형구가 눈가를 훔치고 언제 준비했는지 '태산북두(泰山 北斗)'라는 글이 써진 한지를 펼쳐서 읽었다. '태산북두'는 당나라의 시인이자 도학의 선구자로 사람들에게 존경받던 한유(韓愈)의 글이었다. 형남이 큰 산이 되어서 만인에게 존경받는 사람으로 돌아와 달라는 뜻이라고 말했다. 그리고 국선에서 대상을 받은 작가에게 어렵게 받은 글이라고 덧붙였다. 형구는 형남에게 자신이 애지중지하던 007 가방에 담아서 전달했다. 형남이 한마디 했다.

"멋진 글이야. 고맙구나. 이 글 뜻을 잊지 않겠어. 그리고 이 가방은 네가 큰마음 먹고 산 것으로 알고 있는데, 그런데 나에게 준다니 뭐라고 할 말이 없다. 아무튼 이 가방이 닳아 없어질 때까지 책을 담아가지고 다니마…."

형남이 유학을 떠나면 형구가 해야 할 일들, 그리고 형호는 더 열심히 해서 금년에는 꼭 명문대학을 가야 한다는 등 여러 가지 이야기를 나누었다.

그러던 중 갑자기 형남이 소리치면서 재동의 뺨을 갈겼다.

"처먹든지 말든지?"

네 살 재동이 음식은 먹지 않고 젓가락으로 음식을 뒤적뒤적했다는 이유에서였다. 재동은 이혼한 형일의 큰아들이다. 이 자리에 없는 엄마, 아빠가 보고 싶었던 재동은 음식을 뒤적이며 부모를 생각했을 것이다. 형구가 여러 차례 소리를 질렀다.

"형, 어린 조카를 왜 때려. 때리지 마!"

형남이 계속 재동을 때렸다.

"정말 이럴 거야…."

화가 잔뜩 난 목소리로 소리쳤다.

형남이 벌떡 일어나더니 빗자루를 들고 와서 재동을 개 패듯 때렸다. 두 살 재서가 악을 쓰며 울었다. 재동과 재서를 돌보던 형미는 형남의 손을 잡고 왜 그러냐고 하면서 울었다. 그럴수록 더 사납게 형남은 재동을 무차별 구타했다. 형구가 상을 발로 차버렸다. 상위에서 늠름한 자태를 드러냈던 암탉이 오물을 뒤집어쓰고 나뒹굴었다. 선 채로 소주병을 통째로 비운 형구가 몽둥이를 들고 형남을 향했다. 형경과 형제들이 형남을 아파트 문밖으로 밀쳐 내고 문을 걸어 잠갔다. 그리고 형미와 형경은 형구에게 참으라고 빌었다. 형구는 울면서 저놈을 죽이겠다고 소리를 질렀다.

신고가 들어왔다고 하면서 순경들이 문을 거칠게 두드렸다. 형미가 별일 아니라고 돌아가시라고 사정했지만, 문을 계속 두드렸다. 재동과 재서가 악쓰며 우는 소리가 계속되었다. 형미는 어쩔 수 없이 문을 열었다. 경찰은 집안으로 들어와 무슨 일이냐고 꼬치꼬치 캐물었다. 집안을 샅샅이 훑어보았다. 그리고 형구의 주민등록증을 내놓으라고 해서 신상명세서를 적었다. 또 신고가 들어오면 파출소로 연행할 것이라는 말을 남기고 계단을 내려갔다. 경찰들 뒤 꼭지에 대고 형미가 "죄송합니다."를 연발하면서 절을 했다.

형구의 욕설을 뒤로 하고 한강 변의 둑에 앉은 형남은 담배 연기를 깊게 빨아들였다. 대학을 졸업하고 누구나 부러워하는 L사를 다녔지만, 봉급쟁이로 끝날 것 같은 두려움이 가시지 않았다. 회사에 다니면서 유학을 결심했지만, 선뜻 결정할 수 없었다. 부모님의 별거, 형님의 이혼과 핏덩이 조카들, 그리고 공부하고 있는 어린 동생들…. 하루라도 빨리 가난의 굴레에서 가족들을 구하고 싶었다. 형제 중 유일하게 대화가 되고 서로 의지하는 형구에게 고민을 털어놓았다. 형구는 고민을 듣자마자 유학을 가라고 했다. 뒷일은 자신이 감당하겠다고 했다.

형남은 어떤 결정도 못 하고 시간이 흘렀다. 교육 혜택을 제대로 받지 못하고 직업도 일정치 않은 형구에게 집안의 모든 짐을 떠넘기고 유학을 가는 것이 옳은 것인지 혼란스러웠다. 재동을 때린 것도 이런 상황에서 유학 가야 하는 자신이 미웠기 때문이다. 그리고 형구에게 큰 짐을 떠넘기고 사라진 형일에 대한 원망도 있었다.

서울의 화려한 밤을 밝히는 조명들이 물결처럼 출렁거렸다. 저 헤아릴 수 없는 많은 불빛 중에 단 하나도 자신의 것이 없다는 것이 서글펐다. 잡부로 일하며 공부했던 재수 생활이 떠올랐다. 아직도 보따리 장사를 하는 어머니는 어디에 계실까? 이 강물을 따라서 가면 어머니를 만날 수 있을까? 아니다. 어머니는 강물을 거슬러 가야 만날 수 있을 것 같은 생각이 들었다.

형구는 내일 아침 새벽 비행기를 타야 하는 형남을 찾아 나섰다. 아파트 근방을 구석구석 찾았지만, 형남을 찾을 수 없었다. 형구는 마트에서 막걸리를 한 병 사 들고 한강 변으로 갔다. 형남에게 유학 가라고 했지만, 뒷일을 감당할 수 있을까 두려웠다. 형구는 월부책 외판원을 하고 있었다. 외판원 수입은 일정하지 않았다. 형남이 옆에 있으면 상의도 하고 서로 의지가 되었다. 그런데 형남이 떠나면…. 어린 동생들과 핏덩이 조카들을 감당할 수 있을지 걱정이 앞섰다.

형구는 '하늘이 무너지면 내 창끝으로 하늘을 바치리라!' 나폴레옹 자서전 한 대목을 좌우명으로 삼았다. 형구는 책 한 권 살 여유가 없었고, 읽을 틈도 없었다. 나폴레옹 자서전 겉표지에 있는 문구를 가슴에 담았을 뿐이다. 이 문구는 꿈이 사치였던 젊은 형구를 지탱해 주는 버팀목이었다. 형구는 그 좌우명을 지렛대 삼아 벼랑 끝에서도 버틸 수 있는 동력을 얻고는 했다. 어느 시인은 자신을 키워 준 것이 8할이 바람이었다고 했다. 형구를 여기까지 버티게 한 것은 어쩌면 이 문구였다. 형구가 이 문구가 자신을 옭매었던 것을 깨닫기까지는 많은 세월이 흐르고 나서였다. 형구가 이 문구를 가슴에 담고 숨 가쁘게 달리다가 어느 날 문득 푸른 하늘을 올려다보았다. 그리고 하늘이 무너진 적이 단 한 번도 없었다는 것을 자각했다.

설령 하늘이 무너진다 해도 왜, 혼자서 창끝으로 하늘을 바치려 했는지 어리석음에 몸을 떨었다. 형구가 얼마나 앉아 있었는지 등짝이 이슬에 축축해진 것을 느낄 수 있었다. 형남이 집으로 돌아가는 길에 강변에 앉아 있는 형구를 발견했다. 형구 곁으로 형남이 앉았다. 형남은 형구의 손을 꼭 잡았다.

"내가 꼭 성공해서 돌아올게. 그때까지만 부탁해."

형구가 형남의 가슴에 얼굴을 묻었다. 강물에 반사된 형제의 얼굴에는 굵은 눈물이 흐르고 있었다.

탐욕의 도시

형남은 석사 학위를 미국에서 받고 일시 귀국해서 결혼식을 올렸다. 공부하다 귀국한 형남은 돈은 없었지만, 결혼식 비용을 걱정하지 않았다. 형구를 믿었기 때문이다. 그리고 신혼여행을 괌으로 갔다. 신혼여행이 끝나고 처를 한국으로 돌려보냈다. 자신이 미국에서 어느 정도 자리를 잡으면 부르겠다고 했다. 결혼식 전부터 약속된 것이었다.

엠파이어 스테이트 빌딩을 비롯한 뉴욕의 마천루는 하늘을 찌르고 있었다. 대항해의 시대 당시 네덜란드가 만든 도시 그리고 영국의 침공을 대비해서 벽을 쌓은 것이 유래가 되어 월가로 불리는 맨해튼, 지금은 은행, 보험사, 증권사 등 세계 금융의 심장이 되었다.

살진 돼지들의 놀이터 맨해튼, 허드슨강이 흐르는 기회의 땅에 형남이 도착했다. 얼마나 와 보고 싶었던 곳이었던가. 형남은 박사 학위를 공부하기 위해서 학교에 등록하기 전에 월가를 알아보려고 했다.

그리고 돈을 벌어야 했다. 그래서 뉴욕의 이스트 할렘가에 쪽방을 얻어서 뉴욕 생활을 시작했다. 이곳은 스페니시 할렘가로도 불리고 있었다. 카리브 연안의 도미니카, 푸에르토리코, 쿠바 출신들과 흑인들이 뒤엉켜 살고 있었다.

형남이 얻은 쪽방은 붉은 벽돌로 지어진 5층 건물이었다. 두 평 정도의 공간을 얇은 합판으로 나누어 월세를 놓고 있었다. 형남은 운 좋게 3개월 월세를 선납하고 시야가 트인 5층에 방을 얻을 수 있었다. 건물관리인은 40대로 보이는 흑인이었다. 그는 비대한 몸을 가졌지만, 건물을 오르내릴 때는 물 찬 제비처럼 빨랐다. 관리인은 형남이 이곳에 방을 얻으려고 할 때 경고했다. 이곳에는 동양인은 없다. 그리고 동양인이 살기에는 위험하다고 다른 곳을 알아보라고 했다. 형남은 선택의 여지가 없었다. 뉴욕에서 이곳이 집세가 가장 저렴했다.

형남은 미국에서 3년간 MBA 과정을 했기에 미국 생활은 익숙했다. 형남은 키가 크고 마른 체구였다. 거리를 다닐 때는 낡은 옷차림으로 다녔다. 그래서 할렘가에 익숙한 일원으로 보여졌다. 형남은 해가 지면 일찍 잠자리에 들었다. 그리고 여명이 밝기 전에 일어났다. 거리에서 샌드위치로 아침을 해결하고, 지하철을 이용해서 자유여신상이 있는 스태튼 아일랜드와 센트럴파크 그리고 소호 거리 등 뉴욕의 곳곳을 돌아다녔다. 책을 통해서만 알고 있던 뉴욕은 책보다 훨씬 멋있는 도시였고, 크고 웅장했다.

큰마음 먹고 아폴로 극장에서 공연을 보기도 했다. 길거리 농구를 즐기는 흑인 청소년들과 농구를 즐기기도 했다. 형남이 지하철을 타고 맨해튼의 부촌 어퍼이스트 사이드도 가봤다. 이곳은 카네기와 프릭 등 억만장자들이 살았던 지역이다. 미국의 대통령들과 007 영화

주인공 같은 삶을 산 억만장자 제프리 엡스타인 주택도 있었다. 2주 정도 뉴욕을 둘러본 형남은 일거리를 찾아 나섰다.

형남은 미국 부유층의 집을 들어가 보고 싶었다. 부촌의 잔디 깎는 일을 구할 수 있었다. 흑인과 남미 사람들 그리고 형남 등 10여 명이 작업반장의 인솔로 몇백 년은 될 성싶은 숲을 지나서 도착한 주택은 거대한 성이었다.

형남은 잔디 깎는 기계가 실린 화물차 화물칸에 타고 있었다. 작업반장이 반장의 신분을 확인하고 거대한 성문이 열렸다. 형남에게 주어진 일은 잔디 위에 놓여 있는 물건을 치우고, 깎인 잔디가 쌓이면 화물차에 싣는 일이었다. 정원은 몇천 평은 되는 것 같았다.

르네상스 시대의 건축 기법이 가미된 주택은 아치형 지붕과 탑처럼 솟은 전망대가 인상적이었다. 형남은 그 주택을 보면서 자신도 이런 주택에서 살 것이라고 수없이 다짐했다.

정원 한쪽에서 주인으로 보이는 은발의 백인 남성이 몇백 년은 되어 보이는 나무에 걸친 그물망에 골프공을 날리고 있었다. 그 주변에도 나무들이 울창했다. 형남은 부지런히 움직이면서 그 남성을 자주 쳐다보았다.

얼마 후 형남의 비명소리가 나더니 잔디 위에 쓰러졌다. 인부들이 모여들었다. 형남은 얼굴에 골프공을 맞고 쓰러졌다. 은발의 남성이 친 골프공이 나무에 맞고 튕겨 나가 재수 없게 형남의 얼굴에 맞았다. 형남은 광대뼈에서 피를 흘리고 있었다. 은발의 남성이 차를 불러서 형남을 태우고 병원으로 후송하게 했다.

병원에 입원한 형남의 상태는 광대뼈가 금이 간 부상이었다. 형남이 입원하고 일주일 정도 지났다. 은발의 남성과 부인으로 보이는 여성이 꽃다발을 들고 병실로 찾아왔다. 여자는 헐리우드 영화배우처럼 아름다웠고 30대 초반으로 보였다. 매부리코에 눈빛이 날카로운 남성은 40대 후반으로 보였다. 은발의 남성은 변호사를 통해서 사고를 처리하고 있지만, 사과하러 왔다고 했다. 특히 형남이 유학생 신분이라는 것을 알게 되어서 더욱 미안하다고 했다.

그러면서 자신의 명함을 주면서 퇴원하면 전화하라고 했다. 그 명함에는 금융회사 회장이라는 직함과 유다 로스차일드라는 이름이 적혀 있었다. 형남은 약 한 달 후 퇴원했다. 그리고 유다에게 전화했다. 유다는 형남을 잊은 듯했다. 형남이 '아이 갓 힛트 바이 유어 골프 볼'이라고 두세 번 말하자, 그제야 기억이 났는지 유다는 5일 후 사무실로 오라고 했다. 형남은 5일 후 엠파이어 스테이트 빌딩에 있는 유다 회사를 찾아갔다. 사무실에는 라파엘로 산치오의 성화를 비롯해서 르네상스 시대의 각종 예술가들의 작품 전시실 같았다. 특히 눈에 띄는 것은 유다 회사의 심볼이 석유를 담아 놓은 됫병 같은 모양이었다. 형남이 나중에 안 사실이지만 유다는 화석 에너지를 장악하는 자가 세상을 지배한다는 생각으로, 석유를 담은 됫병을 회사의 로고로 정하게 되었다고 했다. 그 됫병에 자신의 선조가 텍사스에서 첫 생산한 석유를 담았다는 것이었다.

사무실에서 허드슨강이 한눈에 내려다보였다. 유다는 반갑게 형남을 맞이했다. 10분 정도밖에 시간이 없다고 하면서 유다는 두툼한 봉투를 내밀었다. 형남은 "돈은 사양하겠습니다. 당신이 하는 일을 배우고 싶습니다. 그러므로 우선 당신의 집에서 잔디 깎는 일을 계속하고 싶습니다"고 했다. 유다는 형남을 한참 뚫어지게 쳐다보았다. 그리고 "대학에서 무엇을 전공했느냐, 유학은 어느 대학으로 왔느냐?"라고 빠르게 물었다. 형남은 "대학에서 경영학을 전공했고 미국에서 MBA를 수료했다"고 답변했다. 유다가 비서에게 말을 해 놓을 테니 자기 집 청소부로 일하라고 했다. 유다는 사양하는 형남에게 봉투를 반 강제로 쥐어 주었다.

형남은 그 빌딩을 나오면서 어쩌면 자신의 인생이 바뀔 수도 있다는 묘한 기분이 들었다. 월세방으로 돌아온 형남은 잠이 오지 않았다. 이틀 후 유다의 비서에게 문자가 왔다. 여권과 간단한 서류를 준비해서 유다의 집으로 가라는 것이었다. 집에 가서 관리책임자를 찾으라고 했다.

형남이 관리책임자에게 서류를 제출했고 그날로 유다의 집에서 청소부 생활이 시작됐다. 형남에게 주어진 일은 외부에서 오는 인부들에게 그날 할 일을 안내하고 그들을 관리하는 매우 단순한 업무였다. 그리고 일이 없을 때는 자유 시간이 주어졌다. 형남은 주말이면 자신이 사는 할렘가를 벗어나지 않고 책을 읽었다. 두어 달이 지나자 할렘가가 형남의 눈에 선명하게 들어왔다. 하루가 멀다 하고 총성이 울리고, 마약과 알콜에 찌든 사람들도 있었다. 그러나 사람들 대부분은 주유소 주유원, 그릇 닦기, 호객꾼, 짐꾼 등으로 바쁘게 살았다. 관광객을 상대로 앵벌이하는 사람들도 있었다.

형남의 방에는 쥐들이 자주 출몰했고, 쥐들은 사람을 봐도 두려워하지 않았다. 형남이 밥을 먹고 있으면 식탁 밑에서 떨어지는 음식을 기다리는 쥐도 있었다. 형남은 아래층 그리고 옆집 사람들과 안면을 트고 지냈고, 가끔 그들과 주택 옥상에서 술을 마셨다.

옆방에 사는 러시아계 이반은 마약상을 하고 있었다. 그는 형남과 몇 차례 술을 마시고 나서 자신의 직업이 마약 소매상이라는 것을 털어놓았다. 마약상이 위험하기는 하지만 수입이 좋다고 은근히 자랑스럽게 떠벌렸다. 그리고 형남에게 한국 시장을 만들어 보자고 했다.

마틴 킹은 4층에 사는 흑인이었다. 그는 자신의 아버지가 마틴 루터 킹 목사를 존경해서 자신의 이름을 그렇게 지어 주었다고 하면서 자랑스럽게 생각했다. 그는 차이나타운에 있는 식당에서 호객하는 일을 했다. 그는 십대 후반으로 보이는 흑인 여자와 동거하고 있었다. 그들은 수시로 부부싸움을 했다. 부부싸움을 하면 전쟁이 나는 듯했다. 살림살이를 건물 밖으로 내던지는 것은 예사였고, 여자가 뛰어내리겠다고 4층 창틀에 매달릴 때도 있었다. 형남은 처음에는 창틀에 매달린 여자를 보고 기겁했지만, 몇 차례 보고 나서는 놀라지도 않았다. 다른 사람들도 무심하게 지냈다. 오직 건물관리인만 악을 쓰면서 당장 나가라고 마틴 킹에게 소리를 질렀다. 형남은 이 골목에 점점 익숙해져 갔지만, 그들의 삶을 이해할 수는 없었다. 무한 경쟁에서 낙오된 사람들이라는 생각보다는, 게으르고 무책임하게 사는 사람들이라는 생각이 우선했다.

형남은 유다의 집에서 일할 때는 성실함을 잃지 않았다. 그리고 자유시간이 주어져도 일을 찾아서 했다. 관리인은 형남이 일하는 자세를 유다 비서에게 보고했다. 약 3개월의 시간이 흘렀다. 형남은 학교에 등록할 시간이 다가오고 있었다.

어느 날 유다가 형남을 식사에 초대했다. 유다는 당신이 그동안 일하는 것을 보고받아 왔다. 당신을 돕고 싶다고 했다. 형남은 학교에 가야 한다고 했다. 유다는 당신이 내가 하는 일을 배우고 싶다고 하지 않았느냐. 금융업은 유대인들이 6세기 전 바빌로니아에서부터 시작했다. 파피루스 기록에도 남아 있다. 학교에서 배우는 금융기법도 결국은 월가에서 써먹기 위해서이다. 이런 좋은 기회가 없다고 했다. 형남이 갈등하는 표정을 짓자, 유다는 자신은 유대인이라고 했다. 그리고 자신이 로스차일드 일원이라고 말했다. 형남은 유다 회사의 홈페이지를 통해서 알고 있는 내용이었다. 유다는 자신의 금융제국을 만드는 것이 꿈이라고 했다. 유다는 금융의 역사와 돈의 힘에 대해서 장황하게 설명을 널어놓았다. 유대인들이 2천 년 동안 떠돌았지만, 현재도 힘을 갖는 것은 돈 때문이라며 돈의 정의부터 말하기 시작했다.

유럽인들과 기독교인들은 유대인들이 땅을 취득하지 못하게 했고, 직업을 선택할 수 없게 했다. 그리고 게토에 묶어 놓고 그곳에서만 살게 했다. 유럽인들은 돈을 만지는 것을 천하게 여겼고 돈을 빌려주고 이자를 받는 것을 죄악시했다. 돈을 빌려주고 시간이 가면 이자를 받는 것은 신이 노여워한다는 논리였다. 시간은 신의 영역인데, 그 영역을 침범한다고 봤다. 그러나 유럽인들은 돈이 필요할 때는 유대인들을 찾는다. 평범한 환전상으로 출발한 메디치 가문은 레오 10세 최연소 교황도 만들어 냈다. 교황을 만들어 낸 것도 10%의 교회세를 독점하기 위해서였다. 유대교가 예수를 배척하는 것도 성전에서 환전상을 하는 유대인들에게 채찍을 휘두른 것도 큰 원인 중에 하나다.

유대인들은 아라비아 숫자를 세상에 전파한 사람들이다. 그리고 인간의 정신보다 더 중요한 것이 밥통이라고 주장한 마르크스도 유대인이다. 유대인들은 오래전부터 금융과 무역을 장악해 왔다. 그래서 전쟁이 발발하면 양쪽 진영에 돈과 물자를 대주고 막대한 이익을 챙겼다. 그리고 지금도 세계를 장악하고 있는 것은 유대인들이고 이 힘은 금융업에서 나온다고 했다.

유다는 서류 파일을 형남 앞에 내놨다. 그동안 당신의 뒷조사를 했다. 당신이 매우 우수한 성적과 머리를 가졌다는 사실을 알게 되었다고 했다. 우리 그룹에서는 중국과 한국 그리고 베트남 등 아시아가 큰 시장으로 떠오를 것으로 예상하고 있다. 그래서 한국에 교두보를 만들려고 하는데, 당신도 그 일원으로 함께하고 싶지 않느냐고 물었다. 형남은 유다의 말을 들으면서 가슴이 뛰었다. 형남은 현재 금융업에 통용되고 있는 선물 거래, 채권, 증권 이런 모든 것이 유대인들의 머릿속에서 나온 것이라는 사실을 알고 있었다.

당신이 돈을 벌려면 내 제안을 받아들이는 것이 좋다. 한국에서는 박사 학위가 중요하다고 하는데, 당신이 꼭 필요하면 내가 적당한 대학에서 박사 학위를 받게 해줄 수도 있다고 했다.

형남은 유대인들이 노예무역을 해왔던 역사와 두 차례의 세계대전에서 인간의 죽음과 탐욕을 바탕으로 엄청난 돈을 챙긴 것을 알고 있었다. 그러나 유다의 말을 들으면서 공부보다 유대인들의 뛰어난 금융기법을 배우고 싶은 생각이 먼저 들었다. 유다는 권력은 순간이지만 돈은 지속된다고 말을 마치고 자리에서 일어섰다. 형남은 자신도 모르게 유다에게 90도 절을 하면서 일을 배우겠다고 했다.

형남은 기대 반 우려 반으로 유다 회사에 출근했다. 형남은 맥킨지, 씨티그룹, 제이피모건 등 다수의 투자 은행의 기업금융에 관한 공부를 시작했다. 형남의 학습 능력은 매우 빨랐다. 그리고 약 5개월 후 형남은 아시아 헤지펀드 트레이더로 업무를 시작했다. 주 100시간 이상 일해야 했다. 주말도 근무해야 했다. 집에도 가지 못하고 숙식을 회사에서 해결했다. 옷도 갈아입지 못했다. 단 하루만 업무를 멈추면 돈의 흐름과 정보를 따라잡을 수가 없었다. 총성 없는 전쟁터였다.

화폐 전쟁은 약탈적인 어떠한 행위도 용납되었다. 헤지펀드의 먹잇감으로 조준된 국가와 기업은 방어할 힘이 약한 존재들이 대부분이었다. 유다는 추적 불가능하다는 소말리아 동부 해안에서 1,600km 떨어진 소국 세이셸 섬에 페이퍼 컴퍼니 투자회사를 세우고 수많은 기업을 사냥감으로 선택했다.

미국은 제조업이 쇠퇴하면서 국가 차원에서 헤지펀드와 사모펀드를 지원했다. 그리고 무디스(Mood's)와 에스앤피(S&P) 신용평가사 그리고 세계통화기금(IMF)과 세계은행을 앞세워 미국의 수탈적 자본가들의 놀이터를 만들어 주고 있었다. 형남은 미국 방식에 빠르게 적응했다. 그리고 유능한 기업 사냥꾼으로 떠올랐다.

유다는 형남의 눈부신 활약에 박수를 보내며 보상을 했다. 유다가 점찍은 기업에 대한 사냥은 자연스럽게 형남에게 비중 있는 대상으로 주어졌다. 유다의 돈줄은 화수분이었다. 형남은 그 돈줄이 궁금했다. 그러나 그것을 유다에게 물을 수는 없었다. 유다의 돈줄은 세이셜에 있는 러시아의 마피아와 동유럽 마피아의 자금 비중이 크다는 소문이 있었을 뿐이다.

유다는 형남의 성실성과 실력을 높이 평가했다. 그래서 입사한 지 1년도 되지 않아서 형남은 유다의 측근으로 분류되었다. 실적을 내지 못하거나 손실을 끼친 트레이너들은 예고도 없이 해고되었다. 유다는 형남을 각종 파티와 외부 인사를 만날 때 자주 동반했다. 그리고 앞으로 중국과 아시아의 책임자가 될 것이라고 소개할 때가 많았다. 유다는 다양한 국적의 사람들과 파티와 만남을 가졌다. 형남에게는 특히 러시아 사람들을 많이 소개했다. 형남은 고액의 연봉과 성과급을 지급받았다. 그러나 돈을 만져 볼 시간이 없었다. 형남은 자신이 투자할 종잣돈을 만들기 전까지는 자신의 돈을 건드리지 않겠다는 다짐을 했다.

형남이 유다 회사에 1년 정도 근무했을 무렵, 유다는 형남에게 외국 출장을 준비하라고 했다. 목적지도 알려 주지 않았다. 유다의 전용기를 타고 도착한 곳은 세이셜이었다. 유다는 5성급 호텔 파티장을 임대하여 투자자들을 초대해서 화려한 파티를 했다. 형남은 그곳에서 다른 세상을 목격했고, 자신도 그 일원이 되었다. 그곳은 치외법권 지역이었다. 마약과 여자 그리고 돈이 넘치는 파티였다.

미국으로 돌아온 형남은 이사로 승진했다. 형남의 판단으로 투자할 수 있는 자금은 수십억 달러가 되었다. 약 3년 동안 형남이 벌어들인 돈은 수십억 불이었다. 형남은 유다 회사의 에이스가 되었다. 형남은 수십억 달러의 자금과 자신이 그동안 연봉과 성과급으로 받은 백만 불이 넘는 돈 전부를 파생 상품에 투자했다. 그런데 미국 증권시장 최악의 날로 알려진 리먼 브라더스 파산으로 인한 금융 위기가 발생했다. 형남이 투자한 모든 자금은 휴지 조각이 되어 버렸다. 수습이 불가능했다. 형남은 일주일 후 유다의 회사에서 쫓겨났다. 형남은 연봉과 성과급은 생활비를 제외하고 단 한 푼의 돈도 만져보지 못하고 통장의 숫자로만 봤을 뿐이다. 유다 회사에서 제공된 최고급 맨션에서도 쫓겨났다. 그 맨션에 있는 형남의 옷가지와 소지품도 형남이 알려 준 주소로 보내 주겠다고 하고 맨션 출입을 막았다.

4년 전 유다의 회사에 입사할 때 입었던 양복을 그대로 입고 형남은 이스트 할렘가로 돌아갔다. 유다 회사에서 얻은 것이 있다면 유다의 알선으로 이름도 잘 모르는 미국 대학에서 국제 금융학 박사를 취득한 것이 전부였다. 형남의 처는 형남이 유다의 회사에서 근무할 때 미국으로 왔다. 자식들도 태어났다. 형남은 유다 회사에 쫓겨나던 다음 날 가지고 있던 모든 것을 긁어모아서 항공권을 샀다. 그리고 가족들을 한국으로 보냈다. 형남은 처에게도 자세한 상황은 설명하지 않았다. 잠시 한국에 가 있으라고만 했다. 처는 눈물을 흘리며 핏덩이 자식들과 귀국 비행기에 올랐다.

형남은 가족을 귀국시키고 처음 뉴욕에 도착했을 때 살던 붉은 벽돌로 지어진 5층 건물의 2층에 방을 얻었다. 형남은 그 쪽방에서 약 일주일간 식음을 전폐하다시피 하고 누워 있었다. 꿈인지 생시인지 구분할 수가 없었다. 기력을 회복한 형남은 유다 회사에서 근무하면서 알고 지낸 펀드매니저와 애널리스트 등에게 전화했지만, 모두 외면했다. 심한 욕을 하고 전화를 끊는 사람도 있었다. 형남은 반드시 재기하겠다는 마음을 먹고 많은 금융회사에 구직을 문의했고, 서류를 제출했지만 단 한 곳도 연락 오는 곳이 없었다. 이반과 마틴 킹은 그 건물에 계속 살고 있었다. 형남을 반갑게 맞이해 주는 사람은 오직 이 둘뿐이었다. 형남은 종잣돈만 마련되면 금융투자를 해서 다시 재기할 자신이 있었다.

형남은 월가에서 더 이상 발붙일 곳이 없다는 것을 깨닫는 데까지는 단 1개월이면 충분했다. 형남은 귀국을 결심했다. 한국에 있는 형제들은 이런 사실을 아무도 알지 못했다. 형남이 미국 박사 학위를 받고 자랑스럽게 귀국하는 것으로만 알고 있었다.

편지

바다가 멀리 보이는 마을회관 앞에 '평산댁 子 이형민 7급 재무부 공무원 합격' 경축 현수막이 걸려 있었다. 푸른 천막을 뒤집어쓰고 쓰러져 가던 평산댁의 집은 양철 지붕으로 새 단장을 하고 있었다. 그 집에 동네 사람들과 평산댁이 행상을 하면서 알게 된 사람들이 모여들었다. 마당 한쪽에 진흙으로 만들어진 아궁이 화덕 위에 가마솥에서 뿌연 김이 더덩실 춤을 추듯이 피어올랐다. 마을 아낙네들이 우물가에서 나물을 씻으면서 수다를 떨었다.

"이 집 자식들은 어려서부터 알아봤다니까. 형구가 서울에서 사업으로 크게 성공했대. 그리고 형호가 서울 명문대학을 졸업하고 우리나라에서 제일 큰 회사에 취직했다고 했지. 둘째 형남이는 미국에서 박사 학위를 받았고…."

"평산댁이 머리에 이고 지고 고생하더니 얼마나 좋을까? 우리 자식들은 뭘 하는지 원…."

푸른 단풍나무와 밤나무 그리고 꽃이 활짝 핀 목련나무 밑 멍석 위에 펼쳐진 상위에는 잡채, 꽃게, 시루떡, 돼지 보쌈, 노르스름하게 잘 익은 생선 등 음식을 더 놓을 공간이 없었다. 막걸리가 몇 순배 돌았다. 투박한 경상도 사투리로 말을 빨리 해서 쌀라댁이라 불리는 쌀라댁은 평산댁과 함께 행상을 다니는 단짝 친구다. 쌀라댁은 장신구, 비단, 장의 옷감 등을 머리에 이고 다니면서 팔았다. 쌀라댁이 빠르게 말했다.

"평산댁은 참 비상한 사람 아이가? 이 사람은 치부책에 적지도 않고, 외상이 어디에 얼마나 깔렸고, 어느 동네 누구네 집에 지금쯤 뭐가 필요할 것이라는 것을 다 아는 사람이제. 천재 아이가, 천재…. 평산댁이 배웠으면 나라님도 할 사람이란께. 자석덜이 평산댁 머리를 닮아서 똑똑하다 안 카나. 오늘이 꼭 내 잔칫날인 것 맹키 좋다 아이가. 그라니까 나도 오늘 한 턱 낼라꼬 한다마."

동네 사람들이 크게 손뼉을 쳤다. 쌀라댁이 말을 이었다.

"우리 딸이 금년에 스물 살인데 작년에 여상를 나와서 서울에서 우리나라에서 제일 큰 은행에 다니고 있제. 내 딸도 장하지예?"

사람들이 다시 손뼉을 쳤다. 쌀라댁이 앉은 사람들을 보면서 큰소리로 말했다.

"나하고 사돈할 사람 없노?"

말하면서 평산댁을 바라보았다. 사람들이 "와"하고 웃으면서 "형민이 하고 하면 되겠네"라고 말했다. 그러자 마을 궂은일에 앞장서는 정 씨가 벌떡 일어나서 평산댁과 쌀라댁이 손을 잡게 했다.

"자! 그럼 오늘부로 사돈이 된 거 아이가?"

그러자, 또 한 번 박장대소가 터졌다.

이장이 헛기침을 하고 자리에서 일어났다.

"형일네가 우리 마을로 이사 온다고 할 때, 마을 사람들이 반대하는 것을 내가 막았지, 다들 기억하지? 이 자리에 상준이 없어서 섭섭하지만, 상준이 나를 찾아와서 우리 마을에 살게 해달라고 할 때, 보통 사람이 아니라는 것을 난 금방 알아봤잖여. 헌데 상준이 죽은 지가 벌써 한 사오 년 됐나."

그때 마을 사람들이 칠 년 됐다고 했다.

"세월이 벌써 그렇게 지났나? 상준이 죽어서 자신의 고향으로 갈 때, 명의 형님이 따라갔다 와서 하는 소리가 있었지. 상준이 고향 마을 가 보니, 집들이 전부 기와집에 대들보가 한 아름이 넘고, 전각과 사당들이 대단하더라고, 그리 말하는 거 아니겄어! 양반집 자식들이 역시 다르다는 걸 이 집을 보면 알 수 있다니까…."

평산댁은 눈가에 촉촉이 흐르는 눈물을 훔치며 이장의 입을 뚫어지게 쳐다보고 있었다. 마을 사람들이 우레와 같이 손뼉을 쳤다. 이장이 평산댁에게 한마디 하라고 했다. 평산댁은 손사래를 치면서 사양했다. 동네 사람들이 이구동성으로 한마디 하라고 다시 손뼉을 쳤다.

"우리 가족이 이 마을에 와서 이렇게 살게 된 것이 전부 이장님과 마을 사람 덕분이고, 자식들이 잘 풀리는 것도 마을 사람들 덕분이지요. 그리고 자식들이 대학 교육을 받을 수 있었던 것은 셋째 형구가 입에 들어가는 것도 꺼내서 형제들을 뒷바라지해서 그렇지요."

공을 형구에게 돌렸다.

"형구 이야기가 나와서 하는 소리여."

이장이 다시 말을 했다.

"상준이 죽었을 때 이 집에는 평산댁도 없고 어린놈들만 있었다니까. 그래서 상을 차리는 것은 생각도 못했고, 대문에 걸려 있는 희미한 상가 등이 상갓집이라는 것을 알려 줄 뿐이었지. 개미 새끼 하나 얼씬거리지 않았단 말여. 어찌어찌 연락이 되었는지 자식들이 다음 날부터 오기 시작했지만, 공동묘지까지 상여를 메겠다고 나서는 사람들이 없더라고…. 큰아들 형일이는 술에 취해서 상주 역할을 못하고, 둘째는 군대 있어서 못 왔지, 아마! 그니까 형구가 이 집 뒤란으로 나를 부르더니 공동묘지에 계시는 할아버지와 아버지를 고향으로 모실 수 있도록 도와 달라고 안 했겄어? 그리고 성공하면 마을 안길도 포장해 주고, 우리 자식들 장학금도 주고 신세 잊지 않겠다고 하더구만. 어린 형구가 이렇게 말하는 것을 보고 말여 이놈이 앞으로 크게 성공할 거라고 생각혔지."

이장이 잠시 말을 멈추더니 덧붙이듯 말했다.

"봐라! 내가 예상한 대로 형구가 집안을 일으킨 거라고."

동네 사람들이 존경의 눈빛으로 이장을 바라보았다. 이장이 계속 말을 이었다.

"이 땅은 큰딸이 부모에게 사준 땅이야. 이런 딸이 어디 있겠어. 네가 이 땅이 매물로 나왔을 때 말여 평산댁에게 꼭 사라고 했지. 내가 오래전에 읍내에 있는 장미다방에서 사람을 만나고 있는데 말여 건너편 테이블에서 우리 마을 땅이 어쩌고저쩌고하더라고…. 그래서 귀를 바짝 세우고 들어 보니까. 이 집 땅 이야길 하더라고. 그래서 내가 상준에게 귀띔해 주었지. 나중에 알아보니까 정부에서 특별 조치법으로 소작하는 사람들이 살 수 있도록 해서 헐값으로 땅이 나왔더라고…. 내 기억에 평당 4천몇백 원 줬을 거야. 아마 총액이 350만 원인가 줬던 거 같은데…. 땅이 800평 조금 안 될 걸…. 근데 말여 지금은 몇십

배가 올라서 부자가 된 거 아녀. 나는 말여 막걸리 한 잔 얻어먹은 게 다여. 이 땅 거래하라고 다방에서 사람들 만나서 커피 마신 것도 다 내 돈으로 냈잖여. 이런 딸이 없지. 평산댁은 말여 참 복도 많어!"

이장의 그 말을 듣던 동네 사람들이 박수를 쳤다.

평산댁이 이장을 보고 연신 고개를 숙였다. 이장이 목에 힘을 주고 헛기침을 몇 번 하더니 평산댁 옆자리에 앉았다. 사람들에게 술을 따르던 형구보고 한마디 하라고 동네 사람들이 재촉했다.

"저보다는 주인공 형민이가 인사하는 게 좋겠습니다."

형구가 한마디 하라고 형민에게 눈짓했다. 머리를 더부룩하게 기른 형민이 헛기침을 몇 번 하더니 동네 사람들을 향해 넙죽 큰절을 올렸다. 몇 사람이 벌떡 일어나서 맞절을 했다. 평산댁 앞집에 사는 박 씨도 그중 한 사람이었다. 박 씨의 처가 박 씨에게 핀잔을 주었다.

"왜 어린 사람에게 맞절을 하는 거유? 노망이네, 참!"

박 씨가 말했다.

"이 사람아! 면서기들보다 몇 배나 높은 사람이여!"

참석한 모든 사람들이 "맞아, 맞아" 하면서 박장대소했다.

"어머니도 안 계시고 아버지하고 어린 저희들만 살 때, 저희를 구박한 분들은 각오해야 합니다. 하하~, 농담입니다. 아버지께서 안 계셔서 섭섭하지만, 어머니께서 계셔서 좋습니다. 오늘 저를 축하해 주려고 와주셔서 감사합니다."

형민이 인사를 했지만, 동네 사람들은 술잔을 기울이기에 바빴다.

동네 사람들이 돌아가고 마당의 멍석 옆에 모깃불 가에서 재동과 재서가 모깃불을 후후 불며 놀고 있었다. 쌀라댁과 잔치 뒤 설거지를 한 평산댁은 지쳐 있었다.

멍석에 누워서 밤하늘을 보았다. 하늘에 별빛이 가득했다. 별똥별이 꼬리를 물고 고향 방향으로 흐르고 있었다.

"내 인생은 왜 이렇게 힘들지! 한 놈 잃고 8남매를 다 키웠는데…. 이제 저 손자새끼들을 나보고 키우라고 큰놈이 놓고 가버렸으니…. 내 팔자가 너무 기구한 것 같아. 형구가 사업으로 성공한 것처럼 동네에 소문이 났지만, 제 동생들과 형 학비 댄다고 벌어 놓은 것도 없나보더라고…. 내가 어떻게 저 손자 놈들을 먹여 살리나…."

쌀라댁이 말했다.

"아까 이장님이 자네 시아버지를 공동묘지에서 고향으로 모셨다는 게, 그게 뭔소리고?"

평산댁이 한숨을 푹푹 뱉으면서 말했다.

"정미소 화재로 고향을 등지고 나서 시어머니께서 화병으로 돌아가시고, 시아버지 혼자 끼니를 굶여 드시지 않았나? 양식 살 돈도 없으니까 대궐 같은 집을 뜯어서 팔아서 사시다가, 죽어도 큰 자식에게 가서 죽어야 한다고 여기로 오셨지. 그런데 여기로 오셔서 제대로 잡수시지도 못하고, 기침만 하시다가 한 서너 달 사시다가 돌아가셨어. 고향으로 모셔야 하는데 돈도 없었고, 고향으로 갈 수도 없어서 여기 공동묘지에 모셨는데, 형구가 지 아버지 돌아가셨을 때 함께 고향으로 모시게 한 거잖아. 내 자식이지만 형구는 마음 쓰는 게 달라. 내가 형님이 뒷바라지한다고 형구를 가르치지 못한 게 늘 마음에 걸려."

쌀라댁이 말했다.

"장한 친구야, 그런 소리 마라. 다, 지 팔자여. 자네는 할 만큼 했어."

평산댁이 쌀라댁을 살포시 끌어안았다.

형민은 공직 생활이 체질에 맞지 않는다는 이유로 사표를 내겠다고 한 것이 4년 동안 여러 번이었다. 그때마다 평산댁은 형민의 하숙집을 찾아가서 달랬다.

"막내야, 네가 공무원 시험에 합격했을 때 나는 덩실덩실 춤을 추었어. 네가 양복을 입고 넥타이를 매고 관청으로 출근하는 모습만 봐도 웃음이 나왔지. 네 아버지가 살아 있었으면 소원을 풀었다고 했을 거야. 네가 사표를 안 내면 셋째가 집도 사준다고 하는데…. 셋째가 너 공무원 합격했을 때 자동차와 양복도 사주지 않았니. 형이 집 사줄 거야. 장가도 보내 준다고 하지 않던…. 그런데 사표가 웬 말이냐? 니 어미를 죽이고 사표를 내던가 해라."

눈물을 흘리며 사정했다.

형구는 형민이 직장 상사를 만났다. 형민이 상사는 조심스럽게 입을 열었다. 형민이 조금 이상하다고 했다. 회사에서 졸기만 하고, 업무를 시키면 가부간에 대답을 잘 하지 않는다는 것이었다. 그리고 어떤 업무도 하려고 하지 않는다는 것이었다. 형구는 상사에게 형민을 잘 부탁한다고 하고, 감사의 뜻을 표하고 헤어졌다. 형구가 형민이 하숙집을 찾아갔지만, 형민을 만날 수 없었다. 며칠 후 형민이 직장에서 형구에게 연락이 왔다. 형민이 보름째 무단결근을 하고 있다고 했다. 형구는 형민이 친구들에게 연락했지만, 아무도 소식을 모르고 있었다. 형민은 결국 사표를 냈다. 하지만 형구는 평산댁에게 형민이 사표 소식을 알릴 수 없었다.

명절을 앞두고 형민이 베트남이라고 하면서 형구에게 연락이 왔다. 찾으실 것 같아서 연락한다고, 당분간 자신을 찾지 말아 달라고 하고 전화를 끊었다. 형구는 어쩔 수 없이 평산댁에게 형민이 사표를 내고 베트남에 있다고 알렸다. 그리고 몇 년 동안 형민에게 소식이 없었다. 평산댁은 막내가 베트남에서 죽은 것은 아닌지 모르겠다고 자주 울었다. 그리고 형구보고 형민을 찾아서 베트남을 가 보라고 자주 독촉했다.

어느 날 형구에게 낯선 남자에게서 전화가 왔다. 전화선을 타고 흐르는 목소리에서 조심하는 분위기를 느낄 수 있었다. 자기는 은퇴하고 안양에서 살고 있다고 했다. 안양 집 지하방을 어떤 남자에게 월세를 줬는데… 처음 몇 개월은 조선족이나 베트남 사람이라고 생각했다고 했다. 출근하는 것 같지도 않고, 음식을 해 먹는 것 같지도 않고, 밖으로 나오지도 않는다고 했다. 그런데 집세를 몇 개월 밀려서 독촉했더니, 형이 와서 다 갚아 줄 것이라고 했다는 거였다. 그래서 형 전화번호를 달라고 했더니, 내 전화번호를 줬다고 하면서, 혹시 이형민을 아느냐고 물었다. 형구는 집 주소를 묻고 처 미현을 대동하고 찾아갔다. 안양 그 집에 도착해서 집주인에게 인사를 하고, 형민이 살고 있는 지하 방문을 두드렸다. 방문은 열리지 않았다.

집주인이 따로 가지고 있던 열쇠로 방문을 열었다. 방문을 열자 생선 썩은 냄새 같은 것이 코를 찔렀다. 유리창 문은 국방색 담요로 가려 있고, 방바닥에는 먹고 버린 컵라면 통과 소주병이 뒹굴고 있었다. 냉장고를 열어 보니 곰팡이 핀 반찬하고 페트병에 담긴 맥주와 소주병이 있었다. 책상 위에는 커다란 컴퓨터 모니터가 불을 번쩍이고 있었다. 미현이 방을 치우려 하자, 집주인이 말렸다. 치워도 형민이 오고 나서 치워야 한다고….

형구는 밀린 집세를 집주인에게 주고 형민이 들어오면 제가 왔다는 말하지 말고, 전화해 달라고 부탁하고 돌아왔다. 며칠 후 집주인에게 전화가 왔다. 형구는 미현을 동반하고 안양으로 향했다. 형민의 방문을 두드리자 "누구세요." 하는 목소리가 형민이었다.

"나다! 형이다."

"도련님, 저예요."

미현이도 대답했다. 한참을 기다린 후 방문이 빼꼼히 열렸다. 형구가 방안으로 들어서려 하자, 형민이 자기가 나간다면서 밖으로 나왔다. 형구는 무슨 말을 해야 할지 말문을 열지 못했다. 형민이 몸에서는 냄새가 심하게 풍겼다. 세탁을 한 지가 몇 년은 된 듯 옷은 때가 찌들었다. 형구는 형민의 눈빛을 찬찬히 쳐다보았다. 누구에게 쫓기는 것처럼 동공이 심하게 흔들리고 있었다.

형구와 미현은 형민을 데리고 순댓국집으로 갔다. 형민은 안주도 먹지 않고 맥주잔에 소주를 자작으로 따라 연거푸 마셨다. 미현이 말렸지만, 형민은 멈추지 않았다. 형구는 그런 형민을 쳐다보고만 있었다.

"형 저 취했어요. 집에 갈게요."

형민이 갑자기 말하며 일어섰다. 형구는 아무 말도 하지 않고 자리에 앉아 있었다.

한편 형일은 형구가 마련해 준 사업체 운영으로 경제적으로 안정된 상태였다. 형일의 집에서 생활하는 평산댁에게 형민을 찾았다고 형구가 알렸다. 평산댁이 당장 가보자고 했다. 형구는 조금 기다리시라고 말하고 전화를 끊었다.

형구와 미현은 밑반찬을 해서 형민이 방을 자주 찾아갔다. 미현은 형민이 이상하다고 절대 화내면 안 된다고 형구에게 신신당부를 했다. 형민은 중학교 3학년 때부터 뒷바라지한 미현을 잘 따랐다. 미현은 혼자 가서 형민이 방을 청소해 주고, 빨래도 해주면서 형민과 대화의 문을 열었다. 형민이 미현에게 말했다.

"형수님, 돈 좀 있으세요? 제가 주식을 해서 따 가지고 갚아 드릴게요."

미현은 백만 원을 형구 몰래 주었다. 미현이 돈을 주면서 형민에게 물었다.

"이 돈으로 어떤 주식을 사는데요?"

"주식보다도 사이버 게임을 하면 왕창 돈을 딸 수가 있어요. 제가 엄청 돈을 딴 적이 있어요. 주식과 선물 거래도 하구요. 지금은 쪽박을 찼지만요."

형민이 컴퓨터 모니터 앞에 앉으면 눈에서 광채가 나더라고 미현이 형구에게 말했다. 모니터 앞을 떠나면 눈빛이 초점을 잃는다고 했고, 이상한 소리를 자꾸 지껄인다고 했다.

형구는 평산댁의 성화를 못 이기고 형민이 사는 곳으로 모시고 갔다. 형민은 어머니를 보고도 별로 반가워하지 않았다. 형민은 어린 자신을 버리고 집을 나간 평산댁에 대해서 깊은 정이 없었다. 평산댁도 눈물만 흘리고 아무 소리를 하지 않았다. 평산댁이 집주인에게 인사는 해야 한다고 하면서 집주인 거실로 들어갔다. 집주인이 저 사람이 조금 이상하다, 병원에 데리고 가 보라고 형구와 평산댁에게 말했다. 알았다고 하고 그 집에서 나왔다.

그렇게 2년여의 시간이 흘렀다. 그 시간 동안 8남매 형제 중 그 누구도 형민을 찾아본 사람이 없었다. 미현이 유일하게 형민의 방을 찾아갔다. 형남은 미국에서 귀국해서 투자회사와 사모펀드를 운영해서 큰돈을 벌고 있었다. 형일도 고철 사업으로 돈에 여유가 있었다. 그래서 형구는 형일과 형남에게 여러 차례 걸쳐서 형민을 빛이 들어오는 방으로 옮겨 주자고 했다. 방을 옮겨 주면 건강이 좋아질 수도 있다고 했다. 형일은 동의해서 돈을 내놓겠다고 했다. 형남은 형민이 형들에게 돈을 뜯어내려고 미친 척하는 거다, 절대 자신은 돈을 내놓을 수 없다고 했다. 형구가 내가 혼자 방을 얻어 줘도 된다, 그러나 형들이 힘을 합쳐서 반듯한 전세방을 얻어 주면 정신이 돌아올 수도 있고, 삶에 의욕도 가질 수 있다고 2년 동안 형남을 설득했다. 그러나 형남은 왼고개를 쳤다. 형구는 형남에게 형은 어머니와 형제들에게 혜택을 봐서 대학도 졸업하고 미국 유학도 다녀오고 했는데 이렇게 하는 것은 아니라고 따졌지만, 형남은 소리소리를 질렀다.

"야 이 새끼야! 나는 장학금받고 대학 다녔고, 유학도 내 힘으로 했어. 누가 나를 도왔다는 거냐?"

형구가 말했다.

"유방과 함께 항우를 꺾고 천하를 평정한 한신이 떠돌이 생활을 했었지. 그때 한신에게 밥 몇 끼를 제공한 노파가 있었어. 천하를 평정한 한신은 그 노파를 찾아서 한 고을을 주었지. 그런 게 사람의 도리잖아. 하지만 그렇게까지 하라는 거 아니잖아. 형이 고생하고, 스스로 거기까지 간 거 다 알아. 하지만 우리 가족이 형을 위해 어떤 고생을 했는지 조금만, 아주 조금만 생각해 봐."

하지만 형남은 한마디로 잘라 말했다.

"그만해."

형구는 형남을 제외한 형제들을 마포에 있는 한옥으로 된 백반집으로 불렀다. 그 자리에서 형구는 그동안 형남과 사이에 오고 간 사연을 말하고, 형남을 앞으로 형제로 인정하고 싶지 않다고 말했다. 형제들도 형구의 심정은 이해하지만 그것은 아니라고 말렸다.

이런 이야기가 오고 갈 때 형남은 회사 여직원과 오피스텔을 얻어서 두 집 살림을 하고 있었다. 그리고 자동차 기사를 두고 벤츠를 타고 있었다.

형구는 형호, 형민를 어려서부터 보살펴 온 정이 깊어서 마음이 건잡을 수 없이 슬펐다. 형구는 평산댁에게 수시로 형민을 보살펴 달라고 말했다. 형구 부부가 형민의 집을 찾아갈 때마다 평산댁에게 함께 가자고 말했지만, 평산댁은 움직이지 않았다. 평산댁은 형구에게 막내를 병원에 입원시키라고 자주 말했다.

그러던 어느 날, 형구는 평산댁을 모시고 형민이 방에 가서 병원 구급차를 불렀다. 병원 측에서는 본인이 동의하지 않으면 아무리 부모, 형제라고 해도 병원에 입원시킬 수가 없다고 했다. 형구가 형민에게 병원차를 부른 것을 말하고, 함께 병원으로 가자고 했다. 형민이 순순히 후송차에 올랐다.

형민을 입원시키기 전에 형구는 모정으로 형민를 보살펴 달라고 간곡한 마음을 담아서 평산댁에게 편지를 보냈다. 평산댁이 그 편지를 받고 속상해했다. 평산댁이 속상해하는 것은 형구의 편지 내용이 아니라 형민의 상태가 큰 이유였다. 형남은 형구가 평산댁에게 보낸 편지를 읽어 보지도 않고, 형구에게 '네놈이 공부를 못 한 것을 왜 어머니를 원망하느냐?'고 편지를 보냈다.

형구가 평산댁에게 보낸 편지에는 자신이 공부를 못 한 것에 대해서 원망은커녕 공부에 관해서 단 한 줄도 들어 있지 않았다. 오히려 형구 자신을 건강한 몸으로 낳아 주신 것에 대한 감사의 뜻이 담겨 있었다. 40년 전의 가슴 아픈 사연을 끄집어내어 형구를 비겁하게 공격하는 형남을 형구는 용납하기 어려웠다. 그리고 햇빛도 들어오지 않는 방에서 살다가 결국 병원에 입원한 형민을 생각하면서 형구는 어금니에서 쇠붙이 소리가 날 정도로 이를 갈았다.

사업가

형구는 술집 골목에서 포장마차를 할 수 없게 되었다. 그래서 포장마차 단골손님이었던 월부책 장사의 제안으로 책 장사를 시작했다. 1년 정도 책 장사를 함께하던 선배가 새로운 정보를 주었다. 고객들에게 신용카드를 발급해 주면서 그 신용카드를 이용해서 오디오를 사게 하면 돈을 많이 번다고 했다. 형구는 태민전자에서 만든 오디오를 기업체 등을 방문하여 팔러 다녔다. 가라오케 기능이 있는 것이었다. 형구가 오디오를 많이 팔자, 태민전자 영업부장이 한번 보자고 형구에게 연락이 왔다. 형구는 자세한 영문도 모르고, 안양천변에 있는 태민전자를 찾아갔다.

형구를 맞이하는 영업부장은 40대 후반 정도로 보였다. 그는 대머리가 살짝 벗겨지고 인상이 좋았다. 그는 형구를 보자마자 반갑게 맞이했다. 그리고 태민전자에서 생산한 오디오들이 진열된 임원실로 형구를 데리고 갔다. 임원실 테이블에는 과일과 음료수가 차려져 있었다. 무슨 귀빈이라도 온 듯한 대접이었다.

“영업을 잘한다고 소문이 나서, 나이가 좀 있는 분인 줄 알았습니다.”

영업부장은 형구에게 귀한 차를 내밀면서 말했다. 형구는 자신이 어리다고 탐탁지 않아 하는 걸까 괜스레 눈치가 보였다. 하지만 그의 입에서 나온 말은 뜻밖이었다.

“대리점에서 하루에 오디오 한두 대 팔기도 힘들거든요. 도대체 하루에 몇 대씩 파는 비법이 뭡니까?”

“그냥…. 별거 아닙니다. 인기 가수들의 음반을 선물로 줬습니다. 그리고 가라오케 기능으로 그 노래를 부르면 다들 관심을 보였습니다.”

영업부장은 형구를 유심히 보더니, 태민전자 영업부 직원들을 전부 불러 모았다. 그리고 여기가 기업체 매점이라고 생각하고 영업을 똑같이 해보라고 형구에게 말했다. 형구는 평소 영업하는 방식으로 그대로 재현했다. 형구의 노래가 끝나자 모두 손뼉을 쳤다. 박수가 끝나자마자 영업부장은 직원들을 향해 호통을 쳤다.

“봤어? 이게 영업이야. 당신들은 도대체 뭘 하는 거야?”

그 당시 태민전자를 비롯한 몇 개의 오디오 전문기업들이 치열하게 경쟁하고 있었다. 영업부장은 일주일 후에 다시 볼 수 있겠느냐고 물었다. 형구는 고개를 끄덕였다. 형구는 정확히 일주일 후 태민전자를 다시 찾았다. 영업부장은 형구를 사장실로 안내했다. 나이가 지긋하고 인상이 강한 사장은 아무 소리 없이 손을 내밀었다. 형구는 악수를 하고 90도로 대표이사에게 인사하고 의자에 앉았다. 대표이사가 김 부장에게 세일즈를 아주 잘한다고 들었다. 특판팀을 만들어서 우리 회사 오디오를 팔면 전적으로 밀어주겠다고 했다.

형구는 본능적으로 이 협상을 잘해야겠다고 생각했다. 형구는 자세를 고쳐 앉았다.

"사장님 월 몇 대 정도를 팔면 만족하시겠어요?"

사장이 형구를 빤히 쳐다보면서 말했다.

"월 3백 대만 팔면 대단한 실적이지…."

형구는 월 6백 대를 팔겠다고 했다. 월 6백 대를 팔겠다는 형구의 말을 듣고, 사장은 영업부장을 바라보면서 호탕하게 웃었다. 형구는 특정 모델에 대한 독점권을 달라고 했다. 그리고 형구가 추천하는 사람들을 오디오 교육을 시켜달라고 했다. 그리고 태민전자에서 각 기업체와 기관에 공문을 발송해 달라고 했다. 사장은 영업부장을 향해서 물었다.

"그 정도는 해줘도 되겠지?"

영업부장이 말했다.

"월 6백 대라! 그게 가능하겠어요?"

형구에게 반문했다. 형구가 자신 있게 말했다.

"세일즈맨 2~30명을 동원하는 것은 문제도 아닙니다. 한 사람이 월 20대씩 팔면 그 정도는 쉽게 합니다."

사장이 눈을 크게 뜨면서 말했다.

"야! 젊은 사람이 대단하네! 좋아요, 당신의 열정을 믿고 내가 무엇이든지 해줄 테니 당신 마음껏 해보세요."

태민전자 정문을 걸어 나오는 형구는 상기된 표정이었다. 형구는 영업하면서 알고 지냈던 사람들을 모이게 했다. 그 사람들에게 형구는 요즘 오디오를 장만하는 게 유행이다. 영업을 잘하는 형구에 대한 신뢰가 있어서인지 그들은 호기심 어린 눈으로 귀를 바짝 세우고 형구의 설명을 들었다.

"우리가 독점으로 판매하려는 모델에는 가라오케 기능이 있어."

"가라오케 기능이 뭐야?"

누군가 질문을 했다.

"'가라'는 일본 말로 거짓이고, '오케'는 오케스트라 약자를 합쳐서 가라오케라는 거야."

형구는 오디오를 판매하면 사람들이 잡상인 취급을 안 한다며, 형구는 침을 튀기며 설명했다. 참석한 사람들이 이구동성으로 말했다.

"야, 이것 잘하면 돈 되겠는데!"

형구는 포장마차를 해서 모은 돈과 신용을 밑천으로 사업을 시작했다. 약 20명의 영업 사원이 근무했다. 가라오케 기능이 있는 태민전자 오디오는 잘 팔려 나갔다. 형구의 오디오 유통 사업이 순풍에 돛 단 듯 흘러가고 있을 때였다. 부산에서 처음으로 노래방이 등장했다.

부산에서 영업하는 사원이 노래방이라는 것이 생겼다고 연락이 왔다. 노래방 앞에서 사람들이 줄을 서서 기다린다고 형구에게 내려와 보라고 했다. 형구는 전화를 받은 다음 날 부산행 기차에 몸을 실었다. 노래방은 한두 평 공간에 칸막이를 한 모양새였다. 그리고 한 곡에 5백 원을 내고 노래를 하는 곳이었다. 비싼 감이 있었지만 그럼에도 노래방 앞에 사람들이 줄을 서서 기다리고 있었다. 그 광경을 보고 있자니, 형구는 또다시 가슴이 뛰었다.

가라오케의 원조는 일본이었다. 그래서 형구는 가라오케를 일본인들은 어떻게 하는지 알아보려고 일본행 비행 티켓을 끊었다. 도쿄의 신주쿠역은 11개의 기차 노선과 출구가 200개가 넘는 거대한 거미줄 같았다. 신주쿠역 동쪽에 위치한 가부키초는 가라오케, 캬바쿠라, 호스트바, 파친코, 클럽, 식당, 카지노 등 인간이 할 수 있는 모든 환락의 거리였다. 이 거리는 밤낮이 따로 없었다. 특히 밤에는 불야성을 이루었다.

형구는 일본어를 단 한마디도 할 줄 몰랐다. 그런데도 형구는 가이드 겸 통역과 일정한 거리를 두고 이 거리를 밤이면 쏘다녔다. 건장한 체구의 흑인들이 캬바쿠라를 연발하면서 형구의 팔짱을 끼고 업소로 데리고 들어갔다. 형구는 웃으면서 그 흑인들에게 못 이기는 척하고 끌려 들어갔다.

이런 식으로 형구가 들어가 본 업소는 약 보름 동안 수십 개가 넘었다. 형구는 한국에서 연습하고 온 이시다 아유미의 블루 라이트 요코하마를 가라오케에서 열창했다. 가라오케의 직원들과 손님들은 형구의 열창에 앵콜을 연발했다. 형구는 앵콜 송으로 이츠와 마유미의 고히비토요를 불렀다. 형구는 노래를 하면서도 가라오케 기계를 유심히 살폈다. 그리고 통역을 통해서 그 기계를 볼 수 있게 해달라고 직원들에게 부탁했다. 형구의 노래에 반한 직원들은 친절하게 기계를 보게 했다.

형구는 수십 개 업체를 방문한 결과 가라오케 기계는 당시 최첨단인 LD(레이저 디스크 방식)로 만들어야 한다는 결론을 얻었다. 형구는 일본의 유명한 음반 업체를 방문했다. 그 음반 업체에서 한국의 노래를 LD로 제작하고 있는 것을 확인했다. 형구는 일본의 최대 가전 전문 매장이 모여 있는 아키바로 가서 LD 기계를 구입했다. 그 기계를 사 들고 귀국했다.

형구는 태민전자 영업부장에서 퇴직하고 자기 사업을 시작한 김

부장을 만났다. 형구는 일본에서 보고 느낀 것을 김 부장에게 설명했다. 그리고 김 부장에게 동업을 제안했다. 김 부장은 형구의 설명을 듣고도 반신반의했다. 노래방은 작은 것을 좋아하는 일본인들의 취향이다. 한국에서는 안 될 것이라고 했다. 형구는 그럼 LD 노래방 시스템을 만들 수 있는 업체를 소개해 달라고 부탁했다. 김 부장이 알았다고 했다. 형구는 김 부장이 소개한 개발업체 사장과 함께 일본을 다녀왔다.

형구는 귀국해서 본격적으로 LD를 이용한 노래방 기계를 제작하는 사업에 뛰어들었다. 형구가 어렵게 LD 노래방 기계를 만들어서 유명 코미디언을 모델로 써서 광고를 했다. 노래방을 하려는 사람들의 전화 문의가 많이 왔다. 하지만 시간으로 돈을 버는 노래방 업주들의 선택을 받지 못했다. 타 업체들은 IC 반주기를 만들고 있었다. 형구가 선택한 LD 방식은 IC 반주기의 발전 속도를 따라잡지 못했다. 형구가 개발한 LD 방식 노래방 기계는 화질과 음질은 좋았으나, 평범한 노래방에서 쓰기에는 너무 고급스러웠다. 형구는 뒤늦게 남은 모든 것을 투자해서 IC 반주기 개발에 뛰어들었지만, 더 이상 개발비를 조달할 수가 없었다. 포장마차를 하면서 번 돈과 오디오 사업으로 모은 돈 전부가 이미 밑 빠진 독으로 모두 빨려 들어간 후였다.

사업에 실패했지만 힘들어하거나 쉬고 있을 형구가 아니었다. 형구의 어깨 위에는 책임져야 할 형제들이 매달려 있었다. 형구는 미국을 비롯한 선진국에서 리싸이클링 사업이 유망하다는 신문 기사를 보고, 곧장 고철 사업에 뛰어들었다.

형구가 고철 사업을 시작하고 얼마 지나지 않아서 IMF 사태가 발생했다. 금값과 달러, 그리고 고철, 비철 값이 하루가 다르게 올랐다. 정부와 지자체에서 원자재 확보 차원에서 토지와 건물 등을 저렴한 가격에 임대해 주었다. 세제 혜택을 주면서 고철 사업을 적극 권장했다. 수완 좋은 형구는 물 만난 고기처럼 비철과 고철 등을 수입과 수출을 병행하고 내수를 하면서 돈을 벌어들였다. 돈을 많이 벌기는 했지만, 사업을 확장한다고 형구는 항상 빚에 시달리고 있었다.

형구는 서태 시골집에서 재동, 재서, 재희를 돌보는 평산댁에게 매달 돈을 보내고 있었다. 그리고 형일을 알콜치료센터에 입원시켰다. 병원에서 퇴원한 형일을 위해서, 미현은 삼복의 태양을 머리에 지고 돌이 지난 딸을 등에 업고, 복덕방을 돌아다니면서 살 방을 구하러 다녔다. 형구와 미현은 연립주택을 얻어서 형일이 살 수 있도록 했다. 그리고 형일에게 고철 사업을 할 수 있도록 서울에다 여건을 만들어 주었다. 형일의 고철 사업도 형구의 도움 덕분으로 돈을 잘 벌었다. 그래도 형일은 술을 절제하지 못했다.

형구는 인천에서 서비스 업종과 작은 공장을 다니다가 사표를 내고 일자리를 찾던 형경과 그 남편을 만났다. 형구는 형경 부부에게 형일의 사업을 돕고 형일의 건강을 챙겨주면 어떻겠느냐고 제안했다. 형경은 형구의 제안을 받아들였다. 형경 부부는 서울로 이사를 하고 형일의 사업을 돕기 시작했다. 형일은 고철 사업을 시작하기 직전까지도 잡상인, 잡부 등으로 전전했다. 돈을 벌면 술을 먹어 버리고 끈 끊어진 연처럼 바람에 날려 다녔다.

박사

형구의 주택 정문에 울긋불긋한 풍선이 여러 개 붙어 있었다. 미현은 '이형남 박사님 귀국을 열렬히 환영합니다!'라고 써 붙였다. 미국에서 석사와 박사 학위를 받고 형남이 금의환향하는 날이었다. 형구는 귀국한 형남에게 한국에서 자리 잡기 전까지 회사 회계 감독 역할을 해달라고 했다. 형남은 월급 5백만 원을 요구했다. 형구가 고개를 저었다. 형남이 말했다.

"박사를 쓰려면 그 정도는 줘야지, 그리고 자식이 줄줄이 있다고."

형구가 말했다.

"금액이 과해, 큰 기업에 계시다 퇴직하신 숙부께서 이미 감사로 계셔. 사실 회계 감독 두 명이 필요 없지만, 형 마음 편하게 하려고 제안한 거야."

그때까지 형구의 회사는 직원 20명 정도가 근무하는 작은 규모였다. 그리고 형구는 사업 확장으로 항상 돈에 쫓기고 있었다. 형구는 형남이 마음을 상하게 한 듯해서 형남과 고생하면서 가끔 갔던 동대문 이스턴 호텔 뒷골목 포장마차에 갔다. 그곳의 곱창볶음은 가격도 저렴하고 양이 푸짐해서 서민들의 단골 메뉴였다. 형남은 이런 후진 곳으로 박사를 데리고 왔다고 싫은 소리를 했다. 형구는 옛날 생각하면서 기분 좋게 한잔하자고 했다. 형구는 여전히 그곳이 익숙한 듯 긴 나무 의자에 편히 앉았다. 둘이 앉은 테이블에 술병이 병정들처럼 줄을 섰다. 형구는 말끝마다 '박사'를 언급하는 형남의 태도가 명치끝에 걸렸지만, 애써 쓴웃음을 지으며 소주잔을 털어 넣었다.

"야! 네가 빨리 귀국해라고 해서 박사 학위받자마자 귀국했어. 그럼 네가 내 가족생활을 책임을 져야 하는 거 아녀!"

형구는 형남의 눈을 뚫어지게 쳐다보며 입을 열었다.

"형! 내가 짊어지고 있는 짐이 너무 무거워서 빨리 귀국해서 짐을 나누어지자고 귀국해 달라고 한 것인데… 내 등짝에 짐을 더 얹으면 나는 죽거나 말거나 상관없다는 거야?"

형남은 형구의 말을 못 들은 척 화장실을 다녀오겠다고 하고 자리를 피했다.

형남은 형구의 회사에 출근했지만, 특별히 할 일이 없었다. 그래서 간단한 회계 장부를 만들어 주었다. 이 작업도 일주일 정도를 하자 더 이상 할 것이 없었다. 그래서 형구 회사에 출근하지 않았다. 형남은 한국에서 금융사업을 하려면 대학 교수로 시작하는 것이 좋겠다고 생각했다. 그래서 이곳저곳 대학교 전임강사와 교수 자리를 알아보았다.

형구는 평산댁에게 서태 땅을 팔아서 형남에게 작은 연립주택이라도 사주자고 했다. 부족한 돈은 자신이 알아서 하겠다고 하면서…. 평산댁은 말렸다.

"형구야, 너는 왜 네 입에 들어가는 것도 꺼내서 형제들만 생각하니? 너도 이제 가족이 딸린 가장이야. 너 살길도 찾아야 한다."

"어머니 제 팔자인가 봐요."

그러면서 허탈하게 웃었다.

"형구야, 네가 형님이 생활비도 대주고 있고, 주택부금 통장도 주고, 자동차도 사줬다는 것 알고 있어. 그 정도 했으면 충분히 했다."

사업 확장과 빚으로 돈에 시달리면서도 형구는 형님에게 생활비 지원으로 매달 5백만 원씩 1년을 보냈다. 이자 내기 바쁜 형구가 형님에게 전화를 해서 월 5백만 원이 부담스럽다고 솔직히 말했다. 그리고 2백50만 원씩 보내겠다고 하자, 형님은 아무 소리도 하지 않고 전화를 끊었다.

그날 저녁 형구는 어머니 말을 듣고 각성하기라도 한 듯 미현에게 말했다.

"동생들도 대학을 졸업하고 취업도 했고, 형도 귀국했으니 이제 내가 공부할 차례야."

미현은 잠시 막막한 표정으로 머뭇거렸지만, 이내 손뼉을 쳤다.

"그래, 자기가 공부 못한 것을 한스러워했는데 잘 생각했네."

형구는 다음 날 영등포에 있는 검정고시 학원에 등록했다. 낮에는 회사에 나가서 근무하고 밤에는 공부했다. 형구는 수학을 풀다가 모르는 게 나오면 머리를 싸매곤 했다. 미현은 조심스럽게 물었다.

"수학을 내가 가르쳐 줄까? 나 초등학교부터 대학까지 수학은 전교에서 1등 했어."

그날부터 미현은 밥상을 펴 놓고 형구에게 수학을 가르쳤다. 형구는 밤을 새워서 공부하는 날이 많았다. 그런 노력 덕분에 1년 만에 중 · 고등 검정고시를 패스하고, 그 해에 K대학에 진학했다. 형구는 대학에 원서를 내기 전에 대학 생리를 잘 아는 형남을 찾아갔다. 그리고 어느 대학 무슨 과를 가는 것이 좋은지 물었다. 그런 형구에게 형남은 되레 역정을 냈다.

"대학은 가서 뭘 하려고? 그냥 돈이나 벌어!"

형남은 한국에서 교수 자리 잡는 것이 생각보다 힘들었다. 미현이 형구에게 형남이 밥도 안 먹고 자리에 누웠다고 했다. 이때 생활비 지원 금액으로 형남과 형구는 소원한 상태였다. 형구는 한달음에 형남의 집으로 찾아갔다. 형일이 월세로 얻은 60평 주택에서 형남의 가족과 형미가 함께 생활하고 있었다. 평산댁이 돌보던 형일의 자식들도 형일이 품으로 돌아와 있었다. 형미는 객지를 떠돌다 눈이 맞은 사내와 결혼했지만 이혼했다. 그 사내가 무위도식하면서도 바람을 피웠다고 했다. 형일과 형미는 동생 형남을 박사님이라고 깍듯이 호칭을 붙였다. 형남은 형미에게 모든 잔심부름을 시켰고, 형일은 문간방에서 지냈으며, 안방은 형남 부부가 살고 있었다.

형구는 누워 있는 형남에게 어떻게 된 일이냐고 물었다. 형남은 형구를 한번 쳐다보고 반대편으로 모로 누웠다. 그리고 사업을 하기 전에 외국 자본을 끌어들이기 쉽게 하기 위해서 교수로 임용되어야 한다고 말했다. 그런데 교수에 임용되려면, 학교 발전기금 3억 정도가 필요하다는 것이었다. 형남은 귀찮은 듯 또 한마디를 던졌다.

“3억을 마련할 길이 없어서….”

형구는 꼭 교수를 해야 하느냐 물었다. 형남은 외국인들의 큰 자본을 끌어와서 사업을 하려면 교수 타이틀이 대단히 유리하다고 했다. 형구는 ‘과부 딸라 빚’이라도 내서 3억을 줄 테니 학교발전기금을 내라고 했다. 형남은 너무 부담 갖지 말라고 말꼬리를 흐리면서도 입가에는 미소가 번졌다.

“그럼, 동생 덕 좀 볼까?”

누웠던 몸을 일으켰다.

그런데 형구가 돈을 마련하는 것이 쉽지 않았다. 형남은 형구에게 돈이 어떻게 된 것이냐고 자주 짜증을 냈다. 그리고 늦어지면 돈이 필요 없다고 했다. 형구는 3년 동안 형남의 생활비를 보내고 있었다. 형남은 생활비 지원이라고 생각하지 않았다. 형구 회사에 미국 박사를 쓰려면 당연히 줘야 할 돈을 주는 것이라고 생각했다. 그래서 월 2백50만 원씩 보내오는 돈은 금액이 너무 적다고 생각했다.

가족 여행

남녘에서 불어오는 바람 속에 봄향이 가득했다. 고흐의 수채화의 강렬한 유혹과 몽환적인 분위기가 일출 무렵 오키나와 유채 꽃밭에 내려앉았다. 해변과 쌍둥이 섬이 보이는 유채 꽃밭을 뛰어다니는 자손들의 모습을 바라보는 평산댁은 얼굴에 미소가 가득했다.

평산댁 칠순 잔치 대신 일본으로 가족 여행을 온 것이다. 큰아들 형일과 막내아들 형민을 제외한 자식들과 손주들 전부가 참석했다. 미현은 몇 차례에 걸쳐서 집안의 모든 문제를 형남의 처에게 넘기려고 했다. 형남의 처는 불편한 기색을 하며 거절했다. 형숙은 집안 대소사 중요 문제를 형남 처에게 넘기라며 미현에게 자주 이야기했다. 미현은 중간에서 곤란하고 난처했다. 집안 어른들이 모든 문제를 형구와 미현에게 상의해 오면 어쩔 수 없이 응했다. 형제들도 미현과 상의하는 것에 익숙하고 편하게 여겼다. 그래서 이번 행사도 미현이 형제들에게 십시일반 비용을 추렴해서 계획한 행사였다. 평산댁 직계 자손으로 버스 한 차가 되었다. 평산댁은 일본이 처음이었다. 자손들이 이렇게 모여서 여행하는 것도 처음이었다. 평산댁은 소풍 전날처럼 들떠 있었다. 사람 좋은 셋째 동서와 큰딸 숙현도 함께했다. 평산댁은 버스 안에서 마이크를 잡고 노래를 했다.

"노세, 노세, 젊어서 노세…. 두만강 푸른 물에 노 젓는 뱃사공…."

노래가 끝난 평산댁은 마이크를 넘겼다. 평산댁이 노래를 하면, 손자들이 나와서 재롱을 부렸다. 손주들은 서로 노래하겠다고 마이크 쟁탈전이 벌어졌다. 노래하면 평산댁이 용돈을 주었기 때문이다. 버스 안은 흥겨웠다.

그때 형남이 마이크를 잡고 말했다.

"우리 집안이 다시 일어섰습니다. 이게 다 어머니의 노고 덕분입니다. 어머니! 이렇게 형제들이 모여서 여행을 하니 행복하시죠?"

"그럼! 우리 장한 아들들!"

평산댁이 형남 말에 맞장구를 쳤다.

"어머니는 맨날 아들들만 말씀하신다니까. 우리 딸들도 잘했다고 칭찬 좀 해줘요."

형숙이 장난처럼 삐쭉대며 말했다.

"그래, 내 딸들도 장하다."

버스 안에서 박수 소리가 요란하게 터졌다.

달이 머문다는 마을이었다. 펜션은 바다가 한눈에 내려다보이는 언덕에 위치하고 있었다. 미현이 예약한 펜션은 전통 일본식 주택을 개조한 독채였다. 평산댁이 주택을 좋아해서 예약한 것이다. 마당에는 푸릇푸릇한 잔디가 올라오고, 한쪽에는 연보라 수국과 붉은 장미가 피어 있었다. 사진을 좋아하는 평산댁은 꽃을 배경 삼아서 자손들과 교대로 사진을 찍으면서 행복한 시간을 보냈다. 잔디밭에서 며느리들과 딸들이 삼겹살과 소고기 그리고 조개구이를 준비했다. 평산댁이 좋아하는 백숙은 실내에서 삶고 있었다. 불타는 노을이 드문드문 떠 있는 잿빛 구름을 붉게 태우고 있었다. 평산댁은 자신의 삶도 이제 저 노을처럼 질 때가 되었다는 생각이 들었다.

잔디밭에서는 손주들이 씨름을 하고, 술래잡기를 하고 있었다. 평산댁과 셋째 동서는 흔들의자에 앉아서 평화스럽게 그 모습을 지켜보고 있었다. 셋째 동서가 부러운 듯이 말했다.

"형님은 복도 많으십니다. 자식들이 다 잘 됐고, 손주들이 열댓 명이나 되니 나라님도 부러워하겠습니다."

"그런가? 이게 다 자네들의 응원 덕분일세. 고맙네. 내년에는 사촌들까지 전부 불러서 여행하면 좋겠네."

"그러지요. 저도 제 자식들이 안 와서 섭섭했습니다."

평산댁은 장성한 아들들을 보면서, 대견하고 감사했다. 세월이 참 빨랐다. 평산댁은 남몰래 눈물을 훔쳤다.

잔디 위에서 조개구이와 삼겹살이 지글거리며 익어 갔다. 그 불판을 빙 둘러서서 음식을 맛있게 먹는 자손들을 보면서 평산댁은 말로 형용할 수 없는 행복감을 느꼈다. 형남과 형구, 그리고 형호도 즐겁게 술잔을 기울였다. 그렇게 시간이 흐르고, 달빛이 정원에 가득했다. 평산댁과 여자들은 실내로 들어갔다.

평화롭던 정원에 형구와 형남의 고성이 들린 것은 얼마 지나지 않아서였다. 형민을 돕는 일로 인해서 두 사람이 다시 대립했다. 형남은 형민을 돕자는 형구의 말이 틀리지 않다는 것을 알고 있었다. 그러나 이런 중요한 문제마다 형인 자신이 아니라, 형구가 주도하는 게 마음에 들지 않았다. 그리고 형인 자신이 안 된다고 했으면, 한발 물러서 주면 좋겠는데, 형구가 빚쟁이에게 독촉하는 것처럼 자신을 압박하는 것이 못마땅했다. 게다가 형민이 돕는 문제에 관해서 자신이 반대한다고 형제들에게 발설하는 바람에 나쁜 놈처럼 보이도록 하는 것을 더 용납할 수가 없었다.

이번 여행도 형구의 처 미현이 주도를 하는 것도 마음에 들지 않았다. 설령 자신이 없는 사이에 형구를 중심으로 집안이 돌아갔다 해도 자신이 귀국한 지도 상당한 시간이 흘렀으니, 그 주도권을 넘겨주기를 원했다.

형구는 자신이 혼자서 형민의 방을 얻어 줘도 되지만, 그럴 경우 형님이 형으로서 처신할 기회를 뺏는 것에 대한 우려가 있었다. 더군다나 지금 형민에게 필요한 것은 주변 사람들의 관심과 애정이었다. 형구의 생각에 형님은 경제적으로 1~2천만 원 정도는 동생을 위해서 사용할 여유가 있다고 생각했고, 형님이 기분 좋아하는 오늘 같은 날 상의를 하면 좋은 결과도 얻을 수 있는 것 같았다. 그래서 형구는 마지막으로 형민이 방을 얻어 주는 문제를 상의하겠다는 생각으로 말문을 열었다. 형님은 소리를 높였다.

"내가 형이야. 형이 아니라고 하면 아닌 거야. 형민이 새끼는 형들에게 돈을 뜯어내려고 아픈 척하는 게 틀림없어."

똑같은 말을 반복했다. 결국 둘은 멱살을 잡고 으르렁거렸다. 숫소 두 마리가 대가리를 맞대고 붙은 형국이었다. 둘의 싸움은 격렬했다.

"이 싸가지 없는 새끼야! 네가 뭔데 형보고 이래라저래라 하는 거야!"

"이 극단적인 이기주의자야, 형이면 형답게 처신해!"

"이 개새끼야, 나도 어려운 학생들에게 장학금도 주고 있고, 내 나름대로 돈 쓰는 기준이 있어. 이 더러운 놈아!"

"그래! 형 말 잘했어. 남도 도우면서 왜! 친동생을 위해서 마중물이 될 수 있는 돈 몇 푼 내놓지 못하는 심보는 무언데? 알면서 속고 모르면서 속아주는 게 형제 아니야, 이 더러운 놈아. 너는 사람에 대한 연민의 정도 없는 더러운 새끼야."

술잔과 불판 그리고 의자가 날아다녔다. 날아다니는 물건에 통유리로 된 벽이 와장창 깨졌다. 얼굴이 창백해진 펜션 주인이 나타났다. 부서진 물건 값만 변상하고 당장 나가라고 소리소리를 질렀다. 어린 자식들이 달빛을 찢는 날카로운 소리로 울음을 터트렸다. 평산댁은 몸을 주체하지 못하고 소파에 누워 버렸다. 형호가 몇 차례 싸움을 말리려고 하다가 포기해 버렸다. 다른 형제들은 형남과 형구의 싸움을 말리려는 엄두를 못 냈다.

형남과 형구의 자식들과 조카들만 싸우고 있는 형제의 다리를 붙잡고 매달렸다. 그러나 둘은 생사를 결판내겠다는 식으로 싸움을 이어갔다. 싸우다 힘이 들면 잔디밭에 앉아서 술과 물을 마셔 가면서 싸웠다.

"이 더러운 인간아, 풀 한 포기도 흙과 태양 그리고 바람과 물이 있어야 자란댔어. 하물며 네놈이 미국 가서 박사 학위를 받을 때까지 얼마나 많은 사람들의 피눈물이 뒷받침이 있었는지를 진짜 모른다는 거야?"

형구가 쉬는 틈을 타 헉헉거리며 말을 쏟아냈다. 말이 끝나자 형구는 의자를 형남에게 집어던졌다. 형남이 반격했다.

"이 더러운 새끼야! 나는 내 힘으로 여기까지 달려왔어. 부모 형제들이 조금 뒷바라지해 준 것은 피붙이로서 너무 당연한 거야. 짐 자전거에 짐을 가득 싣고 언덕을 오르는데 뒤에서 살짝 한번 밀어주고, 그것으로 광을 내면 되겠냐? 이놈아, 너는 당연히 할 일을 한 것이고, 나도 당연히 나 할 일을 한 거야, 이 개새끼야. 사람에게는 운명과 팔자라는 것이 있는 거지. 너 꼴리는 대로 살아. 나도 나 꼴리는 대로 살 거니까."

그러면서 술병을 형구를 향해 집어던졌다. 무심한 달빛은 유유히 흐르고 있었다. 펜션 주인이 경찰서에 신고한다는 것을 형호가 신고하지 말아 달라고 싹싹 빌면서 큰 금액을 펜션 주인에게 주었다. 그날 밤 펜션에서 쫓겨난 형제들은 뿔뿔이 흩어졌다. 형숙은 평산댁과 함께 어디론가 사라졌다.

모녀

서해안 고속도로가 개통되고 서해안 시대가 도래하면서 평산댁이 사는 집터와 땅값은 하루가 다르게 오르고 있었다. 형숙은 평산댁에게 땅값이 오르면 어떤 자식 놈이 팔아먹을 줄 모른다고 하면서 그 땅에 자신의 이름으로 가압류를 해 놓자고 했다. 형숙은 재개발 아파트와 토지에 투자해서 재산을 많이 불리고 있었다. 땅을 사준 딸이고, 부동산에 밝은 형숙이 말을 하는데, 평산댁은 동의하지 않을 수 없었다. 스물두세 살 차이 나는 모녀는 친구 같았다. 평산댁이 힘들고 지칠 때는 형숙이 버팀목이 되어 주었다. 집안의 크고 작은 문제도 항상 상의했다. 형숙은 평산댁의 혀처럼 움직였다.

형숙과 남편이 허드렛일하며 허리띠를 졸라매고 구입한 첫 집은 서울 변두리 17평 아파트였다. 그 아파트에는 친정 식구들의 그림자가 지워지는 날이 없었다. 형일은 몇 개월씩 누웠다 사라지고, 다시 나타나길 반복했다. 형숙이 평산댁에게 힘들다고 하소연하면, 평산댁은 냉정하게 말했다.

"이년아, 나는 9남매 낳아서 한 놈 잃고 8남매를 키웠어. 젊은 년이 뭐가 힘들다고 그래."

하면 그만이었다. 형숙은 삼겹살을 파는 식당도 가지 못했고, 평생 영화관도 가 본 적이 없었다. 여행은 꿈도 꾸지 못했다. 평생을 일만 했다. 밤낮으로 일해서 돈이 조금 모이면 낙찰계를 했다. 그리고 형구와 지인들에게 돈을 빌려주고 이자를 받았다. 그 돈으로 허름한 아파트와 땅을 사서 재산을 불려 나가는 재미로 살았다.

서태면은 읍으로 승격되었다. 현중건설에서 서태군과 인접한 바다를 막아 대규모 간척지에 논을 만들었다. 그 논 일부를 지역 주민들에게 시세보다 싸게 구입할 기회를 준다고 했다. 평산댁은 그 논을 사고 싶어서 안달이 났다. 평산댁의 논에 대한 애착은 일반인들보다 훨씬 강했다. 조상들에게 물려받은 백 마지기가 넘는 논을 정미소를 한다고 팔고, 남편의 만행으로 팔고, 정미소 화재로 빚쟁이들에게 뺏기고, 그 많던 논을 자신이 다 없애 버렸다고 생각했다. 그래서 평산댁은 종부로서 조상들에게 죄책감을 지니고 살았다. 그 죄인의 심정은 평생 그녀를 따라다녔다. 평산댁은 형구에게 그 논을 사자고 여러 차례 말했다.

"논은 사서 무엇합니까. 형제들 뒷바라지하기에도 힘이 벅찹니다. 먹고 죽고 싶어도 돈이 없습니다."

형구의 대답에 평산댁은 상심했다. 그녀는 형숙에게 상의했다. 형숙은 그 땅을 구입하겠다고 했다. 평산댁은 내심 딸보다는 아들들이 사기를 원했지만, 형구 말고는 상의할 아들이 없었다. 그런데 현중건설에서 외지 사람들에게는 지역 주민들에게 파는 가격으로는 팔 수가 없다고 했다. 외지인들의 가격과 지역 주민들이 살 수 있는 가격은 상당한 차이가 났다. 어쩔 수 없이 형숙의 돈으로 평산댁 이름으로 그 논을 샀다. 그 논이 있는 지역은 철새 도래지였다. 초겨울부터 시베리아에서 날아오는 기러기, 고니, 도요, 청둥오리 떼의 군무가 하늘을 덮었다. 평산댁은 그 논에서 철새들의 군무와 비상하는 모습을 보려고 자주 찾았다. 평산댁은 벼들이 익어 가는 제방에서 해가 뉘엿뉘엿할 때까지 앉아 있었다.

붉은 노을 속의 소달구지에 가득 실려 있는 볏가마 위에서 아이들이 훌쩍 뛰어내렸다. 일꾼들이 어깨에 볏가마를 지고 부지런히 정미소 안으로 날랐다. 정미소 굴뚝에서는 검은 연기가 꼬리를 물고 노을 속으로 스며들었다. 나락을 찧는 발동기 소리가 "치익치익 두두두~" 요란한 소리를 토해 냈다. 그 소리에 왕겨를 벗어 버리고 흰쌀이 쏟아졌다. 그곳에 있으면 조상들이 두 손 가득 쌀을 담아 평산댁을 향해, "이것이 밥이다. 이것이 목숨이란 거다. 아가, 장하구나." 하는 것 같았다. 황금 들판의 중앙에 위치한 정미소 앞마당에 노루, 여우, 담비, 족제비, 까마귀, 까치, 참새, 백로 그리고 허리 굽은 노인, 절름발이, 곱추, 스님, 왈패, 농민, 술집 작부, 선생, 그리고 지네, 뱀, 지렁이, 개구리들이 날라리와 아쟁 소리에 맞춰서 춤을 추고, 그 중앙에 평산댁이 머리에 이마받이를 두르고 각시탈을 쓰고, 오색의 장삼을 날리며 덩더쿵 덩더쿵 온몸을 던져서 대동 세상을 열고 있었다. 평산댁은 화들짝 고개를 들어 조상들을 쳐다봤지만, 붉게 타오르는 태양이 누런 파도 속으로 풍덩 잠기는 모습만 눈에 가득했다. 고향에서 정미소를 할 때는 힘들었지만 그래도 그 시절이 그리웠다.

평산댁은 형숙의 손을 잡고 제방 길을 걸으며, 고향에서 살던 이야기도 나누었다. 벼들이 누렇게 파도치는 평야에서 트랙터가 추수하는 모습을 보면 가슴이 뭉클했다. 평산댁은 평야 전체가 자신의 것이라면 좋겠다는 생각을 했다. 그럼 저승에 가서도 조상님들을 떳떳하게 볼 수 있을 것 같았다. 그 논의 농사는 현중에서 평야 전체를 위탁 영농으로 지었다. 그리고 수확해서 토지 주인들에게 쌀을 보내 주었다. 평산댁은 그 논에서 나온 쌀을 자식들과 친척들에게 나누어 주었다. 평산댁은 쌀을 보내면서 고향을 떠올렸다.

형구가 오디오 사업을 하면 돈을 많이 벌 수 있는데, 담보를 제공할 부동산이 필요하다고 했다. 형구는 평산댁에게 형숙이 사 준 땅을 담보로 제공해 달라고 했다. 평산댁은 형숙이 가압류해 놔서 안 된다고 형숙에게 가압류를 풀게 하라고 했다. 형구가 형숙을 찾아가서 설명하고 가압류를 풀어줄 것을 부탁했으나, 형숙은 거부했다. 평산댁이 형숙에게 형구 부탁을 들어 주라고 말을 했으나, 형숙은 더욱 완강했다. 그 대신 자신이 살고 있는 아파트를 담보로 제공해 주고, 놀고 있는 자신의 남편도 그 사업에 끼어달라고 요구했다. 형구는 순순히 그러자고 했다. 그러나 평산댁은 가압류를 이번 기회에 풀어야 한다고 형구에게 형숙을 압박하라고 했다. 형구는 수차 말했지만, 형숙은 요지부동이었다. 평산댁은 떡을 먹고 체한 기분이 들었다. 현중에서 지역 주민들이 구입한 논을 명도를 할 수 있다고 설정한 시간이 흐르고, 형숙은 평산댁에게 논을 자신의 이름으로 명의를 이전해 달라고 했다. 평산댁은 소리를 질렀다.

"이년아! 그 논은 내 논이야. 논 살 때 네가 빌려준 돈을 너에게 돌려주면 된다 안 했나."

형숙은 허리가 꺾이는 충격을 받았다. 명백히 자신의 돈으로 구입한 논이었다. 서태군은 서해안 시대를 맞이해서 급격히 팽창하고 있었다. 형숙이 부모에게 사 준 땅에 아파트가 들어설 계획이라고 발표가 되고 나서 땅값은 더 가파르게 상승했다. 형숙은 그 땅이 자신의 것이라고 생각하기 시작했다. 그래서 평산댁을 설득해서 가압류를 설정하게 한 것이다. 평산댁과 형구가 가압류를 풀어 달라고 할 때, 풀어 주지 않은 것도 그 때문이었다. 이때부터 평산댁은 형숙을 멀리했고, 집안일도 상의하지 않았다. 형숙은 자신의 돈으로 구입한 땅이라서 자신의 것이라고 해도 될 것 같았다. 그런데 이런 생각을 자주 할수록 그것이 사실로 굳어졌다. 시간이 흐를수록 자신의 땅이라는 생각은 더 견고해졌다. 자기 최면에 빠진 형숙은 형제들을 제외한 친척들에게는 자신이 허드렛일하고 남편이 사막에서 벌어서 산 땅이고, 따라서 그 땅은 내 땅이라고 말했다. 형숙의 모든 형제들은 그 땅을 당연히 부모님 땅으로 알고 있었다.

평산댁이 형숙을 멀리할수록 형숙은 평산댁이 하는 모든 일에 앞장을 섰다. 평산댁은 형구의 협조를 받아서 흩어져 있던 조상들의 산소를 이장해서 선산의 양지에 집안묘소를 조성했다. 상준의 첫사랑이었던 영단의 묘소는 그 흔적조차 찾기 힘들었다. 그러나 평산댁이 마을 사람들의 기억을 퍼즐처럼 맞추어 나가서 결국은 찾아냈다. 그리고 조상들을 모신 곳에 모셨다. 이후 평산댁은 조상들의 제사에 온 정성을 다했다. 형숙은 제사가 있기 3일 전부터 평산댁을 모시고 제사 음식을 준비했다. 평산댁은 고향의 쓰러진 사당을 복원했고, 사당에 조상들의 위패를 모시고 수시로 음식을 올렸다. 음식을 올릴 때마다 서울에 사는 형숙을 불러 음식을 준비시켰다. 형숙은 힘들었지만, 싫은 내색을 하지 않고 음식을 장만했다. 형숙은 신실한 기독교 신자였지만, 개의치 않았다. 그보다는 평산댁이 논에서 나온 쌀을 자신의 것처럼 인심을 쓰는 것이 마음에 걸렸다. 형숙은 평산댁에게 쌀을 나누어 주는 것은 좋은데, 쌀이 자신의 논에서 나온 것이라는 것은 알리라고 했다. 하지만 평산댁은 냉정하게 대꾸했다.

"이년아, 어찌해서 이 쌀이 네년 것이냐? 가압류 잡은 것을 풀어라. 안 풀면 논은 찾을 생각도 하지 마라."

형숙은 어려서부터 집안일에 시달리고 17살에 가출해서 온갖 풍파를 겪었다. 그래도 부모를 원망해 본 적이 없었다. 그러나 이번만큼은 평산댁의 처사를 이해할 수가 없었고, 원망스러웠다. 형숙은 교회의 안수집사로 신앙심이 깊었다. 평산댁과 다툼이 있을 때마다 교회를 찾았다.

"하느님 제 어머니의 탐욕을 용서해 주십시오. 마귀와 잡신을 떨쳐버리지 못하는 미혹한 제 어머니를 주님께서 인도하셔서 마음의 평안을 얻게 해주십시오. 제 친정 동생들의 사업이 번창하게 해주시고, 그들도 주님께 인도해 주십시오. 주님께서 마음이 가난한 자가 복이 있다고 하셨습니다. 제 어머니께서 억지 부리지 않도록 주님의 권능으로 역사해 주십시오. 주님께서 부자가 천국에 들어가는 것은 낙타가 바늘구멍을 통과하는 것보다 어렵다고 했습니다. 제가 열심히 돈을 벌어서 주님의 영광을 위해서 쓸 수 있도록 해주십시오. 저를 오로지 주님의 영광을 나타나게 하는 도구로 써 주십시오. 믿음이 부족한 저를 단련시켜 주시고 제가 주님의 은총을 받아서 하는 모든 일에 마귀들의 방해를 물리칠 힘을 주시옵소서. 이 모든 것을 예수의 이름으로 기도드리옵나이다."

기도를 하고 나면 마음이 홀가분해졌다. 형숙은 교회를 세습받은 담임목사에게 어머니와 갈등을 상의했다. 몸이 비대해서 턱이 없어 보이는 30대 중반 정도 된 목사가 분명히 형숙 돈으로 구입한 땅이냐고 몇 번을 물었다. 그는 "이런 마귀들…." 하며, 중얼거렸다. 형숙이 주님께서 역사하실 수 있도록 도와 달라고 했다. 평산댁이 사당을 재건했다는 소리를 듣고 목사는 "주여! 주여! 주여! 용서하소서." 수없이 반복했다. 목사는 형숙의 손을 꼭 잡고 말했다.

"집사님 흔들리지 마세요. 하나님께서 도와주실 겁니다. 아멘! 하나님께서 내 앞에 다른 신을 두지 말고, 우상을 숭배하지 말라고 말씀하신 것은 집사님도 잘 알고 계실 것입니다. 이것은 마귀의 장난입니다. 마귀가 쓰인 것입니다. 주께서 너희는 먼저 그의 나라와 그의 의를 구하라. 그리하면 이 모든 것을 너희에게 더 하시리라고 말씀하셨습니다. 주께서 땅 위에 재물을 쌓지 말라고 하셨습니다. 집사님께서 교회에 더 크게 기여하셔야 합니다. 제가 성도님들을 모시고, 사당에 가서 기도하도록 하겠습니다."

형숙은 "믿사옵니다. 아멘!"으로 화답했다. 일주일 후 한 대의 미니버스에서 찬송가와 성경책을 들고 중년 부인들이 우르르 내렸다. 부인들은 얼굴에 썬크림을 잔뜩 바르고 몇 명은 선글라스를 끼고, 늦가을 따가운 햇살을 피하려고 양산을 펼쳤다. 산으로 둘러싸인 마을은 한 세기를 거슬러 올라간 마을처럼 고즈넉했다. 퇴락해 가는 기와집들과 허물어져 가는 돌담 사이로 잡초들이 무성했다. 정원의 감나무에 감들이 위태롭게 매달려 있었다. 까치들이 바쁘게 감을 쪼다가 버스에서 내리는 사람들을 보고 "까악까악" 소리를 내면서 날개를 펼쳤다.

젊은 사람들이 떠난 여느 농촌 마을 풍경들과 비슷했지만, 평월리는 옛이야기가 자욱한 안개처럼 솟아날 것 같은 분위기가 감돌았다. 버스에서 내린 일행들은 형숙의 안내를 받아서 녹슬어 가는 양철지붕 집으로 들어갔다. 방 두 칸과 부엌이 있는 집은 가까스로 버티고 있었다. 이 집은 평산댁 시아버지가 대궐 같은 집을 뜯어서 팔고, 그 자리에 평산댁의 둘째 동서가 지은 집이었다. 집 안쪽으로 낡았지만 깨끗하게 보전된 두 칸짜리 사당이 버티고 있었다. 평산댁이 허물어져 가는 사당을 복원한 것이다. 사당의 편액은 한자로 쓰여 있었고, 글씨가 꿈틀거리는 것처럼 힘이 있었다.

목사는 사당을 한 바퀴 둘러보고, 사당 앞에 서 있는 신자들을 보고 찬송가를 펼쳤다. 찬송가 301장을 펴라고 했다. 그리고 합창했다.

예수의 이름으로 승리를 얻었네.
예수 이름으로 나아갈 때 우리 앞에 누가 서리요.
예수님 따라 예수님 따라 어디라도 가리라.
예수님 따라 나아갈 때 밝은 태양빛이 비치고
예수님 이름으로 마귀 쫓긴다.
예수님 이름으로 나아갈 때 병마 쫓긴다.
예수님 이름으로 나아갈 때 마귀 쫓긴다.

형숙은 손뼉을 치면서 노래했다. 마을의 고요를 깨는 찬송가 소리에 마을 사람 몇몇이 모여들었다. 목사와 신자들은 마을 사람들에게 눈길 한 번 주지 않았다. 목사가 성경을 펼치고 베드로 전서 5장 8~9절을 읽어 나갔다.

"근신하라. 깨어라. 너희 대적 마귀가 우는 사자같이 두루 다니며

삼킬 자를 찾나니, 너희는 믿음을 굳건하게 하여 그를 대적하라. 이는 세상에 있는 너희 형제들도 동일한 고난을 당하는 줄을 앎이라."

여기저기서 아멘 소리가 터져 나왔다. 목사는 설교를 시작했다.

"예수께서 우상을 숭배하는 무리들에게 채찍을 휘두르시고, 성전을 하나님보다 소중히 여기는 장로들과 그 무리들을 저주하셨습니다. 우리 불쌍한 이형숙 집사님의 어머니께서 귀신에 씌우셔서 우상을 숭배하는 사당을 짓고 계십니다. 이로 인하여 집안에 환란이 끊이지 않고, 불쌍한 이 집사님이 고통을 당하고 계십니다. 오늘 주님께서 이 자리에 강림하셔서 그의 권세와 능력으로 이 마귀들을 쳐부숴 주실 것입니다. 사람이 빵으로만 살 것이 아니고, 말씀으로 살아야 합니다. 그런데 이 집사님이 피땀으로 벌어서 산 땅을 자신의 것이라고 하는 이 집사님 어머니의 탐욕은 심판받아 마땅합니다. 마귀의 장난이 아니고서는 있을 수 없는 일입니다. 이 마귀 들린 자들을 위해서 우리 힘차게 기도합시다. 그래서 이 집사가 땅을 찾아서 하느님의 영광을 위해서 사용할 수 있도록 용기를 줍시다."

형숙은 울면서 목사를 쳐다보았다. 신자들이 합창으로 "아멘! 주여! 할레루야!"를 여러 번 외쳤다.

"이는 그들이 하나님의 진리를 거짓 것으로 바꾸어 피조물을 조물주보다 더 경배하고 섬김이라 주는 곧 영원히 찬송할 이시로다 아멘(로마서 1:25)"

이 구절을 마지막으로 읽고 목사가 설교를 마쳤다.

마을 사람들에게 소식을 듣고 한달음에 달려 온 평산댁이 양철지붕 마루에 앉아서 그 모습을 지켜보고 있었다. 형숙은 평산댁이 나타날 것이라는 생각을 못하고 있다가, 평산댁을 보고 소스라치게 놀랐다. 형숙이 눈물을 훔치며, 평산댁을 목사에게 소개했다. 평산댁은 목사는 쳐다보지도 않고 형숙에게 소리를 질렀다.

"누구 허락받고 이 집에 들어온 것이냐?"

목사가 평산댁을 뚫어지게 쳐다보다가 외쳤다.

"주여, 자신의 죄를 모르는 저 불쌍한 사람을 용서하소서."

"이년아! 네가 예수쟁이라고 해도 너는 내 딸이다. 내 밑구멍으로 나왔단 말이다. 저놈도 지어미 밑구멍으로 나왔고…. 이년아, 조상이 없으면 어디서 네가 왔단 말이냐? 목사 네놈도 생각해 봐라. 쓰러진 사당 세워서 조상 모시는 게 뭔 죄여."

평산댁이 부엌으로 들어가더니 부지깽이를 들고 나와서 사정없이 휘둘렀다. 신자들이 고함을 지르면서 흩어졌다. 몸이 비대한 목사가 뒷걸음으로 피하다가 뒤로 벌렁 넘어졌다. 평산댁이 부지깽이로 목사를 내리치려고 하자, 형숙이 평산댁 손목을 잡았다. 그 틈에 신자들이 우르르 몰려와서 목사를 질질 끌고 대문 쪽으로 갔다.

손을 놓으라며 평산댁이 소리를 지르고, 목사가 대문 앞에서 일어나서 저 마귀를 반드시 심판해야 한다고 하면서 평산댁 쪽으로 다가왔다. 신자들이 목사의 뒤를 따랐다. 목사가 형숙에게 안수 기도를 해야 한다고 했다. 목사는 신자들에게 평산댁을 잡으라고 했다. 신자들이 평산댁을 부둥켜안자 목사가 머뭇거리는 형숙을 재촉했다. 형숙이 땅바닥에 잡혀 있는 평산댁 머리에 손을 얹고 기도했다.

"천지를 창조하신 하나님 아버지! 제 어머니를 성부와 성자와 성령의 품으로 인도하여 주시옵고, 마귀들의 유혹과 실험 그리고 탐욕에서…."

구경하던 마을 사람들이 형숙을 보고 그만하라며 소리를 질렀다.

그러나 형숙은 더 강하게 평산댁의 머리를 누르며 기도했다. 평산댁의 사지를 붙잡고 있는 신자들이 "아멘, 할렐루야!"를 부르짖었다.

귀향

에메랄드빛 하늘의 양떼구름이 땅 위에서 벌어지는 일들을 응시했다. 백목련의 은은한 자태와 향기가 양지바른 묘소를 휘감고 있었다. 고통과 시련을 극복한다는 순백의 목련을 좋아하는 평산댁이 산소 주변에 심은 것들이었다. 남향에 위치한 묘소를 나직나직한 산들이 성처럼 둘러싸고 있었다. 이씨 집안의 문중 일을 맡아서 하는 도유사가 유사가 되어 평산댁 직계 조상들이 모셔진 묘소에서 시제를 지내고 있었다. 셀 수 없는 시간 동안 객지를 떠돌던 평산댁이 공식적으로 귀향을 알리는 자리이기도 했다. 백발이 성성한 집안 어른들이 의관을 정제하고 묘소에 도착했다. 평산댁의 8촌 이내 일가친척들 30여 명과 자식들까지 도합 5~60여 명이 참석했다. 장손 형일은 끝내 모습을 보이지 않았다.

유사가 술잔을 올리며 평산댁을 제일 먼저 호명했다. 평산댁은 장손이 먼저 잔을 올리는 것이 예법이라고 하면서 재동을 불렀다. 의관을 정제한 어른들이 고개를 끄덕였다. 코흘리개 재동이 형일을 대신하여 술잔을 올리고 큰절을 올렸다. 평산댁이 술잔을 올리며 푸른 하늘을 우러러보았다. 유사는 자신이 준비한 축문을 내밀며 형구에게 독축하도록 했다. 유사는 이 산소가 만들어진 내역을 어느 정도 알고 있어서 형구를 지목한 것이었다. 형구가 두어 걸음 앞으로 나와서 축문을 낭독했다.

"유세차(維歲次) 무신년 음력 삼월 스무하루 조상님들의 시제 날을 맞이해서 장손 형일과 자손들이 조상님들께 감히 고하나이다. 조상님들의 은택으로 자손들이 번성하고 특히 종부 평산댁의 헌신적인 희생으로 이 자리가 만들어졌습니다. 종부의 둘째 아들 형남이 미국에서 박사 학위를 받았기에 고합니다. 종부의 셋째 아들 형구가 사업으로 성공한 것도 조상님들의 은혜이옵니다. 오늘 자손들이 맑은 술과 음식을 올리오니 흠향하시길 비옵나이다. 상향(尙饗)."

형구가 축문을 독축하는 동안 평산댁의 눈시울이 뜨거워졌다. 마지막에는 소리 내어 흐느꼈다. 참석한 모든 이들이 눈물을 닦았다. 형남은 축문 낭독을 형구가 하는 것이 못마땅했는지 표정이 심하게 일그러졌다. 평산댁은 형남의 박사 학위증을 조상들의 묘소에 펼쳐 놓고 시제를 지내게 했다. 평산댁은 그 모습을 더 많은 친척들이 보지 못하는 게 아쉬웠다. 시제가 끝나고 평월리 대종가에서 고향을 지키는 몇 안 되는 일가의 노파들이 제사 음식을 나누고 있었다. 노인들 옆방에서 형남과 형구, 형호, 미현 그리고 막내 숙부와 대종손이 개다리소반에 둘러앉아서 술잔을 돌렸다. 평산댁은 한우가 맛있기로 소문난 식당으로 도유사와 집안 어른들을 모시고 갔다. 형남은 연거푸 술을 따라서 동생들에게 강권했다. 술잔이 돌고 형남이 미국 유학 생활의 어려움을 토로했다. 그리고 그는 과시하듯 귀국해서 그동안 못 만난 사람들과 술 먹어 없앤 돈이 1~2억이 훌쩍 넘는다고 했다. 그러면서 형남은 형구에게 나는 앞으로 큰일을 할 테니 집안일은 앞으로도 네가 맡아서 잘해 나가라고 했다. 형구가 어처구니없는 표정으로 형남을 쳐다보았다.

"형 없는 동안 나는 허리를 펼 날이 없었어."

"그럼, 형구의 고생 말도 못하지. 앞으로는 니들도 함께 해 나가면 좋겠구나."

숙부가 그 말에 맞장구를 쳤다. 형호도 고개를 끄덕였다. 그 순간, 미현은 자리를 박차고 밖으로 나갔다. 그렇게 뛰쳐나가는 미현을 형남이 바라보다가 시선을 형구에게 돌렸다.

"야, 사람은 자기가 할 일이 따로 있는 거야. 나는 뭐 미국에서 편하게 공부한 줄 알아?"

형구가 찌그러진 양은 막걸리 잔에 소주를 가득 부어서 단숨에 들이켰다.

"형, 누가 형보고 편하게 있다 왔다고 해? 고생한 것 알아. 하지만 그건 형의 꿈을 위한 공부였잖아. 누군들 꿈이 없었겠어?"

둘 사이가 조금씩 격해지자, 얼른 형호가 끼어들었다.

"그만, 그만…. 형님들, 오늘 일가친척 분들도 많이 오시고, 어머니께서 너무 행복해하셔서 참 좋았습니다. 오늘 같이 좋은 날 즐거운 이야기하시죠."

눈치를 보던 숙부가 그러자며 형호 말에 호응했다. 하지만 형남은 거기서 멈추지 않았다.

"오늘 보니까, 일가친척들이 집안을 일으킨 게 형구라고 말들을 합니다. 형구의 오늘이 있기까지는 제가 있었어요. 그리고 잘 생각해 보세요. 돈이면 뭐든지 다 되는 겁니까? 우리 집안은 문사 집안입니다. 돈보다 더 중한 게 있다, 이 말입니다."

"햐~, 그걸 말이라고…. 근데, 마지막 말은 맞네, 맞어…. 돈보다 더 중한 게 있지. 하지만 그 말뜻을 누가 알아야 쓰까?"

형구가 혼잣말처럼 뒤돌아 말했다. 그리고는 상 밑에 놓여 있던 소주를 병째 들이켰다. 술을 창자에 쏟아부은 형구가 배를 틀어쥐더니 화장실로 달려갔다. 그리고 변기를 붙잡고 뒤집혀 끓어오르는 분노를 토하기 시작했다.

"으~윽"

숙부가 변기를 붙잡고 있는 형구를 보고 등을 두드리며 말했다.

"속상해도 오늘은 참아."

긴 시간 동안 변기와 씨름하고 나온 형구가 상 앞에 앉았지만, 몸은 잘 가누어지지 않았다.

"술 적당히 먹어라. 사내자식이 그 정도 술도 못 이기고…."

형남이 형구를 쳐다보며 말했다.

"형 전공이 국제금융 맞지, 그것도 돈놀이하는 기법을 배우는 것 아녀? 그것은 문사가 할 짓은 아닐 텐데…."

형구는 형남에게 맞대응했다. 형남의 얼굴이 창백하게 찌그러졌다. 금세 둘 사이 주먹이라도 오갈 낌새를 눈치챈 형호가 형구를 등 뒤에서 끌어안으며 말했다.

"셋째 형님, 취하셨어요. 작은집으로 가시죠."

"아! 내가 그렇게 자랑스러워했던 형이 맞는 거야. 미국을 갔다 오면 사람이 저렇게 되는 건가. 박사 학위? 거, 동네 강아지한테나 주라고 해."

형호는 형구를 부축해 가면서 말했다.

"우리 집안이 당대에 부흥한 것은 셋째 형님 희생이라는 것을 집안 사람들은 다 알고 있습니다. 이제는 둘째 형님이 역할을 하겠다고 하면 좋았을 텐데…."

"형호야, 소위 박사라는 작자가 말하는 큰일이라는 것이 여자 끼고 술 처먹는 일이냐?"

둘째 형님이 술에 취해서 쓸데없는 소리를 한 거라며 형호는 형구를 작은집으로 데리고 갔다.

자식들이 평산댁에게 고향에 아파트를 사 주었다. 평산댁은 고향 마을 집터에다 시집올 때 있던 집과 비슷한 한옥을 지어서 살고 싶어 했다. 하지만 자식들은 반대했다. 자식들은 동에 번쩍 서에 번쩍하는 평산댁이 살기에는 아파트가 편하다고 했다. 서태읍에 있는 집도 자주 들여다봐야 하고, 보따리 행상을 하면서 팔도에 사귄 친구들도 만나야 하지 않느냐는 자식들의 물음에 평산댁은 그제야 아파트를 구입하는 것에 순순히 동의했다. 평산댁은 아파트에 살면서 고향 마을 집터에 한옥을 지을 생각을 했다. 형일과 형구는 평산댁 뜻대로 고향에 집을 사드리자고 했지만, 형남은 찾아가기 좋게 서울 근교를 주장했다.

평산댁의 귀향은 조용했던 씨족 마을에 작은 파장을 일으켰다. 평산댁은 고향에서 쫓겨나면서 상실했던 종부로서의 권리와 남편과 시부모의 명예를 회복하고 싶었다. 그 생각은 약 40년 동안 부재했던 종부를 다시 인정하기가 쉽지 않은 씨족들과 자주 마찰을 빚을 수밖에 없었다. 마을 한복판에 자리 잡고 있던 집은 시아버지가 뜯어서 팔아 버렸고, 그 집터에 평산댁 둘째 동서가 단칸집을 지어서 살고 있었다. 정미소에 화재가 나면서 동서는 큰집이 어디로 갔는지 알려 달라는 빚쟁이들에게 오랫동안 시달려야 했다. 동서는 일찍 죽은 남편을 대신해서 마지막 남은 일곱 마지기 논농사를 지었고, 어린 5남매를 키우며 고향에서 버티며 살았다. 평산댁은 그런 동서에게 집터가 큰집 것이라고 무조건 내놓으라고 할 수도 없었다.

평산댁은 고향 마을에 매물로 나오는 논과 밭 그리고 집을 사들였다. 그 돈의 대부분은 형일이 주었다. 아니 평산댁이 뺏어 왔다. 평산댁은 형일이 고철 사업을 해서 돈을 벌어도 관리가 안 될 것이라고 생각했다. 그래서 형일에게 돈이 있으면 온갖 이유를 붙여서 돈을 달라고 했다. 형일은 자신이 효도 못한 죄가 있다고 생각해서인지 평산댁이 돈을 달라고 하면 순순히 내놓았다.

평산댁은 자신이 귀향했으니 동서가 알아서 집터를 돌려줄 것도 기대했다. 그러나 동서 입장에서는 반세기 동안 살아온 집을 순순히 내놓을 수가 없었다. 동서는 자신이 집터와 마지막 남은 윗터를 지키지 않았다면, 오래전에 사라졌을 땅이라고 생각했다. 평산댁은 집터와 관련하여 자식들에게 고민을 털어놓았다. 형남은 무조건 작은집이 집터를 비워 줘야 한다고 했다. 하지만 그 말에 형구가 반대했다.

"집터를 지킨 작은어머니와 사촌들도 생각해야 하지 않겠어요? 설령 작은집에서 집터를 내놓는다고 해도 사촌들과 우애가 깨질 수 있습니다. 집터 시세를 알아봐서 시세의 절반 가격을 작은 집에 주면 어떨까요?"

형구의 말에 미현도 좋다고 했다. 하지만 평산댁이 반대했다.

"셋째야, 그건 아니다. 그 집터는 장손들이 대대로 물려받은 집터야. 그런데 왜 돈을 줘야 하는지 모르겠다."

평산댁을 등에 업은 형남은 자신이 알아서 하겠다며 나섰다. 그리고 형남은 며칠 후 작은집 사촌들을 불러 모아 말했다.

"그 집터는 큰집 거야. 40여 년 동안 공짜로 살았으면 감사할 줄 알아야지."

"우리가 그 집터가 우리 것이라고 주장한 적이 있어요? 돈을 달라고 했어요? 우리 형제는 돈이 없어도 비양심적으로 살지 않았어요. 그리고 큰집 식구들처럼 싸우지도 않는다고요. 앞으로 이런 일로 저희들 부르지 마세요."

작은집 큰딸 현수가 대꾸했다. 말수가 거의 없는 작은집 형면은 온몸을 부르르 떨었다. 형구가 형남을 찾아갔다.

"형 돈보다 소중한 가치가 있어. 형이 말했잖아. 돈보다 중한 것이 있다고. 이럴 때 쓰는 말 아니겠어? 큰집은 이제 막 자리를 잡았고, 작은집은 아직도 힘들게 살고 있어. 그리고 작은집 형제들은 그 집에서 태어나고 자랐잖아. 그 집이 당연히 자신들의 집이라고 생각하고 살았다고. 자신들의 탯줄이 묻혀 있는 자궁 같은 곳이란 말야. 시세의 절반을 작은집에 주고 집터에 작은 한옥을 지어서 작은어머니하고 어머니가 사시게 하는 게 좋은 방법 아닐까?"

하지만 형남은 절대 동의할 수 없다고 언성을 높였다. 형구는 평산댁을 찾아가서 집터 시세의 절반을 자신이 내놓겠다고 했다. 평산댁은 더 생각해 보자고 했다.

"어머니 돈은 똥과 같습니다. 쌓아 놓으면 냄새만 나지만 뿌리면 거름이 됩니다. 어머니 잘 생각해 보세요."

하지만 평산댁은 여전히 머뭇거렸다. 형숙과 형남은 형구의 태도 때문에 작은집 식구들이 집터를 안 내놓고 있다고 힐난했다. 하필 이런 이야기가 오고 가는 중에 시제가 열린 것이었다. 형호의 부축을 받고 작은집으로 온 형구가 쓰러져 가는 작은집 마루 기둥에 머리를 기대고 앉아 있었다. 형구를 뒤따라온 형남이 몸을 좌우로 흔들며 형구 앞에 장승처럼 서 있었다.

"야 이놈아, 이 집터가 작은집 거라고? 형이 아니라면 아닌 거야. 내가 형이잖아. 형 말을 따라야지."

"형, 그러는 것 아녀. 작은집 식구들이 순하고 착하다고 힘으로 하면 안 돼."

형구가 눈을 게슴츠레 뜨면서 대꾸했다. 형남 역시 취한 듯 재차 똑같은 말을 했다.

"안 되기는 뭐가 안 돼? 네깟 놈이 뭘 안다고. 내가 공부를 했어도 더 했고, 세상 살아도 더 살았어. 이놈아, 아무튼 앞으로 헛소리 지껄이면 그냥 두지 않을 거야. 입 조심해! 알겠어?"

취기가 확 달아난 눈으로 형남의 눈을 오랫동안 응시한 형구가 울분에 차 말했다.

"당신 같은 사람이 내 형이라는 게 부끄럽다. 물이 거꾸로 흐르는 고통을 당신 같은 사람은 몰라!"

그렇게 말한 형구는 방으로 들어가서 문을 닫아 걸었다. 밖에서 문고리를 잡아당기면서 문 열라며 소리 지르는 형남을 숙부와 형호가 떠안듯 집 밖으로 데리고 나갔다.

성공한 자식들을 앞세우고 고향 마을에 나타난 평산댁은 마을의 대소사에 앞장섰다. 그러나 평산댁이 논밭과 집을 사들이는 일을 마을 사람들은 달가운 시선으로 바라보지 않았다. 특히 대종가 종손은 평산댁의 등장을 사사건건 시비를 걸었다. 사촌이 논을 사도 배가 아픈 것이 세상인심이라고 하지만, 그런 차원이 아니었다. 평산댁은 정미소 화재로 고향을 등지고 떠나던 40여 년 전 밤을 잊지 못하고 있었다. 그날 밤 평산댁이 아무도 모르게 길을 나서긴 했어도, 개미 새끼 한 마리 배웅해 주지 않았다. 시집올 때 대궐 같은 집과 정미소도 평산댁 머릿속에 그대로 자리 잡고 있었다. 평산댁은 자신이 시집올 때 시가를 복원해야 조상들을 볼 면목이 있고, 그것이 남편과 시부모의 한을 푸는 길이라고 생각했다. 그러나 대부분의 마을 사람들은 그 뼈아픈 사연을 망각하고 있었다. 평산댁의 등장으로 그들은 빛바랜 기억을 끄집어내야 했다. 그것은 마을 사람들에게 커다란 부담이었다.

대종가 장손 상도는 도회지에서 큰 사업을 하다가 주식투자로 전 재산을 날리고 귀향하여 농사를 짓고 있었다. 상도의 눈에는 평산댁의 행실 하나하나가 자신의 권위에 대한 도전으로 인식되었다. 상도의 선친은 상준이 멍석말이 당하던 밤 상준 부친의 말에 가장 앞장섰다. 평산댁은 그 치욕의 밤을 잊지 않고 있었다. 평산댁은 상도를 보면 그 선친의 모습이 겹쳐 어른거렸다. 마을 사람들은 돈과 자식들을 앞세운 평산댁의 눈에 거슬리지 않으려고 했다. 그럴수록 평산댁을 향한 상도의 미움이 깊어 갔다. 그러는 어느 날 평산댁이 정미소 화재 자리에서 씻김굿을 했다.

씻김굿

단골판은 늦가을 벼들이 누렇게 익어 가는 해질 무렵부터 시작됐다. 타 버린 정미소 자리였다는 것을 알 수는 없었지만, 시멘트로 다져졌던 기둥뿌리 자리들이 듬성듬성 남아 있는 곳에 굿 상차림이 차려졌다. 세월의 무게가 내려앉은 놋그릇에는 사과, 배, 감, 대추, 수박 등 각종 과일들과 굴비, 오징어, 홍어, 각종 부침개 등이 층층이 쌓여 있었다. 열 개가 넘는 흰 사기그릇에 쌀이 고봉으로 담겨 있고, 그 쌀에 양초들이 꽂혀 있었다. 그리고 상 한가운데 벼 가마가 놓여 있고, 시루떡이 묘지처럼 쌓여 있었다. 시루떡 한복판에 종이컵을 허리에 두른 어린아이 팔뚝만 한 양초가 여러 개 꽂혀 있었다. 평산댁과 자손들은 흰 한지로 만들어진 상복을 입고 있었고, 흰 소복에 흰 고깔을 쓴 50대로 보이는 단골은 손에 칠성 방울을 쥐고 끊임없이 중얼거리고 있었다.

촛불에 단골의 얼굴이 스치고 지나가면, 굵게 패인 팔자주름과 뭉텅한 코에서 스산한 바람이 일었다. 애동 단골 두 명이 땀방울을 훔치며 상차림을 하고 주변을 정갈하게 정리했다. 어둠은 바람처럼 소리 없이 밀려왔다. 대나무 숲에서 온갖 날짐승들이 웃고 울며 징그럽게 수다를 떨었다. 수십 년 만에 씻김굿을 보려고 몰려든 사람들은 숨을 멈추고, 호기심 가득한 눈빛으로 단골과 평산댁을 응시했다. 봉황이 금으로 수놓아진 좌복에 앉은 평산댁은 바람에 춤추는 촛불에 따라서 산처럼 커졌다가 아기처럼 줄어들었다. 단골의 오른손에 들려 있던 칠성 방울이 크게 소리를 내자, 상위에 켜져 있던 촛불들이 일시에 꺼지고 어둠이 밀고 들어왔다.

애동 단골이 발바닥으로 땅을 세 번 울리자, 아쟁 소리가 공기를 가르고, "구우웅~" 징이 울고, "괘애앵~" 꽹과리가 목을 놓았다. 어둠을 낮게 가르는 금구의 소리들이 평야를 지나고 개울을 건너 산자락까지 퍼져나갔다. 그 소리가 평월리 마을을 한 바퀴 돌고 나올 때쯤 촛불이 켜졌다. 그리고 단골이 왼손에 들고 있던 부채를 펴고 오른손의 칠성 방울을 흔들면서 사방으로 한쪽 발을 살짝 들었다 놓으면서 옆얼굴로 절을 하였다. 애동 단골들이 단골의 소리를 따라서 청배를 했다.

모십니다. 모십니다. 본향 산천으로 모십니다.

주문처럼 반복했다. 삼지창을 든 애동 단골이 삼지창을 휘둘러 구경꾼들을 반으로 가르며 길을 내고 있었다. 다른 애동 단골과 단골은 벌새의 날갯짓처럼 손바닥을 비비며 절을 하였다. 장구 소리와 꽹과리 그리고 피리 소리가 바람처럼 낮게 퍼지더니, 서서히 호흡이 빨라지고 단골이 낮은 저음으로 귀신을 부르는 사설을 시작했다.

나는 너를 버렸는데, 너는 나를 찾는구나.
나는 너를 죽였는데, 너는 나를 살리는구나.
나는 너를 저승으로 보냈는데, 너는 나를 이승으로 부르는구나.

대나무로 만든 신대를 든 단골이 신대의 흔들림에 몸을 맡기고 나서 신대를 볏가마에 단단히 묶었다. 상준의 넋을 불러낸 단골이 펄쩍펄쩍 솟구치더니 넋두리를 시작했다.

활활 타고 있다.
산이 탄다.
노랗게 익어 가는 논들이 타들어 간다.
대보름달까지 태우고 있다.
불이다. 불!
미안하다. 미안하다. 죄를 지어 미안하다.
부모님께 불효하고 처자식에게 죄를 지었구나.

이승 저승 고향 떠나 떠돌았지만, 내 죄업이 씻기지 않는구나.
나보다 먼저 죽은 첫사랑을 잊지 못해 잊지 못해 죽으려고 했지만,
죽지도 살지도 못하고 중음신으로 떠돌았구나.
집안의 장손으로 조상들께 죄를 지어 어이 뵐까 두렵구나.
부모님께서 기대했던 장남인데 젖값을 갚을 길이 없구나.

정미소가 불이 나서 고향 산천 등지고

마누라와 타관 객지 떠돌다가 이제야 돌아왔다.

고향 땅, 하늘, 별들이 그리웠다. 그리웠다.

고향의 까마귀도 반갑구나. 친구들아! 친구들아!

너희들 보고 싶어서 왔는데 다 어디로 사라지고 나 홀로 여기 있는 거야.

내 동생들아, 못난 형을 용서해라.

자식 놈들 가르치려고 손바닥이 쇠심줄이 될 때까지 일했지만

알아주는 사람이 없었다오.

마누라 당신에게 이 죄를 갚을 길이 없다오.

용서하오. 용서하오. 다음 생에 사람으로 태어나면

뼈마디가 부서져도 갚아 나가리다.

단골이 사지를 바닥에 붙이며, 평산댁을 향해서 오체투지(五體投地) 절을 세 번 올렸다. 좌복에 앉아 있던 평산댁은 눈을 지그시 뜨고 가을밤의 별을 보았다. 상복을 입은 자식들 쪽에서 흐느끼는 소리가 들렸다. 단골의 넋두리는 계속되었다.

제행무상 제법무아.

있지도 아니하고 없지도 아니한 티끌 같은 내가 왔다.

새끼 아홉 놈을 떨구었지만 나를 안아 주는 놈이 없구나.

이때 아쟁이 깊고 무거운 소리를 내며 안개처럼 단골판을 채워 나갔다. 형구가 눈물을 흘리며 단골을 끌어안았다. 그리고 지갑에서 10

만 원짜리 수표 여러 장을 꺼내 단골의 가슴과 머리에 찔러 넣었다. 형구는 단골판에 단골을 앉히고 큰절을 세 번 올렸다. "장하구나, 장하구나, 내 아들아, 장하구나!" 찔러 준 수표 때문인지 단골은 더 흥이 올랐다. 형구의 뒤를 따라서 자식들이 줄줄이 단골에게 절을 올렸다. 구경꾼들 속에서 울음소리가 여기저기서 새어 나왔다. 단골이 평산댁의 손을 잡고 일으켜 세우더니 이마에 입을 맞추었다. 평산댁은 단골에게 몸을 맡기고 우두커니 서 있었다.

단골이 평산댁의 뺨을 쓰다듬었다.

"고생했네, 고생했네. 나 대신 집안을 일으킨 자네를 볼 면목이 없네. 용서하게, 용서하게."

그러면서 평산댁을 끌어안고 단골판 돗자리 위를 빙빙 돌았다. 촛불에 반사된 평산댁 얼굴에 눈물이 가득했다.

"어여 떠나시오! 어여 가시오. 당신을 용서하니, 어여 가시오."

평산댁이 흐느끼며 단골에게 속삭이듯이 말했다. 단골이 숨을 헉헉 내뱉으며 말했다.

"삼천갑자 동방삭도 죽었고, 살아 있는 모든 것은 죽는다. 나 죽어 떠돌다가 오늘에서야 내 집을 찾았으니 저승에 오거들랑 나를 찾아 주오."

단골의 넋두리를 큰소리로 구경꾼들에게 전달하던 애동 단골이 흐느꼈다. 삼지창을 들고 있던 계집애처럼 이쁘장하게 생긴 애동 단골이 붉은 무복에 오방띠를 어깨에 대각선으로 걸치고, 허리에는 금으로 된 띠를 두르고, 머리에는 꽃갓을 쓰고, 손에는 정미소 모형을 들고 구경꾼들 사이사이를 휘젓고 다니더니 단골판 중앙으로 뛰어든다. 어둠은 더욱 무거워지고 촛불은 시간을 태우고 있었다. 중앙으로 뛰어든 애동 단골의 몸이 허공으로 치솟자 징, 꽹과리, 북, 아쟁이 일제히 통곡했다. 산이 흔들리고 대나무 숲, 뭇짐승들의 울음소리가 밤공기를 찢었다. 그리고 애동 단골이 통돼지를 꽂은 삼지창을 고사상 옆에 위태롭게 세웠다. 수십 번 공중으로 치솟던 애동 단골이 자신의 가슴을 치며 울부짖었다.

어허야, 원통해서 못 가겠소.
어허야, 조상님들, 조상님들, 제 소리 들어 주소.
대학 중용 논어 맹자 시경 서경 예기 춘추 주역까지 가르친 큰놈이
집안을 빛낼 줄 알았더니, 대대로 물려받은 전답을 팔아
정미소를 차려서 돈을 벌겠다고 나섰으니,
돈을 만지는 것은 상놈들이 할 짓이요.
조상님들, 조상님들, 제 허물을 어찌하오리까?
칠성님께 비나이다. 옥황상제님께 비나이다.
조상들의 땅을 다 팔아먹고 집안을 망하게 한 제 죄를 거두어 주소.
타향 객지 공동묘지 지하에서 내 육신이 구천을 떠돌다가
죽은 자식 앞장세워 고향으로 돌아왔소.
아기야, 큰 아기야, 양지바른 고향 땅에 나를 묻어 주어 고맙구나.

신음 소리 같은 피리 소리가 치유될 수 없는 상처를 어루만지듯이 단골판을 휘감았다. 평산댁이 울음을 입술 사이로 삼키며 애동 단골에게 접신된 시아버지에게 큰절을 수없이 올렸다. 갑자기 형숙이 뛰쳐나와서 애동 단골을 붙들고 통곡하더니, 큰절을 올렸다. 평산댁이 주머니에서 퍼런 지폐를 한 움큼 집어서 돗자리 위에 뿌렸다. 단골이

모형으로 만들어진 정미소를 굿 차림상 중앙에 놓여 있는 벼 가마니 위에 올려놓고, 평산댁과 자식들을 불러 모아 아홉 번 절을 하게 했다. 그리고 오방기로 평산댁과 자식들을 쓸어 가면서 칠성 방울을 숨차게 흔들었다. 단골이 떡 시루에 있던 흰 실을 잡아 빼서 평산댁과 자식들에게 조심스럽게 잡아당기게 했다.

단골이 형남과 형구를 불러내어 폭 아홉 자에 길이는 여든 자 정도 되는 흰 광목을 양쪽 끝에서 잡게 했다. 그리고 그 광목 위로 모형 정미소를 올려놓고 앞으로 갔다가 뒤로 갔다가 하면서 사설을 늘어놓았다. 광목 중앙에 놓여 있는 정미소가 스스로 움직이는 것처럼 부들부들 떨고 있었다.

천지신명께 고합니다!

경주 이씨 돈영공파 35대손 종부 평산댁이 자손들과 함께 경진년 음력 시월 초닷새에 정성으로 마련한 음식과 맑은 술을 올립니다. 색즉시공 공즉시색 천지신명께서는 40여 년 전에 불타 버린 정미소가 아직도 평산댁 가슴에서 타고 있는 것을 가엽게 여기시고, 그 불이 오늘 이 시간부터 꺼지도록 비나이다. 비나이다. 조상들에게 물려받은 옥답전을 팔아 버린 죄를 용서하시고, 평산댁이 잃어버린 논밭을 다시 살 수 있도록 재물 복을 내려주시길 비나이다. 비나이다. 중음을 떠도는 조상님들의 혼령이 더 이상 떠돌지 않도록 옥황상제님께서 보살펴주시길 비나이다. 비나이다. 경주 이씨 자손들이 세세생생 건강하고 우애 있게 지내도록 비나이다, 비나이다. 천지신명의 보살핌으로 자손들이 성공하고 번창하옵니다. 이 가피를 어찌 다 갚겠습니까? 평산댁이 백수까지 강건하게 살면서 갚아갈 수 있도록 비나이다. 비나

이다. 비나이다. 저 광목 위에 있는 정미소가 더 이상 보이지 않도록 할 터이니, 천지신명께서 도와주시길 비나이다. 비나이다.

단골이 사설을 하는 동안 평산댁은 연신 허리를 숙이며 손바닥에 불이 나도록 빌고 또 빌었다. 구경꾼들 중에도 손바닥을 비비는 아낙네들이 많았다. 단골의 사설이 끝나자 무형문화재 계승자 애동 단골이 흰 고깔에 흰 장삼을 걸치고 단골판 중앙으로 들어섰다. 모든 촛불이 자취를 감추고 달빛만 은은했다. 그 달빛에 기대어 애동 단골이 호흡을 다듬었다. 그리고 발바닥에 기운을 모아서 살얼음판을 딛듯 발을 내디뎠다. 허공에 뜬 팔은 미세한 파도처럼 고요하게 흔들렸다. 그 사위에 사람들의 숨이 멎었다. 태산이 움직이듯 미풍에 나뭇잎이 흔들리듯 애동 단골 몸짓에 시공이 멈추었다. 징 소리가 "우우웅~" 하고 울렸다. 애동 단골이 흰 장삼과 손에 잡은 흰 천이 한 마리 학이 되어 우아하고 장엄하게 날개를 저으며 허공을 힘차게 갈랐다.

그 학의 날갯짓이 사람들의 아픔과 상처를 흔들었다. 흰 천을 달을 향해 던졌다. 달빛에 물든 흰 천이 깃털이 떨어지듯 허공을 맴돌다 사뿐히 돗자리 위에 내려앉았다. 애동 단골이 발을 넓게 벌리고 앉았다. 그리고 손에 잡힌 흰 천으로 달빛을 저어 나갔다. 애동 단골의 몸짓은 끊어질 듯 이어지는 바람 같았다. 춤사위는 영기가 사람들의 오장육부를 돌고 나온 듯, 사람들을 한데로 묶어 나갔다. 그 춤사위는 도도한 강물이 흐르듯 사람들의 번민과 허덕이는 갈증을 싣고 흘렀다. 애동 단골이 일어났다. 옹골차게 뭉쳐지는 지숫기와 힘차게 솟구치는 돋음새는 음양을 합일시켜 나갔다. 달빛에 투영된 춤사위는 저승과 이승을 넘나들었다.

살풀이춤이 끝나고 삼지창을 들고 있던 애동 단골이 관우의 청룡도 같은 큰 칼로 허공을 갈랐다. 그리고 평산댁에게 다가가더니 칼을 평산댁에게 넘겨주었다. 단골이 평산댁의 칼을 들고 있는 손을 맞잡아서 광목 위에 놓여 있는 정미소 모형을 힘껏 내리쳤다. 번쩍이는 청룡도에 별빛이 한가득 내려앉았다. 합판으로 만들어진 모형은 두 동강이로 갈라졌다. 애동 단골이 두 동강 난 정미소 모형을 신주단지 옆에 있는 큰 화로 속으로 집어넣었다. 오방색을 몸에 두른 애동 단골이 밤하늘에 빛나는 북극성을 바라보며 주문을 외웠다. 그리고 흰 통에 담겨 있던 휘발유를 입에 머금었다. 그러더니 휘발유를 뿜어내면서 불을 붙였다. 애동 단골 입에서 뿜어져 나온 불꽃은 세월과 공간 그리고 상흔을 불사르고 평산댁 앞에서 소멸했다.

형구를 비롯한 자식들 앞에서도 지난한 세월을 태우며 불꽃이 일었다가 사라졌다. 굿 상차림 위 불꽃은 어둠 속에서 오랫동안 타올랐다. 구경꾼들의 눈으로 불꽃이 타들어 가고 있었다. 마지막 불꽃은 두 동강 난 정미소가 담겨 있는 화로를 향했다. 정미소가 밤하늘에 불티를 날리며 훨훨 타올랐다.

잔치

푸른 잔디 위에 한국에서 첫손으로 꼽는 건축가가 설계한 지하 1층 지상 3층으로 지어진 형구의 집에 형제들과 친척들 그리고 형구의 지인들이 모여들었다. 잔디밭에는 출장 뷔페 차량이 서 있었고, 아름드리 소나무 밑에 설치된 무대 위에서는 일렉트로닉 클래식으로 폭발적인 인기를 얻고 있는 김필립 사단이 쇼팽의 왈츠를 연주하고 있었다. 무대 뒤에서는 판소리 영화에 출연하여 천만 관객을 동원한 명가람 소리꾼이 목을 다듬고 있었다. 그 무대 앞에 펼쳐진 이동식 파티 상위에는 횡성에서 공수된 한우와 통영에서 올라온 각종 해산물 그리고 30년산 발렌타인과 프랑스에서도 구하기 어렵다는 로마네 콩티 와인이 놓여 있었다. 정원 한쪽에서는 흰 가운을 입은 요리사들이 3개월 된 새끼 돼지 바베큐를 하고 있었다. 전원생활을 꿈꾸어 온 형구가 인천공항이 있는 영종도에 집을 지어서 집들이를 하는 날이었다.

초가을 밤에 부는 바람에 가을 향이 묻어나고 있었다. 형구의 조카들은 집에 딸려 있는 풋살구장에서 라이트를 켜고 축구를 하면서 뛰놀고, 지하에 설치된 당구대에서 형구가 가입된 축구클럽 친구들이 당구를 치고 있었다. 정원에는 아프리카 짐바브웨의 쇼나 돌조각이 여러 점이 있었다. 생략과 과장 그리고 비틂과 비움을 통해서 생동감을 보여 주는 토템 돌조각은 매우 인상적이었다. 특히 영혼의 응시라는 작품은 샤머니즘과 애니미즘적인 영기와 광기를 느끼게 하는 충격적인 작품이었다. 조명을 받는 집은 작은 성처럼 보였다. 집 둘레에 심어진 대나무가 운치를 더했다. 파티의 사회를 맡은 형호가 사람들을 불러 모았다.

형구 회사의 임원들, 형구가 속해 있는 시민단체와 봉사단체 회원들, 그 사람들 속에는 낯익은 얼굴들이 많았다. 빨갱이로 몰려 억울한 옥살이를 하면서 쓴 책이 밀리언셀러가 된 황수영 작가, 3선의 우종민 국회의원, 재선의 허인수 국회의원, 부명 그룹 홍명석 회장, 서울 유명 대학의 김성영 총장, 박웅진 신부, 불교 정화 운동을 이끌었던 효산 스님 등 사회 각 분야에서 유명세를 떨치는 사람들이었다. 사회자가 내빈들과 가족 대표로 평산댁을 소개하고, 황수영 작가에게 인사말을 시켰다.

"이형구 회장님은 옷차림이 검소해서 이 저택이 회장님의 집이라는 사실에 깜짝 놀랐습니다. 지금도 믿어지지 않습니다. 이형구 회장님은 이 시대에 보기 힘든 세계인이고 자본가입니다. 회장님은 자신이 교육 혜택을 받지는 못했지만 스스로 독학해 자신만의 학문을 이루었고, 사업으로 성공했지만 자신의 어려웠던 시절을 잊지 않았으며, 제3세계 어린이들을 위해서 단체를 만들었습니다. 그리고 가난한 나라에 학교를 짓고 장학금을 주는 선행을 하고 있습니다. 그 철학이 좋아서 저도 함께하고 있습니다. 형제들과 우애 있게 지내는 것도 미담인데 오늘은 천박한 자본가 흉내를 단단히 내고 있어서 불만이고, 집이 너무 좋아서 배가 아픕니다."

웃으며 인사말을 맺었다. 그 농담에 허허 웃던 형구가 인사말을 했다.

"2년 동안 제가 이 집을 직접 지었습니다. 평면 설계도 제가 하고 벽돌공, 타일공, 전기공, 미장공, 목수들을 불러서 국산 재료로만 사용해서 직접 지은 집입니다. 그래서 제가 집 자랑을 하려고, 귀하신 분들과 가족들을 초대했습니다. 잘했지요?"

참석자들이 큰 박수로 화답했다.

"이 자리에는 저와 함께 땀 흘리며 집을 지은 분들이 와 계십니다. 이분들의 노고에 진심으로 감사드립니다. 제가 이 정도로 성공할 수 있었던 것은 회사 임직원들과 형제들 그리고 오늘 참석해 주신 많은 분들의 덕분이었습니다. 감사의 뜻으로 제 내외가 모든 분께 큰절을 올리겠습니다."

그러면서 형구가 미현을 무대 위로 오르게 했다. 형구를 자랑스럽게 쳐다보고 있던 미현이 손사래를 치면서 사양했다. 형호가 미현의 손을 잡아 무대 위로 올라가게 했다. 형구와 미현이 큰절을 하자, 참석자들이 우레와 같은 박수를 보냈다. 절을 하고 마이크를 다시 잡은 형구가 평산댁에게 다가가서 무대 위로 모셨다.

"저를 건강하게 낳아 주시고, 길러 주신 제 어머니십니다. 대한민국의 모든 어머니들이 위대하다 하시지만, 특히 제 어머니께서는 행상으로 8남매를 키우신 위대한 어머니이십니다."

김필립 사단이 연주하는 어머니의 은혜가 스피커에서 흘러나왔다.

참석한 사람들이 기립 박수를 보냈다. 형구가 말을 이었다.

"제 집은 대문이 없습니다. 언제든지 오셔서 자기 집처럼 이용하시면 됩니다. 다만 요즘 제 사업이 어렵습니다. 그래서 이용료가 조금 비싼 편입니다."

참석자들이 형구의 너스레에 큰 웃음을 터트렸다. 평산댁이 무대 위에서 인사를 할 때 형남은 담배를 피운다는 이유로 자리에 보이지 않았다. 내빈들과 담소를 나누고 있는 형구 곁으로 형호가 다가와서 귓속말로 물었다.

"형님, 지하에서 당구 치시는 분들은 누굽니까?"

"축구하는 친구들이지."

"그분들 너무 시끄럽고, 이 모임의 격에 어울리지 않는 것 같습니다."

형구가 형호의 손을 잡고 집 뒤쪽으로 갔다.

"형호야, 사람이 근본을 잊으면 안 되는 거야. 올챙이 시절을 잊지 말자. 그리고 원효 스님은 귀족 출신이었지만, 민중들과 먹고 마시고 춤추면서 일심과 화쟁 사상을 전파해서 민중들에게 빛을 선물했어. 사물을 대립과 이원론적으로 보지 말고, 일체 무아의 시각으로 보면, 높고 낮음과 옳고 그름이 없다고 봐. 저 친구들은 나에게 가장 소중한 친구들이야. 저 친구들의 피와 땀 그리고 눈물로 세상이 이 정도라도 돌아가는 거라고 생각해. 그리고 내가 입고 있는 옷도 회사 직원들의 노고 덕분이라는 사실을 명심해. 앞으로 그런 소리 또 하면 이런 모임에 너를 초대하지 않을 거야."

형구는 원효의 춤을 흉내 내듯 두 팔을 크게 휘젓고, 한발을 높게 들며 정원으로 향했다.

파티의 분위기가 무르익어 갈 무렵 명가람 소리꾼이 마이크를 잡았다. 소리꾼의 한 서린 음색은 초가을 밤을 수놓았다. 형구가 평산댁이 좋아한다고 하면서 진도 아리랑을 앵콜송으로 부탁했다. 당대의 소리꾼은 물을 조금 마시고 눈짓으로 알았다고 했다. 연분홍 치마에 연초록 저고리를 입고, 쪽을 친 머리 그리고 한 손에 매화꽃이 그려진 쥘부채를 든 명가람이 목을 놓았다. 반쯤 비운 달도 소리꾼의 소리에 가는 길을 멈추었다.

아리 아리랑 쓰리 쓰리랑 아라리가 났네~~
아리랑 음음음 아라리가 났네
문경 새재는 웬 고갠가
구부야 구부구부가 눈물이 난다

황 작가가 평산댁에게 다가가서 춤을 청했다. 그러자 평산댁이 기다렸다는 듯이 무대 앞으로 나가서 춤을 추었다. 그리고 형구가 망설이는 사람들을 일으켜 다 함께 춤을 추었다. 달빛에 비추는 춤판은 환상적인 그림을 그리고 있었다.

아리 아리랑 쓰리 쓰리랑 아라리가 났네
아리랑 음음음 아라리가 났네
노다 가소 노다 가소
저 달이 떴다 지도록 노다 가소

아리 아리랑 쓰리 쓰리랑 아라리가 났네~~

아리랑 음음음 아라리가 났네
가지 많은 오동나무 바람 잘 날이 없고
자식 많은 우리 평산댁 한숨 잘 날 없네

아리 아리랑 쓰리 쓰리랑 아라리가 났네~~
아리랑 음음음 아라리가 났네
영종도에 지는 해는 지고 싶어서 지느냐
나를 버리고 가는 님은 가고 싶어서 가느냐

아리 아리랑 쓰리 쓰리랑 아라리가 났네~~
아리랑 음음음 아라리가 났네
청천 하늘에 잔별도 많고
우리네 가슴속에는 서러움도 많다

귀뚜라미 소리가 초가을 밤의 정취를 더해 갔다. 형구의 형제들이 한 테이블에 모여서 음식과 담소를 나누고 있었다. 형제들의 얼굴 표정은 약간은 상기되어 있었다. 테이블 위에는 소주와 막걸리 빈 병이 여러 개 있었다. 형구가 자리에 오자 형민이 일어나서 자리를 양보했다. 형구가 자리에 앉으면서 좋은 양주와 포도주를 두고 소주와 막걸리를 먹느냐며 형제들을 둘러보았다. 형일이 '우리는 소주 막걸리가 어울리는 사람들'이라고 고개를 저었다.

"그래도 그렇지…."

형구가 아쉬운 듯 말하자, 형일은 오히려 기분이 좋다는 듯 너털웃음을 지으며 말했다.

"오늘 기분이 참 좋아. 내 동생 형구가 이렇게 멋진 집을 짓고 유명한 인사들이 축하해 주려고 몰려들어서…. 진짜 위대한 내 동생을 위해서 박수!"

형제들이 힘차게 손뼉을 쳤다.

"어머니께 죄송하지만, 나는 형구가 부모님보다 더 감사할 때도 있어. 술주정뱅이 나를 사람답게 살게 해준 것이 형구야. 이 자리를 빌어서 진심으로 감사하게 생각해. 자, 내 술 한잔 받아."

형일은 형구에게 막걸리를 잔이 넘치도록 따라주었다.

"큰오빠 말씀이 맞아요. 우리 가족을 형구 오빠가 서울로 이사하게 해서 집을 산 것이 값도 많이 오르고, 좋은 환경에서 자식들 교육도 시키고, 저하고 제 남편도 큰오빠를 도와드릴 수 있는 직업도 얻고, 아무튼 감사해요."

형경이 그렇게 말하자, 형구가 불쾌해진 얼굴로 손사래를 쳤다.

"자꾸 그런 말 하지 마. 형님, 그래도 기분은 좋습니다. 저는 제 인생의 가장 큰 선물이 형호가 Y대학을 졸업하면서, Y대학 배지를 제 양복 위에 달아준 것입니다. 형호가 제가 받을 배지였다고 했는데, 지금도 과분한 선물이었다고 생각합니다. 저희 부부가 지하 셋방에 살면서 형호와 형민을 어려서부터 보살폈지요. 형민은 3수를 하고 형호는 재수해서 대학까지 졸업시킬 수 있었습니다. 제 인생의 보람이었고 긍지였고 자부심이었습니다. 다들 아시는 것처럼 제 집식구가 출산 일주일 남겨 놓고도 간호사로 야근하면서 동생들 뒷바라지한 덕분입니다. 저보다는 제 집식구가 큰 역할을 한 것입니다."

형구의 말에 형제들이 "맞아, 맞아!" 하면서 미현이를 불렀다. 미현은 손님들 수발로 바쁘게 움직이고 있었다. 그때 형남이 담배에 불을 붙이며 찬물을 끼얹었다.

"사람은 다 자기 운명이 있는 겁니다. 자, 술이나 한잔합시다."

하지만 형제들의 대화는 형남의 의도처럼 쉽사리 끝나질 않았다.

"나도 한마디 안 할 수 없네. 직업 없이 몇 년째 놀고 있는 애들 아빠를 셋째 회사 지점을 운영할 수 있도록 해줬지. 그래서 가정도 안정이 되고, 나도 식당에서 그릇 닦고, 악착같이 이자 놀이하다가, 셋째 회사에서 일할 수 있어서 얼마나 좋은지 몰라. 아무튼 셋째가 우리 집안을 일으킨 건 사실이지, 이 회장님 감사합니다."

형숙은 장난스레 형구에게 고개를 숙였다. 형구는 또 손사래를 쳤다.

"누나랑 작은아버지께서 사업을 시작할 때 보증 서 줘서 큰 도움을 받았습니다. 아무튼 감사드립니다. 둘째 형님도 저에게 정신적으로 큰 힘이 되었던 것도 사실이고요. 앞으로 더 잘하겠습니다."

그 모습을 본 막내 숙부가 얼큰한 술기운에 꼬인 발음으로 말했다.

"우리 집안이 잘되는구나. 이 자리에 너희들 아버지가 계셨으면 참 좋았을 텐데…."

눈치 없는 말에 즐겁던 분위기가 축 가라앉고 말았다. 형호는 주제를 바꾸려는 듯 뉴스에서 본 이야기를 떠들었다.

"미국발 금융 위기로 난리들입니다. 다들 괜찮으신지요?"

"은행들도 초비상이더라."

대기업에서 퇴직한 숙부가 혀를 끌끌 차면서 형남을 쳐다보았다.

"국제금융 박사님께서 한 말씀하시지?"

묻는 말에 형남이 헛기침을 하더니 대꾸했다.

"세계 질서는 미국의 달러에 의해서 돌아갑니다. 달러를 움직이는 것은 월가지요. 금융을 하다 보면 사고가 나기도 합니다. 미국인들이 극복할 것입니다. 미국은 대단한 나라입니다. 저는 미국의 힘을 믿습니다."

"미국이 중심이 되어 세상이 돌아간다고?"

형구는 형남의 대답이 시원찮은 듯 되물었다.

형구가 숙부를 쳐다보며 입을 열었다.

"저는 그런 건 아니라고 생각합니다. 인간에게 신뢰와 연민 그리고 자비의 정신이 가장 중요하잖아요? 그러나 안타깝게도 세상은 돈과 폭력 그리고 탐욕과 섹스를 기반으로 돌아가는 것 같습니다. 미국 놈들의 탐욕이 세상 사람들을 구렁텅이에 밀어 넣고 있습니다. 잘 나가던 내 친구들도 거리에 나앉은 친구들이 많습니다."

그 말을 들은 형남이 형구를 쳐다보며 비웃었다.

"네가 뭘 안다고 그래?"

그러면서 술잔을 들었다. 형구가 형남의 말에 아랑곳하지 않고 말을 이어 나갔다.

"제가 이 술병을 은행에 저당 잡히고 돈을 대출받았다고 하자고, 이 병을 담보로 잡고 나에게 대출해 줬다는 채권 서류로 은행들이 리먼 브라더스를 비롯한 거대 자본에게서 돈을 빌려. 그럼 리먼 브라더스는 은행에 돈 빌려준 채권으로 파생상품을 만들어서 판매하고, 그 파생상품을 묶어서 또 팔고…. 이런 식으로 열 바퀴는 돌릴 겁니다. 그런데 병이 땅에 떨어져서 깨져 버렸습니다. 그럼 어디 가서 채권을 확보하지, 형!"

말끝에 형구가 병을 잔디 위에 던졌다.

"결국은 말야. 말이 서브프라임 모기지 사태지. 탐욕에 취한 탐욕적 자본가들의 도덕적 파산이고, 소수의 자본가들과 그들을 위해서 부역하는 금융전문가들을 위해서 대중들이 죽어 나가는 거라고 저는 생각합니다."

"그만해. 그 정도는 누구나 알고 있다고. 그래도 세상이 이 정도 돌아가는 것은 미국 덕분인 줄 알아라. 너도 그 미국 덕분에 사는 거야."

형남은 형구의 말을 다시 잘랐다. 하지만 형구도 형남에게 질 생각이 없어 보였다.

"내가 제3세계 어린이들을 위해서 가난한 나라들을 많이 여행해 봤는데, 사는 게 처참해서 볼 수가 없을 정도야. 하루 1달러도 안 되는 돈으로 버티는 인구가 20억도 넘을 걸. 미국은 상위 10%가 미국 자산의 50% 정도를 가지고 있어. 한국도 비슷해. 그런데 금융 위기 피해는 고스란히 나머지 90%에 돌아간다고…. 이 와중에도 금융회사의 최고 경영자들은 거액의 연봉과 퇴직금을 챙겼다는 거 알아? 금융 위기로 기업들의 자금줄이 끊기고, 자금난에 허덕이는 기업들이 구조조정을 감행하게 되고, 그래서 대량 실업이 초래되고, 결국 노동자들은 일자리를 잃고 모기지 대출금을 상환하지 못하고 집을 뺏기지. 그래서 노숙자가 된 중하위층 미국인들이 얼마나 많은지 몰라.

결국 미국의 금융 위기는 유럽, 아시아, 라틴아메리카의 여러 나라에 직격탄을 날렸고, 아무런 책임도 없는 사람들이 자다가 벼락 맞은 꼴이 된 것이지. 금번의 금융 위기가 신자유주의 자본가들에게 갖는 의미는 핵 로비스트들한테 체르노빌이 갖는 의미와 다를 게 없다고 봐. 체르노빌이 터지면서 핵 마피아들이 할 일이 더 많아졌고, 돈을 더 버는 이치처럼, 미국식 자본주의는 시장을 신으로 추앙하고 있지. 그런데 시장의 번영은 소수독점금융 자본가들의 손아귀에서 놀고 있어.

그 결과 불평등은 더 심화되고, 더 이기적이고, 더 잔인한 세상이 되는 거야. 금융 위기가 오면 부익부 빈익빈은 더 심화된다니까! 월가를 지배하고 있는 유태인 자본가들이 미국전유대인협회(AIPAC)에서 행사를 하면, 미국 의회가 열리는 것처럼 상 · 하의원 2/3가 참석한다고…. 왜, 그럴까? 미국 정치인들이 그 자리에 왜 참석하겠어? 월가에서 벌어들인 돈으로 천문학적인 후원금을 내기 때문이야. 더 중요한 것은 월가의 유대인 자본이 뉴욕타임즈, 워싱턴포스트, 월스트리트 저널, LA타임스 등 미국의 언론을 장악하고 있다는 거지.

캄보디아를 비롯한 제3세계를 여행해 보면 남자들이 알콜과 마약에 찌들어 사는 것을 자주 볼 수 있어. 나는 처음에는 걔네들이 게으르고 무책임한 사내들이 새끼들만 싸질러 놓고 저렇게 산다고 그들을 저주했지. 그런데 깊이 내용을 들여다보니까, 그게 아니더라고. 나무로 조각 작품도 만들고, 짚으로 돗자리와 광주리를 만들고, 흙으로 그릇을 만들어서 팔면, 어렵지만 행복하게 살 수 있었는데, 세계화라는 미명 아래 값싼 공산품이 쓰나미처럼 밀려드니까 성실하게 일해서 뭘 만들어도 경쟁할 수가 없는 거야. 그러다 보니 가장으로서 부끄럽고 자존심도 상한단 말이지. 그래서 부끄러움을 극복하기 위해서 술과 마약에 손을 대고, 한마디로 악순환이 반복되는 거지….

이런 게 수탈적 자본주의가 아니면 뭐냐고? 나는 인간의 탐욕과 이기주의를 부정하는 게 아냐. 이기주의와 욕망은 인류 문명의 원동력인 것도 사실이고, 인간이 고등동물이 되어 신의 영역까지 도전하는 것도 인정해. 그리고 미국의 순기능을 무조건 부정하는 건 아니야. 워싱턴 포스트지에서 더러운 전쟁이라고 한 베트남전에 달러를 쏟아붓고 코너에 몰린 닉슨이 브레튼우즈 금본위제를 71년도에 일방적으로 폐지하고, 종이만 보면 달러를 찍어 대는 미국의 탐욕적이고 무책임한 수탈적 자본주의를 비판하는 거야. 금본위 폐지로 인해서 화폐의 안정성이 훼손되고 이로 인해서 언제든지 금융 위기가 발생해도 이상할 것 없는 위태로운 세상이 된 것이지. 아무튼 탐욕적인 자본가들에게 논리를 개발해 주고 그들에게 부역하는 사람들은 반성하고 또 반성해야 해."

말이 너무 길어지자 듣는 둥 마는 둥 하던 숙부가 한마디 던졌다.

"박사님 또 한 분 나타나셨네. 언제 이렇게 똑똑해진 거야. 먼 말인지 하나도 모르겄지만, 암튼 우리 형구 세상 돌아가는 거 환하네. 와, 놀랐어."

형구를 운이 좋아서 성공한 졸부 정도로 알고 있었던 형남은 형구의 논리를 반박할 수가 없었다. 그럴수록 그는 가슴 밑바닥에서 치어오르는 그 무엇을 감당할 수가 없었다. 형남은 취기가 밀려왔다.

"야, 이 발렌타인 30년과 로마네 콩티 와인이 자본주의의 상징 아니냐. 너는 자본주의 모든 혜택을 다 보면서 무슨 개소리를 지껄이는 거야?"

"형, 나는 자본주의 모순을 극복하고 제3의 자본주의가 시작될 기회라고 보는 거야. 이대로는 안 돼! 후천 개벽의 시대가 와야 한다고…."

"저것들은 뭐냐?"

형남이 참석한 사람들을 손가락으로 가르켰다.

"네가 배운 게 많니 정치를 하니 다 네 돈 보고 모인 파리떼에 불과해."

"뭐? 파리떼? 형 말 다 했어?"

형구가 벌떡 일어났다. 형남이도 일어나서 형구의 뺨을 때리고 멱살을 잡았다.

"이 자식이 보자 보자 하니까."

사람들이 둘을 쳐다보았다. 형제들이 둘 사이에서 뜯어말렸다. 형남은 이미 많이 취해 있었다.

"이런 무식한 놈이! 초등학교 겨우 나온 새끼가 운이 좋아서 돈 몇 푼 만지더니 눈깔이 뒤집혔나. 박사 알기를 뭐로 알고…."

형남은 의자를 집어던지고 테이블 위의 음식을 잔디밭으로 쓸어버렸다. 평산댁이 "아이고 이게 뭔 일이여!" 하며 형남을 잡아끌었다. 초청받아 온 사람들이 서로 눈치를 보다가 하나둘 자리를 떴다. 형남은 피보다 이념이 중요하고, 이념보다 돈이 중요하다고 하면서 잔디밭에 벌렁 누웠다. 그 모습을 본 형구가 혼잣말로 중얼거렸다.

"그럼, 돈보다 중한 건 뭘까? 허허, 벌레도 나름대로 역할을 하는데…."

유산

"교육의 혜택을 받지 못했거나 지금 살기가 힘든 형제들하고, 부모와 형제들의 도움으로 대학까지 교육받고, 또 거기다 유학까지 다녀온 사람하고 어떻게 유산을 똑같이 나눈단 말이야. 나는 부모님 유산에 관심이 없다고 십 년 전부터 일관되게 말해 왔어. 그리고 나는 한 푼도 갖지 않겠다고 했어. 심지어는 어머니께서 고향에 사놓으신 집을 우리 부부에게 주신다고 할 때도 받지 않았어. 형호야, 부모님 유산 중 서태읍 땅은 형숙 누나 절반 주고, 나머지는 아직 장가도 못 가고 셋방에서 사는 형민이 하고 힘들게 사는 조카들에게 주도록 하면 어떻겠니?"

"형님 의견에 형남 형이 찬성할 것 같아요? 솔직히 저도 반대입니다."

형호의 말에 형구는 좌절감을 느꼈다.

"형호야, 유산에는 기여분 제도가 있는 것으로 알고 있어. 나는 어머니께서 10억 정도 유산을 남기신데 나름대로 기여했다고 생각하거든. 이런 내가 모든 권한을 포기하려고 하지 않니? 형제들이 우애가 좋아지려면 형편들이 먹고 사는 데 지장이 없는 게 좋은 거다. 더 생각해 봐라."

사막처럼 태양이 지글지글 타오르고 있었다. 형구와 미현은 평산댁을 모시고 일찍 홀로 된 셋째 작은어머니 댁을 방문했다. 90세가 다 되어 가는 두 분 중 한 분이라도 돌아가시면 만날 수 없을 듯하여 모시고 갔다. 허리가 90도로 굽은 셋째 숙모가 반갑게 맞이했다. 양철지붕으로 만들어진 작은집 담벼락에 호박 넝쿨이 사방으로 뻗어 있었다. 호박 넝쿨은 오뉴월 땡볕에 늙은이 뱃가죽처럼 쭉쭉 처져 있었지만, 짙은 녹색을 띠고 있었다. 그 옆에는 고추밭이 있었다. 풋고추 간장 지짐을 좋아하는 평산댁이 고추를 따려고 지팡이를 짚고 고추밭으로 가려고 했다. 형구와 미현이 누가 먼저라고 할 것도 없이 평산댁 앞을 가로막았다.

"어머니, 이 뜨거운 날씨에 큰일 납니다. 제가 나중에 따 드릴게요."

두 어른은 몇 마디 말도 나누지 않고 평산댁이 먼저 자리에서 일어났다. 평산댁 아파트로 돌아오는 차 안에서 형구는 고추를 따 드리겠다고 여러 번 약속했다. 형구와 미현은 평산댁을 아파트에 내려드리고 조상 묘소를 찾았다. 묘소 옆에는 고추밭이 있었다. 조상들에게 참배하고 고추를 딴다는 것을 둘 다 깜박했다. 이글거리는 태양 탓이다. 미현은 입맛이 없다는 평산댁을 위해서 장터에서 토종닭을 사서 푹 삶았다.

평산댁은 누렇게 잘 삶아진 통통한 닭다리를 맛있게 찢어서 왕소금을 찍고선, 갓난아이가 젖을 빨듯이 오물오물 맛있게 먹었다.

"어머니 과식하시면 안 됩니다. 누가 뺏어 가지 않으니 천천히 드세요."

"이 닭은 참 맛나네. 몇 년 만에 이렇게 맛있는 음식을 먹는지 모르겠구나."

미현이 형구를 쳐다보면서 환하게 웃었다. 형구는 웃는 미현이 손을 살짝 잡았다.

"셋째야, 나 잔치를 해야겠어. 큰며느리가 없고, 네 큰형이 술을 못 끊어서 칠순 팔순도 하지 않았는데 미수 잔치는 했으면 해. 내가 많은 생각을 했는데, 셋째 네가 맡아서 하는 게 좋겠어."

"어머니 둘째 형도 있잖아요. 둘째에게 맡기시지요."

"아니야. 모든 일가친척과 서태 동네 사람들도 너만 찾지 않니? 그리고 둘째는 잔치하지 말라고 할 거야."

평산댁은 그러면서 치마를 걷고 고쟁이에 있는 복주머니를 열어서 백만 원짜리 수표 10장을 형구에게 주었다.

"내가 천오백만 원짜리 적금을 든 것인데, 삼백만 원은 집안 자손들 장학금으로 대종가에 내놨어. 그리고 백만 원은 동서 주고 왔지. 이 돈으로 내 잔치를 멋지게 해줬으면 해. 일가친척, 서태 동네 사람들, 장사하면서 만난 친구들, 마을 사람 다 부르고, 내가 그동안 장학금 준 집안 학생들도 다 불러서 대종가 사당 있는 그곳에서 잔치를 크게 해주면 좋겠구만."

"예, 알겠습니다. 어머니 돈은 필요 없어요. 제가 알아서 할게요."

"그래, 고마워. 그래도 이 돈은 꼭 받아야 한다."

평산댁은 극구 사양하는 형구를 피해서 미현에게 돈을 쥐어 주었다. 평산댁이 형구의 손을 꼭 잡고 말했다.

"형구야, 나는 너에게 늘 미안하구나. 부모라고 용돈 한 번 준 적 없고, 또 뭘 해준 것이 아무것도 없으니 에미가 참 할 말이 없다. 둘째 장가갈 때도 다 네 돈으로 했잖냐? 아무튼 미안해."

"어머니, 그런 소리 하지 마세요. 저를 건강하게 낳아 주셨잖아요. 그리고 제가 이만큼이라도 사는 것은 부모님께서 좋은 머리와 뜨거운 가슴을 물려주셔서 그래요."

형구는 호탕하게 웃었다. 미현도 맞장구를 쳤다.

"어머니, 애들 아빠에게 미안해하지 마세요."

"형구야, 내가 너에게 미안해서 그런다. 고향 마을에 사 놓은 집을 네 집식구가 가지면 안 되겠니?"

"어머니 말씀은 감사합니다. 받은 것이나 진배없습니다. 막내 형민이 아직도 정신을 못 차리고 저렇게 살고 있으니 어머니 돌아가시면 이 아파트하고 고향 마을 집을 막내에게 주는 건 어떨까요?"

"알았다, 알았어. 너는 왜 그렇게 욕심이 없니. 내 배로 낳았지만 장하다. 그런데 셋째야, 내가 걱정이네. 네 큰누나가 서태 땅을 계속 자기 것이라고 저 지랄을 하니 10년 넘게 달래도 보고, 혼도 내고, 욕도 하고 쌈박질도 했지만, 도통 욕심을 버리지 않으니…. 나 죽으면 그 땅이 자기 것이라고 하면 어떻게 하지?"

"어머니 걱정하지 마세요. 제가 어머니를 대신해서 그런 일은 없게 할게요. 조상님을 걸고 약속할게요."

"그래 너만 믿어. 꼭 그렇게 해야 한다."

평산댁은 그렇게 말하면서 형구의 뺨을 쓰다듬었다. 형구와 미현이 평산댁을 찾아보고 이틀 후에 평산댁이 운명했다. 아파트 옆 고추밭에 고추를 따러 들어갔다가 이글거리는 태양빛에 쓰러져서 영영 일어나지 못한 것이다. 형구는 통곡했다. 그는 평산댁의 죽음이 자신이 고추를 따 드리는 것을 까먹었기 때문이라고 자책했다. 형구는 형제들에게 평산댁의 장례를 고향 장례식장에 하는 것이 좋겠다며 말했다. 평산댁이 준비해 놓은 묘터가 고향에 있었다. 어차피 그리 모실 것인데 어머니의 시신을 700km 왕복해서 서울까지 왔다 갔다 하는 것이 마음에 걸렸다.

그러나 형남은 자기 체면이 있다고 서울에서 가장 좋은 병원 장례식장으로 모시자고 했다. 장남 형일은 이미 이승 사람이 아니었다. 집안의 대소사 결정권은 차남 형남에게 있었다. 형구는 소수의 지인에게만 부고를 알렸다. 영구차가 산소에 도착했을 때는 일가친척들과 도유사 그리고 지관과 불도저가 와 있었다. 나무 그늘에 스님 한 분이 서 있었다. 송충이가 기어가는 듯한 짙은 눈썹 그리고 오뚝한 콧날과 평화로워 보이는 스님의 눈빛에서 시원한 바람이 일었다.

평산댁은 자신의 묫자리를 어디로 할지 말할 때마다 장소가 조금씩 달랐다. 평산댁이 살아생전 형숙을 데리고 지목한 땅은 소나무들이 울창한 북향에 물기가 가득한 음지였다. 지관이 반대하고 나섰지만, 형숙은 어머니 유언이라고 하면서 꼭 그 장소에 평산댁을 모셔야 한다고 고집을 부렸다. 두어 시간 동안 모실 곳을 결정하지 못하고 우왕좌왕했다. 타오르는 태양이 불타는 듯 열기를 토해 냈다. 굴착기 기사가 돌아가겠다고 하고, 문상객들이 굵은 땀방울을 떨어뜨리며 지쳐가고 있었다. 형구는 형숙을 향해서 청개구리 같다고 목소리를 높였다. 어머니 생전에 서태 땅 가지고 큰 불효를 하더니, 지금 와서 효녀

행세를 한다는 것이었다.

"어머니 생전에 왜 마음 편하게 해 드리지 못하고, 지금 어머니 유언을 혼자 받드는 것처럼 난리세요?"

"그 땅은 내 땅이야! 말 함부로 하지 마!"

형숙은 냅다 소리를 질렀다. 형남은 방관자처럼 쳐다만 보고 있었다. 지관이 형숙을 설득해서 집안 산소 한편에 양지바른 곳에 평산댁을 모셨다. 한 시대를 거슬러 오르면서 풍비박산이 난 집안을 일으킨 평산댁의 가는 길은 초라했다. 직계 자손, 일가친척, 고향 마을 사람들 몇 명이 전부였다. 형구는 평산댁이 가는 길을 화려한 축제처럼 해드리고 싶었다. 만장도 수십 개 만들고, 사람들도 많이 부르고, 풍물패도 불러서 미수 잔치처럼 해드리고 싶었다. 그러나 실용적인 것과 비용만 생각하는 형제들과 마찰하고 싶지 않았다.

하관이 시작되고 덕정 스님이 목탁을 치며 염불했다. 덕정 스님은 무소유란 아무것도 갖지 않는 것이 아니라 불필요한 것으로부터 해방되는 것이라는 글을 써서 명성을 얻은 법조 스님의 수좌였다. 염불을 끝내고 덕정 스님의 설법이 시작되었다.

일체유위법 여몽환포영 여로역여전 응작여시관(一切有爲法 如夢幻泡影 如露亦如電 應作如是觀)이라. 금강경 32품입니다.

"우리의 모든 존재는 꿈과 그림자 그리고 거품과 환상 같은 것입니다. 찰나의 인연이 찰나에 멸하고, 멸하지 않으면 탄생이 없으니 죽음은 또 다른 잉태입니다. 고인이 되신 보살께서 인연이 다하여 멸하신 것입니다. 슬퍼할 일도 좋아할 일도 아닙니다.

우리도 인연이 다하면 사라집니다.

고인께서 집안을 일으킨 공덕을 쌓았다고 들었습니다. 이 또한 고인의 업이었습니다. 그 업을 다 하신 고인이 평화롭게 잠든 것도 본인의 업입니다. 아프지도 않고, 병원에 입원하지도 않고 운명하셨다고 들었습니다. 고인께서 큰 공덕을 쌓았기에 복을 받으신 것입니다.

우리가 살고 있는 우리 은하계에만 별이 수천억 개입니다. 온 우주에는 우리 은하계 같은 은하계가 일억 개가 넘는다고 합니다. 그리고 지금도 별은 태어나고 있습니다. 해변의 모래보다 별이 많다는 뜻입니다. 우주적 관점에서 보면 지구는 모래보다 작고, 그 지구에 사는 우리는 티끌 같은 존재입니다.

이 자리에 참석하신 분들은 소유하고 집착하고 탐욕을 부리는 것을 경계하고, 자비와 물질과 마음을 나누는 충만한 삶, 그물에 걸리지 않는 바람처럼 대자유를 얻는 인생을 살아가십시오. 그것이 고인이 되신 보살님의 바람이실 것입니다.

삼가 고인께서 극락왕생하시길 부처님의 자비와 인도를 구합니다."

스님은 합장을 했다.

* * *

평산댁이 살던 아파트는 37평이었다. 그 아파트의 모든 방에 살림이 꽉 차 있었다. 서당에도 평산댁의 손때가 묻은 유품이 많았다. 형숙과 형남이 중심이 되어 유품을 정리했다. 형숙은 평산댁이 소유했던 금붙이를 이틀 동안 샅샅이 뒤졌지만, 찾지 못했다. 그리고 유품을 유품정리업체에 먼지 하나 남기지 않고 넘겼다. 형구는 평산댁이 사용하던 돋보기와 공책 그리고 평산댁이 자랑스럽게 생각하던 서태 읍장이 준 자랑스런 어머니 상패와 손자들과 함께 찍은 평산댁 사진 등을 챙겼다.

형구는 평산댁이 죽고 나서 상실감과 좌절감으로 여러 날 식음을 전폐했다. 평산댁이 죽고 나서 얼마 안 되어서 유산을 분배하자고 형제들에게서 형구에게 연락이 왔다. 형구는 유산이 어디로 사라지는 것도 아니고 차분히 해 나가자고 했다. 그러나 형제들은 성화였다. 형구는 형숙을 찾아갔다. 형숙은 큰아들 태식을 데리고 약속 장소 식당으로 나왔다. 태식은 오랫동안 우울증에 시달리다가 금융과 사모펀드 사업을 하는 형남이 회사에 취직한 상태였다. 형구는 형숙에게 형제들과 상의해서 서태읍 땅 절반을 줄 테니 고인이 되신 어머니께 사과하고 형제들에게 고마워하라고 했다.

"나는 오래전부터 누나가 그 땅 절반을 가질 자격이 있다고 생각해왔어요."

하지만 형숙은 눈에 쌍심지를 켜고 형구를 잡아먹을 듯 소리를 쳤다.

"절반? 웃기지 마. 그 땅은 내 땅이라고!"

식당 벽이 무너질 듯했다. 형숙은 평산댁이 죽어서 쉽게 그 땅을 차지할 줄 알았다. 그런데 형구가 평산댁을 대신해 나타난 것 같아 분노를 멈출 수가 없었다. 그 모습을 옆에서 보고 있던 태식이 형숙을 아무리 달래도 소용이 없었다. 식당 주인이 시끄럽다고 나가라고 했다. 형구가 식당에서 쫓겨나오면서 형숙에게 말했다.

"누나, 매형께서 돌아가시기 전에 나한테 갚을 돈이 많았다는 거 알고 있죠? 나는 그 돈 갚아 달라고 한 적도 없고 잊어 먹었어요. 그런데 누나가 이런 식으로 나오면 나도 그 돈 받아야겠어요."

형구는 그 길로 뒤도 돌아보지 않고 집으로 돌아갔다. 유산 상속으로 형제들이 모였을 때도 해결책은 쉽사리 나질 않았다. 형남를 비롯해서 모두가 똑같이 나누자고 하는데, 형구가 그럴 수 없다며 반대했다. 잘 사는 형제들과 교육의 혜택을 많이 받은 형제가 양보하자고 했다. 형남은 다수결로 결정하자고 했다. 형구는 그것 역시 반대했다.

"다수결은 민주적인 듯하지만, 폭력적인 수단으로 변질될 수도 있어."

결론이 나질 않자, 형숙이 형제 가족회의를 통해서 해결하자고 제안했다. 형제들이 찬성했다.

당산동의 한 오피스텔에 형구의 형제들과 사촌들 그리고 숙부가 모였다. 사무실 분위기는 무겁게 내려앉아 있었다. 유산을 균등하게 나누자는 형남이와 부자로 사는 형제들은 어려운 형제들에게 양보하자는 형구의 의견이 대립했다. 누가 먼저 말할 것인가 놓고도 신경전을 했다. 형남은 형구에게 먼저 이야기해 보라고 했지만, 형구는 그럴 수 없다며 고개를 저었다. 결국 사회를 맡은 태식이가 동전을 던져서 발언의 순서를 정하자고 했다.

형남은 동전의 그림을, 형구는 숫자 면을 선택했다. 태식이 동전을 자신의 손바닥을 향해 공중으로 던졌다. 던져진 동전은 똑같은 방향으로 원을 그리며 돌기만 했지, 뒤집히지는 않았다. 이미 숫자가 나오게 던져졌다. 형구는 태식이 손장난하는 걸 알았지만, 어쩔 수 없다는 듯 일어나 입을 열었다.

형구가 발언하려는데, 형숙이 불쑥 튀어나와 형구가 죽은 형미를 형구 집에서 술을 먹었다는 이유로 몽둥이로 개 패듯 때렸다고 황당무계한 거짓말을 했다. 그리고 형구가 자신에게 갚아야 할 돈이 있다고 미리 준비한 서류봉투를 흔들었다. 그리고 형구보고 '돈을 갚아'라고 고래고래 소리를 질렀다. 태식이 자리에 벌떡 일어나서 형숙을 잡아끌면서 말했다.

"이러시면 안 됩니다. 지금 엄마 발언 시간도 아니잖아요?"

형숙을 자리에 강제로 앉혔다. 형숙은 자리에 끌려 앉으면서도 자신이 안양에 사놓은 아파트를 형구 때문에 헐값에 팔았다고 새빨간 거짓말을 했다. 순간 사무실에 정적이 돌았다. 미현이가 자리에서 일어섰다.

"고모 무슨 거짓말을 그렇게 하세요. 작은고모를 때렸다는 소리는 무슨 소리고…. 저희가 무슨 돈을 갚을 것이 있다는 것입니까. 결혼 생활 30년 만에 처음 들어 보는 소리입니다."

형구는 부모님 유산 문제가 있기 전까지는 자신에게 가장 의지를 많이 했던 형숙이 돈 앞에서 표변하는 모습이 황당하고 슬펐다. 형구는 형숙을 증오의 눈빛으로 쳐다보았다. 그리고 이 자리를 끝내고도 반드시 형숙의 거짓말에 대해서는 책임을 묻겠다고 다짐했다.

형구와 형남의 발언이 끝나고 비밀 투표로 의견을 물었다. 형남이 의견에 찬성하는 사람이 11명이었다. 형남의 얼굴에 웃음이 가득했다. 형구 의견에 10표가 나왔다. 나머지 사람은 기권했다. 형구는 고개를 가랑이 사이로 박았다가 멍한 눈빛으로 천장을 올려다보았다.

그리고 자리에 참석한 사람들을 향해서 독백처럼 말했다.

"제가 부족했습니다. 그러나 이럴 수는 없는 것입니다."

형구는 자리에 일어섰다. 참석한 사람들이 침울한 표정으로 형구를 바라보지 못했다. 형구는 미현 그리고 자식들과 함께 을왕리 바닷가로 갔다. 바다는 그 자리 그대로 있었다. 갈매기들도 먹이를 찾아서 부지런히 날갯짓하고 있었다. 형구는 자식들에게 내가 헛살아온 것 같다고 하면서 울먹였다. 자식들은 회의 분위기가 형남 부부, 형남 자식 2명, 형호 부부, 형숙과 그 자식들 2명, 형경 부부가 형남 의견에 찬성표를 던진 것 같다고 했다. 유산을 상속받을 사람들은 한 사람도 빠짐없이 자신의 몫을 포기하지 않은 결과라고 했다. 그리고 유교가 흐르는 가풍에서 형과 동생이라는 한계가 있다고 했다.

결정적인 것은 형남과 형구의 근본적 갈등 이유를 깊게 알지도 못하는 사람들이 단지 형구가 형남에게 욕을 한 것만 기억하는 것이 문제였다. 형구의 명분이 아무리 좋고, 선하다고 할지라도 형구는 인간의 탐욕을 놓친 셈이다.

다음 날 형경이 형구에게 미안하다고 잘못되었다고 심하게 울면서 전화를 걸어왔다. 형구는 아무 소리도 하지 않고 전화를 끊었다. 형구는 이때까지도 자신의 회사에서 무슨 일이 벌어지고 있는지 전혀 모르고 있었다.

2부
탐욕의 늪

손가락 약속

형일은 평산댁이 유명을 달리하기 3년 전에 죽었다. 그는 고철 사업을 하면서도 알콜중독이 심해서 알콜치료센터에 여러 번 입원했다. 그리고 퇴원을 해도 두어 달에 한 번 정도 회사에 얼굴을 비치고 출근하지 못했다. 이런 세월이 25여 년이었다. 그동안 형경 부부가 회사를 운영하며 형일에게 2천만 원 내외를 월정액으로 납부했다. 형일의 사업이 지탱될 수 있었던 것은 형경 부부의 근면 성실과 형구의 도움으로 가능했다. 형일은 생전에 자신이 죽으면 형경 부부에게 사업체를 주겠다고 수시로 약속했다. 그런데 지속적으로 형경 부부와 갈등을 빚었다. 형경 부부는 월정액을 내고 나면 먹고 살길이 없었다. 형경 부부가 눈물로 형일에게 월정액을 내려 달라고 사정했지만, 형일은 막무가내였다.

형구는 형경이 자식들 학원 보낼 돈이 없다고 해서 매달 장학금을 보내 주었다. 형숙은 형일를 찾아가서 자기 대소사가 있을 때 큰돈을 내놓기를 강요했다. 형숙은 형구의 집을 찾아가서도 돈을 내놓으라고 대 놓고 압박했다. 형구가 자식들 결혼식 축의금 등은 본인들이 알아서 자발적으로 하는 게 좋다고 했다. 동생들을 찾아다니면서 일수쟁이처럼 하는 모습이 보기에 좋지 않다고 했다. 형숙은 일수쟁이처럼 이라고 말했다고 화를 냈다. 형구는 형숙 아들 결혼식에 큰돈을 내놓으려고 했다. 그러나 최소 체면치레 금액을 냈다. 형일은 형숙 자식들 결혼에도 큰돈을 내놨다. 그리고 형호가 집을 살 때도 돈을 내놨다. 그런데 자신에게는 가혹하게 하는 형일의 처신을 형경은 이해할 수가 없었다.

형일은 약 25억 정도의 유산을 남겼다. 그리고 정부에서 싸게 얻은 토지에서 하는 고철 사업체를 남겼다. 고철 사업체 재산 가치는 미미했다. 형일을 납골당에 모시고 가족들이 식당에 모였다. 형남과 형구는 멀찍이 떨어져 앉았다. 그런데 형남이 이렇게 모였을 때 고인의 유산에 대해서 논의하자고 했다. 형구가 한마디 했다.

"아직 뼛가루도 식지 않았어. 이 자리에서 그런 것을 논하는 것 자체가 고인에 대한 결례야."

하지만 형남은 막무가내였다. 형남이 소리를 질렀다.

"이제는 내가 장자야. 내 말대로 오늘 결정해."

형구가 차분한 목소리로 말했다.

"형, 돈에 영혼을 팔아 버린 거야. 삼오도 지나지 않았다고…."

식당에 있던 손님들이 일제히 형구와 형남을 쳐다보았다.

"저 싸가지 없는 새끼가…. 너 밖으로 나와!"

형남이 형구에게 쏘아붙이면서 밖으로 나갔다. 형구가 뒤따라 나갔다. 검은 상복에 삼베로 만든 완장을 두른 채로 둘은 엉키었다. 형경이 형구를 잡고 형호가 형남을 잡고 뜯어냈다. 형구가 제안했다.

"좋아. 오늘 끝장을 내자."

형호가 식당 2층을 통째로 빌렸다. 형제들과 사촌들 도합 스무 명 남짓이 그 자리를 지켰다. 형남은 말했다.

"형일의 사업체는 당연히 형일의 아들들 것이고, 유산 25억도 아들들 것이야. 그리고 그 유산 관리는 내가 해야겠어. 앞으로 그 누구도 유산에 대해서 논의하면 안 된다고 오늘 못을 박는 거야. 맹자께서도 항산항심이라고 하셨어. 돈이 중요하다는 뜻이야."

형구가 도저히 받아드릴 수 없다는 듯 나섰다.

"삼봉 정도전이 항산항심도 중요하지만, 더 중요한 것은 인간에 대한 신뢰라고 했습니다. 그리고 형님께서 자신이 죽으면 사업체를 형경 부부에게 주겠다고 수백 번도 더 말했다는 것입니다. 그런데 지금 와서…."

형경 부부는 형제들 모두가 찬성하지 않으면 그 사업체를 할 생각이 없다고 선을 그었다. 형구가 나섰다.

"그 사업체는 내가 형님에게 차려 드린 것입니다. 그리고 미현이가 돌도 지나지 않은 자식을 등에 들쳐 메고, 삼복의 땡볕을 쬐며 복덕방을 다니면서 연립주택을 얻어 드렸고요. 그 사업체가 지금까지 운영될 수 있었던 것은 제가 음양으로 신경을 써온 것은 다 아는 사실입니다. 고인의 자식들에게 사업체를 물려주고 싶으면 형경 부부의 그동안 노고를 생각해서 유산 25억 중에서 섭섭하지 않게 주라고 했습니다. 만약 형경 부부가 고인을 부모님처럼 모시지 않았다면 고인은 오래전에 별세하셨을 것입니다."

참석한 사람 중에 형숙과 형남 그리고 형호를 제외하고 모든 사람이 형구의 발언에 박수를 쳤다. 그리고 형남의 큰아들 재민이 형구에게 다가와서 인사를 했다.

"작은아버지, 그동안 고생하셨습니다. 한 번 찾아뵙겠습니다."

형경은 그 사업체 운영에 망설였다. 형경은 미국 박사이며, 사업으로 큰 부자가 된 형남에게 정신적으로 지배받고 있었다. 형숙과 형경도 형남을 부를 때는 꼬박꼬박 박사님이라고 호칭했다. 또한 한 세기 전 무덤의 관을 열고 나온 것처럼, 수구적인 형호는 이유가 어디에 있든 고인의 유서에 사업체를 물려준다는 문구가 없다는 점에 기가 죽어 있었다. 그 사업체는 형일의 자식들 것이라는 주장에 반박할 명분이 서지 않았다.

형구는 딸을 미끼로 새경을 한 푼도 주지 않고, 머슴으로 부려 먹고 내치는 김유정의 소설 '봄봄'이 오버랩되었다. 초등학교 졸업하고 단순한 일만 해 와서 자신의 의사 표시를 잘하지 못하는 형경 부부에 대한 형제들의 폭력이라고 형구는 판단했다. 그리고 그 사업체에 대한 판단은 자신의 의견이 존중받아야 한다고 생각했다.

형일의 장례가 끝나고 며칠 후 형구와 미현은 형경 집으로 가겠다고 전화했다. 그러자 형경이 바닷바람도 쐴 겸 형구 집으로 가겠다고 했다. 그리고 며칠 후 낡은 화물차를 끌고 형경 부부가 형구 집으로 왔다. 형구는 형경에게 "형일의 유산 중에서 몇 억이라도 받든지, 아니면 사업체를 운영하라"고 권했다. 형경 부부는 "박사님의 반대 때문에 할 수가 없다"고 했다. 그리고 돈을 주면 받지만, 본인들이 달라고는 하지 않겠다고 했다. 형구는 형경 부부가 고인을 약 25년 동안 수발을 들고 그 자식들까지 돌봤고, 월정액으로 형일에게 지급한 금액이 약

수십억에 이른다고 했다. 그리고 형님께서 생전에 사업체를 너희들에게 물려주신다고 했으니, 사업체를 운영하라고 권했다. 그러나 형경 내외는 형제들이 다 같이 하라고 하면 하겠지만, 그렇지 않으면 할 수 없다고 완고하게 거절했다.

형일이 죽기 몇 개월 전에 형경의 딸이 E대학에서 석사 학위를 받았다. 그때 형경 부부가 딸과 함께 석사 논문을 가지고 형구 집으로 찾아왔었다. 그리고 감사의 뜻으로 형구에게 3천만 원을 내놨다. 형구는 '대가를 바라고 도와준 것이 아니다'라고 하며 돈을 돌려주었다. 미현이가 전부 돌려주면 성의를 무시하는 것이니 3백만 원을 받자고 해서 받았었다. 형구는 이 사례를 이야기하면서 형제는 대가를 바라는 것이 아니다. 너희 부부가 고인이 되신 형님을 부모 모시듯 20여 년 동안 수발을 했고, 형님께서 별세하시기 전에 너희 부부에게 사업체를 주시겠다고 수십 번 더 말씀하셨다. 그래서 사업체를 너희 부부가 운영하는 것이 순리이기 때문에 권하는 것이라고 했지만 형경 부부는 막무가내였다.

몇 달 후 형경으로부터 형구에게 전화가 왔다. 형남이 재동을 시켜서 고인의 유산 중에서 3천만 원을 주겠다고 해 더러워서 안 받았다고 했다. 형구는 형호와 형경 부부를 송파구에 있는 식당에서 만나기로 했다. 제주 흑돼지 삼겹살을 파는 식당은 손님들로 북적거렸다. 형구는 형경 부부에게 도와주겠다고 고인의 사업체를 운영하라고 다시 설득했다. 형경 부부는 형제들 모두가 동의하지 않으면 절대 하지 않겠다는 말만 반복했다. 커피숍으로 자리를 옮기려고 식당 밖으로 나왔다.

식당 밖에서 형호가 "왜 본인들이 하기 싫다는데 강요하냐"고 소리를 질렀다. 형구는 강요하는 것이 아니고, 형제들이 반대하는 것이 옳지 않기 때문이라고 했다. 형호가 더 크게 소리를 지르고 길바닥이 소란스러워졌다. 얼마 후 경찰관들이 나타나서 "조용히 안 하면 연행한다"고 하고 사라졌다. 커피숍으로 옮겨서 이야기가 다시 시작되었다. 형경 부부는 고인의 둘째 재서가 사업체를 운영해 볼 생각이 있단 말을 했다고 했다. 형구는 재서를 설득하겠다고 했다. 이틀 후 형구는 재서를 집으로 불러서 그동안의 과정을 설명했다. 그리고 형경 부부가 사업체를 운영하는 것이 순리라고 말했다. 재서가 말했다.

"누구보다 저와 형이 잘 알고 있습니다. 형경고모 내외분은 저희가 초등학교 시절부터 부모 역할을 해주시고, 아버지 수발을 들어 주시고, 회사도 형경고모 내외분께서 계셔서 지탱할 수 있었습니다. 그리고 아버지께서 저희에게도 당신이 죽으면 사업체를 형경고모 내외분들에게 물려주신다고 수십 번도 더 말씀하셨습니다. 제가 아버지 사업체를 해보겠다고 한 것은 형남 작은아버지의 강요 때문이었습니다. 저도 형경고모 내외분이 운영하는 것이 순리라고 생각합니다."

형구가 눈물을 글썽이며 재서의 손을 잡았다.

"네가 철이 다 들었구나!"

형경 부부가 고인의 사업체를 운영하기 시작했다. 형남은 자신의 뜻을 거역한다고 형경 부부에게 입에 담기 힘든 욕을 수시로 쏟아 부었다. 형경 부부가 사업을 시작하기 전에 형구 집으로 찾아왔다. 형경 부부는 자신들의 인생 계획은 강원도에 전원주택을 짓고 사는 것이라고 하면서 형구에게 2년 후에는 자신들이 하는 사업을 가져가 달라고 부탁했다. 형구는 내가 만약 사업을 가져오면 그동안 내 처신이 사심이 있는 것으로 해석이 된다. 그리고 현재 내 사업체도 많고 모기업은 중견기업으로 성장했다. 나를 욕되게 하는 것이니 그럴 수 없다고 했다. 그리고 그 사업체에 신경 쓸 여력도 없다고 딱 잘랐다. 그러나 형경 부부는 고집을 꺾지 않았다. 형구가 너희들이 시골 가서 살아도 회사 운영책임자를 두라고 했다. 백세 시대라고 하면서….

"내 자식들에게도 내가 너희들이 사업체를 할 수 있도록 노력한 것이 인생의 큰 보람이라고 했는데…. 그 사업체를 내가 2년 후에 하면 어떻게 얼굴을 들고 다닐 수 있겠어."

형구도 강력하게 의사를 표시했다. 그러나 형경은 형구가 2년 후 사업체를 맡아 주지 않으면 사업을 포기하겠다고 했다. 형구는 마지못해 말했다.

"너희들 마음이 정 그러하면 어쩔 수 없구나. 서류로 작성하자!"

형경이 서류로 작성하는 것은 싫다고 했다. 혹시라도 그 서류가 형남에게 밝혀지면 안 된다고 하면서…. 그럼 모든 판단을 나에게 맡기는 조건으로 손가락을 걸고 약속하자고 형구가 제안했다. 그리고 형구와 형경 부부는 손가락을 걸고 엄지 지장까지 찍고 웃으며 약속했다.

그런데 사업체를 운영하게 된 형경 부부가 형구를 대하는 태도가 달라지기 시작했다. 형경은 그 사업체 운영을 시작한 지 얼마 지나지 않아 형구, 미현, 형경 부부가 함께 식사하는 자리를 마련했다. 그 자리에서 형경이 말했다.

"오빠하고 친하게 지낸다고 큰오빠가 구박을 많이 해서 힘들었어요."

형구는 자신이 어떤 말을 해도 형일이 민감하게 받아들였던 이유를 알게 되었다. 형경 부부는 형남과 관계에서도 형일과 같은 상황이 발생할까 봐, 고의적으로 형구와 미현을 멀리했다. 멀리한 정도가 아니고 백안시했다. 그리고 서태 땅 문제로 형구와 돌이킬 수 없는 상황까지 온 형숙은 형경에게 수시로 전화해서 다그쳤다.

"네가 무엇 때문에 형구에게 감사하고 고마워해야 해?"

그리고 태식이가 우울증으로 오랫동안 고생하다가 박사님 회사에 취직해서 연봉도 많이 받고 잘하고 있다고 형남을 입에 침이 마르도록 칭찬했다.

"형구가 성공할 수 있었던 것은 내 역할이 있었기 때문이야."

형숙은 힘주어 말했다.

형경이 사업을 시작하고 일 년 정도 지난 어느 날 형구에게 전화가 왔다.

"오빠, 저 서울로 이사 와서 돈 번 것 없어요. 내가 월정액 내려 달라고 큰오빠에게 말해 달라고, 오빠에게 부탁한 적도 없잖아요. 제가 서울에 집 산 것도 집값이 많이 내려서 별 재미가 없어요. 회사도 적자 투성입니다!"

이 전화를 받은 형구는 충격에 빠졌다. 이 전화를 받고 형구와 미현은 열흘 후 형경 부부를 찾아갔다. 약속 장소인 일식집은 들어가는 입구부터 왜색풍이 짙은 곳이었다. 미닫이문 바닥에 다다미가 깔려 있고, 벽면에는 일본 전통 오도리 춤을 추는 여인이 화려한 복장을 한 사진이 여러 장 붙어 있었다.

"나는 너희들에게 그 무엇도 원한 것이 없어. 그런데 왜, 나에게 다짜고짜 그런 전화를 하는 거지?"

형경은 무조건 잘못되었다고 말하며, 사과한다고 했다.

형구는 말로 간단히 사과해서 넘어갈 일이 아니라고 생각했다. 자신에게 불쑥 그런 전화를 한 것은 단순한 문제가 아니고, 필시 곡절이 있을 것이라 말하며, 그 사연을 말하라고 다그쳤다.

그러나 형경은 끝내 이유를 말하지 않았다. 식당 영업시간이 끝나갈 무렵 형경 부부가 운영하는 사업체로 자리를 옮겼다. 형경은 회사 장부를 책상에 탕탕 치면서 소리를 질렀다.

"계속 적자가 나고 있고, 이번 달만 몇천만 원 적자가 났어요."

형구는 이해할 수가 없었다. 형일이 살아 있을 때부터 약 20년 동안 회사를 대신 운영하면서 형일에게 이천만 원의 월정액을 주었던 사업체였다. 그리고 형구 자신도 동종업종의 사업을 하고 있어서 도저히 적자가 날 수 없는 구조라는 것을 알고 있었다. 형구는 형경에게 물었다.

"그럼 그 장부를 내가 볼 수 있겠니?"

"오빠가 뭔데 장부를 보자고 합니까?"

형경이 쏘아붙이듯 말했다. 그리고 덧붙였다.

"우리 부부가 어영부영하다 보니까 사업체를 운영하게 됐는데, 왜 내가 오빠에게 고마워해야 합니까?"

"………"

"형제들 동의도 받지 못하고 오빠 혼자서 변방에서 아무리 해봤자 소용없어요…."

그리고 형구의 마음 씀씀이가 나쁘다고 했다. 형구는 20년 동안 형경 부부를 조건 없이 응원해 주고 보살펴 온 세월이 주마등처럼 스쳤다. 형구는 분노가 끓어올랐다.

형구가 형경의 뺨을 갈겼다. 형경이 길길이 날뛰었다. 미현이 소스

라치게 놀라면서 형구를 가로막았다.

"검은 머리 짐승은 믿을 것이 못 된다니까."

형구는 혼잣말처럼 그 말을 남기고는 그곳에서 나왔다. 그 뒤로 형경 부부가 일식집에서 대화를 몰래 녹음했다는 소리를 듣고 형구는 인간에 대한 회의로 헤아릴 수 없는 절망감에 빠져들었다. 평생을 형구에게 의지를 많이 하고, 자신의 입으로도 가장 존경하는 오빠라고 말해 왔던 형경이었다. 그런데 그 자리에서 대화를 몰래 녹음했다는 것이 형구는 도저히 이해가 안 됐다.

'남의 말을 엿듣는 것도 부도덕한 것인데, 무슨 의도로 녹음한 거지?'

형구는 괘씸하면서도 머리가 복잡해졌다. 매사를 의심하는 형호는 상대의 대화를 녹음하는 나쁜 습관이 있었다. 그래서 혹시 형호가 남의 말을 몰래 녹음하는 더러운 짓을 형경에게 시킨 것은 아닌지 의심이 들었다. 형구는 자신이 가방끈이 짧아서 힘들게 살아왔던 것처럼, 힘들게 사는 형경 부부를 연민의 마음으로 사랑과 정성으로 대해 왔는데, 물에 빠진 사람 구해 주자 왜 구했냐고 화를 내는 격이라고 생각했다. 형경 부부의 태도를 형구는 용납하기 어려웠다.

이렇게 시간이 흐르고 형경 부부가 하고 있는 사업을 형구가 맡기로 한 2년이 되었다. 형구는 약속 자체를 잊고 있었다. 중국에서 수입하는 희토류와 금속류가 수입이 봉쇄되어서 형구 회사는 자금난이 심했다. 형경은 형구에게 전화해서 사업체를 맡아 주기로 했으니 인수하라고 했다. 형구는 정신이 없으니, 조금 시간을 두고 만나자고 했으나 형경은 막무가내였다. 형구는 어쩔 수 없이 종로의 한 식당에서 형경 부부를 만났다.

형경 부부는 긴장하고 있었다. 그리고 상당히 큰 금액을 요구하며 사업체를 인수하라고 요구했다. 형경 부부는 이미 전원생활을 할 곳 등을 다 알아봤다고 하면서 형구를 다그쳤다. 형구가 말했다.

"모든 판단을 나에게 맡기기로 하고 손가락 걸고 엄지 도장까지 찍고 약속하지 않았나?"

"손가락 걸고 약속한 것은 오빠 요구로 어쩔 수 없이 한 거죠."

형구는 말을 섞을 상대가 아니라고 판단했다. 그래서 형구는 자신의 회사 어려운 상황을 설명했다. 마음의 여유가 없으니 다음에 상의하자고 여러 차례 말했다. 형경은 그럴수록 더 재촉했다. 형경 부부는 빚쟁이처럼 형구를 볶았다. 형구는 어쩔 수 없이 사업체를 인수해 주기로 했다. 형구는 자금이 없어서 지금 당장은 돈을 줄 수가 없고 3개월 후에 주겠다고 했다. 형경이 안 된다며 일주일 안에 달라고 했다.

그리고 일주일이 흘렀다. 형구 회사는 자금이 고갈된 상태였다. 형구가 고민하자, 회사의 자금을 담당하는 형호 자신이 직접 은행 대출을 해서 빌려주겠다고 했다. 형구가 형제끼리 그렇게까지 할 필요는 없다고 했다. 형경은 왜 돈을 보내지 않느냐고 형구에게 따졌다. 형구는 재차 회사 자금 상태를 설명하고 타인 간에도 상호 형편을 봐서 기간을 변경하기도 한다고 말했다. 그래도 형경은 막무가내였다.

"그럼, 너와 나눈 모든 대화와 계약서는 무효다."

그리고 전화를 끊었다.

유서

병원을 병풍처럼 감싼 뒷산의 산마루가 붉게 타오르고 있었다. 밤나무와 도토리나무 주변에서는 청설모가 겨우살이 준비로 바쁘게 움직였다. 건물 앞으로는 넓은 들판이 펼쳐져 있었고, 철새들이 먹이를 부지런히 찾고 있었다. 하늘은 푸르다 못해 눈이 부셨다. 그 건물 입구에 심신치료센터, 알콜치료센터, 마음클리닉이라는 간판이 흰색 바탕에 녹색 글씨로 써 있었다. 병원의 정원에는 넓은 연못이 있고, 잔디밭 위에 데크가 깔려 있었다. 5층 건물은 연보라색이 칠해져 있었고 주변 환경과 잘 어울렸다.

형구의 강권으로 형일이 병원에 입원했다. 형구는 치료를 잘 받고 나오면 형일에게 사업체를 차려 주겠다고 했다. 형일은 알콜중독치료센터에 입원하라는 형구의 제안을 받고 강하게 거부했다. 자신이 알콜중독이라는 것은 알고 있었지만, 병원에 입원해서 치료를 받는 것 자체에 강한 거부감이 들었다. 형일의 인생에서 술을 빼면 남는 것이 아무것도 없었다. 그러니 술을 끊으라는 형구가 원망스럽기만 했다.

형일이 술을 먹기 시작한 것은 열일곱 살 때부터였다. 아버지의 기대를 충족시키지 못한 형일은 자꾸만 엇나가고 싶었다. 상준과 평산댁은 형일이 조금만 실수를 해도 "너는 집안의 종손이야. 장남이다" 하면서 실수를 덮어 주지 않았다. 무엇보다 형일을 견디기 힘들게 한 것은 형남과 형구를 항상 자신과 비교하는 것이었다. 형일은 장손이라고 할아버지와 진사댁의 귀여움을 여덟 살까지 독차지했다. 동네 사람들도 형일을 깍듯하게 대했다. 정미소 일꾼들도 형일이 원하는 것은 무엇이든지 들어 주었다. 형일은 어려서부터 책을 좋아했고, 별을 보는 것을 좋아했다. 차분한 성격에 말수도 적었다. 형일은 5살 때부터 우민에게 서당에서 천자문과 동몽선습을 배웠다. 상준은 형일이 할아버지 우민을 많이 닮아서 장차 큰 학자가 될 것이라고 사람들에게 말했다. 할아버지는 그런 형일을 끔찍이 생각했다.

하지만 할아버지가 서대면 집으로 왔을 때, 그 처참한 몰골을 본 형일은 평생 그 모습을 잊지 못했다. 그것은 형일에게 일종의 트라우마가 되었다. 먼지 한 톨 묻지 않은 흰 한복을 입고 서당에서 글을 읽던 모습이 선명한 할아버지였다. 그런데 그 할아버지가 거지꼴을 하고 가래 기침을 끊임없이 끌어내는 모습을 형일은 받아들일 수가 없었다. 우민이 형일을 안아 주려고 해도 형일은 우민 곁으로 가지 않았다. 그는 기침을 심하게 했고 종래엔 각혈까지 했다. 그것은 형일이 알던 할아버지가 아니었다. 우민이 싫은 것은 아니었다. 그저 형일은 자신의 기억이 무너지는 것을 인정할 수가 없었다. 할아버지는 죽음이 다가올수록 종손인 형일을 더 찾았다. 하지만 끝끝내 형일은 할아버지에게 다가가지 않았다. 할아버지가 돌아가시던 날 형일은 세상이 끝나는 아픔을 느꼈다. 그 아픔은 평생 형일의 가슴에 남았다.

* * *

할아버지가 돌아가신 일은, 형일에게 상준의 혹독한 매질을 막아줄 보호막이 사라진 것과 같았다. 상준은 학교 성적이 조금만 안 좋거나 실수를 하면 가차 없이 매를 휘둘렀다. 상준은 형일의 조용한 성격이 마음에 들지 않았다. 형남처럼 공부를 잘하고 형구처럼 씩씩해야 집안을 일으킬 수 있다고 생각했다. 형일은 상준이 두려웠다. 형일은 상준에게 잘 보이려고 무척 노력했지만, 단 한 번도 칭찬을 들어 본 적이 없었다. 상준이 매질을 해도 형일을 지켜 주는 사람은 아무도 없었다. 평산댁은 항상 장사를 나가서 집에 없었다. 형일은 상준의 눈치를 살폈다. 그러면 상준은 사내자식이 눈치를 살핀다고 꾸중했다. 형일은 언젠가는 상준에게 보복할 것이라고 다짐을 했다.

그렇게 시간이 흘렀다. 형일은 고등학교에 전교 7등으로 합격했다. 형일은 그 합격증을 상준에게 자랑스럽게 내놓았다. 그런데 상준은 왜 형남처럼 수석을 못 했냐고 하면서 나무랐다. 형일은 절망감에 사로잡혔다. 자신은 어떠한 일을 해도 아버지에게 인정받을 수 없다고 생각했다. 가출을 결심했다. 형일은 가출할 틈을 노리고 있었다. 상준에게 뭔가를 돌려주고 싶었지만, 상준의 그림자만 봐도 두려웠다.

고등학교 1학년 때 첫 가출을 했다. 이미 형숙과 형미는 가출한 상태였다. 형일은 고향에서 가까운 광주로 갔다. 그리고 다방에서 그릇 닦는 일을 시작했다. 다방 의자를 붙여서 잠을 자고, 밥을 해 먹었지만, 그래도 그곳이 아늑하고 편했다. 상준의 지옥에서 탈출한 그를 아무도 나무라는 사람이 없었다. 그렇게 시간이 1년 정도 흘렀다. 형일은 외로웠다. 그래서 친한 동창들에게 편지를 했다. 평산댁이 형일의 친구들에게 주소를 알아내서 찾아왔다.

"형일아, 너는 집안의 장손이야. 네가 집으로 돌아가서 학교에 다니지 않으면, 이 어미는 죽는 수밖에 없다."

절대 집으로 돌아가지 않겠다고 고집을 피우는 형일을 평산댁은 3일이나 설득해서 데려왔다. 집으로 돌아오는 버스 속에서 평산댁은 어찌해서 광주로 갔느냐고 물었다.

"혹시라도 일가친척이 너를 알아본다면…. 내가 이고 지고 이 고생을 하는 것도 다 너희들이 잘되게 하려는 건데… 그리고 집안을 일으키려고 하는 것인데… 하필 고향 쪽으로 와서 다방에서 그릇을 닦고 있다니…."

평산댁의 울음에 형일은 서운함을 느꼈다. 어머니는 자신이 가출했다는 사실보다 그게 집안의 망신이 될까 걱정하고 있었다. 그러나 혼자서 떠돌면서 느낀 것이 많았다. 그래서 열심히 공부해서 좋은 대학을 가야겠다고 결심했다.

집으로 돌아온 형일을 상준은 덤덤하게 맞이했다. 형일에게 무엇을 했느냐 어떻게 지냈느냐 어디에 있었느냐, 단 한마디도 묻지 않았다. 형일은 1년 사이에 아버지가 부쩍 늙어 버렸다는 것을 느꼈다. 그런 상준의 손이라도 잡고 잘못했다고 용서를 빌고 싶었다. 하지만 그 소리는 끝내 입 밖으로 나오지 않았다. 죽도록 맞을 것이라고 생각한 형일은 때리지 않는 상준을 의아하게 생각했다.

형일은 학교에 복학했다. 그러나 이미 세상의 물을 먹은 형일에게

책은 눈에 들어오지 않았다. 1년 후배들과 학교에 다니는 것도 힘들었다. 그래서 형일은 상준에게 전학을 요구했다. 상준은 전학을 가게 되면 하숙하거나 자취를 해야 하는데, 그럴 돈이 없다고 했다. 평산댁에게 부탁했다. 평산댁은 열한 식구가 입에 풀칠하기도 힘들다고 했다. 형일의 학교 성적은 시원치 않았다. 그 성적표를 상준에게 보일 수가 없었다. 그래서 형일은 13등이 쓰인 성적표에서 1자를 지웠다. 그리고 그 성적표를 상준에게 내밀었다. 상준은 그 성적표를 유심히 살피더니 다짜고짜 몽둥이찜질을 했다. 형일은 반항도 하지 않고 그 몽둥이를 다 받았다. 형일은 집에서 버틸 힘이 없었다.

형일은 몽둥이찜질을 당한 일주일 후, 학교가 끝나고 소주 한 병 사들고 집에 왔다. 상준과 담판을 하려는 것이었다. 형일의 술버릇은 그렇게 시작되었다. 공교롭게도 그날은 상준이 집에 없었다. 술에 취한 형일은 형구를 죽기 직전까지 패고 집을 뛰쳐나왔다.

형일은 집을 뛰쳐나오고 나서 다시는 집에 돌아가지 않겠다고 다짐했다. 그리고 돈을 많이 벌어서 고향 마을로 돌아가고 싶었다. 그러나 어린 형일이 할 수 있는 일은 거의 없었다. 형일은 다방 주방에서 누구의 참견도 듣지 않고 그릇을 닦는 일이 편했다. 그리고 시간이 나면 책을 읽었다. 여러 공장도 다녀봤지만, 책을 읽을 시간이 없었다. 그리고 작업반장 등으로부터 끊임없이 감시와 지시를 받는 것이 죽기보다 싫었다. 작업반장의 지시는 상준에게 감시와 지시를 받는 것과 같았다.

형일은 쇼펜하우어와 니체 그리고 장자 등 철학 서적을 읽었다. 그리고 이백과 두보의 시집을 읽었다. 이해가 안 되면 여러 번 반복해서 읽었다. 형일은 책을 읽을수록 인생이 허무하다고 생각했다. 그래서 술을 먹기 시작했다. 술을 먹으면 자신을 옥죄는 모든 것으로부터 해방감이 들었다. 형일은 장손이고 싶지 않았다. 할아버지의 기억을 지우고 싶었다. 상준에게서 더 멀리 도망치고 싶었다. 정미소 화재도 기억 속에서 지우고 싶었다. 어린 형일이 술을 먹으면 다방 아가씨들이 왜 어린 사람이 술을 먹느냐고 물었다. 형일은 술을 먹는 것이 부끄러워서 술을 먹는다고 했다. 그리고 대부분의 철학자들 그리고 자신이 가장 좋아하는 이백과 두보도 술꾼들이라며 웃었다. 형일은 청춘을 펼쳐 보지도 못하고 술에 젖어 들었다.

* * *

알콜치료센터에 입원한 형일은 편안했다. 형일은 무한경쟁사회에서 탈락한 사람들과 함께했다. 그들은 서로 위안이 되었다. 병원에서는 심리치료, 약물치료, 종교치료 등 여러 가지 치료를 병행했다. 형일은 모든 치료를 거부했다. 약을 먹는지 안 먹는지 간호사들과 남성 도우미들이 환자들을 일일이 확인했다. 형일은 약을 화장실 변기에 버리고 먹었다고 했다. 알콜치료센터 병실은 철창으로 되어 있었다. 낮에는 정해진 시간만 정원에 나갈 수 있었고, 감시원들이 철통같이 감시했다. 저녁 시간 이후는 병실의 문을 밖에서 잠갔다. 남는 것은 시간뿐이었다.

병실에 함께 있는 사람들은 술로 인해서 가정이 정상적이지 않은 사람들이었다. 전직 역사 교사였다는 김중우는 입원한 것이 다섯 번째라고 했다. 자신이 술을 먹는 이유를 그 누구도 이해하지 못한다고 했다. 병원에서 퇴원하고 10년 동안 한 방울의 술도 입에 대지 않은 적도 있지만, 퇴원하고 그날로 술을 먹은 적도 있다고 했다. 그는 역사 속에 사라진 민중들의 고통이 밀려오면 술을 참을 수가 없다고 했다. 김 씨는 이런 이야기를 할 때는 종이컵에 물을 따라서 술처럼 마셨다.

큰 사업을 했었다는 홍 씨는 40대였다. 그는 자신의 이름을 큰 비밀처럼 발설하지 않았다. 간호사들도 그의 이름을 부르지 않고 홍길동이라고 호칭을 붙였다. 홍 씨는 큰 그룹에 자동차 부품을 납품했는데, 그 그룹이 부도가 나서 하루아침에 알거지가 됐다고 했다. 그래서 가족들도 뿔뿔이 흩어지게 되었다. 그 때문에 하루도 술을 거르지 않고 먹기 시작해서 여기까지 오게 됐다는 것이다. 그는 술을 팔게 하는 정부가 나쁜 놈들이라고 했다.

형일은 그들의 삶이 이해가 되었다. 형일은 술마저 없다면 이들이 어떻게 살아갈 수 있을지 의문을 가졌다. 술을 먹다 죽는 것이나 안 먹다 죽는 것이나 무슨 차이가 있는지 형일은 구분할 수가 없었다.

형일은 오다가다 만난 처와 사이에서 자식이 세 명 있었다. 처음엔 가정을 잘 꾸려 보려고 했지만, 의지대로 되지 않았다. 술에 취하면 의정부 변두리 지하 셋방에 있는 가재도구를 전부 때려 부쉈다. 그리고 잡부 또는 잡상인으로 며칠 일하고 돈이 생기면 술을 샀다. 자식들을 양육할 수가 없었다. 형일은 장롱과 책꽂이 그리고 쌀독에 술을 숨겼다.

평산댁이 이따금 형일의 집에 양식과 돈을 놓고 갔다. 평산댁은 희망 고문을 하듯 열심히 살면, 형구를 비롯한 형제들이 도와줄 것이라고 형일의 처에게 말했다. 그러나 매일 술을 먹는 형일을 보는 그녀는 희망이 없었다. 어느 날 그녀는 사라졌다. 그 어떤 말도 없이. 이후로 형일의 자식들은 평산댁과 형구의 몫이 되었다. 형일은 장손으로서 자손을 이은 것으로 자신의 책임을 다했다고 마음 편하게 생각했다.

* * *

형일은 6개월 만에 병원에서 퇴원했다. 사실 형일은 퇴원하고 싶지 않았다. 술을 먹지 못하는 것은 참을 수 없이 힘들었다. 그러나 사회에서 밥을 해결하기 위해서 돈을 벌어야 하는 것, 그 자체가 더 큰 두려움이었다. 이따금 약을 가장한 술이 병실로 들어오기도 했다. 이곳에 있으면 자식들에 대한 의무감도 사라지고, 그 술 한 잔을 마시면 바깥의 일들이 모두 휘발되곤 했다. 술을 끊으려고 했던 의지도 마찬가지로 사라졌다.

형구가 차려 준다던 사업체라는 것 역시 탐탁지 않았다. 형일은 돈을 악착같이 벌려는 형구가 이해되지 않았다. 형구는 자신을 형으로서 대접하는 것 같지도 않았다. 돈을 벌어서 무엇을 이룬다고 해도 결국은 무엇이 남는가? 어차피 인생은 무(無)가 될 것인데 하는 생각이 앞섰다. 형일은 그때까지 자신의 힘으로 백만 원이 들어 있는 통장을 만들어 보지 못했다. 형일은 돈을 밝히는 것은 속물들이나 하는 짓이라고 자신을 합리화시켰다.

병원에서 퇴원한 형일은 형구의 처가 얻어 준 연립주택에서 생활을 시작했다. 그리고 형구가 차려 준 사업체에 출근했다. 형구가 직원들까지 전부 채용해 놓은 상태였다. 사업체는 형구의 지시에 의해서 돌아갔다. 형일은 명색이 사장이지만, 근 일 년간은 회사가 돌아가는 것을 잘 알 수가 없었다.

그런데 매월 몇천만 원씩 수입이 생겼다. 형일은 생전 만져 보지 못한 거금이 생기는 것이 신기했다. 형일은 그 돈으로 살면서 신세를 졌던 사람들에게 인심을 썼다. 형일은 그동안 자신을 무시하고 원망하던 가족들과 지인들의 태도가 확연히 달라지고 있다는 것을 느꼈다. 특히 형숙의 태도는 몰라보게 달라졌다. 형일은 술은 먹었지만, 폭음은 하지 않으려 했다.

점차 시간이 흐르면서 형일은 사업을 완전히 이해하게 되었다. 형일은 형구가 자신의 사업체에 출입하는 것이 싫어지기 시작했다. 형구가 사업에 대해 조언을 하면, 그게 건방진 태도로 느껴졌다. 형일은 장남으로서 집안에서 자신의 위치를 찾고 싶었다. 그래서 형일은 형남과 형구의 갈등을 해결해 보려 했다. 그러나 해묵은 갈등을 겪고 있는 둘은 형일의 말을 귓등으로도 듣지 않았다. 오랜 시간 동안 동생들에게 신뢰를 잃고 형으로서 무책임하게 살아온 대가라고 생각했지만, 서글펐다. 특히 형구의 영향력이 집안에서 절대적이었다. 형남은 그 영향력을 인정하려 하지 않았다. 형남은 형제들 모두를 얕잡아 봤고, 자신은 선택받은 사람이라고 생각했다.

형구의 고분고분하지 않은 성격도 문제였다. 형일은 마음과는 달리 형남과 형구의 기에 눌려서 자신의 생각을 말하지도 못했다. 형일은 사업을 지속적으로 잘하려면 여러 기관단체에 가입해서 활동하라는 형구의 조언이 떠올랐다. 형일은 관변단체 회원으로 가입했다. 형일은 단체 회원들에게 자주 밥을 사고, 행사 때마다 돈을 내놨다. 형일은 그 단체의 주요 인사로 떠올랐다. 그리고 얼마 후 그 단체의 회장으로 추대되었다. 40대 초반까지 부평초처럼 떠돌기만 했던 형일은 벼락 완장을 찼다. 형일은 돈을 버는 재미가 이런 것인가 하고 혼자서 슬며시 웃기도 했다.

경제적인 여유가 생기자 다시 폭음을 시작했다. 형일은 술을 마실 때는 안주는 일절 먹지 않고 냉수를 마셨다. 그리고 손발을 떨었다. 그래도 단체 회원들이 "회장님, 회장님!" 하면서 형일을 받들었다. 여덟 살 이후 처음으로 사람들에게 대우받는 게 뭐라고 표현할 수 없는 기분이었다.

형일이 자주 폭음을 하자, 형구는 형경 부부를 형일의 회사에 근무하게 했다. 형일은 바라던 바였다. 평생을 규칙적인 생활을 해본 적 없는 형일은 매일 출근해서 장부를 확인하고 숫자를 보는 것이 귀찮고 힘들었다. 또한 직원들을 관리하는 것도 쉬운 일이 아니었다. 세무조사를 당하거나 직원들이 노동부에 고발하는 일이 있을 때는 형구가 나서서 해결해 주었지만, 형으로서 체면이 말이 아니었다. 그런 일이 있을 때마다 형일은 폭음을 하고 형구를 외면했다.

형일은 형구가 사업체를 차려 주면서 처음 투자한 돈을 갚았다. 형구는 투자한 금액을 달라고 한 적이 없지만, 형일은 억지로 갚았다. 형경 내외가 회사에 출근하면서 형일은 돈을 세고 쓰는 일 말고는 할 일이 없었다. 단체 회원들을 끌고 다니면서 술과 밥을 사는 일이 형일의 일과가 되었다. 회원 100명이 넘는 산악회에서 형일을 회장님으로 모시겠다고 하자, 형일은 마지못해서 하는 것처럼 산악회 회장직을 맡았다. 이런 처신을 하는 형일은 사람 좋다는 평가를 받았다. 형일의 활동 반경이 넓어질수록 돈은 더 필요했다.

형일은 매월 몇천만 원씩 형경 내외에게 월정액을 받는 조건으로 회사를 위탁 운영하게 했다. 그 금액은 형구가 책정한 금액이었다. 그 금액을 책정할 때는 형경 내외가 형일에게 월정액을 내고도 수입이 그런대로 될 때였다. 그런데 2년 후부터 경기가 둔화되고, 국제 고철 시세가 폭락하면서 매출과 이익이 급격히 감소했다. 형경 내외는 월정액을 감당할 수 없었다. 형일은 형경 가족이 힘들게 사는 것에 전혀 관심이 없었다. 형경은 수십 차례 월정액을 낮추어 달라고 형일에게 부탁했지만, 형일은 귓등으로도 듣지 않았다. 형경 부부가 형구 집으로 찾아왔다. 형구에게 형일이 월정액을 낮추어 주게 해달라고 몇 차례 부탁했다. 그럴 때마다 형구는 형일이 양심껏 해줄 것이니 기다려 보자고 했다. 그러나 시간이 흘러도 형일은 월정액을 조금도 낮추어 줄 기미를 보이지 않았다. 어쩔 수 없이 형구가 형일에게 월정액을 낮추어 주라고 부탁했다. 형일은 네까짓 것이 뭔데, 내 사업에 참견하느냐고 고래고래 소리를 질렀다. 그리고 다시 그런 소리를 하면 그냥 두지 않겠다고 했다. 형구는 형일의 이런 태도에 크게 실망했다. 돈에 대한 집착 없이 살아온 형일이 돈을 만지면서 이렇게 바뀔 수 있다는 것에 놀랐기 때문이다. 과도한 술과 자기 연민에 빠진 형일은 괴팍했고, 비상식적인 행동을 했다.

형일은 돈의 위력과 쓰는 재미에 푹 빠져 살았다. 형일은 자신이 사는 지역의 어려운 사람들을 돕는 등 선행을 많이 했다. 많은 사람들이 형일에게 박수를 쳤다. 하지만 형경 부부에게는 마른 수건을 짜듯 했고, 가혹하다 싶을 정도로 심하게 대했다. 폭음을 자주하는 그의 신체 기능이 점점 망가지고 있었다. 형일은 자신이 오래 살 것으로 생각하지 않았다. 그래서 거액의 각종 보험에 들었다. 형일은 술에 의한 합병증으로 망가진 장기를 떼어 내야 했다. 장기를 떼어 내고도 술에서 벗어나지 못했다. 이런 형일을 간병하고 뒤치다꺼리하는 것은 형경 내외의 몫이었다. 형경 내외는 지쳐갔다. 이 와중에도 형일은 형경 부부에게 지독하게 대했다. 결국 형경이 참지 못하고 몇 차례 형일에게 싫은 소리를 했다. 자기 연민에 빠진 형일은 그 소리를 듣고선 가슴에 못 박힌 사람처럼 굴곤 했다.

형일은 유서를 작성했다. 그동안 수백 번도 더 사업체를 형경 부부에게 주겠다고 한 약속은 그 유서에는 없었다. 이십 년이 넘도록 형일의 손발이 되어 준 형경 부부에게는 한 푼도 주겠다는 내용이 없었다. 그리고 형일은 그 유서를 가지고 형경 부부를 겁박했다. 이 소식을 듣고 형일의 유서 사본을 읽어 본 형구는 분노했고 좌절했다. 형구는 형일이 입원한 병원으로 찾아갔다. 형일을 만난 형구는 따져 물었다.

"형님이 운영하는 사업체는 형님만 잘 살라고 제가 차려 드린 것이 아닙니다. 어머니께서 장남이 잘 돼야 집안이 편안하다고 자주 말씀하시고, 형제가 우애 있게 지내기 위해서는 형제 모두 밥이 해결되야 할 듯해서… 그런데 어떻게 그런 유서를 써서 형경 부부를 비참하게 만들 수 있는지 저는 지금도 믿어지지 않습니다 그러고도 형님이 오빠이시고 이 집안의 장남이십니까?"

"나는 너에게 돈을 다 갚았어. 내 사업 내가 알아서 하겠다는데 네놈이 무슨 자격으로 지랄해?"

형일은 병실이 터져나가라 고래고래 소리를 질렀다. 형경은 더러워서라도 형일의 사업체를 물려받지 않겠다고 했다. 형일의 유서에는 자신의 유산 중 5억을 어려운 사람들을 돕는 단체에 기부하라는 내용이 있었다. 형일은 수입의 대부분을 다 써버리고 유산은 생명보험을 들어 놓은 것이 전부였다. 형구는 그 유서 내용이 혼란스러웠다. 유서는 본인이 죽기 전까지는 비밀 유지가 되는 것이 일반적이다. 그런데 형일은 유서를 수없이 고쳐 쓰고 그 내용을 직원들을 포함해서 형제들이 볼 수 있도록 의도적으로 공개했다. 형구는 인간이라는 동물은 유서마저 자신을 기만하는 내용으로 쓸 수 있는 것인지 의문을 가졌다. 형일은 술병을 옆구리에 차고 죽었다. 그 유서의 집행은 형남이 중심이 되어 처리했다. 형남은 다른 유서 내용은 대부분 충실히 형일의 유지를 따랐다. 그러나 5억을 기부하라는 유지는 따르지 않았다. 형일의 사업체에 대해서도 유서에 형경에게 주라는 내용이 없으니, 줄 수 없다고 했다. 형남의 의견에 형숙과 형호도 동의했다.

배신

형구는 평산댁이 죽기 전부터 제3세계 어린이들을 위한 세계 봉사 여행을 떠나겠다는 말을 자주 했다. 평산댁의 죽음 이후, 형구와 미현은 그 준비를 위해 말레이시아로 영어 회화 연수를 떠나려고 했다. 형구는 연수를 떠나기 전, 형호에게 회사를 맡기려고 했다. 고철로 시작한 형구의 사업은 이제 구리, 알루미늄, 희토류를 취급하는 알짜 회사로 성장했다. 형호가 대기업을 다니다가 형구의 회사에 합류했을 때, 형구는 초등학교만 졸업하고 국내 최대 그룹을 일군 모 회장을 떠올렸다. 그 회장은 동생들을 공부시키고 회사에 합류시켰다. 그리고 형제들이 함께 노력해서 대기업을 만들었다. 형구 자신도 대기업으로 회사를 키울 수 있겠다고 생각한 것이 무리는 아니었다.

형구는 형호에게 대기업 임원급 수준의 높은 연봉과 자동차를 제공하고 법인 카드와 별도의 판공비도 지급했다. 20년 동안 함께 근무하면서 우애가 좋았고, 마찰도 없었다. 형구가 판단하기에 형호가 지나치게 치밀하고, 아집이 강한 것과 가끔 돈에 집착을 보이는 것 말고는 별문제가 없어 보였다. 형구는 형호에게 기회를 줘보고 싶었다.

형구는 형호에게 동업계약을 하자고 제안했다. 형호에게 현재까지의 회사 자산 중 몇십 억을 주고, 회사 미래의 순이익 20%를 직원들에게 나눠 주고, 형호에게 주식 절반 정도를 주는 조건이었다. 그리고 형호가 투명하게 열심히 하면 10년 후에 60% 주식을 형호에게 넘겨주겠다고 했다. 실질적으로 회사를 넘겨주겠다는 조건이었다. 형구는 10년 후 자신의 주식은 직원들과 자신이 만든 봉사단체 그리고 자식들에게 주겠다고 했다. 형호 입장에서는 파격적인 제안이었다. 형호는 형구에게 말했다.

"형님은 보기 드문 대인이십니다. 저도 형님처럼 족적을 남기는 삶을 살고 싶어요. 양심을 걸고 정직하게 최선을 다하겠습니다."

형구는 동업계약서를 형호보고 알아서 작성하라고 맡겼다. 형호는 동업계약서 초안을 우편으로 형구에게 보내왔다. 형구는 동업계약서 초안에 몇 가지 의견을 붙여서 형호에게 우편으로 답신을 보냈다. 회사에 맡겨진 형구의 인감을 가지고 형호 혼자서 동업계약서 공증을 했다. 공증된 동업계약서는 형구에게 우편으로 도착했다. 형구는 그 동업계약서를 읽어 보지도 않고, 우편 봉투 그대로 집에 있는 금고에 넣어 두었다.

* * *

형구는 말레이시아로 영어 연수를 떠나기 전, 회사 계열사 사장들 그리고 임원들을 집으로 초대했다. 집 입구에 '그동안 고마웠습니다,

잊지 않겠습니다!'라고 쓴 현수막이 나부끼고 있었다. 정원에는 통통한 꽃게와 각종 먹거리가 식탁 위에 가득 차려져 있었다.

임원들이 하나둘 도착했다. 형구와 미현이 임원들 한 명씩 손을 잡고 반갑게 인사를 했다. 그런데 한결같이 임원들의 표정이 밝지가 않았다. 임원들은 오늘 모임이 유쾌한 모임은 아니라는 것을 알고 있었다. 음식을 나누기 전에 형구가 30명 정도의 임원들을 모아 놓고 입을 열었다.

"우리 회사가 중견 회사로 성장한 것은 임직원들 노고 덕분입니다. 저는 임직원 분들 노고에 진심으로 감사하게 생각하고 있습니다. 여러분들의 노고가 헛되지 않게 하겠습니다. 죄송하지만, 오늘 중대 발표를 하려고 합니다. 사전에 임원들과 상의하지 않고 발표하게 된 점 이해 부탁드립니다. 여러분이 알고 있는 것처럼 저는 어려서부터 노동에 시달려왔습니다. 평생 일하고 돈만 벌다 죽을 수는 없습니다. 그래서 은퇴를 결심했습니다."

예상은 했지만, 임원들이 웅성거렸다.

"임원 분들의 깊은 양해 부탁드립니다."

준비했다는 듯이 임원들이 반발했다.

"은퇴하지 말고 방향만 잡아 주시면 안 되겠습니까?"

여기저기서 "동의합니다!"라는 소리가 났다.

"저도 많이 고민했습니다. 그러나 제 또 다른 꿈이 있습니다. 임원들이 응원해 주면 감사하겠습니다. 차기 대표이사로 이형호 기조실장 겸 이사를 선택할까 합니다."

말을 하자마자 땅이 꺼지는 한숨 소리가 여기저기서 났다.

"회사는 우리 모두의 것이라는 것 저도 잘 알고 있습니다. 이형호

기조실장에게 대표이사 자리를 넘겨주려고 하면서 많은 생각을 했습니다. 특히 형제라서 더 많은 고민을 했습니다. 그런데 형제라고 해서 역차별받는 것도 바람직하지 않다는 생각으로 대표이사 자리를 넘겨주려는 것입니다. 이형호 실장은 실력이 있습니다. 여러분들이 저를 대하는 것처럼 똑같이 이형호 실장을 대해 주면 회사는 더 크게 성장할 것입니다."

침묵을 지키던 정 전무가 나서서 손뼉을 쳤다. 그러나 서너 사람만 박수를 쳤다.

"우선 술 한잔하고 이야기합시다."

형구는 말하며 술병을 들어서 임원들에게 따랐다. 임원들이 술을 받으면서 형구가 은퇴하면 회사를 그만두겠다는 임원이 여러 명 있었다. 형구는 생각하는 것보다 심각한 것을 느꼈다. 이미 동업계약서를 형호에게 작성해 준 형구가 물러서기에는 늦었다. 형구는 미현에게 조용히 도움을 요청했다. 미현이 눈을 흘기며 임원들 속으로 들어갔다. 미현이 임원들 한 사람씩 붙잡고 말했다.

"회장님은 이상주의자입니다. 그래서 때로는 대책이 없는 짓을 합니다. 이번 일도 저와 상의도 없이 일을 저질러 놓고 저와 상의했습니다. 나쁜 사람입니다. 그렇지만 회장님 말씀대로 평생 돈벌이만 해 온 것도 맞는 말입니다. 이제 자기가 하고 싶은 일을 할 때가 된 것도 사실입니다. 회장님은 오래전부터 세계 여행을 하면서 책도 쓰고, 제3세계 어린이들에게 학교 지어 줄 곳도 찾고 싶어 했습니다. 호기심이 많아서 세계 여행을 꼭 하겠다는 말을 오래전부터 해왔습니다. 저 사람이 하고 싶은 일을 할 수 있도록 도와주면 감사하겠습니다."

임원들 한 사람씩 붙잡고 설득했다.

"아시는 것처럼 저희 부부는 자식이 3명이지만 회장님이 회사 출입도 못하게 해왔습니다. 그래서 제 자식들은 회사가 어디 있는지도 잘 모릅니다. 저런 분이 이런 결정을 했을 때는 무엇인가 큰 뜻이 있지 않겠습니까?"

미현이 임원들과 이렇게 많은 말을 한 것은 처음이었다. 임원들은 체념과 우려의 눈길로 미현을 바라보았다. 정적 속에 술잔 부딪치는 소리만 났다. 해질 무렵 먹구름이 태양을 가려서 정원이 어두워졌다. 정 전무가 나서서 한마디 했다.

"회장님께서 결심하셨고 이미 정해진 일인 듯합니다. 이형호 실장 말이라도 들어 봅시다."

형호가 긴장한 얼굴로 입을 열었다.

"저도 회장님의 갑작스러운 제안을 받아들이기가 쉽지 않았습니다. 하물며 임원 분들은 오죽하시겠습니까? 저는 이 회사에서 20년을 넘게 근무했습니다. 누구보다도 회사를 성장시키고 경영을 잘할 자신이 있습니다. 저를 믿고 함께 해주시면 분골쇄신 최선을 다하겠습니다. 회장님과 임원들을 절대 실망시키지 않겠습니다."

임원들은 그런 형호를 쳐다보다가 형구를 쳐다보기를 반복하더니 어쩔 수 없이 손뼉을 쳤다. 미현은 형호에게 대표이사를 넘겨주는 것은 알았지만, 동업계약서를 써 준지는 모르고 있었다.

술이 몇 순배 돌고 회사에서 30년을 근무한 정화영 전무가 형구의 옆자리에 앉았다. 정 전무는 넉넉한 인상에 배가 조금 튀어나온 전형적인 중년 남성이었다.

"회장님, 섭섭합니다. 저에게 귀띔도 안 하시고…. 그리고 이형호 실장이 직원들과 소통이 잘 안 되어 걱정됩니다."

"이형호 대표가 그리 꽉 막힌 사람은 아닙니다. 회사에서 살림하다 보니 그랬을 겁니다. 대표이사가 되면 달라질 겁니다. 아무튼 정 전무가 열심히 도와주세요."

일부러 이형호 대표라 부르는 형구의 말에 정 전무가 대답을 하지 않았다. 형구는 임원 한 사람씩 손을 잡고 거듭 미안하다며 형호를 부탁했다. 술자리가 무르익었지만, 분위기는 가라앉아 있었다.

며칠 후 형구와 미현은 말레이시아행 비행기에 몸을 실었다. 회사 임직원들이 공항에 나와서 형구를 배웅했다. 형구는 외국으로 출발하기 전에 회사 법인도장, 개인 인감도장, 공인인증서 비밀번호 등 회사 관련 모든 서류를 형호에게 넘겼다. 형구는 외국에서 회사 관련 어떠한 보고도 받지 않았다. 임원들이 이메일을 보내왔지만, 형구는 열어보지 않았다. 가끔씩 형호가 전화를 해서 회사 돌아가는 것을 설명하면 그것으로 끝이었다. 형구는 미현에게 회사에 새로운 리더십이 생기려면 자신이 회사 일에 관여하면 안 된다고 했다. 장강의 앞물은 뒷물에 자리를 내주는 것이 순리이고 하늘에 두 개의 태양이 있을 수 없다는 것이 그의 논리였다.

50대 중반에 시작한 영어 회화 공부는 진척이 없었다. 처음 계획은 6개월 정도였는데, 1년으로 길어졌다. 회화가 어느 정도 되자 형구는 귀국했다. 그는 귀국하면서 회사에 알리지 않았다. 영어 회화 연수 중에 형구가 집에 두고 간 휴대폰 전원을 켰다. 휴대폰에는 직원들에게 전화와 문자가 수없이 와 있었다. 형구는 그 문자도 읽지 않았다.

형구는 세계 봉사 여행을 떠나기 위해서 준비할 게 많았다. 특히 큰 전원주택과 수목원을 관리해 줄 사람을 구하는 것은 생각보다 쉬운 일이 아니었다. 봉사 현장을 누빌 캠핑카를 특수 제작하는 것도 상당한 시간이 소비되었다. 여행 동반자들도 어렵게 확정했다. 각종 풍토병 주사도 맞고, 블라디보스톡에서 출발해서 유라시아를 거쳐서 아프리카, 라틴아메리카 미주까지 달리는 3년간의 대장정을 계획한 것이다. 이렇게 준비 시간만 1년이 흘렀다. 이 기간에도 형구는 회사에 단 한 번도 출입하지 않았다. 형호도 형구가 회사에 출입하는 것을 원치 않았다. 형구가 여행을 떠나기 한 달 전, 형구는 회사 중요 임원들을 북한산 자락에 있는 한식당으로 초대했다.

"그동안 신경 쓰지 못해 미안했습니다. 내가 회사에 출입하거나 의견을 내면 새로운 리더십이 흔들릴까 봐 그랬습니다."

임원들은 형구에게 어떻게 그럴 수가 있느냐고 따지듯 물었다. 형구는 거듭 유감을 표하고 임원들에게 연신 사과했다. 그리고 30년산 마오타이주를 임원들 술잔에 따랐다. 형구가 건배를 제의했지만, 분위기는 영 썰렁했다.

"저희가 전화해도 받지도 않으시고, 문자도 씹으시고, 왜 그러셨는지 이해할 수가 없습니다."

형구가 어렵게 사업을 시작했을 때부터 함께해서 계열사 사장에 오른 강준영 사장이 귀를 만지면서 꼭 드릴 말씀이 있다고 하면서 입을 열었다. 강준영 사장은 어려운 말을 꺼낼 때면 귀를 만지는 버릇이 있었다.

"회장님이 회사를 떠나고 얼마 지나지 않아 형남과 형경이 회사 근처 고급 일식집에 들락날락거렸습니다."

형구는 순간적으로 긴장하는 눈빛으로 강 사장의 입을 응시했다.

"결론부터 말씀드리겠습니다. 회장님 세계 여행 가시면 절대 안 됩니다. 회사가 공중분해됩니다."

"왜 그렇게 생각합니까?"

형구가 반사적으로 이유를 물었다.

"제 목을 내놓고 말씀드립니다. 이형호 사장은 직원들을 이용 대상으로만 생각합니다. 전혀 소통이 안 됩니다. 거대한 땅굴에 대고 이야기하는 것 같습니다."

다른 임원들이 말을 받았다.

"이형호 사장은 직원들을 믿지 못해서 직원들과의 모든 대화와 통화를 녹음합니다. 회장님과 대화도 전부 녹음할 겁니다. 회장님도 이 사장과 대화할 때는 조심하셔야 합니다. 이것뿐만이 아닙니다. 오래된 직원이나 새로운 직원들이 이형호 사장의 업무 스타일에 질려서 줄줄이 사표를 냈습니다. 회사 근무 환경을 평가하는 회사들은 우리 회사를 최하위 점수를 주고 있습니다. 그래서 신입 직원도 구할 수가 없습니다. 그리고 회장님 사람이라고 생각되는 임직원들이 줄줄이 잘리고 사표를 냈습니다."

그러고 보니 자리에 참석한 임원들의 절반은 형구가 처음 보는 얼굴이었다.

"오늘 이 자리에서 나온 이야기도 이 사장에게 누군가 보고를 할 것입니다. 그러면 피바람이 불겠지요. 저는 회장님과 젊어서부터 형제 이상으로 지냈고, 진심으로 회사가 걱정돼서 이 말씀을 드리는 것입니다."

참석한 임원들이 고개를 숙이거나 눈을 감고 강 사장의 말을 듣고 있었다. 형구는 휘청거렸다. 정 전무가 일어나서 형구를 부축했다. 그로부터 며칠 후 형구는 회사 확대임원회의를 하겠다고 형호에게 연락했다. 형호는 무엇 때문이냐고 따지듯 물었다. 형구가 여행을 떠나기 전에 임원들에게 인사라도 하고 떠나려고 한다고 말을 했다. 형호는 마지못해 형구의 제안을 받아들였다.

회사 근처 일식당 룸에는 약 30여 명의 계열사 사장들과 본사 임원들 그리고 형구와 형호가 함께 하고 있었다. 형구가 그동안 감사했다고 인사를 하고 여행을 떠나기 전에 임원들 얼굴이라도 보고 가는 것이 예의일 것 같아서 만든 자리라고 인사를 했다. 그리고 형호에게 잠깐 자리를 비켜 달라고 양해를 구했다. 형호가 머뭇거리다가 룸에서 나갔다. 형구가 임원들에게 어려움이나 고충이 있으면 말해 보라고 했다. 임원들은 서로 눈치만 보고 아무도 말을 하지 않았다. 강 사장이 가장 먼저 말문을 열었다.

"평소에 했던 이야기를 하세요. 왜 다들 꿀 먹은 벙어리입니까? 우리 일자리와 회사를 위해서 말하는 것이지 누구를 비난하려고 말을 하는 것이 아니지 않습니까?"

조심스럽게 눈치를 보면서 말을 하기 시작했다. 여기저기서 강 사장이 했던 말과 비슷한 말들이 쏟아졌다.

임원들의 발언이 끝나고 형호가 룸으로 들어왔다. 회사의 대표이사를 교체해야 할지 말아야 할지 묻는 비밀 투표를 진행하겠다고 형구가 단호하게 선언했다. 그러면서 형구는 미리 준비한 흰 백지 투표 용지를 임원들에게 나누어 주었다. 그 말에 형호가 자리에서 벌떡 일어났다.

"형님 왜 이러십니까? 이것은 저와 약속된 것이 아니지 않습니까? 할 말씀이 있으면 저에게 하세요."

"나는 이 회사의 창업주고 대주주로서 문제가 있다고 해서 묻는 거야. 큰 뜻은 없으니 조용히 해."

형구는 형호의 목소리를 매섭게 눌렀다. 투표가 끝나고 형구의 지시에 의해서 그 비밀 투표함이 봉해졌다. 침묵 속에서 식사가 끝나고, 형구와 형호 그리고 형호가 새로 채용한 총무이사만 남았다. 형구는 총무이사에게 투표함을 열게 했다. 참석자 95%가 대표이사를 교체해야 한다는 의견에 찬성표를 던졌다. 나중에 형구가 알게 됐지만, 총무이사는 형남이 꽂은 사람이었다.

형구는 집으로 돌아와 형호에게 임원들이 한 말을 자필로 정성껏 정리해서 등기 속달로 보냈다. 그리고 임원들의 말을 무겁게 받아들이고 형호가 파격적으로 바뀌지 않으면 회사에 심각한 문제가 발생할 수도 있다고, 대안을 제시하라고 했다. 형호에게서 3주간 아무런 답변이 없었다. 한 달 후 형호에게서 어떠한 경우도 대표이사를 사임할 생각이 없다는 짧은 답변이 왔다.

형구는 회사가 심각한 상황이라는 것을 직감했다. 대표가 임직원에게 신뢰를 잃은 것 이상으로 심각한 문제는 없다. 그리고 형호는 임원들의 의견도 깡그리 무시하는 태도였다. 이대로 여행을 떠날 수 없었다. 그러나 자신의 평생 꿈이었던 세계 여행을 포기할 수도 없었다. 형구는 미현과 함께 형호 부부를 만나서 문제를 해결해 보려 했다. 두 부부는 무려 십여 차례를 만났다. 만날 때마다 대여섯 시간씩 대화를 했다. 형호는 끝내 자신이 잘못한 것이 없다며 억울해했다. 그는 종래엔 회사의 대표권이 자신에게 있다며 큰소리쳤다.

형구는 형호 내외를 마지막으로 설득해 보려고 조용한 사찰에서 두 부부가 만나기로 했다. 천년의 역사를 간직한 사찰은 인간의 욕망을 누르는 힘이 있었다. 형구는 형호가 우편으로 보냈던 동업계약서를 형호 부부가 보는 앞에서 처음으로 뜯었다. 동업계약서 존재를 몰랐던 미현은 형구에게 이럴 수가 있느냐며 눈물을 흘렸다. 형구는 이따위 동업계약서보다 형제간의 신뢰가 더 중요하다며 미현이를 달랬다. 그리고 형호를 설득했다.

"형호야, 나는 너를 믿고 지금까지 동업계약서도 보지 않았어."

"네가 섭섭하지 않도록 챙겨 줄 테니, 잠시 뒤로 물러나 있는 게 어떻겠니?."

형구가 형호를 설득했으나 형호는 막무가내였다.

"네가 끝까지 이렇게 하면 내가 특단의 조치를 취할 수밖에 없어."

형구가 형호에게 최후통첩을 했다.

"형님 알아서 하세요."

하지만 형호는 형구의 말이 끝나기도 전에 자리를 떴다.

형구의 고민은 깊어졌다. 며칠 동안 고민에 고민을 거듭하고 있는 형구에게 착신 번호가 없는 전화로 전화가 왔다.

"회장님, 회사 주주 내역을 확인해 보세요."

의문의 전화는 그렇게 끊겼다. 형구는 인터넷으로 회사 주주명부를 확인했다. 형구가 창립 멤버들 앞으로 등기해 놓은 차명주식 10%가 형남의 이름으로 바뀌어 있었다. 형구 이름으로 되어 있던 주식 41%는 여러 명으로 교체되어 있었다. 이를 본 형구가 그 자리에서 쓰러졌다. 형구가 컴퓨터 앞에서 쓰러져 있는 것을 미현이 발견했다. 119구급대에 실려 간 형구는 병원에 입원했다. 의사는 3분만 늦었어도 큰일 날 뻔했다고 말했다.

3일 후 병원에서 퇴원한 형구가 본사 사옥으로 향했다. 그리고 사옥 10층에 있는 사장실로 곧장 갔다. 사장실 입구에 운동으로 다져진

다부진 체격의 경호원들이 검정 양복을 입고 서 있었다. 형구가 사장실 문을 열려고 하자 경호원들이 제지했다. 형구가 사장실 앞에서 '이형호 나와' 하며 소리를 질렀지만, 사장실 문은 미동도 하지 않았다. 형구는 9층에 있는 임원실로 갔다. 임원들이 자리에서 일어나서 가볍게 묵례를 하고 자리에 앉았다. 그 누구도 형구를 자리로 안내하지 않았다. 형구는 회의실 소파에 몸을 던지듯 앉으면서 총무이사를 불러달라고 했다. 흰자위가 많은 눈이 번득거리는 총무이사가 종이컵에 커피를 들고 나타났다. 총무이사는 형구가 묻기도 전에 제 할 말을 했다.

"이 회사는 이제 회장님 것이 아닙니다. 억울하시면 법적으로 하셔야 합니다. 저는 더 이상 드릴 말씀이 없습니다."

할 말을 끝낸 총무이사는 커피가 식기도 전에 자리를 떴다.

* * *

형남과 형호는 형구가 말레이시아에 가 있는 동안 자주 만났다.

"형호야, 이 회사는 알짜 회사야. 지금은 경기가 안 좋아서 일시적으로 어렵지만 앞으로 성장 가능성이 충분한 회사라고. 그런데도 형구가 주먹구구식으로 운영하고, 상장도 시키지 않는 건, 금융에 무식해서 그런 거야. 이 회사를 사모펀드를 동원해서 상장하면 몇 배로 튀길 수 있어. 너도 알잖아. 내가 국제금융 박사라는 걸. 돈 한 푼도 안 들이고 몇 배를 먹는 장사인데, 왜 이걸 하지 않으려는 거야?"

형남은 형호를 설득했다. 형호는 형구 형님의 동의가 없으면 절대 할 수 없다고 완강하게 몇 차례 거부했지만, 형남은 끈질겼다.

"다른 방법도 있어. 회사에서 수익이 많이 나는 부분을 별도 법인으로 만들어서 운영하다가 M&A하는 방법이지. 우회 상장이라고 하는 건데, 우선 네 이름으로 회사를 설립해서 하는 방법이야. 최소 몇백 억 많게는 몇천 억을 먹을 수 있는데 왜 안 하겠다는 거야?"

형남은 형호를 다그쳤다.

"내가 제안하는 방식으로 하려면 내 방식에 반대하는 주주는 주주명부에서 삭제해야 해. 다행히 이 회사는 주주가 단순해서 방법도 쉽거든. 우선 주주를 변경하고 뻥튀기를 한 뒤에 다시 원래 주인에게 돌려주면 사돈 좋고 매부 좋은 방법이지. 형구도 몇백 억이 단번에 생기면 좋아할 거야."

집요하게 형남은 형호를 설득했다. 그리고 회사를 상장하는 것은 주주를 위해서 하는 것이 아니고, 이익을 소액주주들에게 나누는 것으로 사회적으로 기여하는 것이라는 말을 꼭 덧붙였다. 형호는 오랜 시간 고민했다. 형호는 강남에 오래전에 사두었던 재개발 아파트 두 채를 최저 가격에 팔았다. 그런데 그 아파트가 3배 가까이 오르면서 형호는 허탈감에 자주 빠졌다. 그는 주식에서도 많은 손실을 보았다. 회사의 자금 압박이 심했다. 돈을 조달하려면 상장하는 것이 좋겠다는 생각이 자꾸만 들었다.

형호는 형남이 말대로 된다면 대박을 터트릴 수 있다고 믿었다. 그럼 형구도 좋아할 거라고 생각했다. 특히 형구는 주주명부 등에는 신경 쓰는 스타일이 아니었다. 형호는 형남에게 전화했다.

"형님 계획대로 해보겠습니다."

형호는 약속대로 반드시 형구의 지분은 돌려주고 돈도 줘야 한다고 다짐받았다. 그리고 그 통화도 녹음했다. 그 통화뿐만이 아니라, 형호는 모든 통화를 녹음하고 있었다.

형남은 우선 회사 내에 형구의 사람들을 내보내라고 했다. 그리고 형호가 대주주로 된 회사를 설립하고, 형구 회사에서 알짜로 꼽히는 희토류와 구리 사업을 옮기라고 했다. 형호는 형남이 시키는 대로 자신이 대주주이며 대표이사로 된 회사를 설립했다. 형남은 형구의 지주회사 주주를 바꾸라고 했다. 형호는 끝까지 자신은 어쩔 수 없이 형남이 말대로 했다는 것으로 위안 삼으려 했지만, 지주회사의 주주를 바꾸는 것은 돌아올 수 없는 강을 건너는 일이었다. 형호는 그것까지는 안 할 수 없냐고 형남에게 반문했다. 하지만 형남은 잠시 그렇게 해놓고 다시 주주를 원래대로 돌려놓으면 된다고 똑같은 말을 반복했다. 형호는 어쩔 수 없이 형남이 추천한 사람들로 주주 명부를 바꿨다. 형남이 추천한 사람 중에는 미국인과 형경도 있었다. 미국인은 미국의 사모펀드사 임원이라고 했다.

형구와 미현은 현실을 믿을 수도, 받아들일 수도 없었다. 형구가 S대 최고위 과정을 다니면서 알게 된 대전지방법원장 출신 박명식 변호사를 찾아갔다. 박 변호사는 법복을 벗은 지가 1년뿐이 되지 않은 전관 법관이었다. 박 변호사는 국내 굴지의 로펌에 소속되어 있었다. 형구는 박 변호사와 골프도 하면서 친하게 지내는 사이였다. 금테 안경에 눈빛이 부드러운 박 변호사가 반갑게 형구와 미현을 맞이했다. 형구는 박 변호사에게 그동안 있었던 회사 이야기를 털어놓았다. 이야기를 끝까지 차분하게 경청한 박 변호사가 혀를 차며 말했다.

“왜! 공산주의가 자본주의에 패했는지 모릅니까? 마르크스의 논리는 허점이 거의 없습니다. 어떤 면에서는 완벽하기도 하지요. 그런데 마르크스가 놓친 것이 있습니다. 인간의 탐욕과 이기주의입니다. 그리고 어떤 회사도 돈과 사내 권력으로 돌아갑니다. 동생은 회사의 권력을 잡은 것입니다. 이건 이 회장 동생의 잘못보다도… 인간을 너무 믿은 이 회장 책임이 큽니다. 아무튼 제가 사건을 검토해 볼 테니, 2주 후 수요일 날 다시 봅시다."

그리고 그는 자리에서 일어섰다. 형남과 형호는 형구가 소송을 걸어 올 것을 예상했다. 그래서 형구가 소송을 하기 전, 자신들이 형구를 상대로 각종 소송을 걸어서 선수를 치자고 했다. 그리고 형구의 돈줄을 막아서 실력 있는 변호사를 선임하지 못하도록 하자고 했다. 박 변호사와 약속한 날짜에 형구와 미현이 박 변호사 사무실로 갔다.

"마음고생 많지요. 형제간에 송사는 비일비재하고 부모 자식 간에도 수없이 소송이 발생하고 있어요. 특히 서울 아파트 가격이 뛰면서 소송이 급증했습니다. 부모가 아파트 한 채가 전 재산인데, 이 아파트 때문에 자식들이 서로 차지하려고 혈안들을 하니까요. 요즘 어느 집이나 일어나는 일이니 너무 마음 아파하지 마세요. 제가 사건을 검토해 봤는데 사건이 너무 복잡합니다. 그리고 위조 등을 입증하는 게 생각보다 쉽지 않습니다. 위조 입증 책임도 위조를 주장하는 측에서 해야 합니다. 시간도 오래 걸립니다. 제가 조금 비싼 변호사라는 것은 알고 있죠.

이 사건은 한 건이 아니고 최소 10건 이상 될 것 같습니다. 우선 사건에 따라서 다르지만 중요 사건은 착수금 10억에 성공보수로 수익금 10%를 지급해 줘야겠습니다. 이것도 이 회장 사정이 딱하고 지인이라서 싸게 말씀드린 것입니다. 변호사가 적게는 5명 많게는 10명이 붙어야 할 사건입니다."

형구는 알았다고 하고 자리에서 일어섰다. 형구는 현금을 거의 가지고 있지 않았다. 자금 여유가 있으면 회사에 투자했기 때문이다. 형구는 회사를 키우려는 욕심은 있었지만 돈 욕심을 부리지는 않았다. 형구는 당장 변호사 비용을 만드는 것이 걱정이었다. 회사의 재산은 형구가 손을 댈 수가 없는 상황이었다. 형구는 집과 수목원을 하려고 준비한 땅을 담보로 잡히고 변호사 비용을 만들려고 은행을 방문했다.

형구가 회사에 있을 때부터 친하게 지내던 지점장이 은행 입구에서서 형구를 기다리고 있었다. 능글능글한 인상의 지점장은 지점장실로 안내했다. 지점장은 제가 회장님께 신세를 많이 졌는데, 도울 일이 있으면 열심히 돕겠다고 너스레를 떨었다. 형구가 집과 토지 번지수를 지점장에게 알려 주고 최대한 대출을 받고 싶다고 했다. 지점장이 여직원을 불러서 대출가능 금액을 뽑아 보라고 하면서 주소를 넘겨주었다. 형구는 백억은 대출될 거라는 마음으로 기다리고 있었다. 여직원이 토지와 주택 모두 압류가 되어 있어서 대출이 불가능하다고 했다. 지점장이 형구의 안색을 살폈다.

"회장님 무슨 일이 있으세요?"

형구는 신음을 뱉으며 여직원에게 어디에서 압류했느냐고 물었다. 여직원의 입에서 나온 것은 총 두 곳이었다. 외국인 회사와 H그룹이었다. 형구는 형호에게 전화했다. 전화의 신호는 갔지만 받지 않았다. 재차 전화를 걸었지만, 전화기는 꺼져 있었다. 형구는 정화영 전무에게 전화했다. 형구는 정 전무에게 아무 말도 하지 않고, 만나자고만 했다. 정 전무는 이미 알고 있는 것처럼 가타부타 다른 말없이 알았다고 했다. 형구가 지점장실 소파에서 고개를 뒤로 젖히고 오랫동안 앉아 있다가 비틀거리며 일어서려고 했다. 지점장이 형구의 손을 잡으려 했다. 형구가 그 손을 뿌리치고 일어섰다. 은행 문을 나서는 형구의 뒤에서 지점장이 90도로 절을 하면서 "회장님 조심하세요."라며 인사를 했다.

그날 저녁 형구와 정 전무가 룸이 있는 참치 집에서 만났다. 깊은 침묵에 빠져 있는 형구는 눈빛으로 정 전무에게 그간의 일들을 물었다. 정 전무가 아무 말도 없이 술잔을 비우는 형구의 잔이 비워지면 도자기에 매화가 그려진 주전자를 들어서 술잔을 채웠다. 정 전무가 침묵을 깨고 말했다.

"회장님 뵐 면목이 없습니다. 죄송하지만 저도 얼마 전에 쫓겨났습니다."

형구가 술잔을 들었던 손을 상 위에 내려놓았다.

"회장님, 이형남 박사가 회사에 출입하고부터 무엇이 어떻게 돌아가는지 저를 비롯한 오래된 임원들은 전혀 몰랐습니다. 알고 싶어도 알 수도 없었습니다. 이형호 대표가 워낙 치밀하고 쉬쉬해서 회사 돌아가는 것은 이 대표와 대표이사 비서실장, 총무이사 그리고 이 박사뿐이 모릅니다. 다만 떠도는 소문을 종합해 보면 회장님 소유 주식을 담보로 해서 외국회사에서 자금을 차용하고, 변제를 못해서 주식을 양도하는 방식으로 회장님 주식을 외국인들에게 넘겼다고 합니다. 주식으로 변제가 다 되지 않는 금액은 회장님 재산을 담보로 제공했다는 소문입니다. 그리고 알짜였던 회사의 계열사는 이 대표가 대주주로 된 회사를 설립해서 빼돌렸다는 소문입니다."

형구는 허공을 응시하면서 대답했다.

"정 전무 미안합니다. 제가 못나서 그렇습니다. 정 전무 저를 좀 도와야겠습니다. 우선 회사에서 잘린 임원들을 모아 봅시다. 그 이후 방법을 찾아봅시다. 그리고 강준영 사장은 아직도 회사에 근무하던데….”

“강준영 사장은 이 대표가 건드릴 수 없는 무엇인가를 가지고 있습니다. 그래서 내쫓지를 못하고 회사 계열사 중 가장 소규모 업체 사장으로 근무하게 하고 있습니다.”

형구는 자리에서 일어섰다. 아직도 숨이 붙어 있는 참치회는 한 점도 손을 대지 않은 상태였다. 정 전무가 계산을 하고, “회장님, 날짜는 언제가 좋겠습니까?”라고 물었다. 형구는 빠르면 빠를수록 좋다고 답했다.

* * *

형구가 형호에게 문자를 보냈다. ‘모든 것을 알고 있다. 전화하지 않으면 민사, 형사 소송을 하겠다.’고 말했다. 이틀 후 형호에게 카카오톡으로 답변이 왔다.

‘회사를 키워 보려고 한 일이지 전혀 사심은 없어요. 계획대로 되면 형님 주식도 원위치시키고 수백억을 드리겠습니다. 그리고 불법적인 일은 하지 않았어요. 형사 고소를 하는 것은 자유입니다. 다만 그럴 경우, 저도 가만히 있지 않겠습니다. 형님의 재산도 무사하지 않을 것입니다. 형님이 저를 내치지 않으려고 했으면 이렇게까지 하지 않으려고 했습니다.’

형구는 문자를 받고 이를 갈고 몸을 부들부들 떨었다. 형구와 미현이 박 변호사 사무실을 방문했다. 형구의 사정을 설명하고 변호사 비용을 후불로 해줄 수 없느냐고 물었다. 박 변호사는 난감한 표정을 짓더니 나 혼자가 아니고 로펌이라 불가능하다고 했다. 그리고 미안하다는 말을 반복했다. 형구와 미현은 힘없이 사무실을 나왔다.

박 변호사가 엘리베이터를 함께 타고 내리면서 힘내라고 응원했지만, 그 말을 하는 사람이나 듣는 사람이나 맥이 풀리기는 매한가지였다. 형구는 세계 여행을 떠나려고 특수 제작한 캠핑카를 팔기로 했다. 중고 자동차 회사에서 캠핑카를 형구 집에서 끌고 갈 때 형구는 집이 흔들릴 정도로 목을 놓고 서럽게 울었다.

미현이 조금씩 모아둔 돈하고, 결혼식 폐물과 금붙이 등을 팔아서 3억을 준비했다. 그 돈을 들고 박 변호사를 찾아갔다. 박 변호사는 3억을 받고서는 사건을 수임할 수가 없다고 했다. 박 변호사는 자신이 잘 아는 다른 변호사를 소개해 주면 어떻겠느냐고 제안했다. 형구는 손을 휘저으며 말씀만으로도 고맙다고 했다. 그리고 사무실을 나왔다.

형구는 민변에서 활동하면서 각종 사회적 이슈가 된 사건 변호를 맡아서 활동하는 오랜 친구 이영일 변호사를 찾아갔다. 서초동에 위치한 이 변호사 사무실은 30평 남짓 되는 작은 사무실이었다. 작달막한 키에 웃는 모습이 선한 이 변호사가 "바쁘신 이 회장 내외께서 웬일로 여기까지 왕림하셨냐?" 하면서 반갑게 형구와 미현이를 맞이했다. 형구는 말을 못 꺼내고 우물쭈물하자, 미현이 그간의 일들을 설명했다. 미현의 말 중간중간에 형구가 보충 설명했다. 이 변호사가 인간의 탈을 쓰고 짐승보다 못한 짓을 하는 사람들이 많은 사회가 됐다고 분노를 터트렸다. 사건 내용을 정리해서 메일로 보내 주면 검토해 보고 연락하겠다고 했다. 그리고 멀리까지 왔는데 식사라도 하고 가라고 몇 차례 말을 했지만, 형구는 손사래를 치면서 사양했다.

약 3주 후 형구와 미현은 이 변호사를 만났다. 이 변호사는 사건을 종합적으로 검토해 보니 너무 얽혀 있어 어렵겠다는 말을 건네왔다. 무엇보다도 동업계약서 내용 가운데 형구에게 너무 불리한 조항이 많았고, 특히 회사의 모든 결정권을 형호에게 위임한다는 조항이 결정적으로 불리하다고 했다. 게다가 형구는 인감도장 등 모든 것을 형호에게 맡긴 상태였다. 민사로 진행하면 소송인지대만 해도 수억이 들어가고, 상황에 따라서 공탁금도 걸어야 하는데 최소 수십억 소송비용을 감당할 수 있느냐고 물었다. 이 변호사는 최후의 수단으로 형남과 형호를 횡령 배임 등으로 형사 고소를 먼저 하고 추이를 지켜보면서 판단하자고 제안했다. 형구는 어떻게 형제들을 형사 고소할 수 있느냐고 반문했다. 이 변호사도 바람직한 것은 아니지만 이 상황에서 어쩔 수 없는 일이 아니냐고 되물었다. 형구는 아무래도 판단이 서지 않는지 생각할 시간을 달라고 했다.

형구가 두 달 안에 회사를 원상회복시키지 않으면 불가피하게 형호를 형사 고소하겠다는 내용증명을 보냈다. 법원에서 형구에게 민사소송 우편물이 수없이 왔다. 형호가 형구를 상대로 십여 건의 소송을 한 것이었다. 모르긴 몰라도 형남의 지시가 분명한 듯했다.

미현은 형사고소를 해야 한다고 강하게 말했다. 형구는 동생을 감옥에 보내는 형이 되고 싶지는 않다며 한숨을 내쉬었다. 그리고 형호를 위해서 고소를 망설이는 것이 아니고 형구 자신을 위해서 고소하지 않는다고 했다. 형구가 결심을 못하는 사이 몇 개월의 시간이 흘렀다. 형구 집으로 집달관이 우편물을 들고 왔다. 집을 비우라는 강제명도 통지서였다. 그 우편물을 받은 미현은 형구에게 보여 줄 용기가 없어서 차일피일 미루었다. 형구가 그 우편물을 보면 죽을지도 모른다는 두려움이 미현을 휘감았다.

형구는 미련을 버리지 못하고 초조하게 형호의 답변을 기다리고 있었다. 그러나 두 달이 거의 다 지나가도록 형호에게선 답변이 없었다. 형구는 미현에게 오래전부터 알고 지내던 덕정 스님을 찾아가자고 했다. 미현도 답답하던 차에 그러자고 했다.

덕정 스님은 지리산에 자리 잡은 천년고찰 화엄사가 있는 토굴에서 홀로 수행하고 있었다. 덕정 스님은 외부 사람들과 접촉을 피하고 있었다. 형구가 미리 연락해서 귀한 시간을 할애해 준 것이다. 덕정 스님은 염화미소를 지으며 합장을 했다. 형구가 큰절을 올리려고 하자 극구 말렸다. 토굴에는 최소한의 것만 가지런히 놓여 있었다. 덕정 스님이 귀한 만허 거사께서 오셔서 귀한 차를 내놓는다고 하면서 손수 차를 다렸다. 스님은 형구가 자신의 은사 스님에게 만허라는 법명을 받은 것을 자랑스럽게 생각하는 것을 알고 있었다. 암자 앞으로 흐르는 개울물 소리가 청아했다. 4월의 실록은 꽃보다 아름답게 바람에 나부꼈다. 가끔 "꾸~, 꾸루루 뻐꾹 뻐꾹" 하는 뻐꾸기 울음소리가 운치를 더했다. 아무 말도 없이 차만 비우는 형구는 자신이 무엇 때문에 여기에 있는지 잊고 있었다. 스님도 아무 말없이 차를 비웠다. 형구가 침묵을 깨고 말했다.

"스님, 저 여기서 살면 안 될까요?"

스님이 빙그레 웃었다.

"거사께서 잘 아시면서 왜 그러십니까? 중은 아무나 할 수도 있지만, 아무나 못하는 게 또 중입니다."

그 말을 들은 형구가 나무관세음보살을 중얼거리면서 합장을 했다.

그리고 또 무겁게 시간이 흘렀다. 미현이 답답했던지 대신 입을 열었다.

"애들 아빠가 회사를 친형과 동생에게 도둑질당하고 힘들어해서 찾아왔습니다."

"아니, 그 큰 회사를 통째로 뺏겼다는 겁니까? 나무아미타불! 큰 원수일수록 큰 스승이 될 수 있습니다. 거사님 마음 잘 다스리십시오. 아시겠지만 인욕바라밀품을 읽어 보시길 권합니다."

그러면서 서고에 꽂혀 있는 입보살행론을 형구에게 건넸다.

"가까운 적이 더 무서운 것이 사실입니다. 인생사 모든 일이 일체유심조입니다. 나를 내려놓으세요. 집착으로부터 벗어나야 합니다. 그러나 산문 밖 일은 산문 밖 방식으로 처리하는 것도 지혜입니다."

그 말을 들은 미현이 반색하며 말했다.

"애 아빠가 결심하면 일이 쉽게 풀릴 수도 있다고 하는데…. 애 아빠가 고민만 하고 있어요."

"어떻게 돈 때문에 형제를 감옥에 보낼 일을 해, 말이 쉽지. 그건 나를 부정하는 일이야."

그때 미현이 자신의 가방을 열어 법원에서 날아온 강제명도 통지서를 스님 앞에 내놨다.

"집도 뺏기게 생겼는데도 피붙이만 생각하니…."

미현이 눈을 흘겼다. 미현이 내민 서류를 본 형구는 이게 무슨 소리냐 하는 눈빛으로 스님 앞에 놓인 봉투를 열었다. 형구의 손은 바람에 흔들리는 대나무처럼 흔들렸고, 눈빛에서는 순간적으로 살기가 검붉은 용암처럼 쏟아졌다. 스님이 "아!" 하고 짧은 비명을 냈다. 스님이 아무 소리도 하지 않고 토굴을 나섰다. 한 시간 정도 흐른 후 스님이 노승 한 분을 모시고 왔다. 노스님의 눈빛은 어린아이 눈처럼 밝고 투명했다.

"거사 내가 덕정에게 들었소. 우리가 도울 일이 별로 없소. 다만 내가 오래전부터 알고 있는 분 중에 대법관을 지내고 법무부 장관을 했던 변호사를 알고 있소. 이분을 찾아가면 힘이 될 것이오."

그러면서 명함을 내밀었다. 형구가 합장을 하고 명함을 받았다. 미현이 일어나서 삼배를 올렸다. 형구가 자리에 일어서려니까 덕정 스님이 내외를 붙잡았다.

"마침 공양 시간입니다. 공양은 하고 가셔야죠."

"죄송합니다. 스님 지금은 그 무엇도 먹을 수 없을 것 같습니다."

스님이 눈빛으로 대답하고, 노스님도 함께 일어섰다. 노스님이 말했다.

"그럼 먼저 내려가겠소. 부처님의 가피와 원력이 힘이 될 것입니다. 거사 이 또한 지나갑니다."

합장을 한 노승은 오솔길로 총총히 사라졌다. 일주문 밖까지 따라나온 덕정 스님이 말을 덧붙였다.

"물질보다 더 중요한 것이 마음입니다. 악의 굴레에 자신을 가두지 마십시오."

그는 형구와 미현이 보이지 않을 때까지 일주문 밖에서 합장하고 서 있었다.

폭행 치사

형구는 이영일 변호사를 통해서 형남과 형호를 사기, 횡령, 배임, 유용 등으로 고소장을 검찰청에 접수했다. 고소장을 접수하고 두어 달이 지난 시점에 법원 집행관들이 약 20여 명의 용역과 함께 형구의 집에 들이닥쳤다.

형구 회사에서 형호에게 쫓겨난 임직원들이 정 전무를 통해서 소식을 듣고, 형구 집에 몰려 와 있었다. 임직원들은 강제 집행하려는 집행관과 용역들이 집안에 못 들어오게 몸으로 막았다. 그중에는 형구가 신임했던 이원성 자금 담당 이사도 있었다. 집행관이 이렇게 무력을 사용하면 불가피하게 경찰을 부르는 수밖에 없다고 경고했다. 그 소리가 떨어지기 무섭게 이원성 이사가 붉은 소화기를 들고 문밖으로 나갔다. 이원성 이사가 안전핀을 뽑은 소화기에서 흰 분말이 뿜어져 나왔다. 그는 짙은 안개처럼 퍼져 있는 분말 속으로 뛰어들었다. 그리고 소화기를 빙빙 돌리면서 집 안으로 들어오는 놈은 그냥 두지 않겠다고 고함을 질렀다. 그러다가 퍽 소리가 났다. 그리고 누군가 쿵하고 쓰러졌다. 이원성 이사가 넘어지면서 소화기를 놓치고, 그 놓친 소화기에 집행관이 머리를 정통으로 맞았다.

형구는 예기치 않은 집행관의 죽음으로 이원성과 함께 현행범으로 체포되어 구금되었다. 이 변호사가 구속적부심을 신청했지만 기각되었다. 법원은 법을 집행하는 집행관의 죽음을 엄중하게 보고 있었다. 형구는 서울남부교도소에 수감되었다. 미현이 면회를 왔다.

"고의로 그런 것도 아니고, 당신이 시켜서 그런 것도 아니라서 금방 나올 수 있을 거야."

"집은?"

형구의 물음에 미현은 답변을 못했다. 민희와 재용이 뒤에 서 있었다. 형구는 미안하다는 말만 반복했다. 특히 결혼식 날짜를 잡아 놓은 딸을 차마 쳐다볼 수가 없었다. 미현은 흐느껴 울고, 자식들 역시 눈물바람이었다. 형구는 자식들이 면회실을 나가기 전에 돌아섰다. 미현이 우는 모습을 보는 것이 고통스러웠다. 형구는 자신의 내부로부터 무언가 무너져 내리는 것을 느꼈다. 다음 날 형호가 보낸 변호사가 면회를 왔다. 형구는 여러 차례 고민하다가 접견실로 나갔다. 젊고 세련된 외모의 변호사는 형구에게 명함을 내보였다. 형구는 쳐다보지 않았다. 변호사는 형구를 위하는 척했다.

"회장님 얼마나 상심이 크십니까? 그러나 걱정하지 마세요. 이형호 대표이사가 최선을 다할 것입니다."

형구는 듣고만 있었다.

"회장님 집 문제도 걱정하지 마세요. 회장님께서 협조만 해주시면 회사와 집도 돌려받을 수 있습니다. 방법은 회장님께서 이형호 대표이사가 추진하고 있는 일을 지켜보시면 됩니다. 회장님께서 금감원에 투서했다는 소리를 들었습니다. 이형남 박사님이 손을 써서 현재는 막고 있는데 또 투서하면 그때는 모두가 패자가 됩니다."

형구는 더 이상 듣고 있지를 못했다.

"여보시오! 젊은 변호사 양반! 형남과 형호에게 전하시오. 만약 내 회사와 집을 원위치시키지 않으면 두 놈 다 제 명에 못 살 것이라고 전하시오. 그리고 나는 돈이 필요 없는 사람이요. 몇백 억 몇천 억을 준다고 해도 싫소. 그 두 놈이 나를 잘 알 것이요."

"회장님께서 지금은 화가 나셔서 그렇지만 잘 생각해 보세요. 모두가 사는 길을 두고 왜…."

"나와 반평생을 함께해 온 직원들은…."

형구는 자신도 모르게 황소 눈물방울처럼 큰 눈물을 떨구었다.

"이 일이 끝나면 회장님이 복귀하셔서 직원들도 복귀시키시면 됩니다."

형구가 소리를 질렀다.

"앞으로 또 면회를 오면 당신도 가만두지 않겠소."

형구가 벌떡 일어나서 접견실 문을 쾅 소리가 나게 닫고 사라졌다. 다음 날 정 전무와 쫓겨난 임원들이 면회를 왔다. 형구는 면회를 거절했다. 그들의 얼굴을 볼 자신이 없었다. 형구는 미현에게 짧은 편지를 썼다. 면회 오지 말고, 이 변호사에게 맡겨둔 3억을 받아서 원성이 가족들에게 1억 주고, 집행관 유가족 만나서 조건 없이 2억을 주라고 했다. 어떻게든지 회사를 되찾을 것이니, 그때까지 잘 버텨야 한다고 마무리했다. 회사에서 해직당한 임직원들과 근무하고 있는 임직원들에게도 짧은 편지를 썼다.

'제가 부덕하여 임직원들을 고생시킵니다.

제가 사람의 양심을 너무 믿고 형호에게 동업계약서를 써준 것이 이 모든 문제의 발단입니다. 모든 일은 제 책임입니다. 결자해지 자세로 반드시 회사를 되찾겠습니다. 그리고 제가 없는 동안 피해를 보신 임직원 분은 반드시 보상을 하겠습니다. 저를 믿고 차분히 기다려 주시길 부탁드립니다. 저는 건강하게 잘 버티고 있습니다. 임직원 분들이 면회를 오신 것 감사하게 생각합니다. 얼굴을 볼 자신이 없어서 면회를 사절했습니다. 깊은 이해 부탁드립니다.'

형구는 이 변호사 면회도 사절했다. 매일같이 형호가 보낸 변호사가 면회를 왔지만, 형구는 나가지 않았다. 보름 정도 지나서 형남과 형호가 면회를 왔다. 형구는 망설임 없이 면회실로 향했다. 면회실 유리창 너머로 기름기가 흐르는 형남과 형호가 서 있었다. 형호가 죄인처럼 고개를 숙인 채 말했다.

"형님 죄송합니다."

"형님이라고 부르지 마라. 너희들 죄를 어떻게 감당하려고 이런 짓을 꾸며? 내가 가만히 있어도 천벌이 내릴 것이고, 만약 천벌이 내리지 않으면 내가 천벌을 내릴 것이야."

형남이 무어라고 한마디 했지만, 형구의 귀에는 들어오지 않았다.

"너희들이 죽어서 부모님을 어떻게 보려는 것이냐. 하늘 보기 부끄럽지 않느냐."

"형님, 일이 잘되어 가고 있습니다. 1년만 참아 주세요. 제 진심을 믿어 주세요. 다 돌려 드리겠습니다. 그리고 형님이 빨리 나오실 수 있도록 백방으로 뛰고 있습니다."

형호가 형구에게 빌듯이 말했다. 하지만 형구는 형남을 보고 소리쳤다.

"당신은 악마야!"

그 말을 들은 형남이 "허허허"하고 큰 소리로 웃었다. 형구는 형남을 저주의 눈빛으로 면회가 끝났다는 부자 소리가 울리고 나서도 쳐다보았다. 형남은 형구와 눈을 마주치지 못했다. 형구는 면회가 끝나고 형호에게 장문의 편지를 썼다.

형호에게!

나는 어린 나이부터 부평초처럼 회색 도시를 떠돌면서도 한순간도 너와 막내 그리고 부모님과 형제들을 잊은 적이 없다. 그래서 명절에 단 한 번도 빠지지 않고 어머니도 안 계시는 쓰러져 가는 집을 찾았다. 그 어떤 자식도 명절에 집을 찾지 않았다. 가뭄에 콩 나듯 어쩌다 있었는지는 모르겠다.

나는 신발 살 돈이 없어서 여름에는 검정 타이어 고무 슬리퍼를, 겨울에는 입 벌린 운동화를 신고 홑겹 바지를 입고, 아버지와 너희들 선물을 사서 집으로 갔다.

너, 기억하니? 언젠가 내가 밥줄이 끊겨 집에 간 적이 있었다. 주머니를 털어 봤지만, 라면 두 봉지 살 돈이 전부였다. 큰 가마솥에 물을 잔뜩 붓고 라면 두 개를 끓여서 막내와 너 그리고 아버지까지 맛있다고 먹던 기억을…. 라면이 목욕한 국물로 배를 채우고도 행복했다. 나는 배가 고팠지만, 객지에서 라면을 자주 먹는다고 면 가닥 하나 먹지 않았다.

둘째가 어렵게 공부할 때 공장에서 나온 새 작업복에 몇천 원을 우편환으로 보낸 적도 있다. 내가 성남에서 편물 공장과 인형 공장에서 일한 적이 있다. 공장 주변 비탈길 옆에 붙어 있는 판잣집에서 너희들 목소리가 나는 듯해서 그 소리를 쫓아간 적이 여러 번이다. 그 목소리가 들리는 곳을 가 보면 가족이 개다리 밥상에 옹기종기 모여서 밥을 먹는 모습을 보면서 부러워서 울기도 했다.

형호야, 가난은 어떤 질병보다 무섭지만, 더 무서운 것은 외로움과 그리움이다. 나는 나처럼 형제들이 비참하게 살지 않게 하려고 몸부림치면서 살아왔다. 너희들이 공부를 마음껏 하고 이 정도 사는 것은 내 삶의 긍지였고 보람이었다.

내 뼈를 갈아 넣어 형제들 거름이 되었고, 심장에 피를 빼서 형제들 목을 적셨다. 내 등뼈 마디마디를 부러뜨려 계단을 쌓아 나갔다. 그렇지만 그 어떤 반대급부도 요구한 적도 바란 적도 없다. 운이 좋아서 피붙이들이 이 정도 살면 감사하게 생각할 일이다.

네가 영혼을 팔아서 얻고자 하는 것이 무엇이냐? 이런 방식으로 네가 천하를 얻는다 해도 하늘 보기 부끄럽지 않겠느냐? 네가 황금을 땅에 묻어 황금이 주렁주렁 열린다고 한들, 그 황금을 누구와 나누겠느냐? 썩어 문드러진 너와 나 그리고 주변 사람들의 상처는 어떻게 치유할 것이며, 설령 그 상처가 낫는다 해도 그 깊은 상흔은 어떻게 감당할 것이냐? 시간이 흐르고 망각되고… 관용과 화해 그리고 용서가 단장이 끊어지는 고통을 치유해 줄 수 있다고 생각하는 것이냐?

관용과 용서는 관념적인 것이고, 현실은 지옥의 불구덩이로 침몰하고 있다. 고문기술자들이 결국은 폐인이 되는 경우가 대부분이다. 너 자신을 집착과 욕망에 밀어 넣고 고문하지 마라.

폐허!

풀 한 포기 자라지 못 하는 사막을 만들고, 그 위에서 황금의 성을 쌓고 누구와 술잔을 나누려는 것이냐? 그 술잔에 형제의 골수를 담아 마실 것이냐? 지하에 계신 부모님을 어찌 뵈려는 것이냐? 땅도 울고 하늘도 통곡할 일이 나와 너 사이에서 일어났다는 것 자체가 아직도 믿어지지 않는다.

감옥 창살이 두려운 것이 아니고 인간이라는 짐승이 두렵다. 사람이 좌절이자 희망이라는 생각을 하고 살아왔지만, 희망이라는 단어를 지워야 할 듯하다. 나는 하루에도 수십 번씩 삶과 죽음의 경계를 넘나들고 있다. 타들어 가는 사막의 한복판에서 버텨 온 인생이었다. 피와 뼈가 섞이지 않은 인간이 이런 짓을 했다면 내가 결단코 이런 방식으로 대응하지 않았을 것이다.

형호야, 너는 어려서부터 온순한 성격이었다. 너와 오랜 시간 함께 일했지만, 사이좋게 지냈고 큰 갈등 없이 지내 왔다. 어머니 유산 문제가 불거지기 전까지는 형남을 제외하고는 모든 형제들이 남들이 부러워할 정도로 우애 있게 지냈다. 그런데 내가 그토록 싫어하는 극단적 이기주의와 탐욕에 춤추는 꼭두각시가 내 동생이라니 지금도 믿어지지가 않는다. 네가 일시적으로 악마의 유혹에 빠진 것으로 생각하고 싶다.

우리 회사가 여기까지 올 때까지 고철을 모으기 위해서 얼마나 많은 직원들이 피땀을 흘렸겠느냐? 회사는 그들의 밥줄이다. 밥통을 채우지 않고는 그 어떤 종교, 철학도 이 땅에 서 있을 수 없다. 직원들의 밥통을 끊지 마라. 너는 그들의 밥그릇을 키워 주겠다고 현혹하고 있지만, 그들은 원하지 않는 일이다. 그들은 마음 편한 밥을 먹고 싶을 뿐이다. 나 또한 직원들과 행복한 한 끼의 식사를 하고 싶을 뿐이다. 너는 내 회사에서 자금을 투자하거나 아이디어를 제공한 것이 전무하다. 그러나 직원들과 나는 너에게 큰 기회를 주었다. 그 은혜를 악으로 갚지 마라.

형제가 이런 지경까지 된 데는 내 책임이 적다 할 수 없다. 셋째지만 집안을 일으켰다는 자부심이 강해서 내 위 형제들이 부담스러웠을 수도 있다. 그리고 내 주관이 뚜렷해서 형제들이 힘들었을 수도 있었을 것이다. 공을 세웠어도 공을 세웠다는 생각 자체를 하지 말아야 했다. 채웠으면 비워야 했고, 위 형제들을 위해서 조용히 자리를 내줘야 했다. 인격적으로 수양이 덜 됐고 덕이 부족하여 그러하지 못했다.

요즘 들어 물이 낮은 곳으로 흐르는 이치를 자주 생각한다. 요즘 꿈자리에 부모님이 자주 나타나신다. 특히 어머니는 산발을 하고 끊임없이 흐느끼신다.

형호야, 모든 것을 원위치시키면 없던 일로 하겠다. 그리고 이 일이 있기 전처럼 우애 있게 지내자.

미국에서 고리대금을 하는 방법을 배워서 대중들을 수탈하는 둘째의 죄는 씻을 수가 없다. 도스토예프스키의 죄와 벌에서는 고리대금하는 노파는 한 사람으로 끝났다. 그러나 둘째는 고리대금을 하는 방법을 선진금융기법이라고 그럴듯하게 포장해서 사람들을 탐욕의 늪에 빠트리고 있다. 나는 악의 씨를 뿌리고 있는 것과 같다고 본다. 금융기법을 공부하는 것은 중요하지만….

둘째가 내 회사에서 벌이고 있는 일이 증명하는 것처럼 선진금융기법이라는 것은 자신의 욕망과 탐욕을 채우는 수단으로 악용되는 경우가 대부분이다. 아침이슬도 소가 먹으면 우유가 되지만, 뱀이 먹으면 독이 된다. 인본주의가 바탕이 되지 않는 수탈적 금융기법은 마약과 총보다 더 많은 사람을 죽음으로 밀어 넣고 있고, 더 위험한 것이다.

형호야!

너는 둘째와 내가 형제를 생각하는 것은 같은데 방식이 다르다고 생각할지도 모른다. 머리만 발달해서 성공이라는 탐욕과 욕망만 좇는 둘째와 내 삶은 그 근본부터가 다르다. 백인들이 유색인종을 차별하는 것처럼 둘째는 형제들이 자신을 받들어야 한다는 천박한 우월의식에 깊이 젖어 있다. 내가 회사를 경영할 때 너는 자주 둘째의 천박한 선민의식과 극단적인 이기주의를 비난해 왔다. 그리고 둘째가 조상과 자신의 탯줄이 묻혀 있는 고향을 부정하는 언행을 하는 것에 대해서도 이해할 수가 없다고 했다.

또한 둘째가 고인이 된 큰형님과 형미 누님을 무시하며 함부로 대하고, 형님과 형미 누님의 뺨을 여러 차례 때렸다고 했을 때는 너도 분노했었다. 형미 누님이 돌아가시기 두어 달 전쯤 내 집으로 오신 적이 있다. 집에 오시자마자 통곡하셨다. 형남이 자신을 너무 무시하고 함부로 대해서 살 수가 없다고 하면서…. 너는 둘째에 대해서 상당히 비판적이었다. 그랬던 네가 언제부터인가 나와 둘째 사이에서 갈지자 행보를 했다. 예를 들어 둘째가 귀국해서 내 회사에 출근하는 것을 거의 보지 못했고, 출근 날짜로 계산한다 해도 일주일 정도 나왔으면 많이 나왔을 것이다. 당시 근무한 직원들이 사실 확인을 해주었다. 그것을 보고 네가 당시 임원을 만나서 최종 확인해 보겠다고 했다. 그리고 확인이 되면 둘째에게 나에게 지원받은 생활비라도 갚아 주게 하겠다고 약속했다. 네가 만난 임원들도 아무리 넉넉하게 잡아도 열흘 정도 출근했다고 확인해 주었으나 너는 약속을 지키지 않았다. 아니 둘째에게 말도 꺼내지 못했다.

형호야, 네가 그렇게 비판했던 둘째와 짬짜미가 되어 벌이고 있는 이 용서받기 힘든 일을 돈 말고 무엇이라고 설명할 수 있겠니?

형호야, 돈보다 중요한 것이 훨씬 많다.

금전으로 살 수 없는 신뢰, 우애, 믿음, 자비, 우정, 사랑, 관용 이런 정신이 시장 바닥에서 거래해서야 되겠느냐? 나는 너를 아직도 믿고 싶다. 태어나지 말았으면 좋았을 뻔했던 둘째 말을 좇으면 너도 파멸하게 될 것이다. 아직은, 아직은, 아직은 마지막 한 줌의 시간이 남아 있다.

네가 우리 부부의 뒷바라지로 힘겹게 대학에 다닐 때도 나는 너보고 공동체를 위해서 학생 운동을 하라고 했다. 너도 기억한다고 했다. 지금은 네가 불의를 보고 분노하는 것을 기대하지 않는다. 다만 네가 불의가 되지는 말아라.

성경에 '욕심이 잉태한즉 죄를 낳고 죄는 사망에 이르는 지름길이다.'라는 구절이 있다. 욕망의 노예가 되지 마라. 부당한 욕망은 어둠을 불러온다. 우리는 한 뿌리, 한 나무의 가지다. 가지 하나가 부러지면 나무 전체가 몸살을 한다. 하물며 사람은 말해서 무엇하겠니.

너의 회심을 기대한다.

—너를 아직도 믿고 싶은 셋째 형으로부터

추신: 내가 지은 죄가 있으면 대가를 치를 것이다. 내가 석방되는 것은 신경 쓰지 말고, 이원성 이사가 빨리 나갈 수 있도록 힘을 써 주면 감사하겠다. 형호야, 너는 상당히 보수적이다. 그리고 우리의 피에는 유교의 피가 흐른다. 보수주의는 가족과 인의예지를 중시한다. 이 점 명심 또 명심해 주면 감사하겠다.

그리고 사람 관계에 있어서 신뢰는 그 무엇으로도 바꿀 수 없는 것이다. 신뢰가 무너지면 모든 것이 무너진다. 네가 상대방과 대화와 통화를 몰래 녹음하고, 심지어는 나와의 대화도 녹음을 하는 것은 인간에 대한 기본적인 신뢰를 파괴하는 행위이다. 절대, 절대 신뢰를 파괴하는 행동을 하지 마라.

형구는 형호의 답신을 기다렸으나 어떠한 답신도 오지 않았다. 매일 형호의 변호사가 면회를 신청했지만, 형구는 접견실에 나가지 않았다. 형구의 재판은 신속하게 진행되었다. 형구는 1심에서 징역 3년에 집행유예 5년을 선고받고 석방되었다. 이원성은 7년 징역형이 선고되었다. 형구의 지인들이 백방으로 뛰어다닌 결과였다. 석방된 형구는 이원성을 석방시키기 위해서 분주하게 다녔다. 그리고 자신의 석방을 위해서 뛰어 준 지인들을 찾아다니면서 고맙다는 인사를 했다.

형구는 이 변호사와 회사를 되찾을 방법을 수없이 상의했으나 민사 소송을 하는 방법 말고는 특별한 방법이 없었다. 그러나 형구는 수십억의 소송비를 감당할 자신이 없었다. 형사 고소장을 접수한 것은 아직 시작도 되지 않았다. 형호와 형남이 시간을 끌고 있었기 때문이다. 미현은 화곡동 18평 연립주택에서 전세 살고 있는 자식들 집에서 얹혀 살고 있었다. 형구는 자식들을 대학 졸업까지 시켰으면 부모 역할을 다한 것이라고 했다. 그래서 자식들에게 일체의 지원을 하지 않았다. 그리고 그 길이 크든 작든 스스로 만들어 가는 길이 훨씬 행복하고, 그 과정에서 삶의 지혜를 터득한다고 입버릇처럼 말해왔다. 때문에 그 좁은 집에 얹혀 사는 자신의 처지가 부끄러웠다. 자식들은 이 지경이 된 것에 대해서 형구를 원망했다. 형구는 출소 후 3일 동안 자식들 집에 머무르다가 당분간 나를 찾지 말라는 쪽지를 남기고 사라졌다.

파혼

화곡동 잡화상 골목길 전봇대를 붙잡고 술에 잔뜩 취한 민희가 비틀거리고 있었다. 지나가는 행인들이 힐끗힐끗 쳐다보았다. 민희는 그런 시선을 의식하지 못했다. 민희의 얼굴에는 토한 음식 찌꺼기가 잔뜩 묻어 있었다. 얼굴은 눈물과 콧물로 뒤범벅이 되어 있었다. 형구가 교도소에 들어가고 회사를 형제들에게 강탈당했다는 소식은 빠르게 퍼졌다.

민희 약혼자 정성일은 S대를 졸업하고 독일 유학을 다녀온 작가였다. 그는 문학, 영화, 미술, 음악 등 장르를 불문한 평론으로 혜성처럼 한국 문단에 등장했다. 그의 비평은 기존의 비평과 평론 방식을 해체했고, 전복시키는 독특한 문체는 에너지가 넘쳤다. 그가 쓴 미학서는 한국 문단에 파열음을 냈다. 그의 글은 특정한 사조와 이념과 철학에 갇히지 않는 자유로움, 그 자체였다. 그는 문단의 지명도 있는 작가와 작품을 재해석했고, 기존의 틀을 난도질했다. 그를 지지하는 그룹과 기존의 방식을 고수하는 그룹은 치열하게 논쟁했다. 그가 던진 화두 그 자체가 한국 문단의 축복이라는 글들이 문학과 영화 잡지를 도배했다. 성일은 키가 훤칠했고 귀족 풍모에 지적인 이미지였다. 송충이가 기어가는 듯한 눈썹은 강렬한 인상을 심어 주기에 충분했다. 성일은 편모 밑에서 자랐다. 그의 어머니는 형구 회사에서 미화원으로 일했다. 형구는 성일의 어머니도 모르게 성일이 공부할 수 있도록 지원했다. 성일이 대학을 졸업할 때 형구는 성일 모자를 회사로 초대했다.

형구는 직원들 자녀들에게 좋은 일이 있을 때는 종종 회사로 초대해서 격려를 해왔다. 성일은 형구에게 인사도 시큰둥하게 했다. 어머니 때문에 어쩔 수 없이 초대에 응했다는 태도였다. 형구는 성일에게 꿈을 물었다. 성일은 대답하지 않았다. 형구는 성일 모자를 정성껏 대접하고 자리를 파했다.

며칠 후 형구는 회사 건물 청소를 하고 있는 성일 어머니와 마주쳤다. 성일 어머니는 이목구비가 어찌 보면 미인 같고 어찌 보면 기하학적인 모습이었다. 키가 껑충했고 아랫배가 불룩 튀어나왔다. 그녀는 아들이 무례하게 굴어서 죄송하다고 형구에게 90도로 절을 하면서 사과했다. 형구는 아들을 잘 키우셨다고 부럽다고 덕담했다. 형구가 인사를 나누고 엘리베이터 앞에 서 있었다. 그녀가 아들이 유학을 가고 싶어 하는 눈치라고 혼잣말처럼 했다. 형구는 그녀를 회장실로 불렀다. 형구가 그녀에게 아들이 어느 나라로 유학을 가고 싶어 하느냐고 물었다. 그녀가 유럽으로 가고 싶어 하는 눈치라고 말했다. 형구는 아무런 조건 없이 유학을 보내 주겠다고 했다. 그녀가 손을 비비며 안절부절했다. 형구는 의미 있는 일에 돈을 쓰기 위해서 돈을 버는 것이라는 생각을 가지고 있었다. 형구는 성일을 후원할 기회를 주면, 자신이 보람될 것이라고 했다. 형구는 그녀에게 유학 갈 생각이 있으면 자신을 찾아오라고 했다.

한 달 후 성일이 형구를 찾아왔다. 성일은 독일로 유학을 가고 싶다고 말했다. 형구는 아무 조건 없이 유학 기간의 생활비와 학비를 책임지겠다고 했다. 성일은 아무런 조건 없는 도움은 받고 싶지 않다고 했다. 형구는 신세라고 생각하지 말고, 열심히 공부해서 인류를 위해서 봉사하는 것이 신세를 갚는 것이라고 했다.

성일이 유학 가는 날짜가 다가오고 있었다. 형구는 성일 가족과 자신의 가족을 여의도 한정식 식당으로 초대했다. 유학을 떠나는 성일을 응원하는 자리였다. 성일 가족은 그 자리가 썩 내키지는 않았지만, 형구의 호의를 무시할 수 없었다. 그 자리는 형구의 자식들에게도 편하지는 않았다. 성일 어머니가 아들이 재수를 하고 대학을 다닐 때 학자금을 지원해 준 독지가가 있다고 했다. 혹시 그 독지가가 형구가 아니냐고 조심스럽게 물었다. 형구는 자신은 아니라고 손사래를 쳤다. 성일은 과도하게 긴장된 얼굴이었다. 형구가 분위기를 띄우기 위해서 농담을 자주 했지만, 분위기는 어색하게 흘러갔다. 성일이 신세 잊지 않겠다고 하면서 형구의 술잔에 술을 따랐다. 그리고 모두들 밥상에 코를 박고 밥을 먹었다.

그 자리를 끝내고 집에 돌아오는 차 속에서 민희가 미현에게 성일이 어떤 사람이냐고 물었다. 미현은 자신도 성일의 어머니가 회사에서 일하는 것 말고는 아는 것이 없다고 했다. 그날 밤 미현은 형구에게 성일에 대해서 물었다. 형구는 그동안의 일을 말했다. 민희가 성일을 마음에 들어 하는 눈치라고 미현이 말했다. 형구는 허허 웃었다. 일주일 후 성일이 유학을 떠나는 날 민희는 공항으로 배웅을 나갔다.

형구의 자식들은 타인들에게는 너그럽고 베풀면서 자신들에게는 엄격하고 자린고비처럼 행동하는 형구를 이해할 수가 없었다. 형구는 재용이 중학생일 때 자식들에게 대학 졸업까지만 지원하고, 그 이후는 자신들의 힘으로 살아가겠다는 확인서를 쓰게 했다. 유산을 받지 않겠다는 내용도 포함되어 있었다. 형구는 자식들을 회사에 출입하지 못하게 했다. 그래서 자식들은 형구 회사가 어디 있는지 자세히 몰랐다. 그런 형구가 성일을 유학 보내는 것을 아무리 좋게 생각해도 자식들은 받아들일 수가 없었다. 형구의 이런 행동을 이해 못하는 자식들과 자주 신경전을 벌였다. 자신들에게도 유산을 포기시켰는데, 그 유산 중 가장 큰 몫인 회사를 자신이 가장 믿었던 형제들에게 빼앗겼다. 자식들은 빈털터리가 되어서 연립주택에 모여 사는 자신들을 찾아온 형구가 원망스러웠다.

재용과 재철은 형구를 가까이 하지 않았다. 재용은 운동선수를 하다가 큰 부상을 당해서 강제로 퇴출당했다. 운동선수 출신이 선택할 수 있는 직업은 많지 않았다. 재용은 택배 회사에서 상차하는 아르바이트를 비롯해서 온갖 험한 일을 했다. 보다 못한 미현은 재용을 형구 회사에 취업시켜 달라고 부탁했다. 그러나 형구는 고개를 저었다. 젊어서 다양한 경험을 하는 것이 삶을 풍부하게 하고, 자신의 힘으로 만들어 가는 길이 보람이 더 큰 것이라고 하면서 반대했다. 재용은 형구의 예상과는 달리 그날 벌어서 그날 마시고 먹었다. 그리고 당구장과 스크린 골프장에서 시간을 죽이고, 밤에는 술집을 전전했다. 재용은 동네에서 껄렁거리는 무리들과 어울렸다. 미현은 재용이 형구에 대한 반감으로 저렇게 한다고 원망했다.

“젊어서 방황도 필요한 거야. 재용이는 성격이 좋아서 제자리를 찾을 것이니까 걱정하지 마."

형구는 좋게 말했다. 하지만 문제는 다른 곳에서 터졌다. 재철이 재수하면서 늦게 사춘기가 찾아왔다. 재철은 미현과 아침저녁으로 부딪쳤다. 미현이 형구에게 재철이 문제를 상의해도 아이들은 저러면서 성장한다고 방치했다. 재철이 공부도 소홀히 하고 외박을 하는 등 미현에게 보란 듯이 거칠게 행동했다. 형구가 재철을 집에서 내쫓았다. 재철은 잘 됐다는 듯이 집을 박차고 나갔다. 재철은 한 평도 안 되는 독서실에서 숙식을 해결했다. 재철은 공사판 잡부와 식당 서빙 그리고 행사 보조 요원으로 6개월 동안 일했다. 미현이 재철을 집에 불러들이자고 했지만, 형구는 단호히 반대했다. 출가와 가출은 그 의미가 다르지만, 결국은 세상과 인생을 배우는 방식의 차이가 있을 뿐 이치는 똑같다고 했다.

성일이 유학을 떠나고 3년이 지난 어느 날 형구를 찾아왔다. 회장실에서 성일을 맞이한 형구는 공부 진척 등을 묻고 격려했다. 성일이 형구에게 눈빛으로 무엇인가를 호소하는 자세로 공손하게 인사를 했다. 성일은 재수할 때부터 형구가 학비를 보내 준 것을 자신은 알고 있었다고 했다. 그러나 어머니에게도 말하지 않았다고 했다. 그는 돈에 자신의 청춘을 저당 잡히고 싶지 않았다면서 진심으로 고맙다는 표정이었다. 그 표정에 형구는 내심 성일을 더 높이 평가했다.

성일이 민희가 유럽 여행 중 독일로 자신을 찾아왔다고 했다. 성일은 민희를 여의도 식당에서 보는 순간 마음에 들었다고 했다. 그러나 말을 못했다고 했다. 그런데 민희가 사전에 연락도 없이 독일까지 찾아와서 깜짝 놀랐고 반가웠다고 했다.

민희는 자유연애주의자였다. 민희는 시몬 드 보부아르의 제2의 성을 탐독했다. 민희와 성일은 만나자마자 뜨거워졌다. 성일은 학업을 뒤로 하고 민희와 프랑스와 스위스 그리고 이탈리아를 약 한 달간 여행을 했다. 스위스의 알프스에서, 프랑스의 프로방스 지역에서, 이탈리아의 지중해에서 그들은 많은 대화를 나누었고 뜨거운 밤을 보냈다. 둘은 성일이 공부가 끝나고 결혼하기로 약속까지 했다.

이런 사실을 형구와 미현은 전혀 모르고 있었다. 성일은 민희와의 결혼을 허락해 달라고 했다. 형구는 속으로 기뻤다. 그러나 표정은 냉정했다. 형구는 자네를 지원하지 않았다면 더 자유로운 판단을 할 수 있었는데, 곤혹스럽다고 했다. 형구는 우선 민희와 미현의 의사를 물어봐야 한다고 했다. 성일은 그 말에 반색하며 지금 회사 근처 카페에 민희가 있다고 했다. 지금 불러서 물어봐 달라고 했다. 이 말이 떨어지기도 전에 회장실 문을 열고 민희가 들어왔다. 민희가 처음으로 회사에 온 것이다. 민희는 고개를 숙이고 말했다.

"아빠 이 사람과 결혼할 겁니다. 허락해 주세요."

형구는 허허 웃었다. 형구는 엄마에게 물어봐야 한다고 답했다. 그러자 민희가 말했다.

"엄마는 동의하셨어요."

형구는 말했다.

"이놈들 나만 바보를 만들었구나. 그래, 성일이 학업 끝나고 생각해 보자."

"아빠 저도 독일로 유학 보내주세요."

"회장님, 결혼이 안 되면 우선 약혼부터 하면 어떨까요?"

형구가 대답이 없자, 성일이 약혼을 이야기했다. 그 말에도 형구는 대답을 안 했다. 민희가 형구의 옆자리로 이동해서 형구의 팔짱을 끼고 애교를 부렸다.

"아빠 약혼하게 허락해 주세요."

형구는 시간을 끌어서 될 일이 아니라고 판단했다. 약혼식은 일사천리로 진행되었다. 성일이 독일로 복귀해야 해서 약혼 날짜도 급하게 잡았다. 남산에 있는 하얏트 호텔에서 진행된 약혼식은 형구의 가족과 성일 가족만 참여해서 조촐했다. 반지를 교환하고 케익 자르고 기념사진을 찍었다. 성일과 민희는 학처럼 어울리는 한 쌍이었다. 성일은 천하를 얻은 듯했다. 민희는 입이 다물어질 틈이 없었다. 그런데 성일의 어머니와 여동생은 어딘지 모르게 불편해했다. 재용과 재철의 표정도 어두웠다. 약혼식이 끝나고 성일과 민희는 바람처럼 사라졌다.

재용과 재철에게 오랜만에 술 한잔하자고 형구가 제안했다. 재용과 재철이 서로 눈치를 보다가 마지못해서 형구를 따라나섰다. 형구와 미현 그리고 자식들이 이태원에 있는 조용한 와인바에 자리를 잡았다. 약혼식에 대해서 이런저런 이야기를 나누고 성일에 대한 이야기를 시작했다. 형구는 약간 취기가 있었다. 형구는 성일의 인품과 실력 그리고 성실성을 높이 평가한다고 하면서 사위를 잘 얻었다며 기분 좋아했다. 미현이 그런 사내를 선택한 민희는 자신을 닮았다고 맞장구를 쳤다. 형구와 미현은 기분이 좋았다. 그런데 재용이가 술주정 같은 말을 내뱉었다.

"잘난 사위 얻어서 기분 좋으시겠습니다. 저희는 어려서 친척 형들의 옷을 물려 입었습니다. 흐르는 물도 아껴 사용하라고 잔소리하셨지요. 그리고 그 흔한 보습학원도 보내지 않으셨죠. 왜! 저희에게는 각박하게 하고, 사위가 될지도 모르는 사람은 유학까지 보낸 것입니까?"

따지듯 묻는 말에 형구는 할 말이 없었다.

"너희에게 지금 어떻게 설명해도 이해하지 못할 거야. 나이를 먹어야 내 뜻을 깨달을 수 있어. 딱 한 가지는 말하마. 공부는 스스로 하는 거다. 누가 떠먹여 주는 공부는 한계가 있어서 학원을 보내지 않은 거란다. 너희들이 학원에 다니지 않아도 공부를 다 잘했고, 남들은 학원 다닐 시간에 너희들은 축구도 하고 실컷 놀았어. 어려서 놀이를 한다는 것이 얼마나 중요한 것인지는 나중에 너희들도 자식을 낳아 보면 알게 될 거야."

재철이가 물었다.

"아버지 회사를 매형에게 물려주실 거예요?"

형구는 눈을 감고 대답하지 않았다. 미현과 자식들이 형구의 입만 쳐다보고 있었다. 형구가 자리에서 벌떡 일어나서 밖으로 나갔다. 형구의 뒤통수에 대고 재철이 소리를 질렀다.

"잘난 사위를 돈 주고 사서 기분 좋으시겠습니다."

성일은 유학을 끝내기 전부터 한국 문단에 글을 발표해서 주목받았다. 그가 귀국한 지 얼마 안 되어서 형구는 회사를 형제들에게 강탈당했다. 민희는 형구가 회사와 집을 삼촌들에게 뺏긴 것을 성일에게 말하고 헤어지자고 했다. 성일은 울분을 토하듯 화를 냈다. 그 이유로 헤어지자고 하는 것은 자신을 모욕하는 것이라고 했다. 지금 헤어지자고 하는 것은 돈을 보고 결혼하자고 한 것과 똑같다고 했다. 더 이상 자신을 모욕하면 용서하지 않겠다고 고함을 질렀다.

"우리 결혼식을 너희 집 잔디밭에서 영화처럼 진행하려고 시나리오까지 써놨다고! 제발 파혼하자는 말은 입 밖에 꺼내지도 마."

민희는 그렇게 말하는 성일이 감사했고 고마웠다. 그러나 길에 나앉을 정도가 되어 버린 집안으로 인해서 성일을 잡는 것이 죄스럽고 자신도 없었다. 민희는 성일을 만날 때마다 헤어지자고 했다. 집안이 몰락해서 헤어지자는 것이 아니다. 나는 자유연애주의자이다. 자신은 한 남자를 바라보고 살 수 있는 여자가 아니라고 했다. 성일은 피카소의 그림을 응용한 CF처럼 만들어진 독특한 결혼식 청첩장까지 보이며, 민희를 설득했다. 민희는 요지부동이었다. 성일도 서서히 지쳐가고 있었다.

민희는 사르트르와 보부아르처럼 계약 결혼할 생각이 없으면 헤어지자고 최후통첩을 했다. 성일은 홀어머니 밑에서 외아들로 자라서 행복한 가정을 꾸미는 것이 어려서부터의 꿈이었다. 그런데 계약 결혼이라니, 성일 어머니는 성일과 민희 약혼 전에 형구 회사를 그만두었다. 성일은 어머니에게 형구 회사 소식을 오래전부터 들어 알고 있었으나 내색하지 않았다. 성일은 민희가 지속적으로 파혼을 요구한다고 어머니에게 상의했다. 성일은 어머니가 파혼은 절대 안 된다고 펄쩍 뛸 줄 알았다. 그런데 어머니는 아무 말이 없었다.

그 뒤로 몇 번 더 성일은 어머니에게 파혼 문제를 상의했다. 성일 어머니가 무겁게 말문을 열었다.

“네 아버지와 헤어지고 나는 너희 남매만 보고 살았어. 회장님 회사에서 청소부로 일하면서 사람들에게 무시와 멸시를 당한 것이 한두 번이 아니었지. 그렇게 어렵게 키운 자식을 뺏기는 것 같아서 민희와 결혼이 반갑지는 않았어. 우리가 회장님에게 사정사정해서 유학을 보내 달라고 한 것도 아니고, 회장님이 자기가 좋아서 보내 준 것인데, 회장님에게 보람된 일을 할 수 있도록 해준 것으로 우리는 신세를 갚은 셈이야. 민희가 헤어지자고 하면 빨리 헤어지고 그동안 받은 돈은 갚아 주면 되지 않겠어."

뜻밖의 말에 당황한 성일이 대답을 못하자, 성일이 모친이 덧붙였다.

"네가 유명해지니까 여기저기서 중매가 들어오는데…. 그중에는 재벌 집안도 있고 의사, 변호사, 유명 연예인도 있어."

성일은 사랑과 결혼을 돈으로 거래하듯 말하는 어머니가 원망스러웠다. 포스트모더니즘의 대표주자 앤디 워홀, 포스트구조주의 철학자 미셀 푸코와 데리다, 니체와 칸트 그리고 들뢰즈, 프로이드, 장자, 김수영 등 동서양을 넘나들면서 평론과 비평으로 이름을 얻고 있지만, 자신의 문제에 대해서는 해결책을 찾을 수 없다는 것이 한심스러웠다.

성일은 민희의 솔직함과 우아한 얼굴 그리고 소탈한 성격을 진심으로 사랑했다. 어떠한 일이 있어도 헤어질 수 없었다. 성일은 용기를 내서 형구에게 전화를 했다. 형구의 전화기는 꺼져 있었다. 성일은 수십 번도 전화를 더 했다. 성일은 형구에게 문자를 남겼다.

"아버님 회사 소식을 들었습니다. 진실은 멀리 던져도 반드시 제자리를 찾아옵니다. 회사를 되찾는 데 제가 조금이라도 도움이 될 수 있으면 무엇이라도 하겠습니다. 전화 부탁드립니다. 민희가 파혼하자고 합니다. 민희가 없는 세상은 살고 싶지 않습니다. 도와주세요."

하지만 형구에게선 답변이 없었다. 성일은 회장님도 파혼에 동의하는 것이라고 생각했다. 하지만 그 시각 형구는 집행관 사망 사고로 교도소에 있었다. 그제야 성일은 민희를 설득하는 것은 불가능하다고 판단하게 되었다. 성일은 민희의 뜻을 존중하는 의미로 파혼에 동의했다. 그렇지만 자신은 민희가 돌아올 때까지 결혼하지 않을 테니 언제든지 돌아오라고 말했다. 파혼은 휴대폰 문자로 이루어졌다. 파혼하기로 한 날 민희는 마시지 못하는 술을 음료수 마시듯 했다. 성일은 형구 회사가 강탈당한 사건을 영화로 만들어서 대중들에게 알리겠다는 생각으로 형구 사건을 시나리오로 쓰고 있었다.

노숙자

서울역 근방 서소문 역사공원 벤치에 양복을 입은 형구가 새벽 서리를 하얗게 뒤집어쓰고 자고 있었다. 누군가 발로 형구를 툭툭 차면서 일어나라고 했다. 형구는 몸을 반쯤 일으켰다가 다시 벤치에 누웠다.

"여보시오, 일어나! 이 벤치는 내 자리야!"

털갈이하는 개처럼 수염이 사방으로 뻗쳐 있고, 누더기 몇 벌을 껴입었는지 알 수 없는 노숙자가 형구를 깨웠다. 형구가 서리가 내려앉은 몸을 힘들게 들어올렸다. 노숙자가 이 추위에 그렇게 자다가 얼어 죽는다고 한마디를 툭 뱉고 형구가 비운 벤치에 앉았다. 형구는 벤치에 앉아 있다가 자신도 모르게 잠이 든 듯했다.

형구는 금융감독원과 은행감독원 등에 해고된 임원들과 진정서에 연서해서 제출했다. 진정서를 제출하고 은행감독원에서 가까운 공원에 갔다. 마트에서 소주 두 병과 쥐포 한 마리를 사 혼자 벤치에서 마시고 깜박 잠이 들었다. 형구는 친구 혹은 지인을 만나지 않았다. 자신의 누추한 모습을 누구에게 보여 주는 것은 자존심이 허락하지 않았다. 딱히 갈 곳도 없었다. 공원에서 며칠째 멍하니 앉아 있거나 어슬렁거리던 형구에게 허기가 엄습해 왔다. 공원에 도착한 날부터 깊은 생각에 빠져서 배고픈 것도 잊고 있었다. 형구는 감당할 수 없는 형제들의 배신으로 공황 상태로 빠져들고 있었다.

형구가 오랜 잠에서 깨어난 것처럼 공원 계단에 앉아서 사방을 훑어봤다. 그 모습을 지켜보던 노숙자가 형구 옆으로 다가와 넝마 가방에서 도시락을 꺼내 형구 앞에 놓았다. 그리고 히죽히죽 웃었다. 형구는 노숙자에게 가볍게 목례하고 허겁지겁 도시락을 먹었다. 노숙자가 캔 맥주를 내놨다. 형구는 고맙다는 말도 없이 캔 맥주를 마셨다. 이렇게 맛있는 밥은 처음 먹어 본 듯했다. 한마디로 밥이 하늘이었다.

형미가 서태에서 식모살이할 때 무슨 일인가로 형구가 그 집에 간 적이 있었다. 형미가 흰 쌀밥을 가지고 나왔다. 형구는 그 쌀밥을 담벼락에 붙어서 급하게 먹었다. 처음 먹어 보는 쌀밥이 비위에 안 맞아서 토한 기억이 났다. 또한 어렸을 때 자신의 생일날 어머니가 해준 흰쌀이 반쯤 섞인 밥을 먹었을 때 그 맛도 떠올랐다. 어머니와 형미의 모습이 동시에 눈가에 아른거렸다.

형구가 눈물을 주르르 흘리자, 노숙자가 형구에게 자기를 따라오라고 했다. 노숙자와 도착한 곳은 서울역 앞에서 노숙자들에게 밥을 무료로 나누어 주는 곳이었다. 형구가 도착했을 때는 이미 밥차가 문을 닫고 있었다. 형구가 배식원으로 보이는 사람에게 밥을 달라고 했다.

"배식이 끝났는데요."

"미안합니다."

형구가 돌아서자, 누군가 형구를 부르더니 밥차 문을 열고 식은 국과 도시락을 주었다. 형구는 그것을 들고 노숙자와 다시 공원으로 갔다. 노숙자는 자신이 입고 있던 옷을 하나 벗어 주면서 얼어 죽는다고 옷을 입으라고 했다. 그제야 형구는 그 노숙자가 자신을 벤치에서 깨웠던 동일인이라는 것을 알아봤다. 늦가을의 밤공기는 서늘했다. 형구는 망설이지도 않고 그 옷을 양복 위에 겹쳐 입었다.

노숙자가 자기 잠자리로 형구를 데리고 갔다. 낡은 건물 계단 밑에 박스로 바람을 막은 잠자리는 보기보다 아늑했다. 형구는 며칠째 잠을 자고 있었다. 노숙자는 그 무엇도 묻지 않고 도시락을 형구 머리맡에 놓고 사라졌다가 밤에만 들어왔다. 그날 밤은 노숙자가 돌아오지 않았다. 형구는 걱정이 되었다. 형구와는 관계없이 서울의 밤은 사람들의 욕망을 자극하는 네온사인으로 불야성을 이루었다. 새벽에 형구가 몸을 일으키려고 하자, 몸뚱이가 말을 듣지 않았다. 얼기설기 처져 있는 박스 안 끈을 잡고 일어서려고 하자, 박스가 힘없이 형구를 덮쳤다. 박스를 걷어 내려고 힘을 쓸수록 박스는 더 형구를 짓누르는 것 같았다. 식은땀을 흘리며 박스를 걷어내고 밖으로 나오자, 다리에서 우두둑하는 소리가 났다.

형구는 힘없이 서울역을 향했다. 밥차 앞에는 이미 긴 줄이 서 있었다. 맨꽁무니에 형구가 섰다. 줄 서 있는 동안 교회 전도사쯤으로 보이는 사람들이 교회 유인물을 나누어 주었다.

철판으로 된 식판에 멀건 된장국과 깍두기 그리고 고춧가루가 고양이 발자국처럼 스치고 지나간 김치를 나누어 주었다. 노숙자들은 땅바닥에 그대로 주저앉거나 서서 그 밥을 비워 나갔다. 형구는 바리

케이트 철재에 기대서서 누구 눈치도 보지 않고 밥알을 씹으며, 노숙자들의 표정을 하나둘 살펴보았다. 거짓말처럼 엄숙한 표정으로 그 누구도 말 한마디 하지 않고 밥을 씹었다. 형구가 밥을 거의 다 먹어갈 무렵 50대로 보이는 여자가 다가왔다.

"처음 보는 것 같은데요? 저는 이 밥차 책임자입니다. 아픈 데는 없으세요. 우리 교회에 한 번 꼭 오세요. 교회는 여기서 가깝습니다."

그러면서 만리동 쪽을 손으로 가리켰다.

"우리 교회 오시면 갓 구운 빵도 드리고 목욕도 하실 수 있어요."

형구는 눈만 껌벅이고 아무런 소리도 하지 않았다. 여자는 "아멘!" 하고 떠났다. 목구멍에 밥을 밀어 넣고 형구는 서울역 지하 화장실로 향했다. 화장실에는 이미 노숙자들이 줄을 서 있었다. 담배 연기가 가득했다. 그 담배 연기가 구수했다. 형구는 강렬한 흡연 욕구를 느꼈다.

화장실 거울에는 낯선 사람이 서 있었다. 거울 속의 남자는 얼굴을 알아볼 수가 없었고, 머리는 껌이 덕지덕지 묻은 것처럼 듬성듬성 뭉쳐 있었다. 옷은 팔목은 짧고 단추는 한 칸씩 밀려서 채워져 있었다. 형구가 거울을 보고 입을 크게 벌리자, 입에서 똥내가 났다. 그리고 거울 속에 남자도 입을 벌렸다. 형구가 손을 흔들었다. 거울 속의 남자도 손을 흔들었다. 형구가 주먹을 쥐어 거울 속의 남자를 때리자 거울 속의 남자도 형구를 때렸다. 형구가 손을 잡고 신음을 뱉자 노숙자들의 시선이 형구에게 쏠렸다. 형구가 손을 입에 대고 호호 불자 쳐다보던 시선을 거두었다.

형구는 자신이 봐도 노숙자 중에서도 자신이 가장 더럽다는 것을 알았다. 형구는 화장실 문을 열고 들어가서 바지를 내렸다. 짐승 썩은 내가 났다. 화장실 문고리를 잡고 온 힘을 주었지만, 똥은 나오지 않았다. 고통스러웠다. 누군가 밖에서 발로 화장실 문이 부서져라 찼다. 똥이 조금 나오다가 항문에 걸려 있었다. 형구가 "조금만…." 하고 중얼거렸다. 그때 밖에서 문을 세차게 잡아당겼다. 문고리를 잡고 있던 형구가 튕겨 나갔다. 여기저기 패인 타일 바닥에 얼굴을 세차게 박았다. 노숙자들이 "와~" 하고 소리를 질렀다. 이마와 머리 사이에 깊게 패인 곳에서 붉은 피가 쏟아졌다. 그 피가 회색 타일 바닥에 뚝뚝 떨어지면서 유채화를 그렸다. 바지는 장딴지에 걸쳐 있고, 성기는 마른 번데기처럼 살갗에 딱 눌어붙어 있었다. 상대적으로 깨끗한 복장을 한 노숙자가 형구를 부축했다. 그리고 바지를 올리라는 시늉을 했다. 나오다 만 똥을 의식도 못하고 바지를 올렸다.

이마에서는 얼굴로 계속 피가 흘렀다. 수도를 틀어 놓고 머리를 박았다. 흰 세면대가 온통 붉은색으로 물들었다. 형구를 부축했던 노숙자가 두루마리 화장지를 가지고 와서 이마를 둘둘 말아 주었다. 밖으로 나온 형구는 흡연 박스 재떨이를 유심히 쳐다봤다. 꽁초들은 물속에 잠겨 있었다. 바닥에 떨어져 있는 꽁초는 형구 자신의 모습처럼 처참한 몰골을 하고 있었다.

꽁초 중에 덜 상처받은 장초를 집어 들었다. 그 장초를 입에 물고 사람들에게 불을 빌려 달라고 했다. 역겨운 냄새를 풍기는 형구를 사람들이 피했다. 담배를 피우고 있던 노숙자가 형구의 입에 물린 꽁초를 낚아채서 허공으로 던졌다. 형구는 포물선을 그리며 떨어지는 꽁초를 향해서 두 팔을 내밀었다. 형구의 꽁초를 던진 노숙자가 멀쩡한 담배 한 개비를 형구에게 주었다. 형구는 자신도 모르게 절을 했다. 불도 붙여 주었다. 형구가 한 모금 깊게 빨았다.

흡연실이 빙빙 돌고 다리가 후들거렸다. 토할 것처럼 내장이 뒤틀렸다. 서서는 담배를 피울 수가 없었다. 흡연실 바닥은 시궁창 같은 물기가 있고 차가웠지만, 형구는 그 자리에 쪼그리고 앉았다. 담배 한 대를 다 피우고 나자, 다리를 세우기가 힘들었다. 한참을 그대로 있다가 힘들게 일어났다. 일어날 때 뼈마디에서 삐거덕삐거덕 녹슨 기계 소리가 요란했다. 형구는 분주한 인파들이 오르락내리락하는 계단에 앉아서 졸았다. 그리고 한참 후에 눈을 떴다. 형구 앞에 동전이 여러 개 놓여 있었다. 그 동전을 주머니에 넣었다.

그 동전으로 마트에 가서 담배를 샀다. 시계탑이 오전 11시를 지나고 있었다. 점심 줄을 서야 할 때였다. 형구는 앞줄에 서려고 빨리 걸으려고 했지만, 걸음은 빨라지지 않았다. 형구는 줄 중간쯤에 서 있었다. 누군가 새치기를 했다. 노숙자들이 고함을 질렀다. 교회에서 나온 자원봉사자가 새치기한 사람을 줄 꽁무니로 데리고 갔다. 밥차 책임자라는 사람이 형구에게 다가왔다. 왜 휴지로 머리를 감았느냐고 하면서 이마에 감은 휴지에 손을 대려고 했다. 형구는 눈을 부릅뜨며 그 손을 거칠게 내쳤다. 그 여자는 놀라는 표정도 없이 한 발자국 뒤로 물러섰다. 상처가 심한 것 같다며 교회 와서 치료받으라고 했다. 형구는 무표정하게 앞사람 뒤통수를 쳐다보았다. 형구는 저녁 배식받고 박스를 찾기 위해서 서울역 서부 출구 쪽으로 나갔다.

박스는 없었다. 형구는 서울역 지하도에서 동태가 되어 뜬눈으로 밤을 새웠다. 새벽에 박스를 구하려고 남대문 시장 쪽으로 향했다. 여명의 남대문로는 쓰레기들이 바람에 날려 다녔다. 인적은 없었다.

40년 전 겨울 어느 날, 칼바람이 뼈를 파고드는 날씨였다. 남대문 시장 순대 골목길에서 박박 머리 형구가 여름용 홑바지를 입고 떨고 있는 모습이 형구의 눈앞에 어른거렸다. 전혀 예상하지 못한 일이었다. 그 골목은 인력 시장이었다. 그 인력 시장은 주로 식당 주방장, 칼판(야채와 고기를 써는 사람), 라면(수타면 기술자) 그리고 그릇 닦기, 배달부 등 공사판 잡부들이 일자리를 구하는 시장이었다. 그 인력 시장은 해가 뜨기 전부터 일자리를 찾는 사람과 사람을 구하는 사람들로 북적거렸다. 일자리를 구하는 사람들은 남루한 옷차림에 허기진 눈빛이 대부분이었다. 사람을 구하는 사람들이 '어디 중국집 칼판'이라고 소리를 지르면 사람들이 우르르 몰려갔다. 일자리는 하나지만 원하는 사람은 헤아릴 수가 없었다. 특히 그릇 닦기, 배달부의 경쟁은 더 치열했다.

형구는 며칠을 굶었는지 알 수 없었다. 형구는 먹여 주기만 하면 어떤 일이라도 하고 싶었다. 그러나 그릇 닦는 일도 형구의 차례는 오지 않았다. 나이도 너무 어리고 뼈가 앙상하게 드러난 형구를 선택하는 사람은 없었다. 그 순대 골목길 식당들이 문을 여는 아침 7시가 되면 인력 시장도 끝판이었다. 일자리를 구하지 못한 사람들이 대부분이었다. 일자리를 구하지 못한 사람들이 길가에서 깡통에 불을 피웠다. 형구는 그곳에서 몸을 녹이려 해도 어른들에게 쫓겨나기 일쑤였다. 형구가 남대문 시장 바닥을 뒤져서 종이 상자 또는 사과 궤짝을 주워 오면 그제야 잠깐 자리를 내줬다. 일자리를 얻지 못한 형구는 순댓국집 손님들이 먹다 남은 음식을 얻어먹었다. 그것도 주인은 버릇된다고 주지 못하게 했다. 순댓국집에서 일하는 아주머니들은 형구를 불쌍히 여겼다. 일하는 아주머니들은 주인 몰래 식당 밖에다 손님이 먹다 남은 순댓국을 내놨다. 그리고 형구에게 눈짓하면 형구는 게 눈 감추듯 먹었다. 형구는 잠은 남대문 시장 좌판대 밑에서 잤다. 세수는 공중화장실에서 했다.

그렇게 얼마간의 시간이 흐르고 형구는 압구정동에 있는 중국집에 하루 일당을 받는 것으로 처음으로 일자리를 구했다. 자전거를 타고 배달해야 했다. 형구는 자전거는 탈 줄 알았지만, 철가방을 들고 자전거를 타는 것은 해본 적이 없었다. 그래도 형구는 할 수 있다고 중국집 주인에게 말했다. 주인은 고개를 흔들면서도 형구를 데리고 갔다. 형구가 첫 배달을 나갔다. 자전거를 끌고 철가방을 들고 갔다. 형구는 자전거를 식당 주변에 받쳐 놓고 뜀박질로 배달했다. 그리고 자전거를 타고 빈 철가방을 들고 자전거 타는 연습을 했다. 아스팔트 바닥에 여러 번 머리를 박았다. 자전거 연습을 하고 늦게 돌아온 형구에게 식당 지배인은 손찌검을 했다.

형구는 대항할 수가 없었다. 그리고 다시 배달을 나갔다. 자전거를 타고 철가방을 들고 얼마 못 가서 넘어졌다. 뜨거운 짬뽕 국물이 형구를 덮쳤다. 형구는 어떻게 해야 할지 갈피를 잡지 못했다. 배달통 안에는 탕수육도 있었다. 그 탕수육은 배달통 안에서 짬뽕 국물에 버무려져 있었다. 형구는 일당은 고사하고 음식값을 변상하라고 할까 봐 앞이 캄캄했다. 탕수육을 그릇에 다시 주워 담았지만 손님에게 배달하기에는 불가능했다. 허기에 지친 형구는 탕수육을 하나 먹었다. 그 맛은 처음 아이스께끼를 먹었던 그 맛과 흡사했다. 머리와 손바닥에서 피가 나는 것도 잊고 형구는 그 자리에 주저앉아서 탕수육과 짬뽕을 다 먹었다. 그리고 자전거와 배달통을 식당 앞에 두고 다시 남대문 인력 시장을 향했다. 형구는 다음 날도 다음 날도 남대문 인력 시장을 찾았다. 그리고 중국집 그릇 닦는 일을 구할 수 있었다. 40년 전의 형구를 회상한 형구는 그때 형구의 모습과 지금의 모습이 겹쳐서 땅바닥에 쓰러질 듯 주저앉았다.

* * *

남대문 상가 앞에 박스들이 많이 보였다. 그중에서 튼튼하고 큰 박스 두 개를 끌고 서울역 지하도로 향했다. 박스를 끌고 가는 형구의 얼굴에 식은땀이 흘렀다. 늦가을 밤의 추위는 살을 파고들었다. 형구는 박스를 지하도 바닥에 깔고 누웠다. 멀뚱멀뚱 눈을 뜨고 있는데, 술에 취한 노숙자가 형구를 보고 고래고래 소리를 질렀다. 당장 꺼지지 않으면 요절을 내겠다고 했다. 형구는 "끄응" 하는 신음소리를 내며 일어나서 박스를 들었다. 박스를 펼 곳이 마땅치 않았다. 계단에 가까운 곳은 바람이 심했다. 계단에서 멀리 떨어진 곳은 자리가 없었다. 지하도 화장실 앞에 박스를 펼 수는 있었지만, 사람들의 통행이 많았다. 그리고 습기가 있었다. 형구는 그 자리에 박스를 깔았다.

박스 위에 누워서 몸을 굼벵이처럼 쪼그렸다. 냉기가 바늘처럼 몸을 파고들었다. 다친 이마 때문인지 몸에 오한이 들었다. 한숨도 자지 못한 형구는 하루 저녁 사이에 백 년은 늙어 버린 것 같았다. 보름쯤 지나자 지하도 노숙자들과 거의 안면을 텄다. 그들이 노숙의 경험을 전수해 주었다. 어느 절에 가면 차비를 주고, 어느 교회에 가면 이발을 할 수 있고, 어디에서 재활용 옷을 무료로 주는 등 많은 정보를 주었다. 잘 때 박스 안에서 손전등 하나만 켜도 따뜻해진다는 것도 그들에게 배웠다. 청소년들에게 담배 한 보루 사 주면 한 갑 얻을 수 있다는 정보도 주었다. 그중에서도 형구의 귀에 쏙 들어온 정보는 편의점에서 유통기한이 지난 음식을 폐기하기 전에 받을 수 있다는 정보였다.

해가 지면 노숙자들이 지하도로 모여들었다. 그리고 삼삼오오 모여서 술을 먹었다. 노숙자 중에는 이 자유스러움이 좋다는 사람도 있었다. 그리고 창녀와 거지는 가장 오래된 직업이라고 호들갑을 떠는 노숙자도 있었다. 그러나 대부분은 가족들에게 버림받거나 망각된 사람들이었다. 자본주의의 무한 경쟁에서 도태되고 사회 안전망에서 제거된 사람들이었다. 무엇보다도 희망이라는 단어를 상실하고 토막 낸 시간을 밀어내고 있었다. 노숙자 대부분은 소외와 고독 그리고 외로움의 덫에 포획되어 있었다. 노숙자들이 기초생활 수급 신청을 않는 것은 망각하고 싶은 기억을 누군가 끄집어낼 것 같은 두려움 때문이었다. 가족과 친구 그리고 지인들의 기억에 지워지고 소멸된 사람들, 돌아갈 곳을 잃은 사람들, 그들은 오른손에 든 외로움을 왼손의 절망으로 옮겼다. 형구는 왼손에 든 절망을 오른손으로 무상으로 옮기고 있었다. 형구는 노숙자들이 주는 약을 먹었지만, 이마의 상처는 차도가 없었다. 밤에는 몸에 열이 심했다.

형구는 밥차 책임자의 말이 떠올랐다. 형구는 만리동 교회로 갔다. 언덕 위 건물 3층에 있는 교회는 다른 교회와 조금 다른 느낌을 주었다. '구걸할 힘만 있어도 행복해!'라는 문구가 교회 벽에 크게 붙어 있었다. 형구를 자원봉사자들이 반갑게 맞이했다. 우선 목욕부터 하자고 했다. 형구는 움찔하다가 목욕탕으로 안내하는 자원봉사자를 따라갔다. 한 평 정도 되는 탕에는 따뜻한 물이 차 있었다. 형구가 넝마 같은 허물을 벗고 샤워를 한 후에 탕에 들어갔다.

육신이 따뜻한 탕 물에 녹아들었다. 얼마 후 가운을 걸친 사내가 들어와서 조심스럽게 도와주겠다고 했다. 형구는 고개를 끄덕였다. 사내는 탕에 비스듬히 누워 있는 형구를 부축하여 때밀이 테이블에 눕혔다. 그리고 머리부터 발끝까지 비누칠해서 깨끗이 닦아 냈다. 사내는 직업이 때밀이라고 했다. 목욕탕이 쉬는 날은 교회에 와서 봉사

한다고 했다. 노숙자 생활 이후 한 번도 깎지 못한 수염까지 깎아 주었다.

형구가 탕 밖으로 나오니 파란 사각 프라스틱 용기에 푸른 가운과 속옷이 담겨 있었다. 형구가 가운을 입자 때밀이 사내가 의자가 하나뿐인 간이이발소 의자에 앉으라고 했다. 70대로 보이는 노인이 가위를 들고 나타났다. 노인은 익숙한 솜씨로 머리를 잘랐다. 노인이 이마의 상처를 보고 안이 곪은 것 같고 딱지가 생기려면 좀 더 있어야겠다고 말했다. 얼마나 아프냐고 물었다. 노인은 자신도 노숙자였었다고 했다. 지금은 교회에서 이발 봉사하고 살아서 행복하다고 했다. 형구는 때밀이와 이발사가 신의 현신이라는 생각이 들었다. 형구가 이발을 마치고 교회의 강당으로 들어갔다. 기다리고 있던 교회 관계자들이 손뼉을 쳤다. 밥차 책임자라고 했던 사람이 목욕탕에 들어간 사람은 어디로 사라졌냐고 형구에 물었다. 모두들 웃으며 손뼉을 쳤다. 형구가 가운차림으로 쑥스럽게 인사를 했다.

형구 넝마는 세탁을 해서 돌려주겠다고 했다. 그리고 재활용이지만, 양복과 바바리와 점퍼를 내놨다. 마음에 드는 것으로 갈아입으라고 하면서 탈의실을 알려 주었다. 형구가 양복 위에 바바리를 입고 나타나자 영국 신사 같다고 하면서 또 박수를 쳤다.

둥그런 얼굴에 이목구비가 오밀조밀해서 조금은 답답해 보이면서도 웃는 모습이 해맑은 밥차 책임자는 이 교회 목사였다. 목사는 연락할 곳이 있느냐고 형구에게 물었다. 형구는 고개를 가로저었다. 목사는 우선 상처를 치료해야 한다고 했다. 그리고 교회에 며칠 있으면서 치료하자고 제안했다. 형구는 선택의 여지가 없었다. 저녁 늦게 젊은 의사가 왕진 가방을 들고 나타났다. 형구 이마의 상처를 보더니 큰 문제는 없는데, 안에서 곪았다고 말했다. 이발사 노인과 같은 진단이었다. 젊은 의사는 상처 부위를 칼로 째고 고름을 짜냈다. 형구가 "끄응" 하고 신음소리를 내자 의사가 다 돼 가니 조금만 참으라고 그러면서 더 힘껏 상처를 누르고, 소독제를 듬뿍 바른 탈지면으로 상처 부위를 닦아 냈다. 흰 탈지면이 누런 고름 색으로 변했다. 붕대를 덧대고 반창고를 붙였다. 치료가 다 끝나고, 의사가 조금만 늦었어도 골수 안으로 퍼져서 죽을 수도 있었다고 무서운 말을 아무렇지 않은 듯 말했다. 그리고 일주일이 벼락 치듯 지나갔다. 교회 측 그 누구도 형구에게 예수를 믿으라고 하는 사람이 없었다. 과거 사연도 묻지 않았다. 저녁마다 열리는 예배에 참석하라는 사람도 없었지만, 형구는 예배에 참석을 안 하면 죄를 짓는 것 같은 기분이 들었다. 그래서 예배에 빠지지 않고 참석했다.

목사는 예배 말미에 짧은 설교를 했다. 천국과 예수님을 들먹이지도 않았다.

"우리 교회는 가난한 교회입니다. 그리고 작은 교회입니다. 하나님은 성경책에 있지 않습니다. 우리의 행위에 있습니다. 하나님은 우리 모두에게 내재하고 계십니다. 여기에 계신 분들 중에 신의 존재를 믿지 않는 분도 계시고, 불교를 비롯한 타 종교를 믿는 분도 계실 것입니다. 다 괜찮습니다. 전능하신 하느님은 여러 가지 형태로 나타나시기 때문입니다. 우리가 나누는 쌀 한 톨에도 신의 모습은 담겨 있습니다. 구걸할 수 있는 힘만 있어도 행복하다는 말씀은 거짓이 아닙니다. 이 시간에도 자기의 몸과 마음을 마음대로 할 수 없어서 불행해하는 사람들이 수억 명은 될 것입니다."

대부분이 노숙자 출신 또는 형구와 같은 처지의 사람들은 목사의 말 한마디 한마디를 놓치지 않으려고 귀를 쫑긋 세웠다.

형구는 개신교에 대해서 상당히 비판적인 인식을 가지고 있었다. 형구가 이런 인식을 갖게 된 가장 큰 이유가 있었다. 형구의 넷째 숙부는 날품팔이하면서 10평짜리 시영 아파트에서 곤궁하게 살고 있었다. 숙부는 60대 중반에 폐암 말기로 6개월 시한부 판정을 받았다. 숙부에게는 늦게 얻은 중학생 딸이 있었다. 숙부는 아들이 있어야 된다고 일곱 살 양자를 입적했다. 딸도 어리고 살림도 곤궁해서 숙부를 모실 사람이 마땅치 않았다. 그런데 말끝마다 "주여, 주여!"를 입에 달고 사는 형구의 가까운 친척 누이가 숙부 병수발을 들겠다고 나섰다. 이 친척은 어렵게 사는 숙부에게 명절에도 싸구려 양말 한 켤레 보낸 적은 없었다. 이 친척은 신앙심이 깊은 것은 집안 내에 널리 알려져 있었다. 형구는 평소 숙부를 대하는 친척의 태도가 마음에 걸렸지만, 숙부를 모신다고 해서 마음 깊이 그 누이 내외를 존경했다.

이 친척은 보험설계사를 하고 있었다. 숙부가 6개월 후 돌아가시고 형구는 믿어지지 않는 소식을 접했다. 숙부를 모시던 친척이 숙부의 양자가 수익자가 되는 것으로 해서 거액의 보험을 숙부 이름으로 가입했다는 사실이다. 10개월 동안 납부한 보험료는 숙부가 남긴 돈이었다. 그 돈은 숙부 자식들 생존을 위한 목숨줄 같은 것이었다. 그런데 친척이 그 보험을 이용하여 수당으로 큰 금액을 챙겼다. 형구는 분노했다. 친척 내외와 형구는 오랫동안 친하게 지내는 사이였다. 형구는 친척 내외를 찾아갔다. 형구는 숙부가 10개월 보험료 납부한 금액의 절반을 자신이 내놓을 테니, 친척이 설계인 수당으로 받은 돈에서 절반을 내서 숙부의 어린 자식들에게 주자고 했다.

친척 누나는 절대 돈을 내놓을 수 없다고 했다. 숙부가 보험을 들어 달라고 해서 자신은 들어준 죄뿐이 없다고 했다. 형구는 친척의 남편을 개별로 여러 차례 만나서 친척 누나를 설득해 달라고 했으나 효과가 없었다. 이후 형구는 시온성전 기억과 겹쳐서 개신교에 대한 불신을 가졌다. 그리고 신의 이름을 팔아서 밥을 해결하는 영혼들이 가장 혐오스러운 인간이라고 생각했다. 형구가 생각하기에 예수는 시인, 목수, 혁명가, 명상가, 철학자, 사회운동가, 정치인, 종교인, 웅변가 등 다양한 달란트를 가진 위대한 인물이지만, 사람의 아들이기 때문에 위대한 것이지, 신의 아들이라면 너무나 당연한 것이라고 생각해 왔다. '인간이 없다면 신이 존재할까?'라는 생각과 '마귀를 신이 창조했다면 신은 누가 창조했을까?' 하는 강한 의문을 가졌다. 그런데 이 교회 목사와 때밀이 그리고 이발사와 봉사자들을 통해서 예수의 존재가 구체적으로 자신 가까이 다가옴을 느꼈다.

일주일이 지나고 목사가 형구의 양복과 지갑 그리고 휴대폰을 건넸다. 목사가 신분 확인을 위해서 불가피하게 지갑을 열어 봤다며 이해해 달라고 했다. 지갑에서 명함과 신분증을 보고 형구가 L그룹 회장이라는 사실을 알았다고 했다.

"제 인생은 껍데기뿐입니다. 여기 계시는 분들이 살아 있는 예수님입니다."

형구는 이렇게 말하면서 목사의 손을 잡았다. 목사는 형구에게 손을 맡기고, "저희들이 봉사할 기회를 주셔서 감사합니다. 회장님을 통해서 큰 은혜를 입었습니다"라고 했다.

형구가 잡았던 손을 놓고 말했다.

"이 신세 잊지 않겠습니다."

형구는 3층 계단을 내려오면서 신은 사람을 통해서 부정당하고 임재한다는 사실을 깨달았다. 그리고 내줄 것이 아무것도 없어서 자신의 몸뚱이마저 내준 예수를 생각했다.

형구는 자신이 처음 노숙 생활을 시작한 서소문 공원과 계단 밑으로 갔다. 자신에게 밥과 잠자리를 제공해 준 노숙자를 찾기 위해서였다. 인상착의가 가물가물했다. 유일하게 기억에 남는 것은 둥글고 쌍꺼풀진 큰 눈이었다. 눈을 보면 알 수 있을 것 같았다. 그는 없었다. 서울역으로 향했다. 지하도와 주변을 서너 시간 넘게 찾았다. 하지만 그는 보이지 않았다. 형구는 지갑을 열어 보았다. 지갑에는 교회에서 넣어준 3만 원이 있었다. 형구는 2만 원어치 따뜻한 빵을 사 들고 지하도를 향했다. 그곳 노숙자들에게 하나씩 나누어 주었다. 그들은 형구를 알아보지 못했다.

형구가 휴대폰의 전원을 켰다. 휴대폰에는 경찰에 실종자 신고가 접수됐다고 문자를 보는 즉시 가족에게 연락하거나 가까운 경찰서로 전화하라는 안내 문자가 여러 개 와 있었다. 미현이 문자는 셀 수 없이 와 있었다. 친구들, 지인들, 정 전무를 비롯한 임직원들의 문자도 와 있었다. 형구는 이 변호사 문자를 읽었다. '사건이 진행되려면 당사자가 반드시 있어야 한다. 건강 챙겨라. 잘 버텨 낼 줄 믿는다.'고 쓰여 있었다. 형구는 미현에게 문자를 보냈다. 아무에게 말하지 말고 영등포 구청 뒤쪽 복집에서 6시에 만나자고 했다.

미현에게 전화가 왔다.

"당신, 살아 있구나!"

그리고 엉엉 울었다. 형구가 말했다.

"미안해, 6시에 보자."

전화를 끊고, 복집에 일찍 도착한 형구를 복집 사장이 반갑게 맞이했다.

"아이고, 이 회장님! 오랜만입니다. 요즘은 잘 안 보이셔서 궁금했습니다. 별고 없으시죠. 회장님 많이 마르셨습니다."

형구도 반가웠다. 형구가 고철 사업을 시작할 때부터 단골로 찾던 집이었다. 복집 사장은 형구와 비슷한 연배였다. 그는 서민적인 형구를 좋아했다. 형구도 친절하고 음식도 잘하는 사장이 친구처럼 느껴졌다. 사장이 맨 끝 룸으로 형구를 안내했다. 형구는 룸에서 문자를 확인했다. 이 변호사에게 '건강하다. 조만간 사무실로 가겠다'고 문자를 보냈다.

여러 문자를 훑다가 몽골에서 김환규가 보내온 문자를 읽었다.

'형님, 오랜만입니다. 몽골은 영하 40도를 오르락내리락하고 있습니다. 단체에서 보내 주는 장학금으로 몽골 어린이들이 겨울을 잘 이겨내고 있습니다. 봄 되면 몽골에 놀러 오세요.'

환규는 형구가 회장으로 있는 단체에서 몽골에 학교를 지어 주면서 알게 되었다. 서로 배짱이 맞아서 의형제를 맺은 동생이었다. 환규는 여행업을 하다가 국내 k대학 관광학과에 유학 온 처녀와 눈이 맞아 결혼하고, 울란바토르에 정착했다. 환규의 장인은 몽골에서 손에 꼽히는 지질학자였다. 환규의 처는 뛰어난 미모에 영어, 한국어, 일본어를 능통하게 구사하는 재원이었다. 몽골 중앙정부에서 근무하다가 정부에 발탁되어 한국으로 유학을 보냈다. 규환의 손위 처남은 지질학자인 아버지의 고급 정보를 바탕으로 몽골에서 대규모 금광사업을 하고 있었다. 처남의 회사는 정부의 실력자들이 종종 모습을 보인다고 했다. 대통령도 한번 다녀간 적이 있을 정도였다. 형구는 몽골의 대

초원과 승마를 좋아했다. 규환에게 '조만간 몽골에 가겠다'고 문자를 보냈다.

복집 서빙하는 사람이 미현을 형구가 있는 룸으로 안내했다. 형구가 다다미에서 벌떡 일어나서 미현을 맞이했다. 미현이 형구를 끌어안고 죽은 줄 알았다고 서럽게 울었다. 형구는 아무 소리도 하지 않고 미현을 부둥켜안았다. 형구는 소리 없이 울고 있었다.

미현이 자리에 앉으면서 "어떻게 된 일이냐?"라며 물었다. 형구는 "서태군 바닷가와 동해안에서 시간을 보내고 왔다"고 변명했다. 마른 체구의 형구가 더 바짝 말라서 노인이 된 듯했다. 미현이 손으로 형구의 뺨을 어루만지며 또 울었다. 문을 두드리는 노크 소리가 나고 문이 열렸다. 복 껍질 무침과 복분자 한 병을 서빙하는 분이 식탁에 내려놨다.

미현은 경찰에 실종자 신고만 하고 형구의 행방을 누구에게도 묻지 않았다. 형구의 성격상 누구를 찾아가서 신세를 지거나 의지해서 칩거할 사람이 아니라는 것을 알고 있었기 때문이다. 칩거를 해도 사찰 같은 곳에서 조용히 혼자 있을 사람이었다. 그래서 형구의 부재를 미현과 자식들 그리고 이 변호사를 제외하고는 알지 못했다. 미현은 복집 도착 전에 경찰에 전화해서 사람을 찾았다고 신고했다. 형구는 회사와 집을 반드시 찾을 것이라고 미현을 안심시키려고 했다. 미현은 그 모습이 안쓰러웠다. 미현이 형구의 잔에 술을 따르며 말했다.

"그깟 돈이 문제입니까? 당신이 죽게 생겼는데…."

"우리 공주님 결혼식이 몇 월이지?"

미현이 한참 뜸을 들이다가 어렵게 말을 꺼냈다.

"당신 놀래면 안 됩니다. 파혼했어요."

자초지종을 들은 형구는 손을 부르르 떨며, 들고 있던 대나무 젓가락으로 탁자를 내리찍었다.

"이놈들 내가 반드시 대가를 치르게 하겠어."

눈에서 살기를 쏟아냈다. 미현은 그런 형구가 무서웠다. 무엇이든 결심하면 반드시 하고 마는 성품이라는 것을 알고 있었기 때문이다. 형구는 미현에게 통장에 천만 원을 넣어 달라고 했다. 그리고 자신이 어디를 가더라도 반드시 미현에게는 연락하겠다고 약속했다. 그리고 몽골에 가겠다고 했다. 미현은 말렸다.

"당신 몸이 정상으로 보이지 않아요. 몽골에 가더라도 몸조리하고 가세요."

형구가 고개를 끄덕였다. 축구와 라이딩으로 다져진 몸이지만, 노숙 생활로 몸이 망가진 것을 형구도 알고 있었다. 그러나 아이들 집에는 가지 않겠다고 했다. 미현이 강릉으로 함께 가자고 했다. 형구의 장인어른이 형구가 사준 강릉 집에서 혼자 살고 계셨다. 형구와 미현이 복집을 나서자, 복집 사장이 문밖까지 따라 나오면서 인사했다.

"회장님 건강 챙기셔야겠습니다. 예전의 혈기 왕성한 모습이 보이지 않습니다."

형구가 진심 어린 복집 사장의 인사에 감사해하며 자주 오겠다고 깍듯이 인사를 했다. 형구와 미현은 갈 곳이 마땅치 않았다. 미현의 제안으로 형구가 자주 가던 음악감상실에서 정 전무 내외를 부르기로 했다. 미현이 정 전무 처에게 전화를 했다. 미현은 형구의 팔짱을 끼고 당신이 살아 있어서 행복하다고 했다. 그리고 둘은 말없이 낙엽이 다 져 버린 영등포구 구청 옆 공원을 산책했다. 연말이 다가오는 구청 건너편 술집 골목은 여전히 붐비고 있었다.

2층에 위치한 음악감상실은 손님이 노래도 부를 수 있었다. 그 술집은 규모는 아담했지만, LP 음반이 수천 장 진열되어 있었다. 그리고 6~80년대 음악 관련 자료와 악기가 박물관처럼 가득했다. 형구는 그 술집을 통째로 가끔 빌려서 모임을 했었다. 형구의 친인척들과 형제들의 송연 행사는 항상 이곳에서 마무리했다. 형구는 LP로 마틴 루터 킹의 친구이자, 소울의 대부 레이 찰스, 스티비 원더 그리고 호킨스의 오! 해피데이와 비지스의 할리데이를 비롯해서 흑인들의 재즈와 판소리를 감상하면서 삶과 경영의 영감을 얻었다.

형구와 미현을 세련된 복장의 40대 중반 여주인이 반갑게 맞이했다. 그리고 형구의 좌석처럼 돼 버린 창가 쪽 자리로 안내했다. 술집에는 중년 두 쌍이 전부였다. 주인이 왜 이렇게 오랜만에 왔냐고 형구를 째려보았다. 형구가 주인의 두 손을 마주 잡고 웃었다. 주인은 회장님이 발길을 끊어서 망하게 생겼다고 너스레를 떨었다. 형구가 이 집을 출입하고 나서부터 손님이 많이 늘었다. 주인도 이 사실을 고맙게 생각하고, 형구가 오면 형구가 좋아하는 음악을 틀었다. 정 전무 내외가 급하게 온 모습으로 형구 내외에게 인사를 했다. 형구 내외도 의자에 일어나서 반갑게 인사를 했다. 주인이 형구에게 묻지도 않고 형구가 좋아하는 전통주와 과일 안주 그리고 소고기 육포를 내놨다.

"오랜만에 사모님도 오셔서 오늘은 특별 서비스입니다."

형구가 주문했다.

"맥주도…."

스피커에서 스티브 원더의 '위아 더 월드'가 흘러나왔다. 형구는 그런 주인에게 깊은 애정을 느꼈다. 귀엽게 생긴 동안(童顔)의 정 전무 처가 걱정스러운 눈으로 말했다.

"회장님 너무 마르셨어요. 많이 아프신가 봐요?"

미현이 아무것도 아니란 듯이 말했다.

"아녀요. 마음 고생이시죠."

형구가 해고당한 직원들 안부를 정 전무에게 물었다.

"네, 다들 그럭저럭 지냅니다. 강준영 사장이 회장님을 애타게 찾고 있습니다. 한 번 만나 보시죠."

그리고 회사 돌아가는 이야기를 하려고 했다.

"오늘은 회사 이야기는 하지 맙시다. 정 전무 부부가 보고 싶어서 불렀습니다. 예고도 없이 불렀는데, 와 줘서 고맙습니다. 한잔합시다."

형구가 잔을 들었다. 형구가 강 사장에게 전화를 했다. 전화기에서 숨 넘어가는 소리로 "30분 안에 총알처럼 가겠습니다" 하는 목소리가 들렸다. 형구가 정 전무 아들들 안부를 물었다. 회장님이 "낳아"라고 해서 얻은 둘째가 프로게이머로 이름을 날리고 있다고 자랑스럽게 말했다. 첫째는 한국 최고의 예술대학에 재학 중이라고 했다. 형구와 미현이 자기들 일처럼 기뻐하며, 박수를 치고 치얼스를 외쳤다. 정 전무처도 손뼉을 치면서 좋아했다. 형구는 복집에서 마신 술로 취기가 올라왔다. 노숙자 생활을 하는 동안은 술자리에 참석해도 술을 마시지 않았었다.

형구가 손을 흔들었다.

"술 한 병 추가하고, 노래 한 곡 합시다."

"회장님 술도 많이 안 드시고 노래부터? 예, 무슨 노래하실 건데요?"

"적어 드릴게요."

주인이 다급하게 메모지와 볼펜을 가져다주었다.

"듣고 싶은 노래가 있는데…."

"신청해 봐!"

"아니, 당신 노래를 듣고 싶다고. 김현식의 사랑했어요, 불러주세요."

미현이 형구에게 노래를 불러 달라는 것은 결혼 이후 처음이었다. 정 전무 처가 박수를 쳤다.

"지금 하실 건가요?"

주인이 물었다. 형구가 흔쾌히 대답했다.

"그럽시다."

주인이 무대 위에 준비된 섹소폰을 목에 걸었다. 주인은 피아노, 드럼, 섹소폰을 능숙하게 다루는 아티스트였다. 주인은 사랑했어요 전주곡을 한두 번 불어 보더니 형구에게 준비됐다고 손짓했다.

형구가 막 자리에 일어서려는데, 강 사장이 대기하고 있다가 온 것처럼 나타났다. 강 사장은 여의도에서 거래처 사장하고 술 한잔하다 왔다고 했다. 강 사장이 미현과 정 전무 내외에게 인사를 하고, 회장님에게 꼭 드릴 말씀이 있다고 하면서 회사 이야기를 꺼내려고 했다. 형구가 오늘은 회사 이야기는 하고 싶지 않다고 했지만, 강 사장이 무시하고 말을 꺼냈다.

"너무 중요해서 꼭 드릴 말씀입니다. 회장님이 금감원 등에 제출한 진정서가 형남의 로비로 효과가 없게 되었습니다."

그리고 형남과 형호의 계획대로 회사 상장을 추진한다고 했다. 그러면서 회장님께서 특별한 대책을 강구해야 한다고 했다. 강 사장은 형남의 지시에 의해서 형호가 움직이고 있다고 했다. 형구는 형남의 지시가 아니고 피눈물도 없는 '자본과 이익이 지시'하는 것이라고 했다. 형구는 상장하는 것이 그렇게 간단하지 않다고 하면서도… 눈을 감고 목을 의자 뒤로 젖혔다. 웨이터가 술잔하고 맥주 세 병과 전통주를 테이블에 내려놓았다. 형구가 강 사장 잔에 맥주를 따랐다.

"강 사장 잘 버티고 있어…."

형구는 애써 분위기를 바꾸려고 했다. 형구는 젊어서 요절한 가객 김현식과 그의 음악을 좋아했다. 형구가 무대에 올라 노래를 불렀다. 여주인이 혼을 담아 섹소폰을 연주했다. 미현은 '사랑했어요'를 열창하는 형구 옆에 서서 형구의 손을 꼭 잡고 형구와 눈길과 호흡을 맞추었다. 미현과 연애할 때 부르던 노래였다. 미현의 눈시울이 촉촉해졌다. 형구의 소리는 박자가 틀리면서도 단전에서 올라오는 목소리가 묘한 마력이 있었다. 형구는 노래를 시작하면 열창을 했다. 형구는 가객들을 좋아했다.

중국 춘추시대 거문고의 명인 백아가 산을 생각하고 거문고를 연주하면, 그 거문고 소리를 듣고 친구 종자기가 감탄했다.

"아, 그 소리가 우뚝 솟은 태산 같구나."

백아가 굽이굽이 흐르는 강을 염두에 두고 연주를 했다.

"도도하기가 장강 같구나."

종자기가 거문고 소리를 즐겼다. 종자기가 죽자, 백아는 거문고 줄을 끊어 버리고 더 이상 거문고를 연주하지 않았다는 백아와 종자기의 깊은 우정과 서로를 알아보는 통찰력을 형구는 자주 거론했다.

형구와 미현이 해질 무렵 망상포 백사장을 걷고 있었다. 시간이 파도를 밀고 왔다. 그러나 파도는 시간을 내놓지 않았다. 30년 전 형구와 미현이 이 해변을 걸었고, 뜨거운 첫 키스를 했던 곳이다. 미현이 얼마쯤 걷다가 섰다. 형구는 코트 깃을 세우고 앞으로 몸을 밀고 나갔다. 형구 뒤에서 미현이 형구를 불렀다. 형구가 왔던 길을 돌아섰다.

"자기 기억 안 나?"

"뭘?"

"잘 기억해 봐!"

형구는 뭘 기억해 내라는 것인지 감을 잡을 수 없었다. 미현이 형구의 손을 잡으며 말했다.

"우리 첫 키스한 지점이 이쯤이야!"

형구는 그제야 기억을 떠올렸다.

"아!"

"자기야! 그때처럼 키스할까?"

형구가 와락 미현을 끌어안고 키스를 했다. 미현은 30년 전으로 돌아간 느낌이었다. 형구가 포옹을 풀자 미현이 속삭이듯 말했다.

"나 섹스하고 싶어!"

겨울의 문턱에 들어선 해변은 바람으로 가득했다. 형구와 미현의 발자국만 바다를 지키고 있었다. 형구는 검정 코트를 벗어서 모래 위에 깔았다. 그리고 미현의 코트를 벗겼다. 미현이 놀라는 목소리로 말했다.

"아니, 여기서?"

형구가 옷을 벗어 버렸다. 운동으로 다져진 형구는 살이 빠지기는 했지만, 아직도 근육질 체형을 유지하고 있었다. 그리고 코트 위에 미현을 눕히고 옷을 벗겼다. 수십 년 수영을 해 온 미현의 몸매는 아직도 탄력이 있었다. 형구는 미현의 얼굴을 어루만지며 가슴에 머리를 묻었다. 미현이 형구의 머리를 힘 있게 끌어안았다. 형구는 자신을 미현에게 깊이 밀어 넣었다. 미현이 형구의 등판에 자신의 코트를 덮어 주었다. 형구의 몸이 들릴 때마다 괭이갈매기가 "키~아~아옹" 하면서 울었다.

'이대로 시간이 멈추면 좋겠다….'

둘은 코트에 몸을 포개고 오랫동안 누워 있었다. 춥지 않았다. 아니 아늑했고 시간이 멈춘 것 같았다. 서쪽의 노을이 잿빛 구름에 반사되어 구름은 희미한 붉은 색체를 띠고 있었다. 지구가 생성되고 멈추지 않았을 파도는 형구와 미현을 시간 밖으로 밀어내고 있었다.

겨울 바닷가 횟집들은 대부분 문을 닫았다. 불이 켜진 횟집들도 텅 비어 있었다. '동해안 이야기' 상호가 마음에 든다고 형구가 미현의 손을 잡고 식당으로 들어섰다. 홀에서 TV 드라마를 보고 있던 사장이 "편한 자리에 앉으세요."라고 말을 던져 놓고 TV를 계속 보았다.

형구는 미현에게 주문하라고 했다.

"오늘은 당신이 좋아하는 것으로 시켜…."

미현이 벽에 붙어 있는 메뉴판을 한참 쳐다보다가 도다리와 멍게 그리고 오징어 물회를 시켰다. 도다리는 형구가 좋아하는 회였다.

50대로 보이는 사장이 물었다.

"자연산으로 드릴까요. 아침에 들어온 것이라 싱싱하고 좋습니다."

"자연산으로 주세요."

형구가 말했다.

"자연산은 좀 나갑니다."

"네, 알고 있습니다. 그냥 주세요."

"자기야! 우리 연애할 때로 돌아온 것 같아서 참 좋다. 그치? 나 간호사로 근무할 때 야근을 하면 당신이 자주 빵하고 과일을 보내 줘서 참 좋았었지. 친구들이 '네 남자 친구는 돈이 많은 사람인가 봐!' 가끔 물었어. '서울에서 사업하는데 능력 있는 남자야' 하고 답변할 때는 은근히 기분이 좋더라고."

미현이 근무했던 동해 병원은 망상포 해수욕장에서 가까운 동해 시내에 있었다.

미현이 웃으면서 말했다.

"아까 당신 감기 걸릴까 봐 걱정했어."

그러면서 얼굴을 손으로 가렸다. 사장이 회를 가져오면서 말했다.

"술도 드려야지요. 뭘 드릴까요?"

"소주 한 병 주세요."

"자기 소주 안 먹잖아."

"연애할 때 기분 내려고 시킨 거야."

"그래! 나도 한 잔 먹어야겠네."

그러면서 술병을 들어서 형구 잔에 술을 따랐다.

형구가 미현에게 술병을 받아서 잔에 술을 따르면서 장난스런 목소리로 말했다.

"공주마마, 한 잔 받으시오."

미현이 깔깔 웃었다.

"그래! 연애할 때 자기가 기분 좋으면 공주마마라고 가끔 불러줬지. 내가 왜 당신하고 결혼했는지 알아? 당신이 힘들게 살아가면서도 동생들 뒷바라지하고 집안을 일으키겠다고 말하는 것이 듬직해서 당신을 선택한 거야. 물론 연애하면서 당신이 내 속을 썩일 때는 당신 같은 사람하고는 두 번 다시 만나지 않겠다고 한 적도 여러 번 있었지만…. 당신이 속 썩일 때 여기 망상에 혼자 온 적도 있었어."

"연애할 때 조금 속 썩인 것 말고는 30년 동안 속 안 썩였으면 된 거지."

"그래, 고마워. 이형구 파이팅!"

하면서 술잔을 들었다. 형구가 술잔을 부딪치며 소리쳤다.

"공주마마 파이팅!"

"내가 당신과 결혼 전에 당신에게 나는 바보 온달 같은 사람이었어. 당신이 평강 공주가 되어 준다면 온달 장군이 될 수 있는 사람이라고 한 말 기억나지? 내가 여기까지 달려온 것도 당신 응원과 내조 덕분이었어. 진짜로 고마워! 그런데 이 지경이 됐으니…."

형구의 눈에 물기가 번졌다.

"나 조만간 몽골 간다고 했지. 장인어른 댁에서 앞으로 조금만 더 있다가 출발하려고 해."

"겨울 몽골은 엄청 추울 텐데 봄에 가지 그래."

미현이 걱정스러운 눈빛으로 형구를 바라보았다.

"아냐! 몽골의 끝없이 펼쳐진 설원에서 뒹굴고 싶어. 그리고 늑대 사냥도 해 보려고…. 그리고 환규를 만나서 희토류와 구리 사업에 대해서도 상의해 볼까 해. 함께 가자고 하고 싶은데, 너무 추워서 말을 못 하겠네. 당신은 봄에 와. 알았지?"

미현이가 고개를 끄덕였다.

틈

노숙자 생활 중 남대문 시장에서 어릴 때의 형구를 마주한 형구는 악몽 같은 화평리 생활이 자신도 모르게 떠오르곤 했다. 거의 거지꼴을 하고 남대문 인력 시장을 떠도는 형구에게 그 어떤 사람도 손을 내밀지 않았다. 그날도 형구는 굶주림과 외로움 그리고 추위에 맹렬히 대항하고 있었다. 원피스 위에 검정 코트를 걸치고 있는 20대 초중반으로 보이는 여성이 형구를 30분도 넘게 유심히 쳐다보고 있었다. 경계의 눈빛으로 끊임없이 주변을 살피는 형구와 그 여성의 시선이 마주쳤다. 그 여성이 형구에게 다가왔다. 그녀는 따뜻한 시선으로 형구를 쳐다봤다. 형구가 무작정 상경하여 처음으로 맞닥뜨리는 포근한 눈빛이었다. 그 여성은 다정하게 말했다.

"춥겠어! 춥지?"

그 말을 남기고 사라졌다.

그리고 얼마 후 돌아와서 형구에게 빛바랜 국방색 점퍼를 소리 없이 내밀었다. 누군가에게 호의를 받아 본 적이 없는 형구는 그 여성이 내미는 점퍼를 선뜻 받지 못했다.

형구는 여자의 눈을 빤히 쳐다보다가 점퍼를 받았다. 누더기 위에 점퍼를 걸치자, 여자는 윗옷을 벗고 입어보라며 손수 입혀 주기까지 했다. 형구는 마지못해 그 점퍼를 입었지만, 지퍼를 다 채우지 않았다. 알량한 자존심이었다. 여자는 아무렇지 않게 웃으면서 지퍼를 끼워 주려고 형구 앞에 쪼그려 섰다. 형구는 흠칫 놀라며 뒤로 한 발짝 물러섰다.

"괜찮아, 도와주려는 거야!"

여자가 말했다. 형구는 그래도 경계의 눈빛을 풀지 못했다. 지퍼를 끼워 올리면서 그녀가 외쳤다.

"와! 사람이 달라 보이는데…. 멋진데?"

그 소리에 형구는 경계의 눈빛을 풀었다.

"따뜻하니?"

여자의 물음에 형구는 뒷머리를 긁적이며 고개를 끄덕였다.

"배고프지?"

여자는 형구의 손을 잡고 이끌었다. 형구는 아무런 저항 없이 그 여성을 따라서 식당으로 들어갔다. 식당은 낡고 허름한 서너 평 되는 작은 공간이었다. 그 공간에 허기진 위장을 채우려는 남대문 시장 짐꾼들이 바글거렸다. 그 식당은 테이블과 의자도 없이 벽에 붙어 있는 선반에 둘러서서 밥을 먹는 구조였다.

여성은 형구에게 묻지도 않고 김치찌개 1인분을 시켰다. 형구는 곁눈질로 그 여자를 찬찬히 뜯어 봤다. 흰 이마 그리고 짙은 눈썹에 오뚝한 콧날, 붉은 볼에 뿔테 안경, 눈 밑에 짙은 명암이 알 수 없는 슬픔을 간직한 인상이었다. 형구는 여인이 초등학교 3학년 때 담임선생님과 똑 닮았다고 생각했다. 그 여성의 손에는 검은 가죽으로 쌓인 두꺼운 책이 들려 있었다. 여성은 김치찌개를 나누어 먹자고 했다. 형구는 고개를 끄덕였다. 돼지비계가 듬뿍 들어 있는 김치찌개는 얼어붙은 형구의 몸과 마음을 녹여 주었다.

회색 도시의 뒷골목에 버려진 들개처럼 떠도는 형구가 누군가에게 받아 보는 첫 호의였다. 여자는 자신의 이름이 고수진이고 주님의 말씀을 전하는 전도사라고 했다. 이곳에서 두 시간 정도 가면 하나님의 은총이 넘치는 교회가 있는데 함께 가자고 했다. 형구가 대답하지 않자, 먹여 주고 재워 준다고 했다. 형구는 교회에 들어가 본 적도 없었다. 형구는 그곳에 가면 무엇을 하느냐고 물었다. 고 전도사는 하나님의 말씀을 공부하고 어린양의 말씀을 따르면서 천국을 기다리면 된다고 했다. 고 전도사는 누님처럼 따뜻했다.

형구는 고 전도사의 말이 무슨 뜻인지 알 수 없었다. 그러나 뭔지 모르지만 좋은 일일 것이라는 생각이 들었다. 형구는 고 전도사의 손에 이끌려 남대문에서 과천행 97번 버스를 탔다. 버스의 차장은 사람을 짐짝처럼 버스 속으로 밀어 넣었다. 버스에 익숙하지 않은 형구는 멀미를 심하게 했다. 남태령을 숨 가쁘게 넘은 버스는 종점에서 화물을 쏟아 놓듯 사람들을 토해 냈다. 형구와 고 전도사도 그 화물 속에 있었다.

청계산 밑자락에 있는 교회까지 가는 길은 허기진 창자처럼 구불거렸고 누렇게 비틀거렸다. 해질 무렵 진눈깨비가 내리는 날씨는 누추했고 가팔랐다. 그 길 끝에는 거대한 저수지 둑이 진지처럼 버티고 있었다. 고 전도사와 형구가 전쟁터에 나가는 병사들처럼 그 둑을 향

해서 전진했다. 둑방에 올라서자, 넓고 깊은 저수지가 검푸르게 출렁였다

둑방 위에서 판자촌 마을이 보였다. 그 마을 한복판 언덕 위에 대형교회가 성처럼 우뚝 솟아 있었다. 둑 끝부분에 '시온 성전'이라는 표지판이 대문짝만 하게 붙어 있었다. 고 전도사는 둑에서 교회를 바라보면서 "주여! 당신의 길 잃은 양이 당신의 품을 찾아왔습니다. 이 길 잃은 어린양에게 당신의 큰사랑을 허락하소서!" 하면서 형구를 꼭 껴안았다. 그 품은 따뜻하고 아늑한 느낌이 들었다. 형구는 어머니에게도 안겨 본 기억이 없었다. 고 전도사는 둑을 넘어서면서부터 걸음에 바람이 이는 듯했다. 그리고 표정은 그 무엇에 대한 환희로 빛나고 있었다.

화평리에 도착한 고 전도사는 형구를 데리고 성전으로 직행했다. 교회 외벽은 붉은 벽돌이었다. 종교단체임을 증명하듯 스테인드글라스에 성화로 된 창문이 온통 둘러싸고 있었다. 들어가는 입구는 좌우로 3층 건물이 돌출되어 있었다. 그리고 거대한 십자가가 건물 앞면과 옆면에 붙어 있었다. 정문 위에 시온성전 현판과 일곱 개의 별이 버티고 있었다. 중앙의 별은 유독 크고 눈부셨다.

고 전도사는 경건하고 엄숙한 자세로 교회 마룻바닥에 꿇어 엎드려 기도했다. 형구는 그 분위기에 이끌려서 자신도 모르게 눈을 감고 머리를 숙였다. 고 전도사의 기도는 비처럼 내리고 불처럼 뜨거웠고 천둥처럼 울렸다.

형구는 예수가 누구인지 모르겠지만 감히 자신이 쳐다볼 수도 없는 사람이라는 생각이 들었다. 고 전도사는 흐느끼고 눈물을 쏟으며 온 몸짓으로 기도했다. 어린양! 보혜사님을 부르짖을 때는 거의 통곡

하다시피 했다. 형구는 그 분위기에 압도되어서 자신도 모르게 고 전도사를 따라 하고 있었다.

오랜 시간 기도를 끝마친 고 전도사는 형구의 손을 잡고 "보혜사님께서 너를 어린양의 종으로 쓰시겠다고 응답해 주셨어. 너는 선택받은 백성이 된 거야. 이 영광과 은혜를 보답하는 길은 어린양의 말씀을 잘 따르고 시키는 대로 하면 된다."라고 했다. 형구는 어떤 의미인지도 모르면서 고개를 끄덕였다.

고 전도사는 기도가 끝나고 형구를 자기 집으로 데리고 갔다. 그녀의 집은 판자를 얼기설기 엮어서 비바람을 간신히 피할 수 있게 만든 헛간 같은 곳이었다. 가재도구도 거의 없었다. 고 전도사는 내일이라도 종말이 닥칠지 모른다고 했다. 둘은 연탄 화덕에 멀건 시래깃국을 데워서 저녁을 먹었다. 식사가 끝나고 고 전도사는 형구에게 처음 오는 사람들을 위한 숙소가 있다고 했다. 그녀는 형구를 성전에서 이삼백 보 떨어진 숙소로 데리고 갔다. 숙소로 가면서 형구에게 어떠한 일이 있어도 버텨야 한다고 했다. 그러면서 그녀는 도저히 견딜 수 없을 때 자신을 찾아오라고 했다.

숙소는 시멘트 블록으로 지어진 집이었다. 지붕은 슬레이트였다. 방은 벽지도 하지 않고 흙바닥 위에 가마니를 깔아놓았다. 방구석에 나무를 태우는 화덕에 숯불 덕분인지 방은 냉골은 아니었다. 그 방에는 나이를 가늠할 수 없는 사람들이 우글거리고 있었다. 고 전도사가 그 방문을 열고 형구를 밀어 넣고 뒤도 돌아보지 않고 사라졌다. 버스와 낯선 환경에 시달린 형구는 가마니 위에 그대로 쓰러져 잠이 들었다.

어디선가 새벽 종소리가 울렸다. 사람들이 꾸역꾸역 일어났다. 그리고 한 사람도 빠짐없이 무릎을 꿇고 기도했다. 형구는 멍한 눈빛으로 앉아 있었다. 기도를 끝내고 자연스럽게 줄을 맞추어 어디론가 향했다. 형구도 그 줄 중간에서 걸었다. 줄을 선 양옆으로 난민 수용소처럼 똑같이 지어진 집들이 10여 채가 늘어서 있었다.

줄은 앞으로 나가면서 뱀처럼 길어졌고, 흐느적거렸다. 양은으로 만들어진 대형 찜통에서 밥 익는 냄새가 진동했다. 빨간 고무다라이에서 멀건 배춧국이 김을 토해 내고 있었다. 형구의 입에서 군침이 돌았다. 사람들은 배식판을 아무 말없이 내밀고, 배식하는 사람들도 침묵으로 배식했다. 배식대에서 열 걸음 정도 떨어진 곳에는 흰 가운을 입은 사람들이 찬송가를 열정적으로 부르고 있었다.

일어나자. 일어나자. 우리 모두 일어나자.
보혜사 어린양을 위한 성전을 건축하자.
보혜사님의 언약궤와 성전의 기물을 만들자.
어린양의 이름을 위한 성전은 우리의 기쁨
우리는 성전을 건축하기 위한 용사들!
온 마음을 다해서 온 마음을 다해서!

사람들이 배식받아서 식당 건물에 합판으로 만들어진 식탁에 앉았지만, 그 누구도 수저를 들지 않았다. 식탁에 더 이상 사람이 앉을 공간이 없자, 그제야 흰 성의를 입은 사람이 나와서 기도했다.

"보혜사께서 일용할 양식을 허락하시고, 우리에게 어린양의 역사에 봉사할 기회를 주셨습니다. 오늘도 우리의 보혜사님을 위해서 감사의 마음으로 사역에 최선을 다합시다. 우리의 사역을 하느님께서 보고 계십니다. 열심히 한 사람은 불로 심판하는 최후의 날에 선택받을 것입니다. 그렇지 않은 사람은 철장 권세를 가지신 어린양에게 버림을 받을 것입니다."

"아멘!"

사람들은 밥을 먹기 시작했다. 형구에게 주어진 일은 누군가 벽돌을 찍으면 그 벽돌을 나르는 것이었다. 허리를 펼 틈이 없었다. 누가 시켜서 하는 게 아니었다. 그저 하지 않을 수 없게 된 것이다. 점심 시간을 제외하고는 쉬는 시간이 없었다. 그렇게 하루가 흐르고 일하는 모든 사람을 성전에 집합시켰다. 노동 현장을 감시하던 사람이 교단에서 설교했다.

"이 성전은 우리를 위해서 일찍 선택받은 백성들과 추수꾼들이 맨손으로 지은 것입니다. 보혜사님의 기적이 없었다면 불가능한 일이었습니다. 우리는 늦게 들어와서 편하게 이 성전을 이용하고 있습니다. 14만 4천 명이 이곳에서 그날을 기다리려면 더 큰 성전과 집이 필요합니다. 우리가 만들고 있는 이 벽돌은 하나님의 성전을 짓고, 그 양들이 묵을 집을 짓는 거룩한 행위입니다. 이런 은혜로운 일은 아무나 할 수 없는 일입니다. 우리는 하나님과 우리의 어린양에게 충성을 맹세한 사람들입니다. 우리의 어린양의 영광을 나타내기 위해서 우리는 더 힘차게 전진해야 합니다."

여기저기서 터져 나오는 "아멘! 어린양! 보혜사님!" 외침이 성전을 메워 나갔다.

청계산의 잔설이 녹고 있었다. 그동안 그 누구도 형구에게 성전을 가자고 하는 사람은 없었다. 주말에도 성전에 들어갈 수 있는 사람은 먼저 선택받은 신자들과 추수꾼들의 몫이었다. 형구를 비롯한 늦게 온 사람들은 성전 예배에 참석하려면 순서를 기다려야 했다. 그들에게는 주말과 낮을 피해서 이른 아침과 저녁 시간만 성전 출입이 허락되었다.

형구는 어려서부터 무엇이든지 닥치는 대로 읽는 습관이 있었다. 형구는 화평리에 도착하고 다음 날부터 방바닥에 뒹구는 성경책을 밤늦게까지 읽었다. 창세기, 출애굽기 등 구약과 마태복음, 마가복음 등 신약을 무슨 뜻인지도 모르고 읽어 나갔다. 특히 형구는 시편과 잠언 그리고 사도행전과 요한계시록을 수십 번도 더 읽었다. 처음 성경책을 읽을 때는 서양 무협지라고 생각했다. 참혹한 전쟁, 이민족 살육, 모반, 근친상간, 잔혹, 배신, 응징, 편애, 독선 등의 악덕과 비윤리성이 가득한 구약은 소설처럼 재미있고 난해했다. 반대로 신약은 대여섯 번 읽자 싱거웠다. 형구가 요한계시록을 집중적으로 읽은 것은 아무리 읽어도 무슨 뜻인지 이해할 수가 없었기 때문이었다. 암기력이 뛰어난 형구는 몇 개월 만에 복음서를 비롯한 성경을 외우다시피 했다.

형구는 여전히 벽돌과 사모래를 나르고 있었다. 골격이 굳지 않은 형구의 척추가 앞으로 구부정해지고, 손바닥은 쇳덩이보다 더 단단해졌다. 그러나 단 한 푼의 돈도 지급되지 않았다. 그사이 손톱도 빠져나갔다. 나무들이 초록의 잎을 내밀기 시작하자 화평리 여기저기에서 공사판이 벌어졌다.

그날 숙소 옆에 더 큰 숙소를 짓던 목수가 지붕에 올라가서 못질하다가 땅바닥에 떨어지면서 다리가 부러졌다. 함께 일하던 신자들이 갈피를 잡지 못하고 있었다. 목수는 비명도 지르지 못하고 기진했다. 그의 붉은 피가 바지를 적셨다. 병원에 갈 엄두를 못 내는 분위기였다. 그렇게 아무런 대책 없이 침묵의 시간은 흐르고 있었다. 목수는 눈을 뒤집고 신음을 토해 냈다.

열다섯 살이 된 형구가 인부들을 헤치고 신음하는 목수의 상체를 일으켜 세웠다. 그리고 인부들에게 목수를 뒤에서 잡으라고 했다. 형구는 목수의 다리를 몇 번 만지더니 목수에게 눈을 감으라 했다. 그리고선 "네 믿음이 너를 구할 것이다!"를 목수에게 일곱 번 외치라고 했다. 형구가 골절된 다리뼈를 잡아당겨서 뼈를 맞추고 자신의 러닝을 벗어서 부러진 곳을 동여맸다. 형구는 초등학교 때 축구를 하면서 다리가 부러진 선수들을 축구 지도자들이 응급 처치하는 것을 몇 번 본 기억을 되살려서 한 것이었다. 그런데 형구의 기적은 삽시간에 신자들에게 퍼졌다.

다음 날 이발소 주인이 형구를 찾아왔다. 이발소 아들은 심장병을 앓고 있었다. 그 아들 입술은 파랗다 못해서 보라색에 가까웠다. 이발소 주인은 아들을 병원에 데리고 가 보려고 했다. 그런데 그의 마누라는 어린양께서 치료해 줄 것인데, 왜 병원에 가냐고 막무가내로 못 가게 했다. 이발소 주인도 아들 병을 치료하려고 시온성전에 들어왔다. 그런데 시간이 갈수록 아들의 병이 더 악화되었다고 했다. 형구도 이발하러 가서 그 아들을 두어 번 본 적이 있었다. 이발사는 형구에게 매달렸다. 아들을 치료해 주면 목숨이라도 내놓겠다고 했다. 자신은 그럴 능력이 없다고 했지만, 이발사는 막무가내였다. 형구는 난감했다. 형구는 우선 그 자리를 피하려고 시간을 달라고 했다. 숙소로 돌아온 형구를 대하는 사람들의 태도가 완전히 달라져 있었다.

그날 이후 사람들이 꼽추, 절름발이, 악성 피부병 환자, 시각장애인 등을 데리고 형구를 찾아왔다. 도망갈 곳이 없었다. 형구는 막무가내로 찾아오는 사람들을 물리칠 수도 없었다.

이쯤, 교주 어린양과 일곱 지파 천사의 내분이 극에 달하고 있었다. 유도선수 출신 18살 김영술은 부모의 손에 이끌려 방언의 역사를 받기 위해서 흑석동에 있던 재생기도원에서 김종신을 스승으로 모시고 처음 성경 공부를 시작했다. 영술은 다부진 몸에 사색하는 느낌을 주는 외모로 집중력이 뛰어났고, 신앙심이 깊었다. 영술은 어려서부터 책과는 담을 쌓고 살았었다. 그런 영술이 어느 순간부터인지 처음 읽어 보는 책, 성경을 빠르게 암기하기 시작했다. 영술의 놀라운 능력을 파악한 김종신은 영술의 아버지에게 영술을 앞세워 신흥 종교를 만들어 보라고 권했다. 영술의 아버지는 청계산에 초막을 지었다. 그리고 교주와 7개 지파를 이끌 사람들과 100일 동안 교리를 만들었다.

그들은 피로서 언약을 맺었다.

그리고 시흥시 과천면 화평리에 시온성전이라는 신흥 종교를 세웠다. 영술의 아버지를 교조라 하고, 영술을 보혜사(하나님)라 칭하고 어린양이라고 불렀다. 나머지 사람들은 임마누엘, 삼손, 여호수아, 디라. 미카엘, 사무엘, 솔로몬이라고 영명을 붙였다. 교주가 된 영술은 요한계시록을 해석하는 자가 왕 중의 왕이 된다고 강조했다. 교주는 몇 시간씩 설교를 해도 토씨 하나 틀리지 않고 구약과 신약 성경의 짝을 맞추었고 해석했다. 그리고 전도사들이 방언을 하게 하고 자신이 통변을 했다.

방언은 하나님께 은밀히 기도하는 것이지만, 자신이 보혜사이기 때문에 통변하는 데 아무런 걸림이 없었다. 교주가 통변과 요한계시록을 해설하고 비유로 설교할 때 신자들은 열광했다. 교주는 설교할 때 백색 구두를 신고 자주색 성의를 즐겨 입었다. 신자들에게 교주는 하늘에서 내려온 성경이 써진 두루마리를 삼켜서 초월적인 능력을 부여받았다고 알려졌다. 시온성전은 빠르게 교세를 넓혀 나갔다. 교주는 3년 6개월(1,260일) 안에 인류는 3차 대전이 발생해서 불의 심판을 받을 것이라고 예언했다. 종말이 오는 날 선택받는 사람은 14만 4천 명에 불과하다고 했다. 인의 도장을 이마에 받은 사람만이 선택받은 사람의 징표라고 했다.

강화도에 살던 지요한은 고등학교를 그만두고 부모의 손에 이끌려 시온성선 신자가 되었다. 그리스 조각처럼 이목구비가 또렷한 그는 또래 아이들의 우상이었다. 그는 모태 신앙이라는 것을 자랑스럽게 생각했다. 자신은 일반 신자들과는 다르다는 자부심이 남달랐다. 그는 새벽에 시온성전 교단의 촛불을 밝히면 어린양의 은혜로 천국에서 높은 자리에 올라갈 수 있다는 말을 굳게 믿었다. 그래서 그는 동이 트기 전부터 교회 문 앞에서 기다리고 있다가 촛불을 밝혔다. 1년 365일 단 하루도 거르지 않았다. 그는 그날을 기다리며 성경 공부와 기도 외에는 그 무엇도 하지 않았다.

그런데 그날이 오기 전에 군대 영장이 나왔다. 그는 많은 번민 끝에 군에 입대했다. 그러나 군 생활에 적응할 수가 없었다. 그가 시온성전을 떠나 있는 동안 그날이 오면 안 된다는 생각뿐이었다. 교주가 약속한 날은 다가오고 있었다. 그는 탈영을 했다. 교주와 부모 그리고 신자들은 탈영한 그를 환영했다. 그 와중에 그와 친하게 지내는 친구가 영장이 나왔다. 지요한은 그 친구에게 말했다.

"그날이 오면 육체는 아무런 의미가 없어. 옷을 벗듯이 현재의 육체를 벗어 버리고, 보혜사님에게 새로운 육체를 받을 거야."

그러면서 친구에게 엄지손가락을 함께 절단하자고 했다. 그들은 엄지손가락을 시퍼런 작두로 싹둑 잘랐다. 절단된 엄지손가락이 길 잃은 양처럼 어미 놓친 망아지처럼 사방으로 튀어 오르다 꿈틀거렸다. 엄지손가락이 잘린 부위에서 시뻘건 피가 쏟아졌다. 그들은 찬송가를 부르며 참을 수 없는 고통을 태워 나갔다. 헌병들이 가끔씩 시온성전 주변과 그들의 집을 수색했다. 하지만 청계산 초막에 숨어 있는 그들을 찾지는 못했다.

교주가 예언한 그날, 신자들은 각양각색으로 그날을 맞이할 준비를 했다. 일부 신자들은 도시락을 준비해서 청계산 정산에 올라 그날이 어떻게 오는지 보려고 했다. 온 가족이 모여서 기도를 드리고, 전날 집에 있는 모든 패물을 처분해서 교회에 헌납하고, 시온성전에서 기도하고, 청계산 계곡물에 목욕하고, 에덴 동산처럼 벌거벗고 초막에서 촛불을 밝히고, 원수처럼 지내던 신자들은 화해를 하고, 빚을 탕감해 주고…. 교주와 7개 지파 천사들은 그 어디에도 모습이 보이지 않았다.

그러나 교주가 약속한 그날은 오지 않았다. 교주가 예언한 날보다 세월이 한참 흐른 후에도 그날은 오지 않았다. 그러나 화평리에 둥지를 튼 신자들은 시온성전을 벗어나지 못했다. 전 재산을 성전에 헌납한 신자들. 뿌리가 뽑힌 사람들, 무한 경쟁에서 탈락한 빈민들은 오지 않을 그날을 기다리는 것이 유일한 희망이었다. 신자들은 그날이 오지 않는 것이 아니라, 그날이 오는 것은 오직 하나님만 아신다는 교주의 새로운 주장을 받아들였다. 신자들은 교주의 주장을 받아들인 것이 아니고, 자신의 행위를 정당화하기 위해서 자기 최면에 깊이 빠져든 것이었다. 그들은 갈 곳이 없었고 받아 주는 곳도 없었다.

그날이 오지 않자, 신자들과 7개 지파 천사들은 교주를 대신할 새로운 메시아를 찾고 있었다. 그쯤에 형구가 나타났다. 형구는 성경을 외우다시피 한다는 것을 표시한 적은 없었다. 형구와 같이 일하는 사람들은 성경 공부하다가 논쟁과 싸움이 붙는 경우가 자주 있었다. 논쟁이 붙으면 형구가 지나가는 말처럼 성경에 대해서 한마디씩 툭툭 던졌다. 그러면 사람들이 놀라는 눈으로 형구를 쳐다보았다. 신자들 사이에서 형구의 소문은 바람처럼 퍼져 나갔다.

목수를 치료해 주고 며칠 안 되어 낯선 사람이 형구를 찾아왔다. 그 사람은 일곱 지파 천사 중 한 사람인 홍영무란 사람이었다. 신자들은 그에게 굽신거렸다. 그는 형구를 청계산 깊은 계곡에 있는 초막으로 데리고 갔다. 십여 평 되는 초막은 곧 망가질 듯 스산했다. 그러나 내부는 깨끗하게 정리되어 있었다. 예수의 십자가상이 있고, 촛대 일곱 개가 황금색으로 빛나고 있었다. 초막 안에는 음침한 분위기가 흐르고 있었다. 홍영무는 성경책을 펴 놓고 형구에게 성경에 대한 여러 가지를 물었다.

특히 요한계시록을 집중적으로 물었다. 형구는 성경을 줄줄 외우다시피 대답했다. 그러나 그 뜻을 해석하지는 못했다. 계곡의 해는 짧았다. 홍영무는 촛대에 불을 밝혔다. 둘은 물만 먹고 어떠한 음식도 먹지 않았다. 다음 날 새벽까지 끊임없는 질문과 답변이 오고 갔다. 창호가 밝아 오자, 홍영무는 형구에게 먹을 것을 주었다. 그리고 초막 안에서 한 발자국도 나가지 말고 가만있으라 했다. 형구는 홍영무가 가고 나서 그대로 쓰러져 잠이 들었다. 형구는 가위가 자주 눌렸다. 꿈에서 예수의 십자가상과 성경 속의 전쟁, 사람들 간의 살육 그리고 유황불에서 사람들이 탈출하는 구절들이 영상으로 뚜렷하게 나타났다가 사라지기를 반복했다. 얼마나 오랜 시간 동안 잠들었는지 알 수 없었다. 초막 밖에서 사람들이 두런거리는 소리에 형구는 눈을 떴다. 초막은 어둑어둑해지고 있었다. 초막 밖에는 홍영무와 비슷한 중년의 사내들 세 명과 고 전도사가 있었다.

잠든 척 누워 있는 형구를 보면서 홍영무는 '이 아이가 내가 말한 아이'라고 했다. 그는 형구가 교주 이상으로 성경을 암기한 것을 확인했다고 말했다. 그 말을 들은 사내들이 형구를 깨웠다. 그 소리에 형구는 눈을 비비며 일어났다. 고 전도사가 자신이 데리고 온 사람이라고 했다. 고 전도사가 코밑에 수염이 나기 시작한 형구를 응시했다. 형구도 고 전도사를 뚫어지게 쳐다보았다. 고 전도사가 미소를 지으며 오랜만이라며 낯설게 인사를 했다. 형구는 고 전도사가 반가웠지만, 고개만 끄덕였다. 고 전도사 손에는 통닭이 들려 있었다. 그 통닭을 형구 앞에 놓았다. 고 전도사가 통닭의 뼈를 발라내면서 형구에게 눈짓했다. 형구는 그 통닭을 혼자서 순식간에 먹어 치웠다. 화평리에 와서 처음 먹어 보는 고기였다. 홍영무와 함께 온 사람들이 형구에게 가족관계, 고향, 집안 형편 등 이것저것 꼬치꼬치 캐물었다. 형구는 짧게 대답했다. 사내들은 성경책을 펼치고 성경 구절을 읽고 어느 대목이냐고 물었다. 형구는 대답하지 않았다. 그리고 화장실을 간다고 밖으로 나왔다.

형구는 계곡에 오줌을 갈기며 생각했다.

'뭔가 이상해. 여기 이렇게 있다간 큰일 날 것 같아.'

갑자기 그의 머릿속에서 이곳을 도망쳐야 한다는 생각이 가득 차올랐다. 형구는 초막을 흘끗 바라보았다. 초막 밖으로 아무도 따라 나오지 않았다.

'곧 있으면 어둠이 시작될 거야. 지금이야.'

형구는 계곡을 따라 달리기 시작했다. 얼마 달리지 않아 계곡의 어둠이 순식간에 도둑처럼 밀려왔다. 형구는 어둠보다 더 빠르게 달려야 한다고 생각했다. 앞이 잘 보이지 않았다. 분명히 길 같았는데, 발을 떼려면 돌부리가 걸리고, 손을 뻗으면 나무에 부딪혔다. 어둠은 이미 계곡의 길을 모두 감추고 말았다. 길을 잃었다. 움직일 때마다 자신의 발자국 소리가 너무 크게 들렸다. 그리고 머지않은 곳에서 자신을 부르는 소리가 들렸다.

"형구야!"

고 전도사의 목소리였다. 또 다른 사람의 목소리도 들렸다.

"형구야…, 형구야…!!"

형구를 부르는 소리를 따라 그리고 횃불 몇 개가 너울거렸다. 앞을 더 나아갈 수 없는 형구는 희미한 어둠을 더듬어 숲속 바위 밑에 숨었다.

다음 날 새벽 형구가 계곡을 벗어날 즈음, 홍영무가 나타났다. 그 뒤에는 어제 초막에 함께 온 사람들과 고 전도사가 있었다. 홍영무는 덩치가 크고 짙은 눈썹에 눈이 부리부리해서 장비 같은 인상이었다. 홍영무가 뚜벅뚜벅 형구 옆으로 다가와서 소리쳤다.

"왜 도망을 가려고 하느냐? 너는 왕 중의 왕으로 섬김을 받을 수 있을 텐데…."

그는 형구의 손을 잡았다. 그리고 초막으로 가자고 했다. 형구는 고개를 떨구고 그들이 이끄는 대로 초막을 향했다.

초막에 도착해서 홍영무는 깨끗한 옷을 내놨다. 그리고 계곡에 가서 씻는 것이 어떻겠느냐고 했다. 그 말은 형구에게는 명령처럼 들렸다. 해동이 되었다고 하지만 아침 계곡물은 차가웠다. 그러나 거의 일년 만에 몸을 씻어서 기분은 상쾌했다. 몸을 씻는 형구에게 홍영무가 다가와 머리끝까지 계곡 물속에 세 번 들어갔다 나오라고 명령했다. 형구는 그 명령을 거부할 수 없었다.

형구가 몸을 씻고 초막으로 들어갔다. 형구는 입었던 누더기를 찾았지만 없었다. 형구는 어쩔 수 없이 새 옷을 입었다. 고 전도사가 꽃한 다발을 형구에게 안겼다. 홍영무가 말했다.

"너는 오늘로서 성령수로 새로 태어난 것이다."

초막 안에 있는 사람들이 끊임없이 손뼉을 쳤다. 그리고 찬송가를 불렀다. 찬송가가 끝나고 미리 준비된 여러 가지 음식을 형구 앞에 내왔다. 형구가 처음 보는 음식도 많았다. 하지만 형구는 음식에 손을 대지 않았다. 형구는 이들이 왜 이렇게 하는지 이유를 몰랐다. 이들의 호의가 불안하고 무서웠다. 그들도 형구의 심리 상태를 파악했는지 음식을 권하지 않았다.

얼마 후 이발사가 도착해서 형구의 머리를 손질해 주었다. 형구는 거의 입을 열지 않았다. 그들도 형구에게 말을 시키지 않았다. 그들은 초막 밖에서 수시로 수군거렸다. 초막에 어둠이 내리기 시작했다. 홍영무와 고 전도사는 초막에 남고 나머지 사람들은 계곡을 내려갔다.

이렇게 사나흘이 지났다. 고 전도사가 형구에게 함께 찬송가를 부르자고 했다. 형구는 찬송가를 부를 줄 모른다고 했다. 고 전도사가 알려 주겠다고 했지만, 형구는 고개를 저었다. 그런 형구를 홍영무가 무서운 눈으로 쳐다보았다. 형구는 그 시선이 두려웠다. 홍영무가 형구의 손을 거칠게 잡고 초막 밖으로 끌고 나갔다. 계곡물이 폭포처럼 쏟아지는 곳에 도달해서 홍영무는 입을 열었다.

"너를 이곳에 밀어 넣어도 누구도 알지 못해. 너는 하나님의 선택을 받은 사람이야. 우리는 너를 보호하라는 천사의 명을 받았어. 우리의 말을 들어야 해. 그러면 너는 왕 중의 왕이 될 거야."

홍영무는 예수께서도 마구간에서 태어난 천한 출생이었다. 너 또한 천한 출생으로 거리를 떠돌았다. 그래서 네가 부활하신 예수로 점지된 것이라고 했다. 이것은 하느님의 섭리다. 그러면서 이곳 초막에서 40일 동안 기도하고 우리가 가르치는 것을 배우면 된다고 했다. 그러면 힘들게 살고 있는 네 가족들에게도 도움이 된다고 했다.

형구는 고민 끝에 3일 후부터 홍영무를 비롯한 사람들에게 성경 해석하는 법을 배워 나갔다. 특히 요한계시록 1장부터 22장까지 토씨 하나 틀리지 않고 암기를 했다. 그리고 말세와 최후의 날에 대해서 구약과 신약의 구절과 연결해서 해석하는 방법을 배웠다. 시온성전은 요한계시록 15장 5절에 약속된 성전이라고 했다. 홍영무는 '일천구백구십구년 일곱 번째 달에 거대한 공포의 대왕이 하늘에서 내려오리라'는 것을 예언한 노스트라다무스의 '백시선'을 형구에게 주었다.

"노스트라다무스는 의사이며 천문학자였고 예언자였어. 그의 이름이 '성모(聖母)의 대변자'라는 뜻이야."

그는 모종의 실험으로 지구가 멸망할 것을 예언했는데 이것은 불로 인류가 멸망할 것이라고 예언한 요한계시록과 일치한다고 했다. 형구는 무슨 뜻인지도 모르고 '백시선'을 여러 번 읽었다. 홍영무는 파괴는 새로운 창조다. 계곡 밑에 시온성전의 거짓 선지자의 질서를 파괴하는 것이 진정한 선지자를 맞이하는 길이라고 했다. 형구에게 기름진 음식과 황금색과 자주색 성의가 제공되었다. 홍영무는 초막 밖에 간이 설교대를 만들어 놓고 형구에게 설교하는 방법을 가르쳤다. 그리고 양치기 소년 다윗이 이민족의 장수 골리앗을 팔매질로 물리칠 때의 나이가 형구와 비슷했다고 강조했다.

형구는 스펀지처럼 모든 것을 빠르게 흡수했다. 형구가 낮에 초막 밖으로 나가는 것은 허락되지 않았다. 용변을 보러 나갈 때도 사람이 따라붙었다. 밤에는 감시하지 않았다. 형구는 밤에 혼자서 청계산을 헤집고 다녔다. 랜턴 하나면 산속 어디를 헤쳐도 어렵지 않았다. 형구는 산속을 혼자 다니는 것이 두렵지 않았다. 형구는 왜 산속을 쏘다니는 것인지 자신도 이유를 몰랐다. 모든 것이 혼란스러웠다. 형구는 신의 존재에 대해서 깊이 생각해 본 적이 없었다. 고 전도사와 홍영무는 신이 존재한다고 믿어야 한다고 했다. 형구는 밤에 산을 다니다 보면 신을 만날 수 있을까 해서 쏘다닌다고 어렴풋이 생각했다. 홍영무는 형구에게 시온성전에서 설교를 해야 한다고 수없이 의무를 강조했다. 그 강조는 강요나 다름없었다. 하지만 형구는 아직 자신이 없다고 거부했다. 형구가 거부할수록 홍영무의 태도는 험악해졌다.

그러던 어느 날 밤에 고 전도사가 초막에 나타났다. 형구와 초막에서 자던 눈빛이 사나운 중년의 남자 신자는 사라지고 없었다. 고 전도사는 평소의 단정한 복장과는 다른 짧은 치마를 입고 있었다. 화장기 없던 얼굴에 색조 화장도 했다. 형구는 고 전도사가 전혀 다른 사람으로 보였다. 그리고 평소의 태도와는 전혀 다른 자세와 눈빛으로 형구 앞에 앉았다. 고 전도사는 마치 우러름의 대상에게 말하듯 조아리며 형구에게 말했다.

"당신은 앞으로 하늘과 땅을 다스릴 왕 중의 왕이 되실 겁니다. 당신의 운명은 정해져 있습니다. 이 운명을 거부하시면 환란과 지옥의 문이 열립니다. 저는 당신을 섬기는 종이 될 것입니다. 저를 그날이 올 때까지 보호해 주실 것을 약조하지 않으면 저는 이 자리에서 죽을 것입니다."

그러면서 황금 색깔 천을 초막 바닥에 깔았다. 그리고 그 위에 시선을 어디 둘지 몰라 하는 형구를 눕혔다. 그리고 팬티만 남기고 형구의 옷을 벗겼다. 형구는 분위기에 눌려서 고 전도사의 손을 거부하지 못했다. 고 전도사는 눈 같은 흰색 수건을 미리 준비된 따뜻한 물에 담갔다. 그 수건으로 형구의 몸을 정성을 다해서 구석구석 씻기며 찬송가를 나직이 불렀다. 고 전도사의 얼굴에서 땀인지 눈물인지 모를 물방울이 형구의 몸에 떨어졌다. 고 전도사의 행위는 형구가 화평리에 도착한 첫날 시온성전에서 기도를 올리던 모습과 흡사했다. 촛불에 흔들리는 고 전도사의 모습이 괴기했다. 형구의 몸은 자신도 모르게 뜨거워지고 있었다. 고 전도사는 형구의 몸을 씻기며 형구의 얼굴에 자신의 볼을 비볐다.

온 정성을 다해서 형구의 몸을 씻긴 고 전도사는 이제 자신의 옷을 한 꺼풀씩 벗어 나갔다. 여성의 나신을 처음 본 형구는 정신이 혼미해지는 듯했다. 고 전도사의 몸은 촛불에 실루엣처럼 흔들렸다. 고 전도사가 형구에게 자신의 몸도 씻어 달라고 했다. 정갈한 몸으로 신을 맞이하는 밤이고 싶다는 거였다. 형구는 흔들리는 몸뚱이로 고 전도사의 몸을 씻어 나갔다. 탱탱한 젖가슴과 육감적인 허리 그리고 풍성한 엉덩이를 수건으로 닦아 나가는 형구의 손은 떨고 있었다. 형구의 손길이 닿을 때마다 고 전도사는 알 수 없는 신음을 뱉어냈다. 그러면서 형구의 몸뚱이를 부서지듯 끌어안으며 속삭였다.

"저는 당신에게 바쳐진 몸입니다."

그날 밤, 형구는 고 전도사의 겁박과 유혹을 견디지 못했다.

형구는 화평리에서 벽돌과 사모래를 나르는 일 말고는 다른 일을 하지 않았다. 성전도 거의 가지 않았다. 주일에는 방에 혼자 틀어박혀서 성경을 읽거나 화평리 원주민들 마을로 바람 쐬러 간 것이 전부였다. 그래서 형구의 얼굴을 기억하는 신자들은 많지 않았다.

홍영무는 형구의 얼굴을 기억하는 사람은 화평리에서 전부 쫓아냈다. 그리고 전도사를 비롯해 자신과 함께하는 일곱 지파 천사들에게 말했다.

"이곳 시온성전에 조만간 교주보다 어린 선지자가 오실 것이오. 우리 성도들에게 널리 알리시오."

홍영무의 한마디는 시온성전을 뒤흔들기에 충분했다. 시커멓게 그을리고 뼈만 남았던 형구는 기름진 음식을 먹고 깨끗한 잠자리에서 생활하면서 얼굴이 몰라보게 달라져 갔다. 그렇게 홍영무가 약속한 40일이 흘러갔다.

부천에 있는 박태선의 신앙촌에서 10년 동안 생활하다가 화평리 시온성전으로 온 신자가 있었다. 이 사람은 예수의 부활과 최후의 날을 철석같이 믿는 신자였다. 그런데 시온성전 교주가 약속한 그날이 지나고 아무리 기다려도 오지 않자, 그는 교주를 멸망자, 짐승, 사기꾼이며 사탄이라고 시온성전 앞에서 공개적으로 탄핵을 요구했다. 그가 교주를 추종하는 신자들에게 몰매를 맞고 이가 모두 부러진 사건이 발생한 것도 이때쯤이었다.

시간이 흐른 후 몰매를 맞았던 그가 시온성전에 뿌리를 두고 신흥 종교를 세웠다. 그곳이 신세상 예수교 증거 시온성전이다. 시온성전의 교주에게 속았다고 생각하는 신자들이 신세상 교단에 속속 합류했다. 특히 시온성전 교주의 아버지는 아들에게 교회 권력 투쟁에서 패배하고 쫓겨나서 이를 갈고 있었다. 시온성전 교주의 아버지는 신세상 교주를 새로운 메시아라고 떠들었다. 이 신흥 교파는 시온성전 교주가 했던 교리를 대부분 그대로 답습했다. 차이가 있다면 구체적으로 그날을 예언하지 않고, 그날이 가까웠다고 하는 차이 정도가 전부였다. 신세상 이만종 교주는 자신은 영생한다고 했다. 신자들 사이에 교주의 영생이 들불처럼 전파되고 있었다.

신세상 신자들은 자신이 신세상 신자라는 사실을 밝히지 않고 전도를 했다. 사람들의 연락처를 파악하기 위해서 설문지를 조사하는 방식과 성경 공부하는 모임처럼 위장했다. 그리고 모략 전도를 내세워 빠르게 교세를 불려 나갔다. 모략 전도는 필요에 따라서 전도하는 사람이 스님, 무속인 복장 등을 입고 전도 대상으로 표적 삼은 사람들을 겁을 주기도 했다. 이 방식은 복치기라는 사기술에 가까운 방식이었다. 이런 전도 행위를 가능하게 하는 성경 구절이 있다.

"그러나 나의 거짓말로 하나님의 참되심이 더 풍성하여 그의 영광이 되었다면 어찌 내가 죄인처럼 심판을 받으리요"(로마서 3:7)

이들은 이 구절을 내세워 기성교회 신자들을 낚는 추수꾼이 되는 것을 영광으로 알았다. 신세상 이만종 교주는 말했다.

"예수가 오는 것을 세례 요한이 먼저 와서 알렸듯이, 신세상 교주는 내가 오는 것을 시온성전 교주가 먼저 알린 것이다."

하나님이 시온성전 교주를 통해서 말세와 구원을 이루려고 했는데, 신자들이 배교를 했다고 했다. 그래서 하나님이 계획을 바꿔서 '나를 통해서 이루려고 한다'고 주장했다.

신세상 교주는 요한계시록에 의해서 '마지막 때'가 되면 재림하는 예수 그리스도의 영이 하늘에서 내려와 땅의 육과 하늘의 영이 결합하여 영생을 얻는다고 했다. 신자들은 그 말을 반석처럼 믿었다. 신세상 교주는 이는 하늘로부터 직접 받은 계시라고 했다.

시온성전 교주의 교리로 인해서 개신교계가 논란에 휩싸였다. 이 쯤, 시온성전을 이단으로 규정한 신흥이단종교문제연구소 탁치환 소장과 오명석 목사는 시온성전의 신자들의 미몽을 깨우겠다는 일념으로 시온성전에 뛰어들었다. 그들은 시온성전 교주를 비롯한 일곱 천사를 사이비로 규정했다. 오 목사와 탁 소장은 시온성전 교주의 전위부대 역할을 하던 25인으로 이루어진 전도사들의 비밀 모임을 흔들었고 해체했다. 이로 인해서 시온성전의 내분은 걷잡을 수가 없었다.

부활절이 다가오고 있었다. 시온성전도 분주하게 움직였다. 홍영무의 지시로 새 메시아 출현에 대한 소문은 안양, 수원, 시흥, 사당동 등에 빠르게 퍼져나갔다. 박정희의 압축성장 정책과 정글의 법칙이 난무하는 경쟁에서 낙오된 사람들은 부활절을 시온성전에서 보내기 위해서 화평리로 몰려들었다. 부활절 며칠 전부터 시온성전 앞에는 만국기가 펄럭이고, 성전 밖에까지 붉은 융단이 깔렸다. '살아 계신 예수님'(Jesus is Alive)이라 써진 대형 현수막이 성전 건물에 붙어 있었다. 성전 밖으로 대형 스피커가 설치되었다. 부활절 예배가 시작되었다. 성전은 바늘 하나 꽂을 수 없을 정도로 사람들로 꽉 차 있었다. 성전 밖 정원과 도로도 앉을 자리가 없었다. 예수의 부활에 대한 연극이 끝나고 찬송가가 성전을 가득 메웠다.

황금색 망토와 왕관을 쓴 형구가 교단에 올랐다. 형구의 얼굴은 뽀얀 빛을 내고 있었다. 눈빛은 사자의 눈처럼 이글거렸지만 흔들리고 있었다. 교단 위에는 홍영무와 고 전도사 등 7명이 앉아 있었다. 형구가 설교를 시작했다. 홍영무의 지도로 초막에서 수십 번을 연습한 설교였다. 성전 안에는 강한 전류가 흐르는 것처럼 팽팽한 긴장감과 예정된 날과 같은 환희에 찬 분위기가 뒤섞여 있었다. 형구는 요한계시록의 여러 구절을 인용하여 하나님과 사탄의 대결, 빛과 어둠의 대결, 선과 악의 전투 결과 승리하신 예수의 부활과 죽음이 없는 영생에 대해 설교했다.

"부활의 주인이 되신 예수님께서 우리와 항상 함께하시기에 희망의 새벽이 밝아 올 것입니다. 바로 그날이 오늘입니다! 예수님은 다시 살아나심으로 우리에게 소망을 주셨고, 우리도 반드시 다시 살아나야 한다는 강한 믿음을 가져야 합니다."

형구는 그 부활이 바로 자신이라고 선포했다. 성전이 무너질 듯 "아멘! 할레루야! 주여!" 소리가 하늘까지 닿는 듯했다. 여러 사람이 실신하고 쓰러져 들것에 실려 나갔다. 그때 교단 뒤쪽에서 흰 바탕에 붉은 페인트로 별 표시를 한 가면을 쓴 백여 명이 몽둥이를 들고 교단으로 밀고 들어왔다. 그들은 외쳤다.

"저놈은 가짜야! 저놈은 악마다! 저놈을 보혜사님의 이름으로 처단하라!"

홍영무가 미리 대기시킨 청년 신자들도 몽둥이를 들고 맞섰다. 교주를 지지하는 신자들, 시온성전을 개혁하려는 오 목사와 탁 소장을 비롯한 개혁파들, 형구를 새로운 메시아로 옹립하려는 홍영무를 비롯한 일곱 천사들과 그들을 따르는 신자들이 뒤엉켰다. 성전은 순식간에 아수라장으로 변했다. 형구를 뺏으려는 자, 지키려는 자들의 싸움은 목숨을 건 전쟁, 그 자체였다. 형구는 복면을 쓴 사람들에 의해서 초막에 끌려왔다. 복면에 큰 별을 표시한 사람 앞에 형구가 넝마를 입고 꿇어앉아 있었다.

"이마에 피도 안 마른 놈이 누구 흉내를 내느냐."

복면은 그러면서 사정없이 흰 구둣발로 형구의 복부를 걷어찼다. 앞으로 고꾸라진 형구 등짝을 구두 뒷굽으로 찍었다. 흰 구두가 손뼉을 쳤다. 복면을 쓴 사람들이 우르르 몰려들어서 형구를 난타했다. 형구가 코피를 쏟으면서 흰 구두의 바지를 잡고 물었다.

"신은 있는 것입니까?"

복면이 대답했다.

"신은 인간의 연약함과 욕망의 틈에 살아 있지."

형구가 눈을 떴을 때는 주위에 아무도 없었다. 초막 바닥에 접혀진 쪽지 한 장과 뭉텅이 돈이 놓여 있었다. 형구는 천천히 쪽지를 펼쳤다. 손이 떨렸다.

부활의 예수는 한 사람이면 족하니라

몽골

비행기에서 내다보는 몽골의 하늘은 웅장했고, 낮게 깔린 뭉게구름이 신들의 화폭처럼 자유로웠다. 그러나 가까이에서 내려다보이는 울란바토르는 을씨년스러웠다. 석탄 화력으로 전기를 생산하는 공장의 굴뚝에서 쏟아지는 시커먼 연기가 바다의 해초처럼 너울거렸다. 해발 1,400m 산비탈에 지어진 판잣집들과 시내 중심가의 빌딩들이 묘한 갈등을 일으키고 있었다.

칭기즈칸 국제공항은 텅 비어 있었고, 한국의 외곽 도시 터미널만 했다. 감색 제복을 입은 관계자들의 표정은 엄숙하게 굳어 있었다. 엄동설한에 몽골을 찾는 외국인은 거의 없었다. 승객은 형구를 포함해서 7, 8명에 불과했다. 그것도 외국인은 형구가 유일했다. 형구가 세관 심사대에서 여권을 직원에게 건넸다. 직원은 무표정하게 형구를 훑어보고 여권에 도장을 찍어서 말없이 밀었다. 형구가 여행 가방을 찾아서 공항 밖으로 나오자 냉기가 엄습해 왔다. 한국의 겨울 추위하고는 다른 마른 추위라고 해야 적당할 듯했다. 환규가 형님이라고 부르며 반갑게 손을 흔들었다.

"형님, 오늘 영하 33도입니다. 빨리 차로 가시죠. 애들이 차 속에서 기다리고 있습니다."

공항 주차장에 주차된 환규의 BMW 감색 SUV가 형구 눈에 들어왔다. 저 차를 타고 3년 전 환규와 몽골을 횡단한 기억이 떠올랐다. 형구가 환규 차에 가방을 실으며 아이들을 보았다. 3년 만에 몰라보게 성장해 있었다. 아이들이 반갑게 함빡 웃으며 인사를 했다.

"큰아빠 오셨어요."

"아, 이놈들 몰라보겠네. 성현이는 이제 총각이 다 됐구나."

이마에 여드름 자국이 듬성듬성한 성현이가 쑥스러워하며 씩 웃었다. 막내 동현이는 형구보다는 형구가 들고 있는 선물 꾸러미에 더 관심이 가는 듯했다.

"동현아, 큰아빠가 아주 힘센 로봇하고 드론 사 오셨다는구나!"

"와!"

성현이가 손뼉을 치며 호응했다. 그러면서도 서운한 듯 성현이 입을 삐쭉거렸다.

"큰아빠, 제 것은요?"

"성현이 것도 있지. 축구화 갖고 싶댔지?"

형구가 축구화와 축구공을 내밀었다.

"그리고 이것도, 중고긴 하지만 쓸 만할 거야."

형구가 노트북을 내밀자, 성현은 눈이 반짝거렸다. 선물을 본 아이들의 기쁨으로, 차 속의 공기가 금세 훈훈하게 달아올랐다. 열기는 강추위를 녹이고 있었다.

"형님 그런데 왜 이 겨울에 오셨어요. 저는 형님이 오신다고 해서 농담인 줄 알았는데…."

환규가 물었다. 형구는 씁쓸한 듯 말했다.

"몽골의 겨울을 맛보고 싶어서 왔어. 몽골을 수없이 왔지만 매번 봄, 여름에만 와서 몽골의 매운맛을 못 봤잖니."

차장 밖은 사람 그림자도 구경할 수 없었다. 공항과 울란바토르 도로 양쪽으로 짓다 만 아파트와 건물들이 앙상한 뼈를 드러내고 있었다.

"형님 여기도 개발 붐이 불어서 이 도로를 중심으로 많은 건물이 들어서고 있어요."

환규의 차는 빠른 속도로 울란바토르 시내로 들어섰다. 시내는 높은 빌딩과 아파트 그리고 판잣집과 게르까지 다양한 건물들이 마찰을 빚고 있었다. 자본의 광풍은 지구 끝까지 촉수를 뻗치고 있었다.

환규 처 나연이 반갑게 맞아 주었다. 한국어가 유창해서 한국인과 구분이 안 될 정도였다. 환규 처는 나연이라는 한국 이름을 가지고 있었다. 나연의 미모는 3년 전이나 별반 다름없었다. 아이들은 형구 가방에서 선물을 꺼내 놓고 정신없이 놀았다.

환규 집은 장인이 살던 집이었고, 20년 전에 지어진 3층 맨션이었다. 그 집 주변으로 몽골의 정 · 재계 실력자들이 모여 사는 부촌이었다. 나연과 도우미가 준비한 저녁 식탁에 환규 가족과 형구가 둘러앉았다.

"회장님 더 마르신 것 같은데?"

"네, 과로해서 그렇습니다. 몸은 건강합니다."

"형님, 몽골에서는 겨울에 할 일이 별로 없어요. 너무 추워서 모든 공사도 중단되고, 사람들은 내왕도 하지 않습니다."

"알고 있어. 바이칼호 쪽으로 가보고 싶은데, 가능할까?"

"에르데네트까지 열차로 가서 홉스굴 쪽으로 차로 이동하면 되는데요. 눈이 많이 와서 가능할까 모르겠습니다. 날씨가 변수입니다."

"만약 홉스굴 쪽으로 가면 늑대 사냥은 가능할까?"

"제가 알아 보겠는데 워낙 눈이 많이 와서 가능할지 모르겠습니다."

동현이는 형구가 사 온 로봇에 빠져서 밥을 안 먹고 놀고 있었다.

"너 밥 안 먹고 놀기만 하면 큰아빠가 로봇 가져가 버리실 거야!"

"그럼, 가져가야겠어."

나연이 동현에게 으름장을 놓았다. 형구가 장난처럼 가져간다고 맞장구를 쳤다. 그러자 동현이가 잽싸게 식탁 의자에 앉았다.

10일 후 형구와 환규는 울란바토르역에서 기차를 기다리고 있었다. 역의 규모는 작았지만, 현대식 건물로 지어진 지 얼마 안 된 듯했다. 중국에서 출발하여 내몽골까지 이어지는 몽골 종단 열차가 푸른 바탕에 붉은색이 칠해진 육중한 몸뚱이를 끌고 서서히 플랫폼에 진입했다. 몸을 떨며 서 있던 형구와 환규가 기차에 커다란 여행용 가방 4개를 싣고 기차에 올랐다.

기차는 검은 연기를 끊임없이 토해 내며 설원의 세계로 깊게 빨려 들어갔다. 2인실은 넓고 쾌적했으며, TV까지 갖추어져 있었다. 샤워실과 화장실도 독립된 구조로 되어 있었지만, 물살이 약해서 샤워는 힘들었다. 새벽에 창가의 여행용 가방 위에 앉은 형구는 끊임없이 펼쳐진 설원과 눈에 쌓인 침엽수림에 시선을 고정한 채 깊은 침묵에 잠겨 있었다. 형구는 무성 영화처럼 흑백으로 이어졌다 끊어지기를 반복하는 자신과 가족들 그림자를 좇고 있었다. 차창 밖에 백설의 설원이 스크린처럼 펼쳐져 있었다.

형구의 눈앞에 아버지가 서태 집에서 기르던 돼지가 돌림병으로 죽어 버린 일이 떠올랐다. 아버지는 죽은 돼지를 가마니로 둘둘 말아 지게에 지고 가서 뒷산에 묻었다. 돼지를 묻고 오면서 아버지가 펑펑 울던 모습이 눈발에 밀려 사라지고, 오늘처럼 눈발이 뿌리던 날, 집 앞 인삼 그늘막에서 볏짚과 가마니를 덮고 자던 자신을 작대기로 사정없이 때리던 아버지 모습이 떠올랐다. 어머니가 머리에 짐을 이고 장사를 떠나려 하자 어머니 치마폭을 잡고 서럽게 울던 어린 형구, 할아버지가 꽃상여에 실려 가던 모습, 오늘처럼 눈발이 내리는 날 벌거벗고 집 밖에서 떨고 있던 형제들, 형호가 Y대학 졸업식장에서 자신의 양복저고리에 학교 배지를 달아 주던 모습. 흑백 영상은 순서도 없이 끊임없이 이어졌다.

환규가 형구를 툭 쳤다.

"무슨 생각을 그렇게 깊게 하세요? 형님, 3시간째 꼼짝도 안 하고 있는 거 아세요? 형님이 우리 집에 계실 때부터 전과 다른 것이 느껴졌어요. 형님은 항상 자신감에 차 있었는데…. 말수도 없고 잘하시던 농담도 통 안 하시고, 제 집식구가 형님이 집에 계실 때 얼마나 조심했는지 아세요? 형님 말 못할 사정이 있는 거죠? 혼자 고민하지 마시고 말씀해 보세요."

"벌써 3시간이 지났다고? 저 광활한 설원 속에 얼마나 많은 이야기가 묻혀 있을까. 아우! 우리 술이나 한잔할까?"

환규가 배낭에 들어 있던 도수 높은 보드카 뚜껑을 열면서 자랑스레 말했다.

"형님 좋아하는 칭기즈칸 브랜드입니다. 제 집식구가 챙겨줬습니다."

형구는 환규에게 병을 뺏듯이 받아서 독한 보드카를 마셨다. 그런 형구를 환규가 물끄러미 쳐다보았다.

14시간을 달려서 아침에 도착한 몽골 제3의 도시 에르데네트역은 한국의 시골역 규모 정도로 작았다. 역에는 환규의 오랜 친구라는 몽골인이 몽골 전통 복장 붉은색 델을 입고 푸른 부스를 허리에 두르고, 머리에는 짐승 털로 만든 말가이를 쓰고 있었다. 무릎까지 올라오는 고탈을 신고, 시베리아 바람에 벌겋게 물든 얼굴에 환한 미소를 지었다. 몽골인은 유창한 한국말로 반갑게 인사를 했다. 덩치는 몽골씨름 선수들처럼 장대했지만, 오밀조밀한 이목구비는 귀여운 얼굴이었다.

역 밖으로 나가자, 북극의 냉기가 가득한 바람이 얼굴을 사납게 때렸다. 몽골 친구가 역 앞에 있는 주차장에서 군용차를 끌고 왔다. 러시아산 군용트럭 GAZ-66을 개조한 오프로드용 대형 SUV 차량이었다. 그 차에 여행용 가방을 싣고, 환규가 승차하자 차에 시동을 걸었다. 몽골 친구가 한국에서 돈을 벌어서 작년에 산 차량이라고 자랑스럽게 말했다.

몽골 친구는 한국의 이삿짐센터에서 10년을 근무하고 돌아와서 홉스굴 주변에서 캠프장을 하고 있었다. 환규와는 의형제를 맺은 관계였고, 한국에 있을 때 환규의 크고 작은 도움을 받았다는 것을 형구는 나중에 알게 되었다. 차량이 식당 앞에 주차했다. 이른 아침이라서 그런지 식당에는 손님이 없었다. 일행이 식사 주문을 마칠 때쯤 식당 문이 급하게 열렸다. 식당으로 들어온 한국인이 형구에게 90도로 허리를 숙여서 인사를 했다.

"회장님, 저 왔습니다."

에르데네트는 구리 생산량이 많은 광산의 도시였다. 이 도시에서 생산된 구리는 러시아로 대부분 수출되었다. 몽골 국경선만 넘으면 세계에서 3번째로 큰 구리 제련공장이 러시아에 있었다. 형구 회사도 이곳에서 구리를 수입하고 있었다. 그래서 현지 법인 직원들 몇 명이 이곳에 근무하고 있었다. 형구가 현지 법인장에게 미리 연락해서 법인장이 나온 것이다. 법인장은 역 대합실에서 열차 지연으로 차 안에서 기다리다가 형구 차량을 뒤따라왔다고 했다. 법인장이 일행들 자리에 앉았다. 법인장은 코가 들창코에 눈이 위로 찢어져서 호감을 주는 인상은 아니었다.

형구가 법인장에게 현지 상황을 간단히 묻고 자신이 몽골에 왔다는 사실을 아무도 모르니 비밀로 하라고 했다. 법인장이 현지 상황을 설명하고 알았다고 답변했다. 간단히 식사가 끝나고, 형구가 다시 연락하겠다고 하고 법인장과 악수했다. 법인장이 돌아갔다.

몽골 친구 이름은 세세르이고 42살이라고 했다. 세세르는 겨울이 아니면 홉스굴까지 6~7시간이면 가는데, 겨울에는 두 배는 잡아야 하고 눈이 더 오면 못 갈 수도 있다고 했다. 눈길을 달릴 수 있는 특수 타이어를 장착한 세세르의 차가 시동을 걸었다.

에르데네트 시내의 건물들은 러시아풍 3, 4층의 석조건물과 목조 건물이 대부분이었다. 그래서 이곳이 몽골인지 러시아인지 혼란스러웠다. 세세르가 비상식량과 난방용품을 충분히 준비해 놔서 걱정은 하지 않았다. 그렇지만 언제 목적지에 도착할지 누구도 예측할 수 없었다. 에르데네트 외각 강에서 사람들이 얼음낚시를 즐기고 있었다. 눈보라를 헤치고 차는 잘 달렸다. 도로는 한산했다. 두세 시간쯤 달리자, 비포장도로가 나왔다. 비포장도로의 돌에 얼음이 붙어서 매우 날카로웠다. 세세르는 자칫하면 저 돌들에 타이어가 펑크가 난다고 하면서 조심스럽게 운전했다. 울창한 침엽수들의 눈꽃이 장관을 이루고 있었다.

환규가 늑대 사냥은 허가를 받아야 하고, 개체 수 조절을 위해서 허락받은 수만 사냥할 수 있다고 했다. 눈이 많이 오면 사냥을 할 수 없었다. 세세르가 허가는 받아 놓았는데, 날씨를 예측할 수 없다고 했다. 차는 느릿느릿 전진했다. 대형 화물트럭들이 간간이 보였다. 화물트럭들은 엉금엉금 기어가고 있었다.

차 안에서 컵라면으로 점심을 해결했다. 해질 무렵이 되었지만, 2/3 정도 왔다고 세세르가 담담하게 말했다. 저녁이 되자 눈발이 더욱 사나워졌다. 차 라이트에 눈이 붙어서 시야를 가려 세세르는 차에서 내려 눈을 털었다. 대형트럭이 도로를 막고 대각선으로 서 있었다. 세세르는 화물트럭 운전사에게 다가가 물었다. 차가 고장이 났다고 했다. 세세르가 차에서 공구 몇 개를 꺼내서 차량을 수리하고 있는 운전자에게 갔다. 환규도 갔다. 눈보라 속에서 화물차 의자를 뒤집고 수리하고 있었다.

형구도 차 밖으로 나갔다. 겨울 시베리아 눈보라는 순식간에 형구의 몸을 동태로 만들었다. 한 번도 경험해 보지 못한 강추위였다. 환규가 빨리 차로 들어가라고 큰소리로 말했다. 형구는 차 속으로 도망치듯 들어갔다. 몇 시간째 차를 수리했지만, 화물차는 움직이지 않았다. 몽골 사람들은 이런 경우를 자주 당하기 때문에 낯선 사람들끼리도 차량을 함께 수리한다고 했다. 형구는 소변을 보고 싶었으나 차 밖으로 나갈 염두가 나지 않았다. 환규가 갑자기 기온변화가 심하면 심장

마비가 올 수도 있다고 했기 때문이다. 차에 부착된 온도계가 마이너스 52도를 알리고 있었다. 차 속에서 꼬박 날을 세워야 했다.

동틀 무렵 반대편에서 오던 화물트럭이 부품을 주었다. 부품을 교체하자 화물트럭이 서서히 움직이기 시작했다. 양쪽으로 늘어선 차들은 눈을 뒤집어쓰고 있었다. 비포장도로 위에는 바람이 쓸어 가서 눈은 많지 않았다. 세세르 차는 다른 차들에 비해서 잘 달렸다.

"거의 다 왔습니다."

환규가 차량 밖으로 손짓했다. 알타이산맥을 휘감고 눈과 얼음으로 뒤덮인 홉스굴은 태고의 고요를 간직한 듯 침묵으로 형구를 환영했다. 홉스굴에서 발원한 물이 바이칼호로 흘러 들어간다고 했다. 몽골인들은 물을 신성시하고, 특히 홉스굴은 몽골인들의 시원이라고 생각했다. 형구는 자신이 홉스굴과 바이칼호를 오려고 했던 이유가 생각이 났다. 죽음보다 더 고통스러운 시간을 잊기 위해서 자신의 탯줄의 시원일지도 모르는 알타이산맥과 홉스굴을 찾아왔다.

세세르는 홉스굴은 2월부터 얼음 위로 차량을 몰고 갈 수 있고, 6월 말경에 호수가 풀린다고 했다. 형구와 환규를 환영하기 위해서 세세르는 어린 염소를 잡았다. 예리한 칼날로 익숙하게 염소를 손질하는 세세르의 칼 놀림은 중국 고사에 등장하는 포정의 칼날처럼 피 한 방울 흘리지 않았다. 불에 달구어진 차돌을 큰 양은 통에 넣고, 양고기와 감자, 당근, 양파 등을 넣어 익힌 허르헉을 안주 삼아 형구, 환규, 세세르 그리고 세세르의 부인과 자식들이 둘러앉아 만찬을 즐겼다.

긴 여정으로 지친 형구는 세세르의 따뜻한 환대에 감사해하며 오랜만에 대취했다. 형구가 바깥의 시끄러운 소리에 눈을 떠보니 태양이 구름에 가려 있었고, 눈발이 날리고 있었다. 형구는 자신이 언제 게르에서 잠들었는지 알지 못했다. 환규와 세세르가 잔을 부딪치고 노래를 했던 기억만 났다. 게르 중앙에 놓인 화덕 난로에서는 아르갈이라 불리는 마른 소똥이 타고 있었다. 야영장 마당에서 세세르의 자식들이 눈썰매를 타며 놀고 있었다. 세세르는 AK소총 비슷한 것을 손질하고 있었다. 세세르는 여우 사냥은 여우 몰이를 하는 사람들이 필요하고 눈이 오지 않아야 한다고 했다. 사냥을 언제 할지는 두고 보자고 했다. 세세르는 사격 연습부터 하자고 했다. 환규는 말안장을 말 등에 채우고 있었다. 오후 들어 눈발은 약해졌다. 형구는 세세르가 내준 몽골 누런 델을 입었다. 각자 장총을 어깨에 메고, 검정 말갈기가 빛나는 검은 말에 올라탄 형구는 익숙한 솜씨로 말을 몰았다. 형구는 몽골에 올 때마다 승마를 즐겼다. 앞장선 세세르가 마을을 벗어나서 홉스굴 벼랑 쪽으로 말을 몰았다. 길을 벗어난 말들은 쌓인 눈에 빠져서 달리지 못했다.

홉스굴이 내려다보이는 언덕에 오른 세세르가 말에서 내려서 백 보 정도 떨어진 바위 위에 맥주 캔을 올려놓고 돌아왔다. 기름을 먹인 장총의 가늠쇠에 캔이 들어오자 눈밭에 엎드린 세세르가 방아쇠를 당겼다. "탕!" 소리와 함께 캔이 흩어졌다. 환규가 손뼉을 쳤다. 말들이 히히힝 하면서 울었다. 세세르가 눈짓으로 형구를 호명했다. 엉거주춤한 자세로 눈밭에 누운 형구를 환규가 자세를 잡아 주었다. 형구는 눈앞이 흐릿했다. 캔이 보이지 않았다. 정신을 집중할수록 캔은 멀어졌다. 형구가 일어섰다. 환규가 웃으며 총을 잡고 누웠다. 환규가 거침없이 방아쇠를 당겼다. "탕!" 소리와 함께 돌이 튀었다. 환규가 겸연쩍게 웃었다. 햇빛에 반사된 환규의 흰 이빨이 아름다웠다.

형구는 사격 연습보다 얼어붙은 홉스굴을 자주 쳐다보았다. 갈매기들이 얼어붙은 홉스굴을 낮게 날았다. 해는 일찍 저물었다. 노을을 반사한 홉스굴의 해넘이는 신화 속의 한 장면이었다. 알타이산맥이 그 해를 받아 삼켰다. 일행은 서둘러 세세르 집을 향했다.

그날 형구는 과녁을 단 한 번도 맞추지 못했다. 형구와 환규는 집 뒤쪽에 돌과 판자로 만들어진 건물에서 사우나를 했다. 형구는 불에 달구어진 돌에 물을 끼얹었다. 뿌연 수증기가 사우나 안에 가득했다. 환규가 푸른 침엽수 나뭇가지로 온몸을 두드렸다. 형구는 사우나 밖에 있는 얼음보다 차갑게 느껴지는 냉수를 온몸에 부었다. 그리고 다시 사우나에 들어갔다가 몸이 뜨거워지자 나체로 눈밭에 대자로 누웠다. 별들이 쏟아질 듯 가까웠다. 형구는 그 별을 보면서 어머니를 생각했다. 죽음과 삶 그리고 모든 것이 덧없음을.

형구는 마치 한풀이하듯, 다음 날도 그다음 날도 사격 연습을 했다. 형구의 실력은 늘지 않았다. 5일 동안 단 한발도 과녁을 맞추지 못했다. 환규는 세세르와 담배 내기를 할 정도로 실력이 좋았다. 형구와 환규 그리고 세세르는 말에 썰매를 달고 홉스굴의 빙판을 달렸다. 알타이산맥을 넘어 불어오는 시베리아의 칼바람이 얼굴을 찢을 듯 안면을 강타했다. 형구는 그 바람을 온몸으로 뚫고 전진하는 것이 자신의 운명에 정면으로 도전한다는 생각을 했다.

세세르가 사냥 날짜를 잡았다. 산림관리원이 알려 준 날짜였다. 약 일주일 후 세세르의 집 마당은 장터처럼 붐볐다. 약 20여 명의 사람들이 말을 타거나 총을 들고 모였다. 몸 전체는 짙은 검은색으로 눈 위에 흰 점이 두 개가 있는 멋진 방카르 사냥개도 몇 마리 보였다. 형구는 가벼운 흥분을 느꼈다. 세세르와 리더로 보이는 덩치가 크고 우락부락한 인상의 몽골인이 칼과 총을 대각선으로 차고 말을 타고 앞장섰다. 일행들이 숲 관리인이 늑대 6마리를 보았다는 러시아 국경에 맞붙은 이깅골 계곡에 도착했다. 계곡 입구에 있는 어워를 일행들이 세 번 돌았다. 세세르가 보드카를 꺼내서 일행들에게 잔을 돌렸다. 잔을 받은 사람들은 술을 손가락에 찍어서 세 번 공중에 튕겼다. 흰 토끼털로 만든 모자로 귀 아래까지 감싼 형구에게도 술잔이 왔다. 형구도 술을 세 번 튕겼다.

미리 산에서 망을 보고 있던 사람들에게서 무전이 왔다. 늑대가 서북쪽 계곡으로 사라졌다고 했다. 리더가 대화를 금지시켰다. 말을 타고 온 10명 남짓은 산기슭을 오르며 막대기를 휘둘렀다. 늑대를 산 능선으로 몰고, 나머지는 산 능선의 세 곳으로 배치되어 엎드려 자세로 있다가 늑대를 발견하면 총을 쏘는 역할이 주어졌다. 형구와 환규 그리고 세세르는 서북쪽 능선에 배치되었다. 세세르는 바람이 등 뒤에서 불면 사람 냄새를 맡고 늑대가 숨어 버린다고 했다. 세 사람은 눈 속에 파묻힐 정도로 낮은 자세를 유지했다.

늑대는 매우 뛰어난 후각과 청각을 가지고 있고, 뛰어난 사냥 기술과 뛰어난 머리를 소유한 영민한 동물이라고 했다. 영혼이 강한 사람만이 늑대를 사냥할 수 있는 법이었다. 형구가 세 시간쯤 눈밭에 누워 있을 때였다. 아무리 몽골식 털옷으로 몸을 감쌌다고 하지만 40도에 가까운 추위에 몸이 굳어 가고 있었다. 그때 늑대가 형구의 시선에 잡혔다. 늑대는 네 마리였다. 그러나 사격 거리와는 거리가 멀었다. 환규도 늑대를 본 듯 형구와 세세르를 발로 툭툭 치며 눈짓했다. 셋은 소리 없이 마른침을 삼켰다. 늑대들은 몰이꾼들의 함성이 들리는 산기슭을 돌아보면서 능선을 타고 올라오고 있었다. 얼마 후 세세르가 가볍게 고개를 끄덕였다. 셋은 누가 먼저라고 할 것도 없이 방아쇠를 당겼다. 탕! 탕! 탕! 소리와 함께 늑대 두 마리가 공중으로 치솟아 올랐다. 계곡의 정적을 깨트린 총소리에 놀란 날짐승들이 비명을 지르며 날았다. 세세르가 계곡이 울릴 정도로 큰소리로 몽골 말로 세 번 소리를 질렀다.

"잡았다! 잡았다! 잡았다!"

셋은 산 능선을 따라서 급하게 뛰어 내려갔다. 백설의 설원에 붉은 피를 쏟으며 늑대들이 신음하고 있었다. 세세르가 아무 말없이 피를 흘리는 늑대들을 향해서 방아쇠를 당겼다. 핏자국이 눈밭에 선명하게 떨어진 자국을 셋은 따라갔다. 얼마 지나지 않아서 다리에 총을 맞은 늑대 한 마리가 바위 뒤에 몸을 감추고 일행들을 향해서 날카로운 송곳니를 드러내고 매섭게 으르릉거렸다. 환규가 형구에게 쏘라고 했다. 하지만 형구의 총구는 늑대를 향했다가 그냥 내렸다. 늑대와 눈을 마주치고는 도저히 총을 쏠 수 없었기 때문이었다. 세세르가 방아쇠를 당겼다. 나무 위에 있던 눈꽃들이 쏟아졌다. 멀리서 늑대 한 마리가 울부짖었다.

사냥개들이 늑대를 추격하려 하자 리더가 개들을 불렀다. 개들은 죽은 늑대를 보고 사납게 짖었다. 얼마간 시간이 지나고 몰이꾼들이 늑대를 포대에 싸서 말 등에 실었다. 형구의 귓가에 가족을 잃은 늑대 울부짖는 소리가 맴돌았다. 세세르의 집에 도착했을 때는 날이 저문 후였다.

마당에는 장작불이 커다란 불꽃을 내며 타올랐다. 게르 안의 난로는 열기를 뿜고 있었고, 식탁에는 술과 안주가 푸짐하게 준비되어 있었다. 일행 중 한 명이 양가죽을 뒤집어 자루처럼 만들었다. 만들어진 자루에 고기와 야채를 넣고 달구어진 돌을 넣은 다음 번갈아 고기와 돌을 넣어 만든 보턱도 준비되어 있었다. 마당은 들떠 있었다. 세세르가 한 번에 늑대를 세 마리를 잡은 것은 흔치 않은 일이라고 하면서 신께 감사하자고 말문을 열었다. 그 말에 일행은 모두 환호했다. 세세르가 형구를 한국에서 온 특등사수라고 추켜세웠다.

형구는 자신의 총알에 늑대가 맞은 것이 믿어지지 않았다. 얼어붙은 손가락으로 무조건 잡아당긴 방아쇠였다. 독한 보드카가 형구에게 집중되었다. 그리고 술을 마실 때마다 몽골인들은 형구를 껴안으면서 형제라고 했다. 형구는 그 분위기에 빠져들고 있었다. 끊임없이 양고기와 술이 나왔고, 술잔이 돌았다. 취기가 오르자 사람들이 마당의 장작불을 빙글빙글 돌면서 춤을 추고 노래를 불렀다. 50도에 가까운 추위도 아랑곳하지 않았다. 형구도 그들과 함께 하나가 되어 비틀거리고 흔들고 소리를 지르고 눈밭에서 씨름을 했다. 형구는 살아 있음을 느꼈다. 환규가 비틀거리면서 형구를 끌어안고 외쳤다.

“형님 사랑합니다.”

형구도 환규를 끌어안았다. 세세르가 둘을 끌어안았다. 셋은 형제가 되기로 했다. 그 소식을 세세르가 큰소리로 모두에게 알렸다. 사람들이 환성과 고함을 지르고 장작불을 들고 셋을 돌면서 축하했다. 홉스굴 같은 은하수가 금방이라도 쏟아질 듯했다.

서쪽 하늘에 걸쳐 있는 초승달이 형구의 눈썹에 내려앉았다. 몽골은 역사 속에 묻히고 사람 속에서 피어났다.

울란바토르 남동쪽으로 뻗은 남몽골의 토지는 척박했다. 태양에 닿을 듯 시작과 끝을 가늠할 수 없는 지평선을 앞으로 밀고 나가면 뒤에서 따라붙었다. 사막 같은 토지는 메마른 바람이 할퀴고 지나가면 어떤 생명체도 살아갈 수 없을 것 같았다. 형구는 흡스굴 세세르의 집에서 3개월을 머무르며 사냥과 얼음낚시를 했다. 울란바토르로 돌아온 형구는 환규가 소개해 준 유목민 집에서 양몰이꾼으로 일하기 시작했다.

환규가 토질이 좋고 초원이 넓은 북 몽골 쪽 농장을 소개해 주겠다고 했지만, 형구는 척박한 농장을 고집했다. 형구와 환규가 해거름에 도착한 농장은 낮은 구릉 사이의 황량한 들판을 지나서 초원에 있었다. 그 초원에 점처럼 하얀 게르가 박혀 있었다. 하늘과 구름 그리고 간혹 보이는 게르 외에는 양과 소와 말 등 가축뿐이었다. 농장 주인은 50대로 보였다. 앞 이가 빠지고 이마에 주름이 굵게 패여 있고, 게르에서 신발을 꿰매고 있었다. 한국말은 한마디도 할 줄 몰랐다. 주인은 감정을 잃어버린 듯 형구와 환규가 도착했지만, 어떠한 표정도 짓지 않았다. 환규가 몽골말로 뭐라고 했지만, 주인은 고개만 끄덕이거나 가로저었다. 그리고 바느질을 계속했다. 환규가 도저히 안 되겠다는 생각이 들었는지 말했다.

"형님! 지금이라도 안 늦었습니다. 돌아가시죠."

형구는 못 들은 척 말 등에서 짐을 내렸다. 환규는 금세 체념한 듯 작별을 고했다.

"형님 잠자리는 저쪽입니다. 식사는 제가 가끔 오겠습니다."

형구는 어서 가라며 손짓했다. 환규가 말을 몰고 가면서 몇 번이고 게르를 돌아보았다.

형구는 주인에게 묻지도 않고 주인의 옷으로 갈아입었다. 옷에서 양젖과 짐승 냄새가 심하게 났지만, 형구는 개의치 않았다. 형구는 게르 앞 짐승 똥을 치웠다. 양몰이 개들이 형구를 보고 짖었다. 어둠은 급하게 밀려왔다. 형구가 게르 주변을 정리하고 게르로 들어왔다. 간이 태양광을 이용한 작은 전등이 켜 있었다. 주인이 수태차와 아이락 그리고 쇼호르 한쪽과 염소젖을 굳혀서 만든 아롤을 간이 식탁에 올려놨다. 형구는 아이락 잔을 들었다. 말젖을 발효시킨 아이락은 시큼한 정도가 아니고, 식초처럼 목구멍을 얼얼하게 했다. 아이락을 마시는 형구의 모습을 훔쳐보던 주인은 형구와 시선이 마주치자 고개를 돌렸다. 형구는 몽골 여행을 하면서 아이락을 가끔 마셨지만, 마실 때마다 고역이었다. 형구가 침상에 누워 간이 전구를 밝히고, 체 게바라의 평전을 읽다가 몇 장 읽지도 못하고 잠이 들었다.

초원의 아침은 빨랐다. 주인은 양들을 몰 채비를 다 갖추고 형구를 기다리고 있었다. 형구가 서둘러 준비하고 주인과 말을 타고 양과 염소를 초원으로 몰았다. 개들이 주인을 따라나섰다. 양들은 주인의 말과 표정을 이해하는 듯했다. 간혹 무리에서 이탈하려는 양은 개들이 달려들면 무리에 합류했다. 두어 시간 지나고 푸른 초원이 나왔다. 초원에 도착하는 동안 주인은 말 한마디 하지 않았다. 형구는 자신이 양을 모는 것인지, 양이 자신을 몰고 가는지 구분할 수가 없었다. 늙은 목동들과 양떼 그리고 초원은 자연 그 자체였다.

해가 중천에 오르자 주인이 말잔등에서 음식을 꺼내어 돌 위에 내려놓고 먹었다. 개들에게도 던져주고 형구도 먹었다. 형구가 양과 염소가 몇 마리나 되는지 세어 보려 했지만, 끊임없이 이동하는 양들을 셀 수가 없었다. 눈대중으로 천 마리가 넘는 듯했다. 형구가 하는 일은 아무것도 없었다. 양들이 보이지 않으면 주인을 따라가는 것이 전부였다.

해질 무렵 게르로 돌아오는 길에 지평선을 태우는 노을을 바라보다 주인과 양떼를 놓쳤다. 새빨간 노을은 장엄하고 웅장하게 타오르고 있었다. 형구는 자신도 모르게 눈물을 떨구며 노을을 향해서 큰절을 수없이 했다. 형구는 동서남북을 구분할 수가 없었다. 사방으로 말을 몰다가 제자리로 돌아왔다. 멀리서 휘파람 소리가 들렸다. 형구의 말이 그 휘파람 소리를 향했다. 주인은 아무 말없이 말을 몰았다. 양떼를, 있으나 마나 한 울타리에 집어넣었다. 아니 양들이 스스로 그 울타리로 들어갔다고 보는 것이 맞았다.

몽골에서 느끼는 4월의 밤은 추웠다. 주인이 게르 중앙에 있는 난로에 소똥을 넣고 불을 붙였다. 바짝 마른 소똥은 장작 숯불처럼 은은하게 타들어갔다. 막사로 돌아온 주인은 급하게 소와 말들에게 물을 주었다. 형구도 가죽부대로 만들어진 용기에 물을 담아서 소와 말 물통에 부었다. 말과 소는 해질 무렵에 집으로 돌아왔다. 보름 동안 함께 일을 하고 잠을 잤지만, 주인은 형구에게 말을 걸지 않았다. 형구도 처음에는 낯설었지만, 시간이 지날수록 그런 주인이 편안했다.

물을 길러 오고 소똥을 치우고 양털을 깎고 양과 소젖을 짜고 말들의 발굽을 갈아 주면서 형구는 주인과 신새벽부터 별이 보일 때까지 일했다. 몸을 씻는 일은 없었다. 침상에 등을 대면 잠들었다. 개들과 양 그리고 말과 소가 형구의 표정과 소리를 읽어 나갔다. 형구도 짐승들의 표정을 읽었다.

그렇게 두어 달이 흘렀다. 주인은 가장 좋은 음식을 항상 형구의 몫으로 내놓았다. 대보름이 초원을 달빛으로 출렁이게 하던 날 개들이 사납게 짖었다. 늑대가 나타났다. 주인과 형구가 막사에 갔을 때는 늑대가 양을 물고 사라진 뒤였다. 주인이 총을 꺼내 달을 향해서 몇 발을 쏘고 아무 일이 없었다는 듯이 잠자리에 들었다. 늑대는 기후 변화로 인해서 먹잇감이 사라지자 인간의 가축을 노리는 경우가 많아졌다. 늑대도 먹어야 하고 살아야 했다.

늑대는 무리들 간에 서열이 명확했다. 사냥감을 잡아서 먹을 때도 으르릉거리기는 했지만, 싸우지는 않았다. 무엇보다 가족에 대한 사랑과 의리는 동물 중 으뜸이었다. 늑대는 리더 늑대 부부가 통솔했다. 그 한 쌍 중 암컷이 생포되어 인간들이 수컷 늑대를 유인하려고 암컷 늑대를 우리에 가두면, 수컷 늑대는 자신이 잡히는 줄 알면서도 그곳을 벗어나지 않는다.

몽골인들은 자신들의 시조를 보르테치노(잿빛 푸른 늑대)와 코아이마랄(흰 암사슴)이라고 생각했다. 그래서 늑대를 신성시했고, 늑대가 사라지면 자신들도 사라진다고 생각했다. 그들은 가축을 지키는 수준에서 늑대를 사냥했다. 형구는 늑대가 양을 물어간 밤에 형남과 형호를 생각했다. 아니 모든 형제들을 생각했다.

환규가 먹거리를 잔뜩 말에 싣고 3개월 만에 농장에 나타났다. 환규는 첫눈에 형구를 알아보지 못했다. 몽골 옷을 입고, 머리도 깎지 않고 태양빛에 타 버린 형구는 몽골 사람이 되어 있었다. 환규가 가져온 컵라면에 물을 부었다. 환규는 형구를 쳐다보지도 않고 말했다.

"견딜 만하신가 봅니다. 형님, 왜 그렇게 자신을 학대하세요?"

형구는 컵라면을 받아 들면서 환규의 말에는 대꾸도 하지 않고 감탄만 했다.

"야, 이게 얼마 만에 먹어 보는 컵라면이냐."

그러면서 그는 주인에게 컵라면을 건넸다. 환규가 자신의 컵라면을 껴안으며 장난스레 말했다.

"이것은 제 것입니다. 형님은 알아서 드세요."

통명스러운 말투였다.

"동생, 냉수도 아래위가 있어!"

그러면서 환규가 들고 있는 컵라면을 뺏었다.

며칠이 지나고, 형구가 농장에 왔던 차림 그대로 나서자, 주인이 울면서 형구를 끌어안았다. 그는 형구의 말고삐를 뺏었다. 환규가 주인이 이곳에서 함께 살자고 한다고 통역했다. 이곳에 함께 살면 자신이 죽을 때 농장을 주겠다는 것이다. 주인은 10년 전 영하 50도를 넘나드는 혹한과 폭설이 동반되는 조드로 가족을 모두 잃었다. 형구는 그 자리에 앉아서 엉엉 울었다. 주인도 울었다. 환규는 눈가를 닦으며 말등에 형구의 짐을 실었다. 형구가 무릎을 꿇고 대지에 입을 맞추고 말에 올랐다. 형구가 농장에 올 때처럼 노을이 붉은 피를 토해 내고 있었다.

금광

칭기즈칸의 척후병이 적진의 소식을 전하려는 것처럼 끝없이 펼쳐진 초원을 점 네 개가 바람처럼 가르고 있었다. 경상북도 면적보다 넓다는 유채꽃 초원은 이승의 세계가 아니었다. 그 유채꽃 초원 옆에서 형구와 환규가 말을 달렸다. 말들이 땀을 비 오듯 쏟았다. 경주마에서 퇴역한 말들은 자신을 억제하지 못하고 숨이 멈출 때까지 달렸다. 형구와 환규는 목적지도 없이 대초원을 가로질렀다. 배가 고프면 양고기와 감자를 삶아 먹고, 밤이 되면 별을 보고 누웠다.

말은 네 마리였다. 말들이 지치면 교대로 탔다. 대협곡과 산맥을 지났고, 테무진이 일어섰다는 부르칸산도 달렸다. 형구는 현대식 음식과 의복을 거부했다. 몽골식 기병 복장에 양젖과 육포 그리고 치즈를 먹었다. 바다에 떠 있는 배처럼 흰 게르가 보이면, 형구와 환규는 게르 주인 일을 도왔다. 모든 게르 주인은 멀리서 온 손님이라고 형구와 환규를 반겼다. 저녁이면 게르 주인들과 아이락과 아이락을 증류시킨 아르히를 마셨다. 그리고 환규의 짧은 몽골어와 눈빛과 손짓 그리고 몸뚱이를 부딪치고 웃고 떠들며 잠들었다. 게르를 떠날 때는 꼭 다시 오겠다는 지키지 못할 약속을 하고 주인과 손님은 눈물을 흘렸다.

강가에 다다르면 말들에게 물을 먹이고 둘은 벌거벗고 뛰어들었다. 시베리아에서 발원한 강물은 얼음처럼 차가웠다. 오늘이 내일이고 내일이 어제였다. 두 달은 지난 것 같다고 환규가 울란바토르 집으로 돌아가자고 했다. 형구는 저 불타는 석양에 도달하기 전에는 돌아가지 않겠다고 고집을 부렸다. 환규는 어린아이 다루듯 형구를 설득했다. 다음에 또 오자고, 형구는 갈 곳이 없었다.

형구는 어쩔 수 없이 말 머리를 환규가 가리키는 방향으로 돌렸다. 환규와 형구는 자마르 지역에 들어섰다. 천 개의 길이 있는 초원에 들어서자 환규도 방향을 잡지 못했다. 자마르 지역은 울란바토르에서 서쪽으로 180km 정도 떨어진 금광이 많은 지역이었다. 지질학자 환규의 장인이 많은 금맥을 찾고 개발한 곳이다. 환규의 처남이 대규모 금광을 하는 곳도 이곳에서 멀지 않았다. 환규가 말 위에서 외쳤다.

"형님, 수년 전에 형수님과 제 집식구가 땅 수십만 평에 대한 임차권을 사 놓은 곳이 이쪽 어디쯤입니다."

형구가 무슨 소리냐는 표정으로 환규를 쳐다봤다.

"아! 형님은 모르신다고 했는데…. 제가 괜한 이야기를 했네요. 제 장인이 그 땅에 큰 금맥이 있을 줄도 모른다고 했고, 제 집식구가 형수님께 말씀을 드렸다고 합니다. 형수님이 큰돈 들이지 않고 살 수 있으면 사겠다고 했답니다. 그래서 형수님과 제 처 이름으로 법인을 설립해서 임차권을 사놨다는 소리를 몇 년 전에 제가 들었습니다. 그런데 임차권이라는 것이 시효가 있어서 아직도 살아 있는지는 모르겠네요. 그 임차권 살 때 제 장인어른이 많이 도왔다는 소리를 들었습니다. 원래 안 되는 것인데…. 그때만 해도 몽골에서 몇백만 평, 몇십만 평씩 외국인들이 농사를 짓게 하려고 어지간하면 임차권을 내줄 때입니다. 이 지역은 몽골의 대표적인 농업지역입니다. 울란바토르와 가깝고요. 강수량도 다른 곳에 비해 많지만, 50m만 파고들어 가면 물이 콸콸 쏟아집니다."

환규는 임차권을 사 놓은 것에 괜한 짓을 했다고 처에게 핀잔했다고 했다. 형구가 제 처를 원망할까 싶어 변명을 덧붙이는 것처럼 보이기도 했다. 그 말에 고개를 주억거리던 형구가 환규에게 오늘 여기서 묵으면서 그 땅을 돌아보자고 했다. 환규가 떨떠름한 표정으로 동의했다. 환규는 그 땅 위치를 잘 모른다고 했다. 환규가 나연에게 전화했다. 환규는 통화하면서 언성을 높였다.

다음 날 나연이 자마르 군청 소재지에 있는 숙소에 도요타 승용차를 몰고 도착했다. 나연의 차에 형구와 환규가 올랐다. 나연의 표정은 밝지 않았다. 그녀 역시 변명처럼 수년 전에 형구가 울란바토르 외곽 빈민촌에 학교를 지어 주러 왔을 때 이야기를 꺼냈다. 형구 부부가 학교 준공식에 왔을 때 나연이 미현에게 지나가는 말로 임차권에 대해서 말했다고 했다. 그런데 미현이 형구가 전원생활을 좋아한다고 나중에 농사짓고 나무나 기른다며 임차권을 사 놓은 것이라고 했다.

"지금도 그 임차권이 유효한지는 알아봐야 해요."

이미 환규에게 들은 말이었다. 나연이 차를 몰아 그 땅으로 향했다. 그곳은 잡목이 무성했고, 낮은 산과 수량이 적은 강도 있었다. 형구는 이 토지에 농장과 농사를 지으면 좋겠다고 생각했다.

환규의 집에 도착한 형구는 나연과 함께 정부 청사를 방문해서 그 토지의 임차권이 유효한지 알아봤다. 담당 공무원은 임대 기간은 50년이지만 사업 착수 기간이 2년 남았다고 말했다. 2년 안에 사업을 착수하지 않으면 임차권이 자동으로 소멸하는 것이었다. 형구는 환규를 졸라서 그 토지를 다시 둘러보자고 했다. 3일 일정으로 형구와 환규는 자동차를 몰고 자마르로 향했다. 그 토지에 드문드문 사람들이 보였다. 환규는 저 사람들을 닌자라고 부르고, 닌자들은 사금을 불법적으로 채취하고 금맥을 찾는다고 했다. 닌자들이 10만 명이 될 것이라고 했다. 닌자들은 대부분 유목 생활하던 유목민들이 기후 이상으로 가축을 잃고 사금을 채취하고 있는 것이었다.

닌자들이 많다는 것은 그 땅에 사금이 많다는 것을 증명하는 셈이었다. 사금을 정제하는 바론하라 마을로 환규가 차를 돌렸다. 그곳에는 사금을 채취해서 금만 골라내는 금방앗간이 여러 개였다. 허술하게 판자로 만들어진 금방앗간에는 사람들이 북적거렸다. 금이 많이 포함된 돌과 석영을 해머가 장착된 볼밀이라는 기계로 잘게 부수고 있었다. 부서진 돌과 금속을 물로 흘려보내서 분리하는 단순한 장치도 바쁘게 돌아가고 있었다. 최종적으로 고무통에 수은과 사금을 넣으면 사금들이 반응하여 작은 금덩이가 되었다. 사람들은 인체에 치명적인 수은을 맨손으로 만지고 있었다.

환규의 집으로 돌아온 형구는 환규 부부에게 담담하게 자신의 상황을 설명했다. 부부는 눈물을 흘리고 때로는 분노하면서 형구의 말을 경청했다. 형구는 그 땅에서 금광을 개발할 수 있도록 도와 달라고 말을 맺었다. 나연이 금광을 개발하는 것과 토지 임차권을 가지고 있는 것과는 전혀 별개라고 설명했다. 환규가 금광개발을 하려면 수백억의 돈이 필요하고 몽골 정계의 실력자들이 도와줘도 힘든 일이라고 했다. 형구가 힘없이 자리에서 일어섰다.

다음 날 저녁에 나연이 식탁을 풍성하게 차렸다. 그리고 금광을 하는 담딘 오빠를 불렀다. 나연의 오빠는 세련된 외모와 유창한 영어를 구사했다. 한국어도 기본적인 의사소통이 가능했다. 우뚝한 콧날과 쌍꺼풀진 눈매가 나연과 닮은 오빠가 반갑게 형구에게 손을 내밀었다. 형구도 반갑게 손을 잡았다. 형구가 울란바토르에 학교를 세우고 준공식을 할 때 담딘을 초대했었다. 준공식이 끝나고 식사도 함께했다. 그래서 대화를 편안하게 할 수 있었다.

담딘은 나연 부부에게 자세한 내용을 들었다고 하면서 자신이 도울 수 있는 일이 있으면 돕겠다고 했다. 동생의 형이면 자기 형이라고 하면서 앞으로 형구를 형님으로 부르겠다고 했다. 환규가 담딘의 손을 두 손으로 꼭 잡고 크게 흔들었다. 담딘이 돈을 얼마나 준비할 수 있느냐고 형구에게 물었다. 형구가 알 수 없다고 했다. 담딘이 최소 50억은 만들어야 한다고 했다. 형구가 낙담하는 표정을 짓자 담딘이 돈을 만드는 데까지 만들어 보라고 했다. 금광개발은 정부의 실력자들이 움직여야 개발권을 받을 수 있다고 했다. 담딘은 아버지 때부터 쌓은 인맥이 있어서 실력자들을 움직일 수 있을 것이라고 했다. 형구가 몽골에 학교를 짓고 학생들에게 장학금을 주는 등 몽골인들을 위해서 봉사한 것을 담딘은 높게 샀다. 그는 억울하게 빼앗긴 회사를 되찾을 수 있도록 자신이 도와줄 수 있으면 좋겠다고 말하면서도 개발권을 얻어도 채산성이 나오는 금광은 10%도 안 된다고 걱정했다. 자신도 금광을 개발하다 두 차례나 큰 실패를 경험한 적이 있어서 회사를 강탈당한 형구의 심정을 이해한다고 말했다.

형구는 마지막 승부를 금광에 걸어 보기로 했다. 형구는 정 전무와 강준영 사장을 몽골로 불렀다. 반년 넘게 아무런 소식이 없던 형구의 연락을 받은 정 전무와 강사장이 다음 날 몽골에 도착했다. 형구는 공항에서 그들에게 반갑게 인사를 했다. 둘을 차에 태우고 환규와 함께 자마르로 향했다. 형구는 차에서 아무 말도 하지 않았다. 정 전무가 모두 회장님을 애타게 찾는다고 했다. 무슨 이유인지는 모르지만, 형호와 형남도 형구를 찾고 있다고 했다. 그 소리에 형구는 눈알이 튀어나올 듯 얼굴에 힘을 주고 어금니를 깨물었다. 형구는 일행들과 자마르 토지를 둘러보면서 닌자들이 사금을 채취하는 사람들이라고 했다. 바론하라 마을로 가서 사금을 정제하는 모습을 보고 나서 형구는 이곳에서 금광을 개발하려고 한다고 말했다.

"자금을 좀 모아 줬으면 해."

"자금을 모으는 게 쉽지 않을 겁니다."

정 전무는 걱정스러운 말투였다. 업계에 회사가 형호에게 넘어간 것을 다 알고 있고, 형구는 죽었다는 소문도 있었다.

다음 날 형구는 정 전무, 강 사장과 한국행 비행기에 몸을 실었다. 공항에 미현이 나와 있었다. 몽골의 거친 바람과 태양에 검게 그을린 형구를 보고 미현은 훌쩍거렸다. 형구는 사업하는 돈 많은 친구들과 지인들을 찾아가서 광산 계획을 설명하고 투자할 것을 권했지만, 모두 머리를 저었다. 친구들 중에는 검토할 시간이 필요하다고 하면서 서류를 놓고 가라고 하는 사람도 있었다. 형구는 자신이 세상을 잘못 살아온 것인가 자책했다.

이렇게 한 달쯤 시간이 흐르고 낙담한 형구를 정 전무가 찾아왔다. 회사에서 쫓겨난 임직원들과 자신이 4억을 모았다고 하면서 형구 앞으로 통장을 내놨다. 형구는 정 전무를 와락 껴안았다. 미현은 초중고등학교 친구들과 형구가 사업을 할 때 미술 모임과 골프 모임을 했던 지인들을 찾아가서 눈물로 호소했다. 그래서 개별적으로 소액을 빌렸다. 그렇게 모은 돈이 7억이었다.

형구는 몽골행 비행기에 몸을 실었다. 형구와 환규 부부 그리고 담딘이 환규 집에 모였다. 형구가 자신이 모을 수 있는 최대의 돈이라고 하면서 10억이 들어 있는 통장을 내놨다. 담딘은 통장도 보지 않고 우선 시작할 수 있는 돈은 된다고 했다. 다음 날부터 담딘은 형구에게 자신의 회사로 출근하라고 했다.

울란바토르 시내 중심의 18층 건물에 있는 담딘의 회사는 세계 각지의 금값 시세를 알리는 전광판이 여러 곳에 설치되어 있었다. 형구의 사무실은 러시아식으로 인테리어가 되어 있고, 최고급 소파와 책상 등이 준비되어 있었다. 한국어가 유창한 비서가 대기하고 있었다. 담딘은 이곳 사무실에는 거의 출근하지 않고, 광산에서 살다시피 한다고 했다. 보름 정도 회사에 출근했지만, 형구에게 주어진 일은 아무것도 없었다.

형구는 그 사이, 정 전무에게 광산 회사 설립을 서두르게 했다. 그리고 친하게 지내는 정치인들에게 전화해서 몽골의 대자연을 설명하고 몽골에 초대했다. 몽골 정부 인사들과 국회의원들은 한국의 정치인들과 교류를 매우 중시했다. 형구는 자신이 지어준 몽골학교 준공식에 참석해서 축사를 한 몽골인민평화당 당수와 친분을 쌓고 있었다. 그리고 학교가 위치한 올란바토르 두렉(區) 여자구청장과도 연락하고 지냈다. 사회주의 국가인 몽골에서 정치인들의 영향력은 대단한 것이었다.

담딘이 자신의 광산으로 형구를 불렀다. 형구가 환규의 차를 타고 광산 입구에 도착했다. 광산에서 채굴된 돌과 흙을 싣고 10억에 가깝다는 2층 크기의 특수 대형트럭들이 뿌연 먼지를 일으키며 꼬리를 물고 부산하게 움직였다. 광산에 오는 동안 환규는 몽골 대부분의 지하자원은 외국 자본이 개발하고 있다고 했다. 몽골은 탐사, 시추, 수송, 재련 기술이 턱없이 부족해서 몽골 정부 또는 몽골인이 자체 개발하는 광산은 손에 꼽을 정도라고 했다. 몽골 정부는 중국과 러시아를 견제하기 위해서 몽골인들의 지하 자원개발을 적극 권장하고 있고, 한국 회사의 투자를 적극적으로 환영하는 상황이었다. 그래서 형구가 자금을 확보해서 투자한다고 하면 이외로 일이 쉽게 될 수도 있다고 했다.

담딘의 금광은 노천 금광이었다. 광산의 시작 지점과 끝이 보이지 않았다. 신분을 확인하고 환규의 차가 광산 안으로 들어갔다. 그 안에서 표토 층을 걷어 내는 박토 작업을 하는 대형 굴착기가 거대한 몸짓을 하고 있었다. 더 깊이 들어가면 금맥을 캐는 대형 지하 광산이 여러 개 있다고 환규가 귀띔했다. 형구가 사진을 찍으려 하자 환규가 사진을 찍으면 안 된다고 말렸다.

멀리서 귀를 찢는 다이너마이트 터지는 소리가 연속으로 나고, 거대한 흙먼지가 솟구쳤다. 환규가 노천 광산의 흙을 퍼서 담아내기 위한 작업이라고 했다. 광산 입구를 지나서 30분 정도 달리자 거대한 공장과 깨끗한 건물이 여러 개 보였다. 거대한 인공 수로관도 보였다. 중앙에 있는 건물로 형구와 환규가 들어서자 소지품을 보관하라며 경비가 사제 보관함 열쇠를 주었다. 휴대폰 소지도 금했다. 소지품을 보관하고 금속탐지기를 지나서 5층에 있는 담딘 사무실로 갔다. 임원으로 보이는 사람들과 회의를 막 끝마친 담딘이 반갑게 손을 내밀었다.

형구와 환규가 회의장 의자에 앉자 담딘이 차를 주문했다. 오늘 오후에 몽골 지하자원 관리 총책임을 맡고 있는 장관과 울란바토르 시장 및 구청장 등이 금광을 견학한다고 했다. 정당 관계자들도 참석하기로 했는데, 당 대표가 올지는 미지수라고 했다. 담딘은 형구에게 인사할 시간을 주겠다고 했다. 형구는 담딘과 환규에게 진한 형제애를 느꼈다.

* * *

점심시간이 지나고 사람들이 하나둘씩 커다란 회의장으로 모여들었다. 제일 먼저 도착한 것은 자마르 단체장이었다. 50대 후반으로 보이는 단체장은 담딘과 오랜 친구처럼 인사를 했다. 울란바토르 시장과 구청장들이 도착하고 장관이 들어섰다. 몽골인민당 당수도 도착했다. 당수가 형구를 발견하고 어떻게 이 자리에 참석하게 된 것인지 의아해하면서도 반갑게 악수를 청했다. 형구가 당수와 악수를 끝내자, 여자 구청장도 형구를 알아보고 가볍게 포옹했다. 담딘은 순간 당황하는 눈빛을 보였다.

담딘의 간단한 인사말이 끝나고, 장관이 우리 몽골인들의 힘으로 이런 큰 금광을 하게 된 것이 신의 축복이라고 인사를 했다. 담딘이 영화 화면처럼 큰 스크린에 광산의 사진과 자료를 띄우고 설명 및 보고했다. 브리핑은 요식적으로 이루어졌다. 그리고 마지막으로 한국에서 금속 관련 큰 사업을 하고 있다고 형구를 소개했다. 참석자들이 박수를 쳤다.

담딘과 일행들은 전등이 부착된 안전모를 쓰고 안전조끼를 입고 마스크까지 끼고 미리 준비된 25인승 차량에 탑승했다. 산의 허리를 파고든 지하 광산부터 견학했다. 갱도 안은 시원했다. 채굴된 돌덩이들이 컨베이어에 가득 실려 있었다. 견학을 위해서 작업을 멈춘 듯 갱도 안은 조용했다. 구불구불한 갱도를 따라서 200m 정도를 가자, 담딘이 갱도 벽에 붉은색으로 칠해진 곳을 밝은 후레쉬를 비추면서 설명했다. 금맥이 있는 자리를 페인트로 표시해 놓은 것이었다. 돌 사이로 붉은빛이 나는 누런 금맥이 흐르고 있었다. 이 돌을 채취해서 분쇄하고, 선별해서 금을 정제하는 과정을 거친다고 했다. 견학하면서 담딘이 어떻게 당수와 구청장을 아느냐고 물었다. 형구가 학교를 지어주면서 알게 됐다고 말했다. 담딘이 고개를 끄떡이며 아주 잘된 일이라고 했다. 담딘은 몽골은 대통령보다 총리가 막강한 권한을 행사하는데, 총리는 집권당 당수의 사람이 대부분이라고 했다. 이때 몽골은 몽골 인민평화당이 집권당이었다.

3시간에 걸쳐서 금광 견학이 끝났다. 모두들 돌아갔다. 건물 밖에 2대의 헬리콥터가 준비되었다. 당수와 장관 그리고 자마르 단체장이 올라탔다. 형구와 담딘 그리고 환규가 다른 헬리콥터에 몸을 실었다. 담딘은 계획에 없던 일이라며 조금 흥분한 사람처럼 보였다. 당수와 장관 그리고 자마르 단체장을 한 번에 만날 이런 천재일우의 기회가 없다며 그는 오늘 금광개발권에 대해서 결정을 보자고 했다. 그러면서 형구가 금광개발을 위해서 설립하는 회사의 지분 49%를 자신이 권리를 행사할 수 있도록 해달라고 했다. 금광 지분을 당수와 장관 그리고 자마르 단체장에게 나누어 주고, 나머지는 관료들과 또 다른 정치인들에게 배분해야 한다고 했다. 형구는 선택의 여지가 없었다. 형구는 49% 중에 환규와 나연의 몫으로 5%를 배정해 달라고 했다. 담딘이 호탕하게 웃으며 동의했다.

헬리곱터가 테를지 국립공원의 울창한 수림으로 둘러싸인 곳에 돌개바람을 일으키며 착륙했다. 작은 유럽 성처럼 만들어진 건물은 담딘의 별장이었다. 외부와 완벽하게 차단된 곳이었다. 국립공원이 한눈에 내려다보이는 별장의 맨 꼭대기 층에 파티 장소가 마련되어 있었다. 금발의 러시아 미인들이 짧은 미니스커트와 명품 슈트를 걸치고, 얼굴에 미소를 가득 담고 일행들을 맞이했다. 미인들은 금실로 만들어진 하닥을 일행들 목에 걸어 주었다. 러시아에서 공수된 철갑상어알, 훈제 연어, 거위 간, 크림치즈와 견과류, 바닷가재 요리가 금으로 만들어진 식탁에 놓여 있었다. 담딘이 각기 다른 향을 첨가한 99% 보드카를 크리스털 술잔에 따랐다. 그리고 몽골말로 외쳤다.

"토그토요!"

환규가 잔을 완전히 비워야 한다는 의미의 건배라고 형구에게 알려 주었다. 담딘은 이 별장은 우리 모두의 것이니 언제든지 와서 사용해도 된다고 말했다.

"금광사업 역시도 나만의 사업이 아니고, 우리 모두의 사업입니다."

담딘이 외치자, 검은 눈썹에 얼굴이 길어서 말같이 생긴 당수가 박수를 치면서 형구를 환영하는 자리라며 분위기를 띄웠다. 형구는 얼떨결에 자리에서 일어나서 영어로 짧게 인사를 했다. 환규가 이분들은 한국말을 다 알아듣는다고 한국말로 다시 하라고 부추겼다.

"친구로 받아줘서 감사합니다. 금광사업을 할 수 있도록 도와주면 신세 잊지 않겠습니다."

형구가 담백하게 말하자, 일행들이 크게 박수를 치고 당수가 다시 외치며 잔을 높게 들었다.

"토그토요!"

파티 시작 전에 담딘은 당수와 장관 그리고 단체장을 개별적으로 만나서 형구가 금광사업을 추진하고 있다고 짧게 설명하고, 지분에 대해서도 제안하고 동의도 받았다. 형구 금광개발권 문제는 일사천리로 진행되었다.

형구는 국회의원이 되기 전부터 친분이 두터웠던 3선의 허인수 의원을 몽골로 초대했다. 허 의원은 국회 산업통상자원위원장을 하고 있었다. 그는 시민운동가 출신으로 좋은 이미지를 가지고 있었다. 허 의원도 형구가 어렵게 사업으로 성공했고, 사회 변화에 많은 관심을 두고 실천하는 것을 높이 평가했다. 둘은 한마디로 배가 맞는 사이였다.

형구와 담딘 그리고 허 의원이 함께 대초원에서 말을 달렸다. 담딘은 액션 모빌사에서 특수 제작한 글로브 크루저 캠핑카를 가지고 있었다. 이 캠핑카는 트럭을 개조한 6륜 구동형으로 작은집 한 채만 했다. 담딘은 10억이 넘는다는 그 캠핑카에 온갖 음식과 술 그리고 러시아 미인들을 싣고 일행들을 뒷바라지하게 했다.

몽골 정부는 몽골 지하자원 개발에 한국 자본이 투자할 수 있도록 우호적인 여건을 만들었다. 지하자원이 부족한 한국은 몽골의 지하자원 개발에 많은 관심이 있었다. 특히 이명박 정부는 외국의 지하자원 개발에 많은 공을 들이는 상황이었다. 형구와 담딘은 허 의원과 함께 사마르의 토지를 둘러보았다. 그리고 담딘의 금광도 견학시켰다.

형구는 자마르 토지에서 금광사업을 시작하려고 한다고 허 의원에게 말했다. 그런데 자본이 없다고 말하면서 형구 회사 상황을 대충 설명했다. 허 의원은 자신이 도울 수 있는 일은 적극적으로 돕겠다고 했다. 형구는 몽골 정부와 금광개발에 대한 MOU를 맺으면 한국 국책은행에서 자금을 투자할 수 있도록 도와 달라고 했다. 허 의원은 MOU 맺은 것으로 국책은행에서 자금을 투자하게 하는 것이 쉽지 않지만, 현재 국내 분위기가 좋으니 노력해 보자고 했다. 그러면서 MOA 정도를 맺는 것이 좋다고 조언했다.

형구와 담딘은 당수, 장관, 단체장을 담딘의 별장으로 초대했다. 그 자리에 허 의원도 함께했다. 화기애애한 분위기 속에서 자리가 무르익어 갔다. 당수는 형구가 금광개발 사업을 할 수 있도록 적극적으로 돕겠다고 약속했다. 허 의원이 한국 정부도 적극적으로 뒷받침하겠다고 화답했다. 그리고 이후 형구와 허 의원이 몽골 정부와 의사당을 방문했다. 한국의 기자들이 몰려왔다. 다음 날 한국 유력 일간지 여러 곳에 허 의원과 형구 그리고 당수와 장관이 함께 포즈를 취한 사진이 크게 실렸다. 그 사진과 함께 자원외교를 위해서 최선을 다하는 허인수 국회의원 타이틀과 매장량이 수십조에 이르는 금광개발에 뛰어든 이형구 회장이라는 기사가 대문짝만 하게 실렸다.

형구가 사업을 하면서 알고 지내는 기자들을 동원한 작품이었다. 형구는 사전에 정 전무를 시켜서 신규로 설립한 광산개발 회사를 12평 오피스텔에 주소를 두게 했다. 신문 기사를 본 형구의 친구들과 지인들이 축하한다는 전화가 형구에게 쉴 새 없이 왔다. 형구가 담딘에게 준 10억이 사라지고 자마르 토지의 금광개발권이 나왔다. 형구는 그 서류를 들고 여의도로 허 의원을 찾아갔다. 허 의원은 사무적으로 형구를 맞이했다. 형구가 설명도 하기 전에 허 의원은 국책은행에서 이런 위험한 사업에 자금을 투자하는 것이 쉽지 않다고 말했다. 자원 외교로 인해 국회가 시끄러워서 더욱 어렵겠다고 했다. 그리고 매장량이 검증되어야 투자할 수 있다고 했다. 형구는 낙담하는 표정을 하고, 살려 달라고 애원하다시피 했다. 허 의원이 상임위 회의가 있다고 하면서 자리에서 일어났다. 형구는 허탈한 표정으로 국회를 나왔다. 형구는 탐사를 할 돈이 없었다.

형구는 정 전무와 직원들 그리고 미현이 만들어 준 돈 중 1억을 가지고 자마르 토지에서 금방앗간을 하기로 했다. 환규의 협조를 얻어 일당을 주기로 하고 인부 100여 명을 고용했다. 그리고 개발 허가를 받은 토지에서 닌자들을 쫓아냈다. 형구는 날이 밝기도 전에 곡괭이와 삽을 들고 돌을 캐고 흙을 뒤집었다. 아침 6시에 인부들이 나왔다. 그들은 역할을 나누어 흙을 뒤집거나 채로 흙을 걸렀다. 10명에 한 명씩 감시인을 두었다. 형구는 걸러진 사금 제련을 직접 했다. 수은을 사금에 넣어 화학 반응하는 과정에서 인체에 치명적인 독성이 발생했다. 청산가리도 사용이 되었다. 그러나 형구는 몽골 사람들처럼 아무런 보호 장비도 없이 수은을 손으로 만지면서 작업을 했다. 형구는 거의 미친 사람처럼 사금 채취하는 데 밤낮으로 매달렸다. 이렇게 하는 과정에서 가끔씩 큰 금덩이도 나왔다. 형구의 손바닥은 소나무 껍질처럼 거칠고 단단해져 갔다. 6개월 후 약 20억 가치가 있는 금을 모을 수 있었다.

형구는 그 돈을 가지고 항공 탐사를 할 수 있는 계약서를 작성했다. 부족한 탐사 비용은 성공보수로 지급하기로 약정했다. 지구물리학적, 화학적 조사와 분석을 할 수 있는 업체와도 계약했다. 환규의 장인이 지목한 지점을 1년간 집중 항공 탐사를 한 결과 채산성이 있는 금맥을 찾을 수 있었다. 형구는 굴삭기 3대와 덤프트럭 5대, 선별기 2대, 발전기 두 대를 렌탈로 구입했다. 선별장과 인부들 숙소까지 지었다. 그리고 사금 채취에 열을 올렸다.

탐사 결과를 가지고 형구가 귀국했다. 형구는 회사에서 강제로 해고당한 임직원들과 정 전무 그리고 강 사장을 불렀다. 돈을 주고 빌린 사무실에서 형구가 직접 금광에 대한 과정을 설명하고, 탐사 결과를 발표했다. 사무실이 웅성거리고 박수 소리가 요란했다. 다음 날 형구의 금광에서 수조 원의 가치가 있는 금맥이 발견되었다는 뉴스가 방송과 신문에 대서특필되었다. 형구는 탐사 결과를 허 의원에게 보냈다. 며칠 후 허 의원에게서 전화가 왔다. 가평에 있는 허 의원 친구 별장에서 만나기로 했다.

한강이 한눈에 내려다보이는 산비탈에 위치한 별장은 조용했고 아늑했다. 별장에는 관리인과 허 의원 둘만 있었다. 별장 잔디밭에 놓여 있는 식탁에 차와 다과가 놓여 있었다. 허 의원이 정치 현안 등 여러 가지 말을 하며 말을 빙빙 돌렸다. 한참 만에야 나온 본론은 자기 조카가 놀고 있는데, 형구의 금광개발 사업에 취직시킬 수 있겠느냐는 것이었다.

"국책은행 행장에게 운은 띄워 놨어요. 정치란 게 말이에요. 주변을 살피고 정치하려면 돈이 많이 들어가거든. 그… 개발사업 지분을 조카 이름으로 해줄 수 있나?"

"그럼, 국책은행에서는 얼마 정도를 투자할 수 있는지요?"

"3천억 내외가 될 걸세. 더는 나도 힘들어."

형구가 표정을 가다듬으며 지분 1.3%를 주겠다고 했다. 허 의원이 손을 내밀었다. 형구가 그 손을 잡고 힘차게 흔들었다. 형구의 금광개발사업은 착실히 준비되어 갔다. 형구의 금광 관련 소식은 자주 언론에 보도되었다. 그러나 채굴하기까지는 많은 시간이 필요했다. 다행스러운 것은 형구가 개발하려는 금광이 자마르 군청 소재지에 가까웠다. 도로, 전력, 수도 등의 문제를 해결하기 좋은 위치였다. 그리고 금광 후보지가 평지에 있다는 점이었다. 그래도 아무리 서둘러도 몇 년의 시간이 필요했다.

형남과 형호에게 뺏긴 형구 회사는 거래소에 상장되었다. 형구는 회사에서 잊혀져 가고 있었다. 정 전무와 해고당한 몇 명의 직원들이 금광사업에 합류해서 몽골에서 함께 생활했다. 형구는 마음이 급했다. 형구는 금광을 하려는 것이 목적이 아니었다. 빼앗긴 회사를 되찾을 수 있는 자금을 마련하는 게 목적이었다. 형구의 금광 신문 기사를 보고 투자하겠다는 친구들과 지인들을 형구가 몽골로 불렀다. 100명이 넘는 인원이 몰려왔다. 고급 리무진 버스 5대에 투자자들을 태우고, 담딘의 금광을 견학했다. 그리고 형구가 금광을 개발하고자 하는 토지와 금방앗간을 둘러보았다.

그중에서도 준재벌급 인사들은 밤에 담딘의 별장으로 초대해서 러시아 미인들을 한 명씩 붙여 주고 여흥을 즐겼다. 투자자들은 3일 동안 몽골의 초원을 만끽했다. 형구는 투자에 대해서는 아무런 말을 하지 않았다. 오로지 먹고 마시고 떠들면서 시간을 보냈다. 투자자들이 개별적으로 문의해도 형구는 웃기만 했다.

투자자들이 귀국하던 당일 몽골의 국회의사당 대회의실에 투자자들이 모였다. 그 회의실 스크린을 이용해서 영상으로 형구 금광에 대해 설명했다. 사회자는 한국의 유명 여성 앵커 출신이 했다. 그 자리에는 담딘이 동원한 몽골의 많은 정치인들도 함께했다. 투자자들이 귀국한 다음 날부터 돈이 밀려들어 왔다. 투자 유치 예정 금액보다 5배 정도의 돈이 들어왔다. 정 전무를 비롯한 직원들이 그 돈을 돌려주겠다고 전화를 붙잡고 씨름해야 했다. 한국 정부의 요직에 있는 관료들과 정치인 그리고 형구의 친구들은 투자금을 받아 달라고 은근히 형구를 압박했다. 형구는 씁쓸했다. 투자 유치금액을 제외한 금액을 다시 돌려주는데 한 달이 넘게 걸렸다.

응징

형구는 수많은 날들을 고민과 번민 끝에 형호에게 전화했다. 형호가 반갑게 전화를 받았다. 전화를 하기 전에 형구가 정 전무에게 형남과 형호를 몽골로 부를 것이라고 말했다. 정 전무는 오지 않을 것으로 봤다. 하지만 형구는 고개를 가로저었다. 형남은 반드시 올 것이다. 황금이 있다는데 안 올 사람이 아니었다. 형호에게 전화하기 전에 형구는 담딘을 통해서 세계적으로 활동을 하고 있는 마피아들을 고용했다. 형구가 고용한 마피아들은 블라디보스톡에서 청부 살인과 납치 그리고 무기와 마약 밀매로 악명을 떨치고 있었다.

형호는 언론을 통해서 형구의 소식을 자세히 알고 있었다. 형호는 축하한다는 말을 반복했다. 자신들의 계획대로 일이 잘 진행되고 있어서 형구에게 집도 돌려줄 수 있을 것 같다는 말도 했다. 형구는 금광 사업이 혼자 힘으로 벅차니 형남과 형호가 몽골로 와서 함께하면 좋겠다고 했다. 형호는 형남과 상의해 보고 연락하겠다고 하고 전화를 끊었다. 형구가 전화를 하고 달포가 지나서 형남과 형호가 몽골에 입국했다.

형구가 약속 장소로 잡은 곳은 울란바토르 외각 강변에 붙어 있는 한국관이었다. 한국관은 몽골의 VIP들과 한국의 정재계 인사들이 이용하는 고급 한식당이었다. 형남의 양복 위에는 석유 됫병을 세워 놓은 모양의 회사 마크가 붙어 있었다. 약속 시간에 맞춰 미리 알려 준 룸으로 형남과 형호가 들어왔다. 형구는 지그시 눈을 감고 의자에서 일어나지 않았다. 형남과 형구가 어색한 미소를 띠며, 의자에 앉았다. 3분 정도 침묵이 흘렀다. 형구는 그 짧은 시간 동안 그동안의 세월을 반추해 보았다. 형남은 그사이 끝없이 두리번거리며 휴대폰을 만졌다.

인천 공항에서부터 형남은 경호원을 여러 명 동반했다. 형구가 고용한 여성 마피아들이 한국관 정문과 주차장에서 한국관 종업원 복장을 하고 있었다. 그녀들이 경호원들과 기사는 식당에 출입할 수 없다고 형남과 형호에게 따라 붙은 경호원들을 막아섰다. 한식당 룸으로 들어서면서 형남이 뭐라고 한마디 하려고 하는 순간 식당의 전기가 나갔다. 룸의 병풍 뒤에 숨어 있던 마피아들은 형남과 형호의 얼굴에 크로로포름을 적신 천으로 얼굴을 감싸고 목에다 수면제를 주사했다. 마피아들은 형호와 형남을 한 명씩 둘러업고 뒷문으로 빠져나갔다. 그들은 강 위에 대기하고 있던 쾌속선을 타고 어둠 속으로 자취를 감췄다. 전기가 나간 틈을 이용해서 또 다른 마피아 조직원이 CCTV 녹화 장치를 통째로 들고 사라졌다. 전기가 다시 들어올 때까지 형구는 그 자리에 그대로 앉아 있었다.

얼마 후 형구는 다른 룸에 대기하고 있던 정 전무를 전화로 불렀다.

정 전무가 직원 한 명과 함께 형구가 있는 룸으로 들어왔다. 형구는 형남과 형호와 여기서 만나기로 약속했지만, 그들이 오지 않았다고 했다. 정 전무와 직원은 형호와 형남이 오지 않은 것으로 생각하곤 음식을 시켜서 먹었다.

이상한 낌새를 차린 형남의 경호원들이 뒤늦게 식당을 전부 뒤졌다. 소란스럽게 식당을 뒤지던 그들은 형구가 있는 룸도 뒤졌다. 하지만 그들은 형호와 형남의 흔적을 찾을 수 없었다. 형구는 아무 일 없다는 듯이 식사가 끝나고 자동차를 타고 식당을 떠났다. 형구의 외투에는 형남과 형호의 휴대폰이 들어 있었다. 형구는 끼었던 장갑을 둘둘 말아서 창문을 열고 강물에 던졌다. 형구는 형남과 형호의 휴대폰을 한국으로 보내서 포렌식을 해서 모든 자료를 몽골로 보내게 했다. 그 사이 국내 언론에서 형남과 형호의 실종을 연일 보도했다.

마피아들은 화물이 무사히 도착했다고 형구에게 문자를 보냈다. 형구는 형남과 형호를 어떻게 할 것인지 구체적으로 지시했다. 형구는 형남과 형호에게 신호 발신기를 부착하라고 지시했다. 마피아들은 바다처럼 넓고 거친 홉스굴 무인도 섬에 그들을 풀어놓고, 3일간은 먹을 것을 전혀 주지 않았다. 그리고 3일 후부터 먹을 것을 주면서 삽을 주고 자신들이 묻힐 구덩이를 파도록 했다. 한 사람이 충분히 들어갈 정도로 땅을 다 파고 나면, 그들 스스로 그 땅을 다시 메우도록 했다. 마피아들은 일주일간 그 일을 반복시키고 구덩이를 팔 때마다 구덩이 앞에서 그들에게 빈총을 쏴댔다. 다섯 번에 한 번은 총알을 넣고 쏘았지만, 총알이 향한 곳은 그들의 머리나 가슴이 아니라 발밑이었다. 형남과 형호는 자신들이 묻힐지도 모르는 구덩이를 팔 때마다 공포와 두려움에 떨었다. 마피아들이 총구를 겨눌 때는 그 공포감으로 쓰러지거나 기절을 했다.

그렇게 일주일을 공포로 몰아넣은 뒤 형호와 형남에게 빈총을 주고 상대를 향해서 쏘게 하고, 누가 먼저 방아쇠를 당기는지 보고하게 했다. 빈총으로 세 번, 이후에는 공포탄을 장전해서 쏘게 했다. 세 번 모두 형남이 먼저 방아쇠를 당겼다는 문자가 형구에게 왔다. 이 보고를 받은 형구는 일찍 방아쇠를 당기는 사람이 상대의 빰을 힘껏 열 번씩 때리게 했다. 이렇게 했어도 대부분 방아쇠를 먼저 당기는 것은 형남이라는 보고가 왔다.

그다음 형구는 그들을 무인도에서 옮겨 육지 깊은 밀림 속에 풀어놓도록 했다. 그들은 공포와 두려움으로 혼이 나간 것 같다는 보고가 왔다. 그들은 러시아어와 몽골어를 한마디도 못했다. 마피아들은 형구의 말을 충실하게 이행했다. 형남과 형호는 자신들이 있는 곳이 러시아인지 몽골인지 알 수가 없었다. 오로지 살아서 한국으로 돌아가야 한다는 생각뿐이었다. 그러나 시간이 갈수록 모든 희망이 사라지고 있었다. 마피아들이 그들을 내려놓고 사라진 곳은 잣나무와 침엽수가 울창해서 하늘도 잘 보이지 않았다. 길도 없었다. 밤이면 늑대의 울음소리가 계곡을 덮었다. 그들은 계곡물을 따라 가면 인가가 나타날 것이라 생각하고, 계곡을 따라 내려갔다. 하루 종일 계곡을 따라 내려가자, 그 물줄기는 거대한 호수와 연결되었고, 인가는 나타나지 않았다. 밀림의 밤은 빨랐다. 밤이 되기 전에 동굴 또는 바위틈을 찾았다. 형남은 동굴 속에서 형호에게 반드시 살아서 돌아갈 수 있다고 했다. 그는 형호에게 자신이 유다 회사에서 겪은 이야기를 했다.

"미국은 위대한 나라고, 미국을 움직이는 것은 돈이야. 그런데 형구는 세계가 돌아가는 이치를 몰라. 케네디 가문도 금주령 시절, 밀주 사업과 주가 조작을 통해서 오늘의 토대를 만들었어. 마피아랑 손을 잡고 폭력을 행사하기도 했지. 한 집안을 크게 일으키려면 이런 과정을 거치지 않고는 거의 불가능해. 그 옛날에도 그랬는데, 지금은 더욱 그렇지. 난 펀드를 이용해서 집안을 크게 일으키려고 했어. 형구에게 몇백 억을 주면 무마될 줄 알았다고, 형구 그놈이 기어이….”

“형님, 아무래도 제가 탐욕에 눈이 멀어서 미친 짓을 한 것 같습니다.”

그들은 굶주림과 늑대를 비롯한 산짐승들의 습격을 두려워하며 일주일 정도를 보냈다. 그들은 일주일 후 기적적으로 몽골과 러시아 국경 초소를 발견했다. 산열매와 산나물 등으로 목숨을 부지한 그들은 살았다는 안도를 했다. 그런데 초소에 도착하기 전에 마피아들이 나타나서 그들을 묶었다. 마피아는 그들이 도망치기 위해 산속을 헤매다가 인가 가까이 나타나면 잡아서 산속에 다시 풀어 놓았다.

그 잔인한 복수를 시킨 것은 형구였다. 이런 일에 이골이 난 마피아들도 고개를 절레절레 저을 정도였다. 그렇게 서너 차례 반복하자, 형남과 형호는 도망치려고도 못했다. 마피아들은 그들의 눈을 가리고 하루 종일 걷게 한 뒤 밤이 되자 사라졌다. 형호와 형남은 거대한 곰과도 마주치고, 늑대에게 쫓기기도 하면서 생사의 갈림길을 수없이 겪어야 했다. 밤이면 별을 보면서 사업과 모든 돈을 포기할 테니, 목숨만 살려 달라고 신에게 기도했다. 그들이 굶주림과 두려움으로 거의 죽음의 문턱에 다다랐을 때가 되어서야 마피아들이 나타나서 그들을 게르로 옮겼다. 담딘은 형구에게 자칫 국제 문제가 될 수 있다며 조심하라고 했다. 형구는 휴대폰 포렌식한 자료가 도착하기 전까지 아무 일도 없던 것처럼 금광사업에 매진했다.

형구는 자신이 마피아들에게 연락하기 전까지는 연락하지 못하게 했다. 마피아들과 전화 통화를 할 때는 인부들의 전화를 이용했다. 한 번 이용한 전화는 두 번 이용하지 않았다. 형호와 형남의 통화 내용을 비롯한 문자 등을 포렌식한 자료가 형구에게 도착했다. 형호가 형남과 통화를 녹음한 내용 등을 포함한 방대한 자료였다. 형구는 형남과 형호의 통화 녹음과 문자 내용만 집중적으로 살폈다. 형호가 형남의 지시에 움직이고 망설이는 대목이 곳곳에서 드러났다. 특히 형구의 집까지 압류하고 강제 명도하는 과정에서 망설이는 형호를 강하게 압박하고, 반협박하는 형남의 행태가 여실히 드러났다. 형구는 포렌식한 자료를 읽으면서 각오를 다졌다. 그때 형구에게 몽골 한국대사관에서 연락이 왔다. 형남과 형호의 실종에 대해서 아는 것이 있느냐는 것이었다. 형구는 모르는 일이라며, 현재 백방으로 찾는 중이라고 말했다. 형구는 한국의 언론이 잠잠해질 때까지 기다리고 있었다.

형구는 한 달쯤 후 몽골인 복장으로 변복하고, 한밤중 몽골과 러시아 국경에 있는 게르에 도착했다. 게르는 몽골에서 흔히 볼 수 있는 평범한 것이었다. 게르는 두 채가 있었다. 게르 주변은 침엽수가 빽빽한 산이었다. 형구가 늑대를 사냥했던 곳이다. 8월의 중순이지만 밤에는 영하의 날씨였다. 형구가 도착하기 전에 환규가 전화로 형남과 형호의 상황을 세세르에게 상세히 설명하게 했다. 세세르가 형남과 형호가 갇혀 있는 게르로 형구를 안내했다. 게르 안은 중앙에 난로가 덩그러니 있었고, 군용 침상이 두 개 놓여 있었다.

형구가 게르로 들어서자 쇠말뚝에 한쪽 팔이 묶인 채 수갑을 차고 있는 형남과 형호가 자리에서 벌떡 일어났다. 그들은 앙상한 뼈만 남아 있었다. 눈빛엔 힘이 없고, 심하게 흔들렸다. 그들은 산속에서 보름 이상을 헤매면서 모든 의지가 완전히 사라진 상태였다. 형남과 형호는 두꺼운 몽골 복장을 하고 있었다. 형구는 흔들의자에 앉아서 보드카 병을 열고는 컵에 따라 마셨다. 형남이 무릎을 꿇고 살려 달라고 애원했다. 형호는 고개를 떨구고 있었다. 형구가 비아냥거리는 목소리로 말했다.

"이 박사님 조용하시죠!"

그리고 다시 입을 열면 손톱을 뽑아 버리겠다고 으름장을 놓았다. 형남이 형제끼리 이러는 것은 아니라고 했다. 그때 형구의 눈에 살기가 돌았다.

"뭐라고 형제끼리? 이 더러운 피…."

형구가 눈짓하자 마피아가 형남의 발과 손에 수갑을 채우고, 날카로운 작은 펜치로 손톱을 잡고 아주 느리게 잡아당겼다. 형남이 비명을 지르면 멈추었다가 다시 당겼다. 숲이 흔들리는 비명소리가 오랫동안 계속되었다. 형호가 그 모습을 외면하려고 했다. 하지만 형구가 형호에게 눈을 감거나 외면을 하면 네 손톱도 뽑아 버리겠다고 했다. 형호는 눈을 감지 못하고 몸을 부들부들 떨었다. 형구는 아무런 표정도 없이 그 모습을 지켜보았다. 형구는 피가 뚝뚝 떨어지는 형남의 손톱을 치료하고 붕대를 감아 주라고 했다. 형구는 서너 시간 동안 침묵을 지키다가 게르를 나갔다. 다음 날 밤, 형구가 형남과 형호가 있는 게르로 들어갔다. 형남이 형구를 향해서 갖은 욕설을 했다. 형구가 다시 욕을 하면 이빨을 뽑아 버리겠다고 했다. 악에 바친 형남은 욕설을 멈추지 않았다. 형구가 눈짓하자 마피아가 형남의 목에 있는 혈자리를 눌렀다. 형남은 스스로 무너지듯 쓰러졌다. 마피아가 형남의 입을 벌리고 어떤 이를 뽑느냐고 형구를 쳐다보았다. 형구가 알아서 하라고 손짓했다. 형호가 비명을 질렀다.

"잘못했습니다. 용서해 주세요."

하지만 마피아는 머뭇거림 없이 형남의 아래 어금니를 비틀어서 서서히 뽑았다. 형남은 혼절했는지 비명도 지르지 못했다. 마피아가 재미있다는 표정을 지었다.

형구는 게르 밖으로 나와 혼자서 산속을 걸었다. 그리고 하늘의 별을 바라보며 눈물을 닦았다. 세세르와 함께 세세르 집으로 온 형구는 3일 동안 외부 출입도 하지 않고 누워만 있었다. 세세르가 마피아들이 형구의 지시를 기다리고 있다고 여러 번 말했다.

며칠 후, 형구와 세세르가 온몸이 검고 눈의 실핏줄이 터진 사냥개를 끌고 형남과 형호가 갇혀 있는 게르로 갔다. 사냥개는 세세르가 며칠간 굶긴 개였다. 사냥개가 형남과 형호를 살기밖에 남지 않은 눈으로 보고 있었다. 피 냄새를 맡은 듯 개들은 이내 창보다 날카로운 송곳니를 드러내며 으르렁거렸다. 세세르가 사냥개를 형남의 턱밑까지 붙였다. 형남은 공포로 똥과 오줌을 쌌다.

그러고 나서 형구는 세세르에게 형남과 형호의 수갑을 풀어 주고 개를 데리고 나가라고 했다. 게르에 말로 표현하기 어려운 분위기가 흘렀다. 형구가 형남에게 무엇 때문에 이렇게까지 했느냐고 물었다. 어떤 이야기도 좋다고 했다. 형남이 몸을 떨며 입을 열었다. 형남은 형구 회사와 집을 비롯해 모든 걸 다 돌려주겠다고 했다. 그리고 한국으로 보내 달라고 애원했다. 형구는 그 대답이 마음에 들지 않은 듯 다시 물었다.

"왜 이렇게까지 했냐고?"

거부하기 힘든 낮은 목소리였다. 형구는 자신을 이해시키지 못하면 한국으로 돌아가지 못할 것이라고 했다. 형남이 손을 떨며 담배를 태우고 싶다고 했다. 형구가 담배와 라이터를 형남 쪽으로 밀었다. 형남이 이빨을 부딪치며 담배에 불을 붙여서 깊게 빨았다. 그는 자신의 말을 끊지 말고 들어 달라고 했다. 형구가 고개를 끄덕였다.

"난 대학 때도 옷 한 벌로 사계절을 보냈어. 유학도 내 힘으로 다녀왔고, 그래서 그 누구에게도 신세졌다고 생각하지 않아. 어머니와 네 수고는…. 피붙이로서 당연한 거 아냐? 그런데 박사 학위를 받아서 귀국해 보니, 모든 사람이 동생인 네 덕이라고 말을 했지. 자존심이 상했어. 어머니를 비롯한 집안사람들이 집안일에 대해서 형구 네 말만 따르잖아. 형으로서 받아들이기 어려운 일이었지. 미국에서 석사, 박사까지 한 내가 초등학교만 나온 동생보다 못하다는 생각이 들었으니까. 나중엔 네가 대학까지 가겠다고 하고, 사업으로 성공하고 동생들까지 가르치고 집안을 일으키고 그럼 난? 난 집안에서 할 역할이 아무것도 없게 되는 것이 두려웠어."

"단지 자존심과 시기, 질투 때문에 그런 짓을 벌였단 거야."

"………."

"당신은 사회를 위해서 얼마든지 기여할 기회가 있었잖아!"

형구가 어이없다는 듯 물었다. 형남은 형구의 시선을 바라보지 못하고 피하면서 말했다.

"네 성격도 문제야. 너는 나를 존중한 적이 없었어. 다른 형제들은 박사님 교수님 하면서 나를 호칭했는데, 너는 단 한 번도 박사님이라고 불러준 적이 없었지. 결정적인 것은 시제에서 네가 형제를 대표해

축문을 읽은 거지. 나였으면 형에게 양보했을 거야. 그래서 난 너를 파산시켜서 내 앞에서 무릎을 꿇는 모습을 보고 싶었어."

형남이 술 한잔할 수 있겠느냐고 형구에게 물었다. 형구가 휘파람을 불자 세세르가 나타났다. 형구가 보드카를 가져오라고 했다. 세세르가 보드카와 잔을 들고 게르 안으로 들어왔다. 형구가 손짓으로 형남을 주라고 했다. 형남이 잔에 술을 따라서 입에 털어 넣었다. 형구가 눈을 감고 입을 열었다. 형구는 왜 형호까지 끌어들였느냐고 물었다.

"형호가 강남 재개발 아파트 두 채를 헐값에 팔고, 주식에서 큰 손실을 보고 돈에 힘들어하는 것을 자주 보았지. 그래서 네 회사를 자본시장에 내놓으면 큰돈을 벌 수 있어서…. 형호와 너도 손해 보는 일이 아니라고 판단했어. 그런데 네가 이렇게까지 심하게 할지는 예상을 못했지. 이왕지사 칼을 뽑은 일이라 하다 보니 여기까지 왔지만…."

그때였다. 형구가 벌떡 일어나더니 형남의 뺨을 사정없이 여러 번 갈겼다.

"당신은 가장 중요한 것을 말하지 않았어. 당신이 만약 내 회사를 탈취해서 당신이 단 한 푼이라도 손해를 본다면 하지 않았겠지. 당신의 가장 무거운 죄는 천박한 선민의식과 우애 좋던 혈육들을 갈갈이 찢어 놓은 거야. 그리고 인간에 대한 존중과 공감 능력이 전무하다는 점이지. 난 당신이 누구에게 단 한 번이라도 마중물이 되어준 적이 있느냐고 물었어. 동생들에게 연필 한 자루라도 사 준 적이 있느냐고도 물었지. 당신은 당신이 탐욕의 화신이라는 것을 몰라. 어머니께선 조상들의 산소를 조성하고 쓰러진 사당을 재건축할 정도로 조상님들을 중시하셨지. 그리고 반평생을 행상을 하시면서 당신 뒷바라지를 했어. 그런데 당신은 어머니가 돌아가시고 어머니 첫 기일에도 산소에 오지 않았잖아. 당신은 당신의 탯줄과 조상의 뼈가 묻혀 있는 고향마저 부정했어. 당신을 죽일 수도 있어. 하지만 당신의 더러운 피를 내 손에 묻히고 싶지 않아. 숲속 나무에 당신을 묶어 놓고 늑대밥이 되거나 굶어 죽게 할 거야. 나를 원망하지 마. 당신이 자청한 일이니까."

형구는 냉정하게 말했다. 형남은 지하에서 어머니가 보고 계신다고 하면서 무릎을 꿇고 살려 달라고 애원했다.

"당신의 더러운 입에 어머니를 올리지 마!"

형구는 화가 잔뜩 난 목소리로 소리쳤다.

형구가 휘파람을 불자 세세르와 마피아가 나타났다. 형구가 세세르에게 형남을 숲으로 데리고 가서 나무에 묶어 놓고 오라고 했다. 마피아가 살려 달라고 애원하는 형남의 입을 틀어막고 수갑을 채워서 게르 밖으로 끌고 나갔다. 끌려 나가지 않으려고 형남이 발버둥을 쳤다. 그리고 살려 달라는 눈빛으로 형구를 쳐다보았다. 형구는 그 시선을 피하지 않고 똑바로 쳐다보았다. 형호는 체념한 채 넋을 놓고 있었다. 형구가 형호의 휴대폰을 내놓으면서 말했다.

"그 무엇도 묻고 싶지 않아. 네 휴대폰과 형남의 휴대폰을 포렌식해서 모든 사실을 알고 있으니까. 이 휴대폰에 들어 있는 사실만으로도 너는 자금 시장 교란과 증권법 위반, 횡령, 사기, 배임 등 수십 가지 죄가 성립돼. 15년 형도 더 받을 죄가 될 거야. 너를 한국으로 보내 줄 테니 내 회사를 원위치시켜 놔. 그럼 없던 일로 할 테니."

형호는 형남이 나간 게르의 문을 바라보았다. 형남은 한국으로 보내 주지 않느냐는 물음이었다.

"형남은 찾지 마라. 그리고 만약 사법당국에 납치 문제를 제기해도 어떠한 증거도 찾을 수 없어서 나를 잡아넣을 수 없을 거야."

"죽을죄를 지었습니다. 형님, 용서해 주세요."

"형이라고 부르지 마라. 용서를 구하지 마라. 너 같은 더러운 피를 형제로 잊은 지 오래니까."

"형남이 형을 살려주면 안 되겠습니까? 형님."

형호는 형구의 발을 잡고 울면서 매달렸다. 그는 회사를 원래대로 복구하려면 또 형남의 힘이 필요하다고 했다. 형구가 형호의 손을 냉정하게 뿌리쳤다.

"그 더러운 손으로 나를 만지지 마라. 형남이 이야기를 다시 하면 너도 한국으로 돌아가지 못하게 해줄 테니."

마피아가 형남을 게르에서 200m 정도 떨어진 계곡에 30년 정도 된 잣나무에 굵은 양가죽으로 묶고 왔다. 계곡의 밤은 춥고 무거웠다. 밤이 깊어지자 산짐승들과 늑대의 울음소리가 계곡을 메웠다. 형구는 세세르에게 형호의 여권을 내주고, 내일 아침에 에르데네트역까지 데려다주라고 했다. 형구는 마피아에게 형호를 데리고 가 나무에 묶여 있는 형남을 보고 오게 했다. 묶여 있는 형남을 보고 온 형호가 형구를 만나게 해달라는 하소연이 옆 게르에서 들렸다. 다음 날 마피아가 형호의 눈을 검은 천으로 가리고 차에 태워서 에르데네트역으로 출발했다.

형구와 세세르는 해가 중천에 떠 있을 때 물통을 들고 형남이 묶여 있는 나무로 갔다. 형남은 기진해 있었다. 형구가 형남의 머리채를 잡아서 얼굴에 물을 부었다. 형남은 정신이 들었는지 얼굴에 흘러내리는 물을 혀로 핥았다. 세세르가 웃으며 형남의 입에 물병을 가까이 하자 형남이 입을 벌렸다. 세세르가 벌린 입에 침을 뱉었다. 형구는 아무 말없이 돌아섰다. 형남이 기어드는 목소리로 살려 달라고 애원했다.

형남을 나무에 묶은 지 4일째 되던 날, 버섯을 채취하고 잣을 따는 몽골인들이 형남을 발견했다. 그 몽골인들은 기진한 형남을 나무에서 풀어서 둘러업고 사라졌다. 형남의 상태를 보러 갔던 마피아가 허겁지겁 달려와서 형남이 사라졌다고 형구에게 알렸다. 형구는 아무런 반응도 보이지 않았다. 형구는 세세르에게 게르에 불을 질러서 흔적조차 남기지 말라고 했다. 그리고 금광으로 돌아왔다.

비극

형구의 금광사업은 순풍에 돛 단 듯이 진행되었다. 한국 국책은행과 투자자들에게 받은 투자금으로 자금 사정도 넉넉했다. 정밀탐사를 한 결과, 형구의 금광에서 추가로 수십 톤의 금이 발견됐다. 탐사 결과를 받은 형구는 첫 금맥 작업을 하는 날 직원들이 투자한 돈을 20배로 갚아 주겠다고 약속했다. 형구는 금광사업 관리를 환규와 정 전무에게 맡겼다. 형구는 수시로 한국과 몽골을 왕복했다.

강준영 사장에게는 사표를 내게 했다. 그리고 강 사장에게 형경 내외가 하는 사업체와 가까운 곳에 동일한 사업체를 준비시켰다. 형구가 고철 사업을 시작할 때부터 알고 지내던 고철 사업을 크게 하는 홍 사장에게 부탁해서 형경의 사업체에 많은 물건을 공급하도록 했다. 그 부탁을 하면서 형구는 홍 사장을 몽골 금광에 초대했다. 형경의 회사는 홍 사장과의 거래로 크게 성장했다. 형경 내외가 몽골에서 구리를 수입할 수 있도록 정 전무가 사람을 넣어서 은밀하게 조치했다. 형경은 그 덕분에 큰돈을 만질 수 있게 되었다.

이렇게 1년이 흘렀다. 형구는 홍 사장을 몽골로 초대해서 융숭한 대접을 하고 금광을 견학시켰다. 형경이 수입한 구리는 형구가 차명으로 세운 회사에서 전량을 적자를 보고 사들였다. 정 전무는 구리 국제 시세가 앞으로 2배 이상 크게 오를 것이라며 형경에게 정보를 흘렸다. 형경은 자신이 살고 있는 아파트까지 담보해서 은행에서 융자를 받았다. 몽골에서 이번 거래는 은밀한 거래라고 하면서 선수금 결제 방식으로 해야 한다는 조건을 붙였다. 1년 동안 큰 재미를 본 형경은 아무 의심 없이 몽골로 송금했다.

그동안 형경이 구리를 거래한 곳은 정 전무가 러시아인을 바지사장으로 세운 페이퍼 컴퍼니였다. 돈을 송금받은 정 전무의 페이퍼 컴퍼니는 그날로 사라졌다. 형경의 전화가 빗발치듯 쏟아졌다. 페이퍼 컴퍼니 여직원은 그 전화를 놓치지 않고 받았다. 정 전무는 여직원에게 여러 가지 이유를 만들어서 시간을 끌게 했다.

그사이 강 사장은 형경 회사 거래처 사람들을 불러 모았다. 그 사람들에게 자신이 운영하는 회사와 거래를 하면 형경의 사업체보다 5%를 더 주겠다고 제안했다. 그 사람들은 화려하게 재기한 형구가 강 사장 뒤에 있는 것을 알고 있었다. 자리에 참석한 사람들이 5%를 더 주지 않아도 그렇게 하겠다고 했다. 강 사장은 홍 사장에게 형경과 거래를 끊게 했다. 3개월이 지나지 않아서 형경 내외가 형구를 찾느라 혈안이 되었다. 이러한 보고는 강 사장을 통해 형구에게 전달되었다. 형경의 사업체와 아파트가 압류되고, 곧 경매가 진행될 것이라고 했다. 형경 회사의 직원들은 강 사장 회사로 이직을 한 상태였다. 형구는 앞으로 형경 내외 소식은 일절 보고하지 말라고 지시했다. 형남에 비하면 가벼운 복수였다.

형구는 회사를 되찾을 방법을 백방으로 알아보고 있었다. 형구가 형호에게 몇 번 전화했지만, 형호는 전화를 받지 않았다. 강 사장이 알아낸 소식에 의하면 형남과 형호가 회사에 복귀해서 회사를 경영하고 있고, 어떠한 경우에도 형구가 회사에 복귀하는 일은 없다고 직원들에게 수차 공표했다고 한다.

형구가 회사를 찾기 위한 민, 형사 소송은 시간이 너무 오래 걸린다는 변호사들의 의견이었다. 형구가 형호와 형남의 전화를 포렌식한 자료를 증거 자료로 내놓는 순간 형구가 형남과 형호를 납치한 것이 밝혀지기 때문에 함부로 내놓을 수도 없었다. 형구가 검찰청에 형남과 형호를 고소한 건은 형구가 몽골에 있는 동안 조사가 중지되어 있었다. 형호와 형남이 상장시켜 놓은 회사의 주식을 시장에서 매집해서 경영권을 되찾는 방법이 현재까지는 최선이라는 결론이 났다. 그러나 이 또한 쉬운 일이 아니었다. 회사에는 형남이 끌어들인 미국계 사모펀드가 버티고 있었다.

* * *

형경 회사를 형구가 흔들고 있을 때 미현에게 형숙의 전화가 왔다. 형숙은 뻔뻔하게도 회장님 소식은 잘 듣고 있다고 했다. 몽골에서 금광사업으로 크게 성공했다는 소식을 들었다고 하면서 미현을 만나자고 했다. 형구는 미현에게 만나 보라고 했다. 그녀는 정색했다.

"내가 왜?"

자신의 가족이 수많은 우여곡절을 겪게 만든 장본인 중 한 명이 아니던가? 생각하니 미현의 눈에 불꽃이 튀었다. 하지만 다시 생각해 보니, 한 번 만나보는 것도 괜찮을 듯싶었다. 정말 왜 그랬냐고 따지고 싶고, 또 보란 듯 앙갚음의 기회도 되지 않을까?

미현은 식당에서 만나자고 전화했다. 하지만 형숙은 꾸역꾸역 집으로 찾아오겠다고 했다. 형구와 미현은 동부이촌동에 있는 아파트에서 전세로 살고 있었다. 형숙이 아들을 앞세우고 미현이 혼자 있는 집을 찾아왔다.

형숙은 형구가 좋아하는 머위순과 산나물을 아파트 현관에 내려놓았다. 형숙의 둘째 아들 태민이 손에는 식혜와 과일이 잔뜩 들려 있었다. 태민이는 중국에서 OEM으로 건축 공구를 생산하여 내수 판매를 하는 사업을 하고 있었다. 형숙이 미현을 바라보지 못하고 우물쭈물 서 있었다. 미현이 거실로 안내하면서 아무렇지 않게 말했다.

"고모 이 더위에 뭘 이런 걸 들고 오셨어요."

미현은 그 음식을 받는 것이 무척이나 부담스러웠지만, 내색하지 않았다. 유산 상속 문제로 집안 회의 이후 처음 보는 자리였다. 형숙은 형구가 집에 없는 것을 뻔히 알면서도 회장님은 집에 안 계시느냐고 물었다. 미현은 그들에게 앉으라고 권했다. 태민이 겸연쩍은 웃음을 지으며 소파에 앉았다. 형숙은 찾아온 이유를 말하지 않고 엉뚱한 말만 계속했다. 답답한 표정으로 앉아 있던 태민이 입을 연 것은 그때였다.

"숙모님 제 사업이 부도날 지경입니다. 그래서 죄송하지만, 외할머니께 물려받은 유산을 팔아서 좀 쓸까 하는데…. 서태 땅 등 모든 유산이 어머니 형제분들 공동명의로 되어 있어서 셋째 외삼촌의 동의가 필요해서 찾아왔습니다. 숙모님께서 외삼촌께 잘 말씀드려주세요. 젊은 놈 하나 구해 준다고 생각하시고 팔 수 있도록 동의해 주시면 감사하겠습니다. 그리고 그동안 어머니께서 외삼촌 내외분께 실수하신 것은 제가 대신해서 사과드리겠습니다."

형숙은 형구를 제외하고 모든 형제들에게 유산 매매 관련해서 모든 권한을 위임받았다고 했다.

"자네가 마음 씀씀이가 넓은 사람이라…. 형남이 태식을 자기 회사에 취직시켜 주겠다고 하고, 돈도 주면서 집안 회의에서 형구를 몹쓸 사람으로 만들어 달라고 해서…. 내가 그때는 정신줄을 놓아서 그런 것이니… 죽을죄를 지었네. 그래도 우리는 형제 아닌가?"

미현은 그렇게 말하는 형숙을 빤히 쳐다보았다.

"고모 어떻게 그렇게 쉽게 얼굴을 바꿀 수가 있습니까? 남들이 부러워할 정도로 우애 좋던 형제가 원수처럼 된 것은 큰고모의 책임이 커요. 일가친척 다 모인 자리에서 입에 침도 바르지 않고 새빨간 거짓말을 하셨잖아요. 그래서 애들 아빠의 명예를 송두리째 짓밟으셨잖아요. 애들 아빠는 어머니께서 유언처럼 말씀하신 것을 고모에게 이야기한 죄밖에 없습니다. 부모가 자식의 재산을 자기 것이라고 거짓말할 수는 없는 것입니다. 저는 애 아빠에게 고모 말을 전할 자신이 없습니다. 애들 아빠가 워낙 상처를 크게 받아서…."

형숙이 미현의 손을 잡고 눈물을 흘리며 매달렸다.

"사람 좀 살려 주게."

"어쩔 수 없이 애들 아빠가 들어오면 말씀은 전하겠습니다만 기대는 하지 마세요."

형숙이 그럼에도 미현의 손을 꼭 잡고 말했다.

"자네만 믿네."

태민도 거들었다.

"숙모님과 외삼촌이 저를 이뻐하셨잖아요. 도와주시면 신세 잊지 않겠습니다."

형숙과 태민을 보낸 미현은 코웃음을 치며, '어떻게 저렇게 낯짝이 두꺼울까?' 생각했다. 저녁 늦게 형구가 집에 들어왔다. 미현은 형숙이 다녀간 이야기를 했다. 형구는 형숙이 가져온 음식을 아파트 경비 아저씨들에게 주라고 했다.

다음 날 형구는 서태 땅을 비롯한 부모님 유산의 가격을 파악했다. 그리고 부모님 유산이 있는 장소의 여러 중개사 사무실에 부모님 유산이 매물로 나온 것을 확인했다. 형구는 강 사장을 시켜서 사람들을 동원했다. 동원된 사람들이 땅을 사겠다고 중개사 사무실에 연락하게 했다. 그리고 계약하는 날짜를 넉넉하게 잡게 했다. 계약하기로 한 날짜에 매물을 사겠다는 사람들은 매물의 여러 가지 약점과 단점을 지적했다. 그리고 가격을 깎아 주지 않으면 못 사겠다고 했다. 이런 일이 서너 차례 반복이 되었다. 중개사들도 이미 강 사장에게 중계수수료 이상으로 돈을 챙겼기에 매입하겠다는 사람들 편에 섰다. 다른 중개사무소에 가도 똑같은 소리를 했다.

형숙과 태민은 몸이 달았다. 태민의 회사는 하루하루를 어렵게 지탱하고 있었다. 형숙이 태민을 앞세워서 미현에게 돈을 지원해 달라고, 그사이 몇 번 다녀갔다. 미현은 형구의 뜻대로 애매한 대답만 반복했다. 형구는 이쯤에서 땅을 강 사장 이름으로 구입하라고 강 사장에게 지시했다. 형숙과 태민이는 강 사장을 20년 전부터 알고 있었다. 서태 땅을 계약하는 날 강 사장이 구매자로 나선 것을 보고 형숙과 태민은 놀랬다. 부모님의 유산은 시중가의 절반도 안 되는 가격으로 형구의 손에 넘어왔다. 형구는 유산을 다 매입하고 나서 형숙과 형숙의 두 아들과 호텔 커피숍에서 만나기로 했다. 형숙의 큰아들 태식은 형구가 형남과 형호에게 뺏긴 회사에서 자금담당 부장으로 근무하고 있었다. 형구는 인사도 없이 부모님 유산을 절반 이하 가격으로 살 수 있었던 내용을 형숙과 그 자식들에게 알려 줬다. 형숙은 그 자리에서 벌렁 뒤로 넘어지는 시늉을 하면서 뒷목을 잡았다. 형구는 형숙을 쳐다보지도 않고, 태식을 향해서 말했다.

"만약 네가 회사의 정보를 빼서 알려 주면 부모님 유산을 전부 공짜로 돌려주고 태민이 사업도 도와주도록 하지. 하지만 만약 내 말이 외부로 발설되면 태민이 회사도 무사하지 못할 거다."

태민과 태식이 눈을 멀뚱멀뚱 뜨고 마주 보았다. 체념한 듯 형숙이 태식에게 말했다.

"원래 셋째 외삼촌 회사야. 외삼촌이 시키는 대로 해라."

형구가 3일간 시간을 주겠다고 하고 자리에서 일어섰다.

3일 후 태식으로부터 형구에게 전화가 왔다. 그는 유산을 돌려주거나 시세대로 가격을 주겠다는 문서부터 작성해 주면 시키는 대로 하겠다고 했다. 형구는 서류를 작성해 주겠다고 했다. 태식은 회사에 형남의 아들 재필이 근무하고 있다고 했다. 그런데 재필과 형남 사이가 매우 안 좋다고 했다. 권위적이고 폭력적인 성격과 수단 방법을 가리지 않고 돈을 좇는 형남을 재필이 증오할 정도로 싫어한다고 했다.

형남 회사도 어쩔 수 없이 다니고 있었다. 재필은 형일의 초상을 치르고 열린 가족회의를 통해서 집안의 갈등 원인을 자세히 알고 있다고 했다. 오히려 형구를 이해하고 있었다. 돈 앞에선 피도 눈물도 없는 형남은 재필의 실력과 성격으로는 자신의 회사를 물려줄 수 없다고, 틈만 나면 공개석상에서 재필을 무시하는 발언을 한다고 했다. 태식은 형남 회사의 헤지펀드 자금의 대부분이 정체를 알 수 없는 러시아 마피아들의 자금 같다며 확실한 것은 재필이 알고 있다고 했다.

형구는 귀가 번쩍 열리는 듯했다. 형구는 태식에게 재필과의 자리를 만들어 보라고 했다. 일주일 후 형구와 재필이 여의도에 있는 오리 전문점 식당에서 만났다. 재필은 식당 룸에 먼저 와 있었다. 룸은 조선시대 그림과 골동품 그리고 겸재 정선의 금강산화가 병풍으로 놓여 있었다. 식당 직원들은 한복을 곱게 차려입고 있었다. 형구가 도착하자 자리에 앉아 있던 재필이 자리에서 일어나서 깍듯이 인사를 했다. 친척들 애경사에서 가끔 얼굴을 스치고 지나가는 것 말고는 처음으로 함께한 자리였다. 재필은 할아버지 상준을 많이 빼닮은 듯했다. 특히 짙은 눈썹과 숯불처럼 활활 타오르는 눈빛은 영락없이 제 할아버지의 젊은 시절 얼굴이었다. 형구가 재필에게 올해 몇 살이냐고 물었다. 재필이 서른셋이라고 했다.

"너희들에게 부끄러운 모습을 보여서 진심으로 미안하다."

형구가 진심 어린 눈빛으로 사과했다. 재필이 아무 소리도 하지 않고 형구의 술잔에 술을 따랐다. 식탁에는 전 몇 개가 놓여 있었다. 형구가 재필의 술잔에 술을 따랐다. 둘은 아무 말없이 술 한 병을 다 비웠다. 무겁고 긴 침묵이 룸의 공기를 팽팽하게 끌어 올렸다. 침묵을 깬 것은 재필이었다.

"저는 작은아버지를 존경합니다. 그리고 이 집안이 왜 이렇게 됐는지 저는 대충은 알고 있습니다. 제가 대신 사과드리겠습니다."

그러면서 재필은 형구를 향해 공손히 몸을 숙였다.

"작은아버지께서 회사를 되찾을 수 있는 일이라면 무엇이든지 협조하겠습니다."

형구는 재필의 손을 꼭 잡고 한참을 망설이다 입을 열었다.

"내가 회사를 되찾기만 하면 된다. 내가 회사를 되찾으면 너에게 그에 상응하는 보답을 해줄게."

"보상은 바라지 않습니다. 작은아버지께서 억울한 심정을 푸시고 이로 인해서 집안이 화목해졌으면 좋겠습니다."

재필의 손을 잡고 한참 동안 아무 말이 없던 형구가 입을 열었다.

"너희 아버지 회사의 자금이 러시아 마피아 자금이라는 소문이 있는데, 그게 사실이냐?"

재필이 자작으로 술을 연거푸 따라서 마시고, 미닫이문을 열고 문밖에 사람이 없는 것을 확인하고 자리에 앉았다. 재필은 형님이 미국에 있을 때 알고 지내던 러시아 마피아와 동유럽 마피아 자금이 사실이라고 했다. 그 자금은 소국 세이셸 섬에 있는 페이퍼 컴퍼니를 거쳐서 미국으로 간다고 했다. 그리고 그 자금으로 미국에서 합법적으로 투자회사를 세우고 그 돈이 형남의 회사로 흘러 들어오고 있다고 했다. 그 증거를 재필은 가지고 있었다. 또한 러시아 마피아들이 한국에 왔을 때 형남과 함께 여러 번 만났다고 했다. 그러면서 휴대폰에 있는 마피아들과 찍은 사진을 보여 주었다. 형구가 그 증거와 사진을 자신에게 줄 수 있느냐고 물었다. 재필은 그것만큼은 줄 수 없다고 했다. 그러나 간접적인 증거와 자신이 드러나지 않을 증거 자료는 줄 수가 있다고 했다. 재필은 자신은 어떠한 대가도 원치 않는다고 거듭 강조했다.

"제가 이러는 건, 돈에 영혼을 판 아버지가 정신을 차리길 바라는 마음 때문입니다. 아버지는 자신이 우주의 중심이라는 아집이 너무 강해서… 아들인 저도 철저히 무시하고 사람들 앞에서 공개적으로 모욕했어요. 아버지가 사람답게 행동하고, 정신을 차리게 하는 것이 목적입니다."

형구에게 재필은 은인이나 다름없었다. 형구는 재필의 손을 잡고 눈을 오래 쳐다보았다. 그 뒤로 형남의 회사와 형구가 강탈당한 회사의 고급 정보가 손쉽게 형구의 손에 들어왔다.

형구는 몽골 담딘에게 연락했다. 형구는 러시아 마피아들의 자금이 형남의 회사에 있으니 이 자금줄을 막기 위한 방법을 찾아달라고 부탁했다. 담딘은 거의 불가능할 것이라고 답변했다. 러시아의 마피아 자금은 대부분 정치인, 관료, 금융인들이 카르텔을 형성하고 있다. 특히 세이셸 섬에서 미국으로 미국에서 한국으로 자금이 흘러 들어가는 자금을 파악하는 것은 불가능하다고 했다. 그러나 러시아 경제의 10% 정도를 장악하고 있는 러시아 레드 마피아의 보스들과 연결이 되면 불가능한 일이 아닐 수도 있었다. 그는 자금줄을 파악해서 형구의 요구를 들어준다고 해도 매우 까다로운 조건이 붙을 것이라고 했다.

형구는 큰 기대하지 않고 재필이 은밀히 보내오는 형남 회사의 자금 흐름에 대한 자료를 러시아어로 번역해서 담딘에게 보냈다. 형구는 재필과 태식에게 받은 러시아 마피아 자금이 형남의 회사 자금이라는 간접 증거를 언론에 제공했다. 그 자료는 언론에 대서특필되었다. 형남이 운영하는 회사는 형구 회사의 주식 30%를 가지고 있었다. 형남 회사와 형구 회사 주식은 연일 하한가를 기록했다. 형구는 알고 지내는 정치인들과 관료들을 동원해서 형호와 형남에게 탈취당한 자신의 회사와 형남의 회사 자금줄을 막았다.

형남은 자신의 인맥을 동원하여 언론보도를 막았다. 그리고 미국 사모펀드의 자금을 동원했다. 쩐의 전쟁이 시작된 것이었다. 형남이 동원한 사모펀드는 형남에게 유상증자를 요구했다. 형남은 헐값에 유상증자를 했다. 사모펀드가 대규모 자금을 동원해서 주가 방어에 나섰다. 형구는 자금이 고갈되어 가고 있었다. 잘못하면 금광사업까지 심각한 타격을 입을 수도 있었다. 형구는 이 치킨게임에서 지면 인생이 끝날 것이라는 두려움에 떨었다. 형구는 금광사업을 담보로 돈을 동원했다. 그러나 형구의 개인 힘으로 미국의 거대 사모펀드를 이기는 것은 불가능한 게임이었다. 형구가 거의 포기하는 상황까지 내몰렸다.

이 시점에 담딘에게 연락이 왔다. 그는 몽골의 정치인들과 자신이 동원할 수 있는 모든 인맥을 동원해서 레드 마피아 보스들과 연결이 되었다고 했다. 그리고 그 보스가 만약 형남 회사에서 자금을 회수하면 무엇을 해줄 수 있느냐고 제안을 해왔다고 했다. 형구는 망설임도 없이 금광의 지분을 일부 양도해 주겠다고 제안했다. 담딘은 신속하게 움직였다. 담딘은 형구에게 몽골로 즉시 오라고 했다.

이틀 후 형구가 몽골에 도착했을 때, 공항주차장에서 담딘과 러시아 사람들이 롤스로이스를 대기하고 기다리고 있었다. 러시아 사람들은 아주 세련된 복장에 지식인 냄새가 났다. 그들은 차 속에서 형구에게 명함을 내밀었다. 운전사는 한국계 러시아인으로 통역을 했다. 자신들은 러시아 회사에 고용된 변호사, 회계사라고 했다. 그들은 형구의 금광에 대해서 이미 모든 조사를 끝냈다고 했다. 그들은 형남 회사에서 자본을 철수하는 조건으로 금광 지분 10%를 요구했다. 형구는

3%를 주겠다고 했다. 그리고 3%만 해도 수백억 가치가 있다고 설명했다. 러시아 변호사는 만약 자신들이 자금을 철수하지 않으면 형구의 광산도 위태롭다는 것을 알고 있다고 했다. 형구는 당신들 회사가 형남 회사의 자금줄이라는 것을 확인해 줄 수 있느냐고 물었다. 변호사는 확인해 줄 수 없다고 했다. 형구가 그럼 어떻게 당신들을 믿고 금광 지분을 줄 수 있느냐고 물었다. 변호사는 계약 전 48시간 동안 형남 회사의 주가를 방어하지 않겠다고 했다.

담딘이 탄 차가 울란바토르 시내에 있는 사무실에 도착했다. 그리고 형구와 러시아인들이 타고 있는 차가 그 뒤를 따랐다. 담딘 사무실 회의 테이블에 일행들이 앉았다. 담딘이 금광의 가치는 수조 원에 이를 수도 있다고 말하며 협상을 시작했다. 하지만 세 시간 동안 그들의 대화는 한 치도 앞으로 나가지 못했다. 러시아 변호사와 회계사는 회사에서 위임받은 것 이상 다른 제안을 할 수 없다고 했다. 형구는 몸이 달아올랐다. 담딘이 하루 시간을 갖고 내일 다시 협상하자고 했다.

그날 저녁 담딘은 러시아 변호사와 회계사에게 각각 30억씩 지급하고 금광 지분 5% 정도를 주는 것으로 협상해 보자고 형구에게 제안했다. 만약 형구가 동의하면 60억 상당의 금괴를 자신이 준비하겠다고 했다. 형구는 선택의 여지가 없었다. 다음 날 회의 테이블에 앉은 변호사와 회계사의 표정이 한결 부드러워져 있었다. 담딘의 제안으로 금광 지분 4.75%를 주는 것으로 협상이 타결되었다.

마피아들이 소유하고 있는 형남 회사의 주식을 정리하는데 1개월의 시간이 필요하다고 했다. 1개월 후부터 형남 회사의 주가를 방어하지 않는 조건이었다. 약속된 1개월 후 다음 날부터 형남 회사의 주가는 하한가를 기록했지만, 사자는 세력이 없었다. 재필이 형남 회사에서 사모펀드가 철수할 것이라는 소식을 형구에게 보내왔다. 형남과 형구 회사의 주식은 끝없이 떨어졌다. 형구는 주식 매집에 들어갔다. 그러다가 가끔 주식을 헐값에 팔았다. 형남과 형호는 형구가 적대적 M&A하는 것을 알고 있었지만, 속수무책으로 당하고 있을 수밖에 없었다. 두 달 정도 매매를 반복하던 형구가 형남 회사와 본인 회사의 지분 대부분을 헐값에 확보했다.

* * *

형숙은 그 와중에도 수시로 미현에게 전화해서 부모님 유산을 언제 돌려줄 것이냐고 성화를 부렸다. 70% 정도의 지분을 확보한 형구는 주주총회를 소집했다. 주주총회에서 형호를 대표이사에서 해임하고 형구가 취임했다. 주주 총회장에서 형남과 형호가 발악했다. 주총 의장은 강 사장이었다. 강 사장은 형남과 형호가 총회꾼들이라고 선언하고, 그들을 회의장 밖으로 끌어내게 했다. 형남이 운영하던 회사도 똑같은 방식으로 형구가 접수했다.

회사를 되찾은 형구는 제일 먼저 태식을 해고했다. 그리고 부모님 유산은 제3세계 어린이들을 위해서 본인이 설립한 단체에 기증했다. 형구는 여기에서 그치지 않았다. 회사의 부채에 대한 보증을 서고 있던 형호와 형남의 개인 재산을 모조리 압류했다. 형숙은 형남의 회사에 부동산을 담보로 제공해 주고 높은 이자를 받고 있었다. 형구는 형숙의 부동산을 가압류하고 이자 지급을 끊었다. 형호의 처는 공무원이었다. 형구가 힘을 써서 형호의 처가 원하는 기관으로 기관 이전을 해줬었다. 형구는 형호의 처가 소속된 기관장에게 연락해서 형호의

처를 원래 기관으로 돌려보내게 했다. 회사에서 형호에게 부당해고당한 직원들은 전원 복직시키고, 그동안 받지 못한 월급에 위로금까지 지급했다. 형구는 단 하나도 소홀함 없이 일 처리를 해 나갔다. 법원의 강제집행으로 쫓겨난 집과 수목원은 웃돈을 주고 다시 구입했다. 모든 것이 원위치되고 있었다. 형구는 형숙이 전 재산을 잃게 되었다고 충격을 받고 죽었다는 부고를 받았다. 형구는 상가에 가지 않았다. 미현이 문상은 가자고 했지만, 형구는 단호히 거절했다.

형구의 금광에서 첫 금맥을 채광하는 날이 다가오고 있었다. 형구와 미현이 몽골로 갔다. 덕정 스님과 서울역에서 노숙자들에게 식사를 제공하는 김다혜 목사와 허인수 국회의원 등을 동반했다. 형구는 덕정 스님과 김 목사에게 몽골에 함께 가는 것이 좋은지 양해를 구했다. 두 성직자는 종교 간의 평화 없이 인류의 평화는 있을 수 없고 종교가 대립하는 한 인류의 평화는 불가능하다고 흔쾌히 동의했다. 그리고 불교의 자비와 기독교의 사랑은 똑같은 정신이고, 천대받고 소외되고 탐욕과 집착에 허우적거리는 사람들과 동물과 식물 그리고 광물까지도 보호받고 아끼는 경외의 마음으로 형구의 제안을 받아들인다고 비슷한 말을 했다.

두 성직자는 형구에게 용서와 관용 그리고 화해가 당신을 해방시켜 줄 것이라고 했다. 김다혜 목사는 칭기즈칸의 몽골은 신 앞에 평등을 꿈꾸었던 몽골제국이며, 칭기즈칸의 며느리들이 기독교 신자였다고 했다. 목사는 칭기즈칸이 다양한 종교의 공존과 종교의 자유를 허락했다고 말했다. 미국의 수정 헌법 1조의 종교의 자유는 칭기즈칸의 영향이라는 말까지 덧붙였다. 그는 이런 종교적인 역사가 있는 땅에 가는 것도 신의 뜻이라고 하며 기뻐했다.

울란바토르 공항에 몽골의 장관과 구청장 그리고 담딘과 환규 부부가 형구 부부를 기다리고 있었다. 형구는 자마르 금광으로 직행했다. 금광 입구에 몽골식 굿 상차림이 차려져 있었다. 굿 상차림은 단출했으나 독수리 머리와 산양의 뿔이 놓여 있었다. 그리고 첫 번째로 발견된 금맥의 돌덩이가 놓여 있었다. 몽골 무속의 으뜸으로 인정받고 있는 자이랑이 왕관 같은 모자에 얼굴을 가리는 실타래가 붙어 있는 모자를 쓰고, 북과 북채를 들고 대기하고 있었다. 그의 갑옷 비슷한 복장에는 오색 천 조각과 청동 삼신기 등 쇠붙이가 붙어 있었다. 상차림 옆에 몽골 전통 악기 모린쿠르, 야트가, 추르, 튭슈르 등이 악사들 손에 들려 있었다. 하늘과 우주 만물을 다스리는 텡게르 신에게 축원을 빌기 위해서였다. 그리고 그 앞에 한국인 기술자들과 백인들 그리고 몽골의 광부 등 수백 명의 직원들과 굴착기, 덤프트럭, 포크레인 등 각종 장비가 오색 띠를 걸치고 배치되어 있었다. 정 전무는 상기된 표정으로 행사를 진두지휘했다.

형구의 도착과 동시에 시간에 맞춘 여러 대의 헬리콥터가 뿌연 흙먼지를 일으키며 착륙했다. 그 헬리콥터에서 당수와 국회의원 등 몽골 정계의 실력자들이 내렸다. 행사 식순에 의해서 몽골과 대한민국의 국가가 울려 퍼졌다. 그리고 당수가 축사를 하고, 행사는 일사천리로 진행되었다. 덕정 스님이 축원을 하고, 김다혜 목사가 기도를 올렸다. 마지막으로 몽골의 자이랑이 자신의 얼굴에 북을 대고 북을 치면서 주술을 외웠다. 그는 몸을 수십 번 회전하면서 신을 향해 나아갔다. 몽골의 전통 노래를 두 가지 음색으로 내는 우르틴두가 웅장하게 울려 퍼졌다. 텡게르를 비롯한 몽골의 신들을 찬양하고, 금광의 번영과 직원들의 안정을 축원하는 노래였다. 마지막으로 형구와 내빈들이 금광 입구의 테이프를 자르고, 금맥을 캐는 모습을 연출했다.

모든 행사가 끝나고 내빈들도 모두 돌아갔다. 금광사업을 위해서 4억을 만들어 준 직원들을 위한 별도의 자리를 형구가 만들었다. 막내 숙부와 함께 형구 집 강제 명도를 막았던 이원성도 그 자리에 참석했다. 그 자리에서 정 전무와 직원들에게 형구와 미현은 큰절을 올렸다. 그리고 백억과 황금 두 냥으로 직원들 각자의 얼굴을 부조한 기념품을 전달했다. 김다혜 목사의 노숙인을 위한 작은 교회에도 큰 금액을 기부했다.

형구는 금광의 사업 방향을 잡아 놓고 한국으로 돌아왔다. 형구는 단 하루도 쉬지 않고 한국과 몽골을 오고 가며 1년 넘게 일했다. 분주한 날을 보내고 있는 형구 회사에 형호와 형남이 찾아왔다. 형남은 비열한 웃음을 흘리며 형구에게 용서해 달라고 했다.

그러더니 뻔뻔하게도 따졌다.

"형제끼리 너무 한 것 아니냐?"

"한 번만 더 형제끼리라는 말을 하면 손톱 전체를 뽑아 버릴 거야."

형구가 굵은 목소리로 으름장을 놓았다. 형남이 사색이 되었다.

"몽골에서 풀어 준 것으로 당신과 인연은 다했으니, 더 이상 다시는 나를 찾지 마슈."

형구는 단호히 잘라 말했다. 말이 끝나기도 전에 형호가 회장실 사무실 바닥에 무릎을 꿇으며 말했다.

"용서한다는 말을 하기 전에는 이 자리에서 일어서지 않겠습니다."

그리고 독백처럼 말을 이었다.

"어려서부터 허기와 기갈의 고통을 견디며 살아왔지요. 돈이 없으면 현대판 상놈이 되는 것이 두려웠습니다. 주식과 아파트 투자 실패로 신불자로 추락해 가고 있었습니다. 그래서 집착과 탐욕을 부렸습니다. 그 누구의 탓도 아닙니다. 어떻게 해도 용서받기 힘든 죄라는 것 알고 있습니다. 그러나 한 번만…, 제발 한 번만 기회를 주시면, 무엇이든 형님의 뜻대로 살겠습니다."

무엇이든 시키는 대로 하겠다는 말에 형구가 차갑게 대답했다.

"나는 너에게 여러 번 기회를 줬어. 그러나 너는 끝까지 나를 배신했지. 난 널 용서할 마음이 없어. 시키는 대로 하겠다고? 만약 내가 저 창문 밖으로 뛰어내리라고 하면 뛰어내릴래? 차라리 그편이 내 용서보다 빠를 거야."

형호는 지난 시간이 영상처럼 스쳐 지나갔다. 형남이 귀국하기 전까지 남들이 부러워하던 우애가 이렇게 산산조각이 난 것이 자신 탓이라는 생각이 들었다. 형남의 극단적인 이기주의가 온 집안을 파멸로 몰아넣었고, 자신도 그 열차에 올라탔다는 생각을 했다. 아무리 형남의 제안과 유혹이 있었지만 멈춰야 했다. 그런데 방향을 잘못 잡은 열차를 멈출 힘이 자신에게는 없었다. 지하에 계신 부모님을 뵐 면목이 없었다. 아니 하늘을 보기 부끄러웠다.

형호는 잠시 형구를 바라보다가 벌떡 일어났다. 그러고는 곧장 걸어가더니, 순간 망설임 없이 10층 창문 밖으로 뛰어내렸다. 순식간에 벌어진 일이었다.

포기할 자유

이탈리아 건축가가 설계했다는 호텔은 피사의 사탑처럼 휘청거렸다. 그 건물에서 튕겨 나오는 사람들은 비틀거리는 건물이 자신을 덮칠 것이라는 두려움으로 몸을 밀고 나갈 때마다 실개천처럼 끊어질 듯한 호흡을 토해 냈다. 건물 안 사람들의 얼굴은 번질거리는 개기름이 흐르고, 눈빛에서는 욕망이 꿈틀거렸다. 화려한 조명과 붉은 카펫은 인간의 탐욕을 표출하고 있었고, 무대 위에서는 핫팬츠에 탱크탑을 걸친 댄서들이 육감적으로 몸을 비틀고 있었다. 베팅을 재촉하는 가수의 노래는 요란하게 울려대는 슬롯머신 기계의 소음에 묻혔다.

블랙잭을 하고 있는 한 사내 뒤쪽으로 구경꾼들이 몰려 있었다. 사내는 블랙잭 한 핸디에 5천만 원씩 두 개의 핸디에 1억을 베팅했다. 필리핀 클락에 위치한 카지노가 개장 이래 가장 큰 블랙잭 판이 벌어졌다. VVIP룸에서 사내는 혼자서 조용히 블랙잭을 하다가 돈을 따면 오픈 카지노 테이블로 옮겼다. 그는 식사도 하지 않고 48시간 동안 게임을 했다. 한국인 카지노 상무가 사내의 눈치를 보면서 말했다.

"몸 상하십니다. 식사라도 하고 하시지요."

사내는 상무에게 천 달러짜리 붉은 칩을 던져주었다. 상무는 90도로 절을 하고, 구경꾼들은 침을 흘렸다.

사내가 블랙잭을 잡으면 백 달러짜리 칩을 손에 잡히는 대로 구경꾼들에게 뿌린다는 소문은 카지노뿐만이 아니라, 앙헬레스 전역에 펴졌다. 카지노 측에서 안전상의 문제를 들어서 칩을 던지면 안 된다고 사내에게 부탁했지만, 사내는 멈추지 않았다. 사내의 요구에 의해서 베팅 금액을 1억까지 올렸는데, 그 큰손의 출입을 정지시킬 수도 없었다. 카지노에 현지인들이 부쩍 늘어난 것도 사내에 대한 무시할 수 없는 소문이었다.

사내의 옆 의자에는 등판에 장미 문신을 한 20대 초반의 여성이 다리를 꼬고 앉아 있었다. 여자는 목을 비트는 사내 뒤로 가서 어깨를 주물렀다. 사내는 여자에게 상무에게 주었던 붉은 칩을 집어 주었다. 여자가 사내의 이마에 키스하고 의자에 앉았다.

사내의 블랙잭 2개의 핸드 중 첫 핸드에 그림 카드가 떨어지고, 두 번째 핸드에 A가 떨어졌다. 딜러에게는 6카드가 떨어졌다. 구경꾼들이 가벼운 탄성을 질렀다. 딜러가 숨을 죽이며 두 번째 카드를 돌렸다.

사내의 첫 핸드에 연속해서 10이 떨어졌다. 20으로 아주 좋은 카드가 되었다. 사내가 느긋한 표정으로 10을 스플릿하고 5천만 원을 추가 베팅했다. 딜러가 상기된 표정으로 카드를 돌렸다. 사내의 카드에 다시 그림이 떨어졌다. 사내는 망설임도 없이 카드를 또 스플릿하고 5천만 원을 추가 베팅했다. 장미 문신 아가씨가 사내에게 윙크했다. 사내는 담배를 빼어 물고 불은 붙이지 않았다. 사내의 테이블을 관리하는 매니저가 물병을 사내에게 건네면서 미소를 지었다. 딜러가 카드를 돌렸다. 사내의 카드는 19, 20, 20이 되었다.

마지막 핸드 A가 깔린 핸드에는 그림 카드가 떨어졌다. 블랙잭이 된 것이다. 사내는 도합 2억을 베팅했다. 구경꾼들의 침을 삼키는 소리, 숨을 헐떡이는 소리, 고개를 흔드는 소리, 혓바닥을 내놓는 소리, 눈을 감아 버리는 소리가 침묵으로 아우성이었다. 딜러가 자신의 카드를 받으려는 순간 사내가 잠깐, 하고는 자리에서 일어났다. 사내는 딜러에게 화장실을 다녀오겠다고 했다. 딜러가 매니저를 쳐다보았다. 매니저가 게임 중에는 화장실을 갈 수가 없다고 했다. 사내가 책임자를 불러 달라고 했다. 매니저가 무전기로 지배인을 찾았다. 그사이에 구경꾼들이 더 몰려들어 사내의 블랙잭 테이블을 겹겹으로 둘러쌌다. 더 이상 구경꾼이 서 있을 공간이 없었다. 무전을 하고 있는 매니저에게 사내가 게임을 하자고 했다. 매니저가 딜러에게 카드를 돌리라고 했다. 딜러의 두 번째 카드는 7이 떨어졌다. 딜러는 13이 된 것이다. 딜러가 숨을 가쁘게 몰아쉬며 세 번째 카드를 빼 들었다.

사내는 도박자금을 만들기 위해서 소설을 집필하고, 그 원고료를 받아서 도박으로 탕진한 러시아 소설가 도스토옙스키가 불현듯 떠올랐다. 자살한 동생과 울고 있을 마누라의 얼굴이 스치고 지나갔다. 돈 때문에 영혼을 팔고 우애와 신뢰를 송두리째 파괴한 형제들을 떠올렸다. 사내는 돈의 밑바닥을 보고자 했다. 사내는 웨이터를 불렀다. 그리고 스트레이트 위스키 한 잔을 주문했다. 구경꾼들의 시선이 사내의 움직임 하나하나를 놓치지 않고 따라다녔다. 사내는 그 시선을 주워 모아 술잔에 담았다. 그리고 입을 벌려 털어 넣었다. 사내가 테이블을 가볍게 두드리며 자신을 둘러싼 구경꾼들을 바라보았다. 구경꾼들이 호기심과 부러운 시선으로 사내를 쳐다보다가 눈길이 마주치면 시선을 내리깔았다. 구경꾼들은 대부분 남루한 옷차림에 얼굴이 검게 그을린 필리핀 사람들이었다. 그들은 대부분 검정 고무로 만든 슬리퍼를 신고 있었다.

딜러가 자신의 3번째 카드를 오픈했다. A카드가 떨어졌다. 딜러의 카드가 도합 14가 되었다. 사내는 무표정하게 그 카드를 노려보고 있었다. 사내를 에워싼 사람들은 숨도 내쉬지 못했다. 딜러가 사내의 눈을 쳐다보며 느린 손놀림으로 네 번째 카드를 뽑았다. 사내가 담배를 뽑아 입에 물었다. 장미 아가씨가 불을 붙여 주었다. 사내가 고개를 젖히고 담배 연기를 허공을 향해 토해 냈다. 딜러가 카드를 오픈했다.

그림 카드가 떨어졌다. 딜러 카드가 24가 되어 버스트가 되었다.

사내의 테이블에서 와 하는 함성이 터졌다. 장미 아가씨가 사내 이마에 키스를 했다. 사내는 무표정하게 키스를 받았다. 딜러가 사내에게 2억 2천5백만 원어치의 칩을 주었다.

사내는 백 달러짜리 칩을 손에 잡히는 대로 구경꾼들에게 뿌렸다. 칩을 집으려는 구경꾼들이 아귀다툼을 하였다. 사내는 두 손으로 턱을 받치고 청순미가 넘치는 딜러만 쳐다보고 있었다. 카지노 경비들이 권총과 기관단총을 들고 사내를 에워쌌다. 최고급 천으로 만든 검은 양복에 최신 유행의 무늬 넥타이를 맨 지배인이 나타났다. 공손한 자세로 빠르게 영어로 말했다. 사내는 그 영어를 알아듣지 못했다. 지배인은 장미 문신을 한 여자에게 반복했다. 더 이상 칩을 뿌리면 출입정지시키겠다는 말을 아가씨가 통역했다. 사내는 지배인에게 붉은 칩 두 개를 던졌다. 지배인은 그 칩을 주워서 딜러에게 주었다. 딜러는 그 칩을 큰소리로 몇 번 테이블을 두드리고 팁 통에 넣었다. 지배인은 조용히 사라졌다.

사내는 게임을 계속했다. 사내는 몇 시인지 여기가 어디인지 알 수 없었다. 자신이 무엇을 하고 있는지 혼란스러웠다. 몇 날 며칠을 여기에 앉아 있었는지, 주변을 둘러봐도 하품을 계속하는 딜러와 자신 말고는 아무도 없었다. 백 달러, 천 달러, 만 달러짜리가 수북하게 쌓여 있던 칩이 남아 있지 않았다. 사내는 블랙잭 테이블에 고개를 박았다. 사내의 어깨를 부축한 경비들은 그를 카지노 호텔방 침대에 눕혔다. 사내는 목이 말라서 눈을 감고 손을 저었다. 아무것도 잡히지 않았다. 어둠 속의 침대 옆 시계에서 약한 불빛이 새어 나왔다. 사내는 눈을 뜰 기력이 없었다. 목이 타들어 갔지만 그대로 누워 있었다.

어둠 속에서 누군가 자신을 부르는 소리가 들리는 듯했다. 마누라였다. 그녀가 사내를 애타게 부르고 있었다. 사내는 손을 뻗어 부인의 손을 잡으려 했지만, 잡히지 않았다. 사내는 침대 모서리를 잡고 비틀거리며 일어나서 커튼을 걷었다. 태양 빛이 거대한 해빙처럼 밀려들었다. 사내는 고개를 돌리고 휘청하며 그 빛을 두 손으로 막았다. 빛은 끊임없이 밀려들었다. 사내는 침대보를 머리에 뒤집어쓰고 침대에 누워 손과 발을 허공에 대고 흔들어 댔다.

사내는 침대보를 뒤집어쓴 채 화장실로 뛰어 들어갔다. 침대보를 벗은 사내는 거울 속의 악마를 보았다. 악마는 눈이 움푹 파이고 머리는 이리저리 뭉쳐 있었다. 듬성듬성 뻗은 수염은 파뿌리처럼 흩어져 있었다. 사내는 수도꼭지에 입을 박고 물을 크게 틀었다. 가뭄에 타들어 가는 논바닥처럼 말라비틀어진 혀를 지나 텅 빈 위장을 통과한 수돗물은 장으로 직선으로 흘러내렸다. 사내는 탕에 뜨거운 물을 받고 그 탕에 누웠다. 누워서 오늘이 며칠인가, 여기가 어디인가 생각했지만 가늠할 수가 없었다.

사내는 방으로 식사를 주문했다. 얼마 후 웨이트리스가 식어 버린 김치찌개와 흰밥을 가지고 왔다. 사내는 오늘이 며칠이냐고 물었다. 웨이트리스가 날짜를 알려 주었다. 사내가 다시 물었다. 몇 월 며칠이냐고, 웨이트리스가 미소 지으며 알려 주었다. 사내는 김치찌개를 반쯤 먹고 침대에 누웠다. 그리고 휴대폰을 찾았다. 휴대폰은 먹통이었다. 사내는 스르르 다시 잠이 들었다.

사내가 전화벨 소리에 깼다. 3일 동안 청소를 못한 호텔 측에서 전화를 한 것이다. 사내는 48시간 동안 도박을 하고 24시간 동안 잠이 든 것이었다. 사내는 회사 자금 담당 이사에게 전화를 했다. 1시간 내에 30억을 카지노 통장으로 송금하라고 지시했다. 자금 담당 이사는 불가능하다고 답변했다. 사내가 소리를 질렀다. 전화기 너머에서 자금 담당 이사의 목소리가 들려왔다.

"회장님께서 이번 달만 현금으로 인출해 가신 것이 120억입니다. 더 이상 돈을 만들기가 어렵습니다."

사내는 필리핀으로 알루미늄을 수출하는 것으로 거래내역을 만들고 송금하라며 재촉했다. 자금 담당 이사가 난색을 표하자, 사내는 우선 5억만 호텔 밖에서 환전상을 하는 김철만 사장에게 송금하라고 지시했다. 이사는 말꼬리를 흐리고 전화를 끊었다.

사내는 전화를 끊고 이 호텔에서 몇 개월을 있었는지 계산을 해봤다. 3개월이 넘었다. 그동안 잃은 돈이 얼마인지 알 수가 없었다. 자금 담당 이사는 회사가 파산 직전이라고 아우성을 쳤지만, 사내는 남의 일처럼 생각했다. 사내는 환전상을 하는 김철만을 호텔 방으로 불렀다. 몇 분 지나지 않아서 사천왕 문신이 목까지 보이는 김철만이 두둑

한 가죽 가방을 들고 나타났다. 사내는 5억이 통장으로 송금이 될 것이라며 돈을 요구했다. 김철만이 형구를 보면서 입을 열었다.

“회장님 살살 하세요. 그리고 칩 뿌리지 마세요. 회장님이 뿌린 칩을 주우려고 사람들이 밀치다가 두 사람이 크게 다쳐서 병원에 입원했습니다. 그리고 경찰이 나와서 현장 조사를 하고 회장님을 찾는 것을 호텔 측에서 막았어요. 기자가 알면 귀찮아서 막은 겁니다.”

김철만은 사내에게 깍듯이 회장님이라고 호칭하면서도 태도에서는 사내를 무시하는 게 역력했다. 김철만이 돈다발을 한 묶음씩 세면서 말했다.

“통장에 돈이 찍히면 드릴게요.”

그러자 사내가 신경질적인 목소리로 말했다.

“이봐! 내가 동생에게 돈을 벌게 해준 게 얼마인데 통장에 돈이 찍혀야 준다는 거야!”

김철만은 한숨을 내쉬었다.

“회장님, 이 짓도 아무나 하는 줄 아세요? 제가 공짜로 돈을 먹었나요? 카지노 책임자들 애경사 챙겨야지 뒷돈 줘야지, 필리핀 경찰들 돈 주고 골프 쳐줘야지, 아가씨들 대기 시켜야지, 동생들 챙겨야지, 회장님 같은 VIP 보호해야지, 3% 꽁지 떼서 남는 게 없습니다. 아무튼 회장님 살살 하세요. 회장님이 3개월 동안 잃은 돈이 얼마인지 아세요?”

사내가 고개를 저었다. 김철만은 손가락 5개를 펴면서 얘기했다.

“다섯 개입니다. 제가 이 바닥에서 산전수전 공중전 핵전 다 겪었지만, 회장님처럼 브레이크 없이 달리는 열차는 처음 봅니다.”

“다섯 개가 얼마라는 거야?”

사내가 반문했다.

"5백억!"

"정말이야?"

다시 반문했다.

"이 카지노에서 모르는 사람이 없어요. 그런데 회장님 본인만 모르시네요."

사내는 침대 위로 쓰러질 듯 몸을 던졌다. 그리고 베개에 얼굴을 묻고 한참을 있다가 일어났다.

"회장님 5억을 한 번에 못 드리고요. 우선 두 장 가지고 놀고 계세요. 그리고 오늘 처음 온 애가 있어요. 보내 드릴까요? 놀음은 계집이 옆에 있어야 잘됩니다. 안마도 해주고 응원도 해주고…. 보내 드릴게요."

사내는 말없이 2억을 들고 일어났다.

"나머지 돈은 룸으로 가져와."

사내는 김철만이 보내 주는 아가씨가 문방(감시) 역할을 하는 것을 알고 있었다. 사내는 두 시간 만에 돈을 다 잃고 김철만에게 전화했지만, 전화가 꺼진 상태였다. 사내는 김철만을 기다리다가 호텔방으로 올라왔다. 호텔방 초인종이 울렸다. 김철만은 사천왕 문신으로 뒤덮인 상체가 노출된 반소매를 걸치고 나타났다. 방문 밖에서 사내들이 중얼거리는 소리가 들렸다. 사내가 말을 꺼내기 전에 김철만의 입에서 거친 욕설이 나왔다.

"이런 씨발…."

그러면서 물컵을 바닥에 던졌다. 깨진 유리 조각이 사내의 얼굴과 침대 위로 날아들었다.

"회장님, 돈이 들어오지 않았어요! 3개월 동안 시다바리시켜 놓고 이게 뭐 하는 겁니까? 30분 내로 입금 안 되면…. 잘 아시죠?"

사내는 자금 담당 이사에게 전화했다. 신호는 갔지만, 전화를 받지 않았다. 사내의 전화를 뺏어서 김철만이 소리를 질렀다.

"전화받아! 이 개새끼야!"

김철만이 사모님 전화번호가 몇 번이냐고 사내를 다그쳤다. 사내는 기억을 못한다고 했다.

"회장님 제가 이런 일로 잔뼈가 굵었습니다. 죽고 나서 돈을 갚을 겁니까? 살아서 갚는 게 낫지 않겠습니까?"

사내는 담담하게 담배에 불을 붙였다. 김철만이 담배를 낚아챘다.

"회장 형님, 지금 이 시간부터 신체 압수입니다."

그는 방문을 열고 사내들에게 들어오라고 했다. 사내 둘은 키가 일반인들 가슴 정도밖에 오지 않았고, 작고 까무잡잡한 피부에 머리카락이 곱슬거리는 아이따족이었다. 아이따는 '너희들도 사람이냐'는 뜻으로 스페인들이 부르는 필리핀 원주민이었다. 한국인으로 보이는 사내는 발목부터 목까지 온몸이 문신으로 뒤덮여 있었고, 큰 키에 걸려 있는 귀걸이가 찰랑거렸다.

김철만은 사내의 가방을 뒤져서 여권을 챙겼다. 김철만이 부른 한국인 사내가 말했다.

"호텔에 소문나게 끌려서 가실까요. 점잖게 가실래요."

사내는 일어섰다. 김철만과 한국인 사내는 한 걸음 앞서고 아이따족이 노란 자루에 둘둘 감은 칼을 사내의 양쪽 옆구리에 붙이고 엘리베이터에 올랐다. 대기하고 있던 차는 사막을 달리는 4륜구동 차였다. 사내는 지프의 커다란 바퀴를 보면서 오지 봉사여행을 떠나려고 준비했던 캠핑카를 떠올렸다. 지프는 푸닝 온천을 가는 강을 거슬러 오르고 있었다.

두 시간을 달린 지프가 정글에서 멈췄다. 여명이 밝아 오고 있었다. 김철만과 귀걸이가 어디론가 사라졌다. 호텔부터 사내 양옆에 붙어 있던 아이따족이 먼저 내리더니 사내에게 차에서 내리라고 손짓했다. 그들은 쇠창살로 만들어진 문을 열고 사내를 밀어 넣었다. 그 안에는 작은 원숭이 대여섯 마리가 살고 있었다. 원숭이들이 비명을 지르고 날뛰더니 사내를 툭툭 건드려 보고 사내가 반응하지 않자 멀뚱멀뚱 쳐다만 보았다.

해가 중천으로 떠올랐다. 사내는 목이 탔다. 사내가 갇혀 있는 우리 앞에서 아이따족 몇몇이 음식과 음료수를 마시면서 연신 사내를 쳐다보며 웃고 떠들었다. 아이따족 사람들이 원숭이를 자극하려고 계속 막대기로 찔렀다. 그리고 바나나를 끈에 매달아 우리에 던지고 원숭이가 잡으려고 하면 당겼다. 이글거리는 태양이 직선으로 우리를 달궜다.

김철만은 하루 종일 나타나지 않았다. 밤이 깊어지자 원숭이들이 사내를 때리고 사내의 옷을 잡아 찢었다. 사내가 비명을 지르면 원숭이들이 괴성을 지르며 한꺼번에 공격했다. 사내는 공포에 몸을 떨었다. 옷은 넝마가 되었고, 온 몸뚱이가 원숭이들의 날카로운 발톱에 찢겨 나갔다.

새벽에 귀걸이가 볼펜과 종이를 사내에게 내밀었다. 사내는 그 종이를 외면했다. 사내의 목에 개 목걸이가 채워졌다. 아이따족 아이들이 사내의 개 목걸이를 잡고 마을을 한 바퀴 돌고 오면 귀걸이가 10페소 지폐와 콜라를 한 병씩 주었다. 아이들은 서로 사내의 개 목걸이를 잡겠다고 발광했다. 사내가 학교를 지어 주고 문방 용품을 나누어 주었던 아이따족 어린이들이었다. 사내가 아이들에 개처럼 끌려서 마을을 몇 바퀴 돌았다. 사내가 두 발로 걸으려고 하면 아이들이 모래를 뿌리고 대나무 가지로 매섭게 내리쳤다. 그리고 자기들끼리 낄낄거렸다. 한 아이는 등에 올라타서 사내의 배를 발로 걷어차면서 소리를 질러 댔다.

사내는 나무 그늘에서 여자들과 카드를 하고 있는 김철만에게 종이와 볼펜을 달라고 했다. 사내는 부인의 전화번호를 적어 주었다. 사내를 태운 지프가 푸닝 온천에 당도했다. 김철만이 약봉지와 옷을 사내에게 던지면서 5일 후에 오겠다고 하고 사라졌다. 호텔부터 사내를 끌고 온 아이따족 두 명이 온천에 있는 5일 동안 사내를 그림자처럼 따라다녔다. 사내는 푸닝 온천의 찜질용 검은 모래에 머리까지 묻고 죽음보다 깊은 잠에 빠져들었다.

5일 후 밤에 김철만이 지프를 끌고 나타났다. 김철만은 호텔로 사내를 조용히 운반했다. 호텔 방에서 김철만은 5억을 사내의 마누라에게 송금받았다고 하면서 이억 팔천만 원을 내밀었다. 이천만 원은 작업비로 들어갔다고 했다. 사내는 그 돈을 유심히 쳐다보다가 받았다.

김철만이 여권과 전화기를 돌려주었다. 그리고 야비하게 웃었다.

"앞으로 더 잘 모시겠습니다."

인사를 하고 방을 나갔다. 사내는 휴대폰을 열었다. 마누라에게서 3개월 동안 수백 통의 문자가 와 있었다. 사내는 한 번도 문자를 보지 않았다. 두어 달 전에 호텔로 회사 전무가 찾아왔지만 만나지 않았다. 그 뒤로도 계열사 사장들이 찾아왔지만 만나지 않았다. 사내는 호텔에서 가장 비싼 음식과 포도주를 룸으로 시켰다. 포도주를 마시고 침대에 몸을 던졌다.

다음 날 사내는 VVIP 전용 바카라 테이블에 앉았다. 사내는 이억 팔천만 원을 가지고 짧은 시간 동안 20억을 따게 되었다. 사내는 옆에 있는 20살도 채 안 되어 보이는 아가씨 덕분인가 했다. 사내는 그 아가씨를 데리고 호텔방으로 갔다. 아가씨는 옷을 벗지 않았다. 아가씨는 자신은 몸을 파는 사람이 아니라고 했다. 사내는 아가씨를 향해서 천 달러짜리 붉은 칩을 던지면서 샤워를 하라고 했다. 아가씨가 잠시 머뭇거리다가 옷을 벗고 샤워실로 들어갔다. 아가씨가 샤워를 하고 침대로 누웠다. 사내는 아가씨의 탱탱하게 솟은 젖가슴과 엉덩이를 눈으로 쓰다듬고 아가씨를 끌어안고 소리 없이 울었다.

사내는 20억을 가지고 자신의 운명을 결정짓기로 했다. 사내는 자신이 가장 자신 있는 블랙잭 게임 VVIP룸을 선택했다. 게임이 시작되기 전 사내는 카지노 사장을 불렀다. 카지노 사장은 키가 크고 물결치는 머리결이 인상적인 20대 한국인 여성 통역사를 대동하고 나타났다. 카지노 사장은 금발이 잘 어울리는 50대 백인이었다. 손목에는 금장 롤렉스 시계가 번쩍거렸고, 금발을 올백으로 넘긴 이마는 빛을 내고 있었다. 구두를 비롯한 악세서리는 구찌, 페레가모, 샤넬 마크가 선명했다. 호텔 측에서 VVIP 고객들을 대상으로 하는 이벤트 행사장에서 먼발치로 본 적은 있지만, 1대1로 만나는 것은 처음이었다.

사내는 돈을 잃어도 더 이상 돈을 차용해 주지 말라고 했다. 그리고 카지노 출입을 정지시키라고 했다. 사장은 알겠다고 답변했다. 사장은 매니저에게 30년 된 마오타이주와 최고급 과일 안주를 가져오게 했다. 고량주를 좋아하는 사내의 취향을 호텔에서 파악하고 있었다. 사장은 황금 술잔에 통역사에게 술을 따르게 했다. 통역사는 두 손으로 공손히 술을 따랐다. 사장이 술잔을 부딪치며 "치얼스"라고 하면서 사내를 쳐다보았다. 사내는 묘한 표정을 하면서 잔을 비웠다.

사내의 오천만 원 베팅으로 게임이 시작되었다. 사장은 사내의 어깨를 툭툭 치며 큰 웃음을 남기고 사라졌다. 시간이 흐르는 것인지 멈춘 것인지 해가 뜨는 것인지 달이 지고 있는지 내가 베팅을 하는 것인지 내가 베팅을 당하고 있는지 알 수 없는 침묵이 지나가고, 사내가 눈을 떴을 때는 호텔방에 누워 있었다.

사내는 호텔 맨 위층에 있는 로얄 스위트룸의 창문을 미리 준비한 망치로 깨고 뛰어내렸다. 사내는 뛰어내리기 직전에 화장실용 휴지에 '포기할 자유를 얻었다'는 메모를 적어서 여권에 넣었다. 그리고 미현에게 '사랑했다. 고마웠다. 미안하다.'는 문자를 보냈다.

…그리고 그들은 멈추지 않았다

형구의 운구를 실은 비행기가 일출을 등지고 인천공항에 도착했다. 미현과 자식들이 검은 상복을 입고 비행기에서 내렸다. 형구의 죽음을 연락받은 미현은 놀라지 않았다. 죽음보다 고통스런 시간을 함께 보냈기 때문이다. 예견된 죽음이라고 생각했다. 그리고 형구에게 문자가 왔을 때 불안감이 엄습했다. 미현은 형구의 마지막 문자를 받고 형구에게 전화를 수십 번도 더 했다.

전화기에서는 빈센트 반 고흐를 추모하며 돈 맥클린이 노래한 Starry Starry Night만 흘러나왔다. 형구가 좋아했던 노래였다.

…아마 그들은 알겠죠
당신의 영혼이 얼마나 깊은지를
당신은 그저 자유를 원했지만
이 세상은 당신에게 남아 있을 곳을 주지 않았죠

당신이 얼마나 밝게 빛났는지 그들은 알지 못했죠…

형구와 미현이 연애할 때부터 수백 번도 더 들었던 노래였다. 미현은 담담한 어조로 자식들을 불렀다. 급히 모인 자식들에게 아버지가 필리핀에서 돌아가셨다고 알렸다. 자식들이 믿어지지 않는다는 표정을 했다. 그리고 흐느꼈다. 그런 자식들을 미현이 보듬어 안았다. 미현은 울지 않았다.

미현의 큰아들이 소리를 질렀다.

"아버지 죽음에 책임 있는 자들을 용서하지 않겠어요."

큰딸도 막내아들도 소리를 질렀다. 미현은 그런 자식들을 달래지 않았다. 미현은 정 전무와 강 사장에게 형구의 죽음을 알렸다. 미현의 집으로 회사 사람들과 형구의 친구들 몇 명이 모였다. 정 전무와 직원 몇 명과 친구 두 명이 필리핀으로 가기로 했다. 장례식장 준비는 강 사장이 맡기로 했다. 미현은 형구가 평소 해 왔던 말대로 간소한 장례를 원했다. 정 전무를 비롯한 모인 사람들이 그럴 수 없다고 했다. 미현은 고인의 뜻이 그랬다며 고인의 유지를 받아 달라고 힘을 주어서 말했다. 미현과 자식들 그리고 사망 서류 절차를 처리할 여직원 한 명만 필리핀에 동행하기로 했다. 장례식장도 단출하게 하기로 했다.

형구의 시신은 앙헬레스 코리아타운에 있는 한국 의사가 운영하는 서울병원 영안실에 안치되어 있었다. 미현이 도착했을 때는 병원 측에서 사망 신고 관련 모든 서류를 준비해 놓고, 대사관에도 연락해 두었다. 미현은 그 서류에 사인만 하면 되었다. 몸이 비대하고 돋보기를 착용한 의사가 말했다. 고인이 큰 회사 회장이라고 호텔 측에서 특별히 신경 쓰라고 했다고 했다. 미현과 자식들이 의사에게 가볍게 목례를 했다. 의사는 사망진단서를 발급하려면 유가족이 사망자의 얼굴을 확인해야 한다고 했다. 미현은 형구의 얼굴을 확인할 자신이 없었다. 자식들만 형구가 누워 있는 냉동실로 들어가게 했다. 자식들이 오열하며, 냉동실 밖으로 나왔다. 미현은 대기실 긴 나무 의자에 앉아 팔에 얼굴을 파묻고 자식들을 보지 않았다. 회사 여직원이 미현을 그림자처럼 따라붙었다. 자식들은 미현을 붙잡고 오랫동안 울었다. 미현은 자식들에게 아무것도 묻지 않았다.

카지노 호텔 측에서 차량을 병원으로 보내왔다. 미현은 그 호텔에 가지 않겠다고 했다. 미현은 형구를 찾아서 여러 번 방문한 도시였다. 회사 여직원에게 택시 두 대를 부르라고 했다. 얼마 후 택시가 병원에 도착했다. 미현은 클락 안에 있는 조용한 호텔을 택시 기사에게 말했다. 호텔에 도착한 미현은 여직원에게 카지노 호텔에 연락해 달라고 했다. 딸이 방을 함께 쓰자고 했지만, 미현은 혼자 있고 싶다고 했다. 형구의 유품이 미현의 호텔 방에 도착했다. 미현은 형구의 지갑에서 나온 가족사진을 보고 통곡했다. 여권 사이에 낀 형구의 '포기할 자유를 얻었다'라는 메모를 보고 미현은 깊게 흐느꼈다. 여권 사이에 이영일 변호사에게 유서가 보관되어 있다는 메모도 나왔다. 유서를 미현이 혼자 보고 뒷정리를 부탁한다고 했다.

새벽 1시 40분에 클락에서 출발하는 항공기는 인천 공항에 새벽 5시 50분 도착했다. 인천 공항에는 회사 임직원들과 형구와 함께 제3세계 어린이들을 도왔던 친구들이 나와 있었다. 그리고 담딘과 환규 부부 그리고 세세르 부부도 와 있었다. 형일의 아들들을 비롯해서 형구의 조카들이 대부분 다 나와 있었다. 미현은 조카들의 출현에 다소 당황스러웠다. 미현과 자식들이 가벼운 목례로 대기하고 있던 사람들에게 예를 표했다. 정 전무와 환규를 비롯한 몇 사람은 눈물을 흘리고 있었다. 회사에서 준비한 리무진 승용차에 형구의 시신을 실었다. 그 차에 미현과 자식들이 승차했다.

형구의 자식들은 형구와 미현을 절반씩 섞어 놓은 것 같았다. 큰딸 민희는 이목구비가 뚜렷하고 우아한 얼굴이 미인이었다. 형구의 회사 일로 파혼하고 30대 중반이지만 혼자 살고 있었다. 큰아들 재용은 형구를 많이 닮아서 눈매가 살아 있었다. 재용은 형구 회사에 말단 사원으로 입사해서 일을 배우고 있었다. 막내 재철은 미현을 많이 닮아 코가 오뚝했다. 재철은 미국 유학을 하던 중 형구가 회사를 뺏기자, 귀국하여 아르바이트를 해서 국내 대학을 졸업하고 대학원을 다니고 있었다.

민희가 사촌 형제들을 지칭하며 소리쳤다.

"저것들이 감히 어디라고 왔어?"

재용이 '저것들의 애비들이 아버지를 죽였다고 용서 못할 자식들'이라고 했다. 재철이도 흥분하고 있었다. 미현이 아버지 시신이 이 차에 실려 있고 상이 끝날 때까지는 절대 화를 내면 안 된다고 주의를 주었다. 민희가 저것들이 온 것은 아버지 재산을 탐내서 온 것들이다. 문상을 못 하게 해야 한다고 했다.

재철이 그 말에 생각이 난 듯 아버지 사업을 어떻게 해야 하느냐고 미현에게 물었다. 미현이 말했다.

"나도 모르겠어. 지금 그런 이야기를 할 때가 아니야."

그러나 세 명의 자식들은 이구동성으로 형구의 사업을 어떻게 해야 하느냐고 다시 물었다. 그리고 사촌들을 가리키며, 저것들에겐 단 한 푼도 줄 수 없다고 못을 박았다.

"엄마, 딸이라고 유산 상속에서 차별하면 안 돼요."

큰딸 민희가 말했다.

"몽골 금광은 가보지도 못했는데…. 그것도 우리가 상속받을 수 있어요?"

재용이 미현에게 물었다. 재철도 한마디 했다.

"나도 대학원 그만둘 테니 아버지 회사로 출근할 수 있도록 해주세요."

미현은 눈을 감아 버렸다.

형구의 사망 소식이 언론에 다루어지고 있었다. 몽골에서 수조 원의 금광사업을 하는 사업가의 의문의 죽음이라는 식으로 흥미 위주의 보도가 주를 이루었다. 형제간의 적대적 기업사냥 등으로 형제 갈등이 죽음의 원인이라고 보도하는 언론도 있었다. 이런 보도 또한 흥미 위주의 보도인 것은 똑같았다. 형구의 죽음을 애도하는 보도는 눈을 씻고 찾아봐도 없었다. 강남의 삼성병원에 도착한 형구 유해를 리무진에서 영안실로 옮기려고 했다. 유해를 운반할 강 사장이 대기시켜 놓은 회사 직원들을 밀치고 형일의 아들들과 형남, 형호 아들들이 관을 들겠다고 나섰다. 강 사장과 정 전무가 그러지 말라고 했지만, 형구의 조카들은 막무가내였다. 결국 미현이 나서서 강 사장이 진행하는 대로 하자고 하자, 마지못해서 조카들이 물러섰다.

먼발치에서 조카들이 물러서는 모습을 지켜보고 있던 형남이 인상을 쓰면서 담배를 빼 물고 흡연 구역으로 갔다. 미현과 자식들이 알지 못하는 문상객들이 줄을 서서 문상을 했다. 형구의 조카들은 문상객들을 극진히 모셨다. 미현의 자식들은 그런 사촌들을 도끼눈으로 쳐다보았다. 다음 날 저녁에 술이 만취한 형남이 상가에 모습을 나타냈다. 문상은 하는 듯 마는 듯하고, 미현과 자식들에게 고함을 질렀다.

“내 회사라도 돌려주지 않으면 가만있지 않겠어.”

재용이 맞섰다.

“큰아버지 당신은 여기 와서도 안 되고, 그런 요구를 할 자격이 없는 사람입니다!”

미현의 딸도 막내아들도 소리를 질렀다.

“빨리 가세요!”

형남이 조화를 쓰러뜨리며 소리쳤다.

“내가 너희들 큰아버지야. 이놈들아, 버릇없이 굴지 마!”

그러자 미현이 도저히 못 참겠다는 듯 고함쳤다.

“저 사람 끌어내세요.”

준비하고 있던 회사 직원들이 형남의 사지를 들어서 밖으로 끌고 나갔다. 형남이 끌려 나가면서 조카들과 자식들의 이름을 불렀지만, 모두 못 들은 척 외면했다.

상을 치른 미현은 삶의 의욕을 상실했다. 그런데 조카들과 친척들이 수시로 집으로 찾아왔다. 미현을 위로한다는 명분이었지만, 의도는 뻔했다. 미현은 당분간 집을 떠나기로 했다. 떠나기 전에 미현은 이 변호사에게 연락했다. 형구의 유언장은 이 변호사 사무실 금고에 보관되어 있었다. 미현은 유언장 내용을 대충은 예상했지만, 막상 유언장을 읽으면서 형구에 대한 미움과 설움이 복받쳐 올랐다. 이 변호사가 유언장을 읽고 울고 있는 미현에게 다가왔다.

“상심이 크신데 이렇게 큰 짐까지 남기셔서 제가 면목이 없습니다.”

이 변호사는 사과했다. 미현은 유언장을 집행할 자신이 없었다. 그 유언장 내용에는 형구 회사의 지분 20%를 무의결권으로 직원들에게 나누어 주고, 20%는 형구가 만든 제3세계 어린이들을 위한 단체에 기부하고, 자식들에게 10%씩 나누어 주고 재필에게 5%를 나누어 주라는 것이었다. 그리고 나머지 20%도 무의결권으로 미현이 어렵게 사는 조카들과 정 전무와 세세르를 비롯한 사람들에게 알아서 배분하라는 것이었다. 미현은 어떻게 해야 할지 감을 잡을 수가 없었다. 이 변호사가 우선 자녀분들에게 유서를 보여 주고 상의하는 것이 순서라고 조언했다.

형구의 회사는 형구의 갑작스런 죽음으로 여러 가지로 어려움에 봉착해 있었다. 특히 형남과의 소송이 여러 가지로 진행되고 있었다. 다행스러운 것은 몽골의 금광사업이 순탄하고, 정 전무와 강 사장이 중심을 잡고 있다는 것이었다. 미현은 며칠을 고민하다가 자식들을 이 변호사 사무실로 모이게 했다. 그 자리에서 복사한 유서를 자식들에게 나누어 주었다. 유서를 다 읽은 자식들은 서로 눈치를 보면서 아무 말도 하지 않았다. 잠시 침묵이 흘렀다. 딸이 나섰다.

"엄마 이것은 아니지…. 법적으로도 자식들에게 우선 상속하는 법이 있는 것으로 알고 있어."

그러면서 말꼬리를 흐렸다. 재용도 나섰다.

"누나 말이 맞아! 나도 변호사에게 다 물어봤어…."

재철도 거들었다.

"엄마 이 유서를 절대 공개하면 안 돼, 이 유서를 공개하는 순간 전쟁이 시작될 거야."

자식들이 이구동성으로 유서를 공개하지 말라고 미현을 압박했다. 미현은 차분하게 자식들의 말을 경청했다. 그리고 이 변호사를 불렀다. 자식들이 이 변호사에게 유서를 공개하지 말라고 했다. 이 변호사가 말했다.

"비공개하는 것은 유족들이 알아서 할 일입니다. 다만 고인의 유서대로 집행이 안 되면 큰 후유증이 발생합니다. 그리고 저는 법률 대리인으로서 유서를 집행할 책임이 있습니다."

정 전무와 강 사장과 임원들은 빨리 유서가 공개되어야 안정된 후계 체제를 갖출 수 있다고 미현을 재촉했다.

형구가 죽고 3개월 후 결국 유서는 공개되었다. 유서의 제일 큰 문제는 어렵게 사는 조카들을 비롯한 친인척들에게 지분을 나누어 주라는 문구였다. 형구의 조카들과 친인척들은 수시로 모여서 회의를 하고, 미현을 찾았다. 재용은 자신이 후계자가 되어야 한다고 하면서 우호 지분을 확보해야 한다는 명분으로 형남의 자식들까지 만나서 술을 마셨다. 재철은 회사에 빨리 출근할 수 있도록 해달라고 정 전무를 들들 볶았다. 민희는 딸도 아들들과 똑같이 대우해야 한다고 미현을 압박했다. 미현이 자식들과 조카들 그리고 정 전무와 강 사장을 이 변호사 사무실로 불러 모았다. 미현은 선언했다.

"나는 이 유서를 집행할 능력이 없어. 앞으로 모든 일은 정 전무와 이 변호사가 맡아서 처리할 거야."

그 순간 회의장은 아수라장이 되었다. 자식들은 엄마가 못 하면 자기들이 하겠다고 했다. 조카들은 자신들의 몫을 어떻게 줄 것이냐고 소리를 질렀다. 침묵을 지키던 정 전무가 자리에서 벌떡 일어나서 소리쳤다.

"이 나쁜 놈들아! 회장님을 추모하거나 사모님을 위로하는 놈은 하나도 없고…. 이 회사를 회장님이 어떻게 일구어 오신 줄 아느냐? 너희들이 다 아는 것처럼 피눈물로 이 회사를 일구고 지켜 오셨어. 그런데 고인의 유지를 존중할 생각은 안 하고 오로지 자신의 몫만 더 차지하려는 너희들이 사람 새끼들인지 모르겠다. 나는 오늘 날짜로 회사를 떠날 테니 그리 알아."

그는 회의실 문을 박차고 나가 버렸다. 정 전무가 나가 버린 것은 아랑곳하지 않고, 형숙의 아들들은 외갓집 유산을 돌려주기로 했다는 형구의 확인서를 그 자리에서 배포했다. 그리고 약속을 지키지 않으면 가만있지 않겠다고 했다. 형경 부부와 자식들은 자신들의 회사를 되찾을 수 있도록 도와 달라고 미현에게 매달렸다.

미현은 자식들과 함께 동해안으로 바람을 쐬러 갔다. 운전하고 있는 재철에게 동해 병원으로 차를 몰게 했다. 바다가 내려다보이는 병원은 낡았지만, 그 자리에 그대로 있었다.

"너희들 아버지를 처음 만난 곳이야. 세월이 이렇게 빨리 가버렸구나."

그러면서 눈시울을 적셨다. 민희도 훌쩍거렸다. 잠시 병원 정원에서 동해시를 바라보다 바닷가로 이동했다. 겨울 바다는 갈매기들만 바람을 타고 있었다. 파도가 발밑까지 올라오는 횟집에 자리를 잡았다. 재용이 오징어회를 주문했다.

"이 횟집도 아빠와 연애할 때 여러 번 온 곳인데 지금은 주인이 바뀐 것 같네."

재철이 술잔에 소맥으로 잔을 채웠다. 미현이가 말했다.

"나도 한 잔 주렴!"

재철이 술을 따르면서 말했다.

"엄마 약주 안 드시잖아…."

잔을 받자마자 미현이 단숨에 잔을 비웠다. 그리고 조용히 바다를 응시하다가 자식들에게 말문을 열었다.

"다 알고 있는 것처럼 아빠는 배움도 없이 빈손으로 시작해서 집안을 일으키고, 사업을 크게 키운 분이야. 너희들이 아빠의 유지를 잘 따라주면 고맙겠어. 아빠는 원효대사의 대자유를 추구했고, 체 게바라의 거룩한 분노를 사랑했지. 그리고 법정 스님의 무소유 정신을 실천하려고 노력했던 분이야. 예수께서도 고향에서 환영받지 못했고, 제자의 배신으로 십자가에 못 박혔지. 아빠는 너무 낭만적이었고, 집안에서 영향력이 너무 커서 형제들에게 시기와 질투의 대상이 된 거야. 돈에 영혼을 팔아 버린 사람들이 이 지경을 만들었구나. 너희들이 지분 10%씩만 받아도 수백억 아니, 천억은 넘을 거야. 거기서 더 욕심내지 말고, 이 변호사랑 정 전무가 하자는 대로 하도록 해. 그리고 그분들 말씀은 아빠의 말씀과 내 뜻이라고 생각해 주렴."

이렇게 말을 한 미현은, 혼자서 바닷가로 나갔다.

형구가 죽고 나서 미현은 형구가 바다 같은 사내라는 생각이 들었다. 감당할 수 없는 크기와 거친 파도가 저 멀리서부터 미현을 향해 숨가쁘게 달려오고 있었다. 그리고는 그녀 앞에서 포말로 부서지며 형체를 감추었다. 드디어 떠난 것인가?

그녀는 자식들이 자신의 조언을 따를지 확신할 수 없었다. 백사장을 걸으며, 형구의 뒤를 따르지 못하는 자신의 나약함을 탓했다. 검푸른 파도가 세찬 바람을 일으키며 미현의 발자국을 지워 나갔다.

글을 마치며

꿈이 크다는 것은 욕심이 많다는 것과 비슷하다. 사람들과 일상의 소소한 정을 나누지 못하고 오로지 집안을 일으키겠다는 욕망과 상투적인 성공이라는 목표만을 위해서 숨 가쁘게 달려왔다. 그래서 주변을 소홀히 했던 것에 진한 아쉬움과 회한으로 남는다. 그리고 욕망과 집착으로부터 자유롭지 못 했던 자신을 돌아본다.

그러나 나를 버리고 포기하기가 아득하다.

시기와 질투 그리고 돈으로 발생한 아픔과 고통 그리고 갈등을 대지에 묻고 사는 것이 미덕일 수가 있다. 그러나 그 상처를 드러냄을 통해서 인간의 시기와 질투 그리고 탐욕과 극단적인 이기주의가 이 인류를 어떻게 병들게 하는지, 그리고 가족과 자신을 어떻게 파멸시켜 가는지 알리는 작업은 나름대로 의미가 있을 것이다.

소설 속에 등장하는 인물들은 누군가의 자화상일 수 있다. 우리는 각자의 카르마에 따라서 살아가는 방식이 다르다. 사람들은 고해의 바다를 부유하면서 받은 상처를 간직하고 있다. 그들의 상처가 치유되고 카르마로부터 벗어나야 한다. 그리고 신흥 종교가 되어 버린 돈을 극복하고 탐욕과 집착으로부터 자유로워져야 한다. 우리가 카르마와 돈으로부터 해방될 때 인류 평화의 단초가 될 수 있다.

우주적인 관점에서 인간은 찰나를 살다가는 미생물에 불과하다. 사랑하고 보듬고 나누면서 살기에도 짧은 시간이다. 욕망과 탐욕에 빠져서 허우적거리다 삶을 마감 짓는다면 얼마나 억울할 것인가? 인간이 물질로부터 돈으로부터 해방되는 것이 쉬운 일이 아니다.

그러나 지금처럼 돈이 신이 되어 버린 사회에서는 인간의 행복과 인류의 평화를 담보할 수 없다. 돈에 자신의 영혼을 팔아 버리면서도 영혼을 팔아 버린 것 자체를 자각하지 못 하고 살아가는 사람들이 너무 많은 사회가 되었다. 현대인들은 자신의 반려동물이 아프면 몸살을 한다. 그러나 이웃의 고통은 타자의 일이다. 공동체 의식과 인간에 대한 애정이 약해진 결과다. 공동체 정신이 회복되어야 한다. 그 출발은 가족이 되어야 하고, 그 가족은 자리이타(自利利他) 정신의 바탕 위에서 함께해야 한다. 진흙밭에서 연꽃이 피어난다. 연꽃은 진흙탕이 없으면 존재할 수 없다.

한반도의 나비 날갯짓이 태평양을 건너 미국에 도착하면 토네이도가 될 수 있다. 지혜 없는 지식은 자신과 가족 그리고 공동체를 파멸로 몰아가는 매우 위험한 무기가 될 수 있다. 사람의 말 한마디에 한 사람의 인생이 바뀌기도 하고 악플 때문에 생을 마감하는 사람도 있다. 소설 속에 등장하는 인물들이 '연민의 마음으로 형민에게 햇빛이 들어오는 방 한 칸이라도 얻어 주고' 우애의 마음으로 보살폈다면 소설 속의 비극이 발생하지 않았을 수도 있었다. 또한 형구가 평산댁에게 '형민을 모정으로 보살펴 달라는 내용으로 보낸 편지를 형남이 읽어 보기만 했어도' 비극의 단초가 시작되지 않았을 것이다.

이 소설을 쓰면서 부모와 선조들과 많은 대화를 나누었다. 그들의 걸음걸음과 몸짓에 대한 깊은 이해와 공감을 할 수 있었다. 그래서 선조들의 아픔과 서러움 그리고 고통이 내 혈관에 흐르는 것을 느낄 수 있었다. 선조들을 정면으로 응시하며 이 고통스런 시간에 대한 반성과 성찰을 할 수 있었다.

글을 쓰면서 단장이 끊어지는 고통을 수시로 느꼈다. 그 끊어진 단장을 이어준 것은 글이었다. 니체는 인간은 고통과 시련 그리고 좌절을 통해서 성장한다고 했다. 산 같은 성난 파도를 이겨 내려면 뱃머리로 파도와 정면으로 맞서야 한다. 글 한 줄 남기지 못하고 생을 마감해야 했던 나에게 부족한 글이라도 쓸 수 있는 동력을 주신 분들의 안녕을 빈다.

외부에서 내부로
물질에서 정신으로
소유에서 나눔으로
증식에서 순환으로
확장에서 공감으로
직선에서 원으로
개인들의 혁명이 필요한 시점이다.
타락하고 부조리한 세상을
타락한 문장으로 글을 남기는 것이 한없이 부끄럽다.

교정을 해주신 신형교님께 지면을 빌어 고마움을 전한다. 출판을 맡아주신 아마존북스 유창언 대표님께도 감사의 말씀을 드린다. 초고를 밤새워서 읽고 격려해 주신 김성민 교수님을 비롯한 지인들에게 고마움을 전한다. 글을 쓸 수 있도록 배려와 이해를 해준 회사 임직원 분들에게 감사드린다. 늙은 소설가 탄생을 기대한다면서 끊임없이 응원해 주고 격려해 준 동지이며 연인인 제 반쪽 김현미님과 자식들에게 고마운 웃음 전한다.

이 소설을 가까운 지인들과 가족들에게, 상처받은 사람들에게 바친다.

"불행한 가족은 각기 다른 이유가 있지만 행복한 가정은 비슷하다."는 톨스토이의 말로 글을 맺는다.

—이천이십오년 삼월 열아흐레 이재구 쓰다